Rafael Navarin

Tiefe Schatten des Olivenbaums

Kommissarin Phaní Papadea ermittelt in Südgriechenland

Kriminalroman

ΚΟΚΚΙΝΙΑΣ

Ereignisse, Umstände und Figuren des Romans sind frei erfunden und jegliche Ähnlichkeit mit realen Personen oder Begebenheiten wäre rein zufällig.

Originalausgabe
März 2008
2. Auflage September 2011

Satz, Layout und Umschlaggestaltung: Ralf Hochstrasser
Druck und Bindung: K. Pletsas - Z. Kardari O.E., Athen
Printed in Greece
ISBN 978-3-033-01511-1

www.rafaelnavarin.com

Και όμως κόρακας κοράκου μάτι βγάζει.
Eine Krähe hackt der anderen doch ein Auge aus.

(sehr frei nach Ambrosius Theodosius Macrobius)

Prolog

Es begann um sieben Uhr einundzwanzig am späten Nachmittag eines heißen Augusttages. Zuerst war nur ein schwaches Zittern zu spüren, als wenn ein paar Kilometer entfernt eine Sprengung vorgenommen worden wäre. Doch dann durchschlugen plötzlich drei oder vier heftige Stöße die Erde, als hätte jemand das Land gepackt und mehrere Male hin und her geschüttelt. Danach war es wieder ruhig, als wäre nie etwas geschehen.

Das Gebiet um die Stadt Kalamata ist ein altes Land. Viele Geschichten können darüber erzählt werden. Messenien ist der Name dieser Gegend im südwestlichen Zipfel Griechenlands, und während der Jahrhunderte, die darüber hinweggezogen sind, hat sie viele Erdbeben erlebt. Ein Phänomen, das in direktem Gegensatz zu der ruhigen, wunderschönen und vielleicht etwas verträumten Landschaft steht. Eine Landschaft, die von den Farben des blauen Meeres, der silbriggrünen Olivenbäume und des blassblauen Himmels beherrscht wird. Seit Menschengedenken gehören die Olivenbäume zu dieser Landschaft, genau wie die heißen Sommer, der Schnee auf dem Bergmassiv des Taïgetos, die heftigen Regengüsse im Frühling – und die Erdbeben.

Der Name Kalamata kann bis ins Altertum zurückverfolgt werden. Doch Kalamata ist keine alte Stadt und wahrscheinlich nicht als schöne Stadt zu bezeichnen, jedenfalls nicht im Sinne von traditioneller Schönheit, welche meist mit Städten wie Venedig oder Florenz in Verbindung gebracht wird.

1986 wurde Kalamata auf brutale Weise in die Moderne gerissen. Damals war sie von einem Erdbeben heimgesucht worden, welches beinahe fünfundsiebzig Prozent der Gebäude beschädigte. Viele der alten neoklassizistischen Häuser wurden unwiederbringlich zerstört und meist durch gesichtslose Wohnblocks ersetzt, die von dieser Zeit an das Bild der Stadt beherrschen. Aber Kalamata hat die Katastrophe überwunden und sich von einer verschlafenen Kleinstadt zu einem lebendigen und quirligen Zentrum für die umliegende Gegend gemausert. Es herrscht rege Lebhaftigkeit in Geschäften, Cafés und Handwerksbetrieben. Bis in die späten Stunden des Tages bevölkern die Bewohner den grossen Hauptplatz und die engen Straßen.

Kalamata versucht sich gegenüber ihrer größeren Schwester Athen, die in der Ferne herrscht, zu behaupten. Athen ist sehr egoistisch und strebt danach, mit allen Mitteln die ganze Aufmerksamkeit auf sich zu ziehen. Das macht das Leben für die kleinere Schwester oft schwierig. Kalamata wurde während der großen Bauwut, welche die Olympischen Spiele mit sich gebracht hatten, nicht miteinbezogen. Keines der in die Jahre gekommenen Stadien der Stadt wurde zur Austragung der Fußballspiele renoviert. Keine ultramoderne Brücke wurde gebaut, und durch ihre Straßen fährt auch keine Straßenbahn, die für eine horrende Summe von einem italienischen Designer entworfen wurde. Kalamata ist dieselbe geblieben, mit ihrer Eigenart, ihrem Charme und ihren Problemen.

Kalamata ist eine friedliche Stadt, und dieser Friede wird auch selten gestört. Nur einige wenige Dinge können ihn erschüttern: zum Beispiel, wenn die öffentlichen Angestellten streiken, sich in den Straßen die Müllberge häufen, wenn die Erde bebt – oder wenn der Tod plötzlich und unerwartet zuschlägt.

1

Takis Tsamboukis fuhr auf der Küstenstraße am tiefblauen Wasser des Messenischen Golfes entlang. Er war auf dem Weg zu seiner derzeitigen Baustelle. Die Straße war übersät mit Schlaglöchern, und sein kleiner Pickup Lieferwagen quietschte und klapperte. Die Löcher waren meist eine Folge der heftigen Regengüsse im Frühling und sollten eigentlich längst repariert sein. Schließlich war es ja bereits Mitte August. Aber die vernachlässigten Straßen spiegelten nur allzu gut die finanziellen Schwierigkeiten wider, unter welchen diese Gegend Griechenlands litt. In den letzten zehn Jahren war das meiste Geld, das ursprünglich für die *nomí* – die Bezirke vorgesehen war, direkt nach Athen geflossen. Während der Vorbereitungen zu den Olympischen Spielen wurde die Provinz sträflich vernachlässigt. Tsamboukis, der in einem nahe gelegenen Dorf geboren worden war, war sehr stolz, Messenier zu sein. Diese Tatsache brachte mit sich, dass er allem misstraute, was anderenorts unternommen wurde, ganz besonders in Athen. Aus diesem Grund hatte er geglaubt, dass es notwendig sei, die Olympischen Spiele in Athen zu boykottieren. Er hatte es auf seine Weise getan und glaubte fest, dass diese sehr wirkungsvoll gewesen war: er hatte sich geweigert, die 350 Kilometer weite Reise nach Athen zu unternehmen und dazu beigetragen, dass in der ersten Woche der Spiele die Stadien halb leer blieben. So jedenfalls wollte er die Sache sehen. Und außerdem glaubte er, dass die im fernen Athen, also die Leute in der Regierung, dafür verantwortlich waren, dass die Straßen in seiner Provinz Messenien sich in einem so maroden Zustand befanden. Aber er war ja Grieche, und die meisten Griechen haben eine eher schicksalsergebene Haltung den Dingen des Lebens gegenüber. Aus diesem Grund sagte er sich denn auch: *ti na kánoume* – was soll man machen. So beschwerte er sich zwar ausgiebig auf der einen Seite, wusste aber auf der anderen, dass sich in naher Zukunft nichts ändern würde.

Tsamboukis war früher als gewöhnlich zur Arbeit unterwegs. Die letzte Nacht war eine unruhige Nacht gewesen. Obwohl er, wie auch die meisten Bewohner Kalamatas, schon öfters Erdbeben mitgemacht hatte, gab es jedes Mal diesen kurzen Moment der Unsicherheit, wenn die Erde zu beben begann, und alle sich fragten: wird es wieder ein großes Erdbeben sein, wie jenes vor fast zwanzig Jahren? Aber wie meistens, konnte ein jeder nach wenigen Sekunden aufatmen: es war auch diesmal kein schweres Erdbeben. Doch gleichzeitig wurden alle wieder einmal daran erinnert, wie unbeständig die Erde sein konnte, wo sie doch allgemein als das einzig und wirklich Sichere galt.

Heute schien die Welt wieder in Ordnung zu sein, wenn man einmal vom Schlafmangel absah. Die Sonne erhob sich über dem Bergmassiv des Taïgetos und tauchte die Landschaft in ein intensives Orange. Vom Meer her wehte eine frische Brise. Diesen Sommer war der August sehr schwül, und die kühle Morgenluft stets eine ersehnte Erholung, bevor die heißen Stunden des Tages begannen. Deshalb nutzte Tsamboukis, wie viele Arbeiter, die frühen Morgenstunden, um sich an die Arbeit zu machen. Er wollte so viel wie möglich erledigt haben, bevor die brütende Hitze einsetzte, was meistens schon um elf Uhr vormittags der Fall war.

Eine halbe Stunde später fuhr Tsamboukis durch das Dorf Phinikounda, dann weiter aus dem Dorf hinaus an den wenigen letzten Häusern vorbei und bog fünfhundert Meter weiter links in eine Auffahrt ein. Er parkte seinen Pick-up Lieferwagen vor dem provisorischen Tor zur Baustelle und stieg aus. Er bemerkte, dass es etwas offenstand, aber dachte nicht weiter darüber nach. Er ging um seinen Lieferwagen herum und öffnete die Ladeklappe. Bevor er jedoch mit seiner Arbeit anfangen konnte, musste er sich erst einmal eine Zigarette anzünden. Danach hievte er seinen riesigen Winkelschleifer von der Ladefläche und nahm noch ein paar Ersatzscheiben mit. Heute musste er die letzten Marmorplatten für den *salóni* – das Wohnzimmer zuschneiden. Langsam ging er zum Tor und stieß es weiter auf. Als er den Autoabstellplatz betrat, fiel ihm auf der frisch gegossenen Zementplatte vor dem Haupteingang des Hauses sofort etwas auf. Er hatte das seltsame Geräusch schon vorher wahrgenommen, aber erst jetzt konnte er es sich erklären: es war das Geräusch eines Wasserstrahls, der auf eine harte Oberfläche traf. Es hörte sich fast so an, als ob jemand duschte. Die Fontäne von abertausenden

Wassertropfen, die durch die Luft sprühten, reflektierten das Morgenlicht in den Farben des Regenbogens.

Der Wasserstrahl fiel auf etwas, das wie ein großes Bündel aussah, welches auf dem Zement lag. Erst auf den zweiten Blick erkannte Tsamboukis, dass es sich um einen menschlichen Körper handelte. Er ließ Werkzeug und Zigarette fallen und stürzte auf den Körper zu. Als er jedoch nahe genug war, hielt er jäh an. Er erkannte den Mann. Obwohl dieser mit dem Gesicht nach unten lag und sein Haar triefend nass war, wusste er sofort, wem die graumelierten Locken gehörten.

Einen Moment lang war Tsamboukis ratlos. Was sollte er tun? Schließlich entschied er sich, erst einmal das Wasser abzustellen. Er griff nach dem Schlauch und schraubte das Ventil zu. Danach kniete er nieder und drehte den Körper halb um. Tsamboukis brauchte kein medizinisches Wissen, um zu erkennen, dass der Mann tot war. Sein Körper war kalt und steif, und sein Mund war etwas geöffnet. Dieser Anblick erschreckte Tsamboukis dermaßen, dass er aufsprang und dadurch den Körper wieder fallen ließ. Er trat einen Schritt zurück und bekreuzigte sich – von rechts nach links, wie alle orthodoxen Christen. Hastig zog er sein *kinitó* – sein Mobiltelefon aus der Hosentasche und rief seinen Cousin an, nicht die *Asphália* – die Kriminalpolizei. Wie viele Griechen hatte er eine natürliche Scheu davor, die Polizei direkt zu kontaktieren, geschehe was wolle. Er zog es vor seinen Cousin, der bei der *Trochéa* – der örtlichen Verkehrspolizei war, anzurufen. An der Art und Weise, wie er sein Erlebnis schilderte, detailliert und angereichert mit ein paar Ausschmückungen und Übertreibungen, war deutlich zu erkennen, dass er seinen ersten Schock überwunden hatte und wieder ganz der Alte war. Denn es gibt nichts, was Griechen lieber tun, als eine saftige Geschichte zu erzählen.

Die Neuigkeit drang schließlich bis zur *Astinomikí Diévthinsi Kalamátas* durch – dem Polizeihauptquartier von Kalamata. Dort angelangt, wurde die Information von Büro zu Büro weitergeleitet und jedes Mal mit tiefster Inbrunst behauptet, dass Mord – denn als solcher wurde der Vorfall mittlerweile voller Überzeugung bezeichnet – nicht in seinen oder ihren Aufgabenbereich falle.

Schließlich erreichte die Nachricht den sehr gewissenhaften, jungen *ipastinómos* – Unterinspektor Panos Kiriakoulis. Nachdem er den Hörer aufgelegt hatte, war er völlig ratlos, was er als nächstes tun sollte. Er hatte überhaupt keine Ahnung wie die Vorgehensweise bei Mord war. Während der zwei Jahre, die er der Polizei Kalamata angehörte, hatte er nie mit Mord zu tun gehabt. Er konnte sich nur an einen Fall erinnern, der etwa eineinhalb Jahre zurück lag: eine junge Frau aus der Gegend war als vermisst gemeldet worden, da man aber ihre Leiche nie fand, wurde der Fall nicht weiter verfolgt und zu den Akten gelegt. Damals hatte sich *astinómos* – Kommissar Tzineris mit dem Fall befasst. Er hätte bestimmt gewusst, wie man einen Mordfall untersuchte. Aber Tzineris hatte die Polizei in Kalamata verlassen und war in seinen Heimatort Arta in Zentralgriechenland zurückgekehrt. Seitdem war kein Fall mehr vorgekommen, der eine Morduntersuchung nach sich gezogen hätte. Die gewaltsamsten Verbrechen waren Streitereien zwischen Albanern, Bulgaren oder anderen Einwanderern. Und obwohl diese nicht selten mit einer Messerstecherei endeten, gab es zwar Verletzungen, aber nie mit tödlichem Ausgang.

Panos Kiriakoulis stand auf und verließ sein Büro. Er ging die Treppe hoch in den zweiten Stock, wo das Büro von *dievthintís* Mavridis lag – dem Direktor der Polizei Kalamatas. Obwohl Mavridis' Art sich auszudrücken meistens mehr als unverständlich war, und man sich auch nie sicher sein konnte, woher er sein Wissen hatte, war er doch die einzige Person, die Panos zur gegenwärtigen Situation fragen konnte. Die Gerüchte um Mavridis hielten sich hartnäckig: es hieß, dass er nie eine Polizeiakademie von innen gesehen hätte, aus dem einfachen Grund, weil er eigentlich – Zahnarzt war. Aber vielleicht war es eben nur ein Gerücht, und davon kursierten viele im Polizeirevier von Kalamata.

Panos blieb am Schreibtisch von *kiria* Georgia, oder Gogo, wie sie im Revier genannt wurde, stehen. Und als Panos ihr erklärt hatte, warum er den *dievthintís* sprechen müsse, öffnete sie halb die Tür zu Mavridis' Büro und steckte ihren Kopf hinein. Alles was Panos hören konnte war Gemurmel. Danach drehte Gogo sich um und winkte ihm, er solle eintreten.

Mavridis saß hinter seinem Schreibtisch und verstaute schnell etwas in der obersten Schublade. Er sah auf und deutete Panos an, sich hinzusetzen. Seit Panos ihn das erste Mal getroffen hatte, trug Mavridis immer einen dunkelgrauen Anzug mit passender Weste, ein weißes Hemd und eine dunkelrote Krawatte. Ob Sommer oder Winter, tagtäglich erschien er in gleicher Aufmachung. Nur bei offiziellen Anlässen trug er Uniform. Es war nicht so, dass Panos oft darüber nachgedacht hätte, aber manchmal wunderte er sich doch, wie Mavridis es fertigbrachte, jeden Tag den gleichen Anzug zu tragen. Hatte er gleich drei Dutzend davon in seinem Schrank hängen? Und was trug er am Wochenende?

Panos' Gedankengang wurde von Mavridis' ruhiger sanfter Stimme unterbrochen. Nach dem Grund seines Erscheinens gefragt, erzählte Panos, was er von dem Vorfall in Phinikounda gehört hatte, und dass es sich wahrscheinlich um Mord handle. Mavridis reagierte nicht sofort. Er massierte sein Kinn und nach ungefähr zwei Minuten Nachdenken, sagte er in seiner langsamen und bedeutsamen Art:

»Suchen Sie unverzüglich den Ort des Verbrechens auf und untersuchen Sie alles gewissenhaft.« Als er Panos' verdutzten Gesichtsausdruck sah, fügte er noch hinzu:

»Nehmen Sie Vasilis mit. Er hat einstmals zusammen mit *astinómos* Tzineris einen Fall mit Verdacht auf Mord untersucht. Er könnte hilfreich sein, falls sich noch Fragen ergeben.«

Das war alles, was Panos im Moment zu hören bekam. Mavridis schaute ihn mit einem wohlwollenden Lächeln an und erwartete, dass dieser tat, was er ihm gerade aufgetragen hatte. Panos stand schließlich auf und verließ das Büro mit einem großen Fragezeichen im Gesicht. Sofort, nachdem er die Tür hinter sich geschlossen hatte, nahm Mavridis seine Zeitschrift wieder aus der Schublade und las weiter.

Als Panos aus Mavridis' Büro kam, schaute Gogo von ihrer Arbeit am Computer auf. Sie bemerkte seine Verwirrung, wusste aber nichts Besseres, als ihm ein Lächeln zu geben, bevor sie sich wieder ihrer Arbeit zuwandte.

Panos entschloss sich Mavridis' Anweisungen genau zu befolgen und forderte Vasilis auf, mit ihm nach Phinikounda zu kommen.

Fünf Minuten später verließen sie das Gebäude der *Diévthinsi* in Richtung Phinikounda, um den Ort des

Verbrechens aufzusuchen. Die Hitze hatte sich inzwischen aufgebaut und würde bald den Höhepunkt des Tages erreichen.

2

Es war wieder einmal einer dieser Tage, an denen das Telefon ununterbrochen klingelte. Als Phaní Papadea schließlich zum Hörer griff, war sie überzeugt, dass abermals dieser engstirnige Idiot Kephalas am anderen Ende wäre. Schon den ganzen Tag ging er ihr auf die Nerven, wegen – wie sie meinte – kleinen Ungenauigkeiten im Spesenbericht ihres gerade abgeschlossenen Falles, den sie am Morgen eingereicht hatte. War es nicht viel wichtiger, dass der Betrüger, der ein halbes Dutzend Leute um ihr Erspartes gebracht hatte, hinter Schloss und Riegel saß? Was spielten da ein paar Unstimmigkeiten in der Abrechnung für eine Rolle?

Aus diesem Grund war ihr Tonfall eher unfreundlich, als sie den Hörer abnahm. Aber der änderte sich schlagartig, als sie merkte, dass es ein alter Freund war, der sie anrief: Bernard. Und sie war wirklich überrascht, als sie erfuhr, weshalb er anrief.

»Philippe ist tot?« fragte sie mit einer Mischung aus Ungläubigkeit und Neugier. Phaní hatte genau gehört, was Bernard ihr gerade gesagt hatte, aber sie wusste nicht, was sie davon halten sollte.

»Was ist passiert?« fragte sie in einem sanfteren Ton, als sie merkte, dass Philippe's Tod Bernard offensichtlich hart getroffen hatte. Sie wusste, wie viel Philippe ihm bedeutete, obwohl sie nie verstanden hat, warum.

»Er wurde vor drei Tagen auf einer seiner Baustellen in Phinikounda tot aufgefunden«, sagte er eher leise. Doch nach einem Moment fügte er mit einer überraschend festen Stimme hinzu:

»Ich glaube, er wurde ermordet!«

»Komm schon, wer sollte denn Philippe ermorden!« platzte Phaní in ihrer impulsiven Art heraus. Doch dann merkte sie, dass sich ihre Worte zu abschätzig angehört hatten. Menschen wurden zwar heutzutage aus den unterschiedlichsten Gründen umgebracht, und diese waren oft auf den ersten Blick belanglos. Dieses galt jedoch für Athen, einer Stadt mit über drei Millionen Einwohnern. Aber für Kalamata? Dort war es viel wahrscheinlicher bei einem Verkehrsunfall oder während eines Erdbebens umzukommen, als ermordet zu werden. Oder hatte sich diese ruhige Gegend im Südwesten Griechenlands in den letzten Jahren dermaßen verändert? Phaní hatte schon davon gehört, dass die Zahl der Einbrüche in allen Teilen Griechenlands beträchtlich angestiegen war. Doch die Diebe wurden meistens bald gefasst, und es stellte sich heraus, dass es häufig ausländische Arbeiter waren, die im Winter zu tausenden zur Olivenernte nach Griechenland gekommen waren. Bevor sie dann in ihre Heimat zurückkehrten, wenn sie überhaupt zurückkehrten, brachen sie oft auf ihrem Rückweg in ein paar abseits gelegene Ferienhäuser ein und nahmen Wertsachen mit, die sie dann unterwegs verkauften. Aber nie wurde jemand bei diesen Vorfällen umgebracht. Schlimmstenfalls wurde jemand verletzt, aber nicht gleich ermordet.

Aus diesem Grund fragte sich Phaní, wie Bernard zu dem Schluss gekommen war.

»Warum denkst du, es war kein Unfall?« Sie passte auf, sich durch ihren Tonfall nicht anmerken zu lassen, dass sie es für überaus unwahrscheinlich hielt, dass Philippe ermordet wurde.

Bernards Antwort war sehr untypisch für ihn.

»Ich weiß es einfach!« Nach einer Weile sagte er in einem sanfteren Ton:

»Ich habe das starke Gefühl, dass bei seinem Tod etwas nicht mit rechten Dingen zuging.«

Phaní war überrascht über Bernards Worte. Während all der Jahre, die sie ihn kannte – und es waren mittlerweile mehr als fünfzehn – war er ein ausgeglichener Mensch gewesen, der das Leben nahm, wie es gerade kam. Sie hatte ihn niemals über irgendetwas klagen gehört, noch hatte er den Lauf seines Lebens hinterfragt. Dabei war er aber ganz und gar nicht oberflächlich. Er hatte einfach die Fähigkeit, nur die angenehmen Dinge nahe an sich herankommen zu lassen. Und wenn doch einmal etwas Unangenehmes passierte, schien er dieses mit stoischer Haltung hinzunehmen, was ihm auch ermöglichte, schnell darüber hinwegzukommen.

Doch dieses Mal war es anders. Es schien unmöglich für ihn, den Tod von Philippe als Unfall zu sehen und als solchen zu akzeptieren. Phaní wurde langsam neugierig, was dahinter steckte. Aber schnell besann sie sich, dass sie ja den Fall nicht bearbeiten würde – falls es überhaupt eine Untersuchung gäbe. Aus diesem Grund konnte sie eigentlich nur versuchen, einem Freund Hilfe und Unterstützung zu geben, der einen ihm nahe stehenden Menschen verloren hatte.

»Versuch nicht zu viel darüber nachzudenken«, sagte Phaní verständnisvoll, um ihn zu beruhigen.

»Und wie hat es seine Frau, oder war es seine Freundin, aufgenommen?«

»Nicht gut. Sie ist verzweifelt«, antwortete Bernard leise.

Für ungefähr eine Minute herrschte Stille am anderen Ende der Leitung. Dann sagte Bernard in gleichbleibendem Tonfall:

»Du glaubst mir nicht. Du denkst, ich bin ein verrückter alter Mann.«

Phaní seufzte innerlich. Es war eine heikle Situation.

»Was soll ich sagen? Du kennst mich gut genug, um zu wissen, dass ich in den meisten Fällen aufrichtig bin und nicht zu etwas Ja sage, wovon ich nicht überzeugt bin.«

Nach einer Weile setzte Phaní ruhig hinzu:

»Alles ist möglich. Aber da ich nicht die genauen Umstände von Philippe's Tod ...« Bernard unterbrach sie, was er gewöhnlich nie tat.

»Würdest du bitte hierherkommen und dir einen Überblick verschaffen?«

Mit etwas abschätzigem Unterton fügte er hinzu:

»Ich habe den Bericht des lokalen Fernsehsenders gesehen und die Presseerklärung des hiesigen Polizeichefs gehört. Die Polizei in Kalamata ist an ihre Grenzen gestoßen. Sie hat keine Ahnung, wie man eine Morduntersuchung führt. Ich wüsste wahrscheinlich besser Bescheid, weil ich ein paar Kriminalromane gelesen habe.«

Bernard hatte Griechenland schon während über zwanzig Jahren regelmäßig besucht, bevor er sich vor ungefähr fünfzehn Jahren ein Häuschen in Verga, bei

Kalamata gebaut hat. Zu der Zeit hatte Phaní ihn auch kennengelernt, und sofort erkannt, dass er jemand war, der Griechenland und seine Menschen wirklich liebte. Er war sehr an der Geschichte des Landes interessiert und hatte schon viele der unzähligen archäologischen Ausgrabungen gesehen. Phaní hatte sich immer etwas geschämt, weil sie nicht einmal die Hälfte dieser Ausgrabungen kannte. Sie war eben Griechin und hatte ein leicht gespaltenes Verhältnis zu der glorreichen Vergangenheit, die über dem heutigen Griechenland hing. Bernard war aber auch an Griechenlands jüngerer Geschichte interessiert. Vor allem liebte er die griechische Musik. Er saß viele Abende auf der Terrasse seines kleinen Hauses und hörte sich die griechischen *tragoúdia* – die Lieder an, die das Leben und die Gefühle des Volkes während der letzten hundert Jahre widerspiegelten. Und im Gegensatz zu den meisten Fremden, die nur die Melodie hörten, verstand er auch die Worte und deren Bedeutung.

Und trotzdem, dieser Mann, der so viel Zeit mit den Griechen und ihrer Kultur verbracht hatte, dieser Mann konnte eine subtile Arroganz dem Land und seinen heutigen Errungenschaften gegenüber nicht ganz verbergen, sodass man den Eindruck gewinnen konnte, dass er die Griechen doch nicht richtig ernst nahm. Es war seine letzte Bemerkung über die Polizei von Kalamata, die Phaní daran erinnerte. Aber sie ignorierte seine Worte, weil sie wusste, dass es nicht der richtige Zeitpunkt war, sie zu kommentieren. Unter anderen Umständen hätte sie dies sicher getan.

Stattdessen seufzte sie.

»Ich glaube nicht, dass ich da etwas tun kann. Ich arbeite für die Polizei in Athen.«

Ihr Blick schweifte über ihren Schreibtisch.

»Andererseits habe ich gerade meinen letzten Fall abgeschlossen, und noch liegt kein neuer auf meinem Tisch.« Mehr zu sich selbst als zu Bernard bemerkte sie noch:

»Und außerdem habe ich ja seit über einem Jahr keinen Urlaub mehr gehabt.«

»Könntest du dann nicht einmal mit deinem Chef sprechen?« fragte Bernard vorsichtig. Phaní wusste, dass es im Moment keinen Sinn hatte, darüber zu debattieren, sie wollte sich aber auch nicht überreden lassen, Versprechungen zu machen, die sie nicht einhalten konnte.

»*Endáxi* – einverstanden. Ich will aber nichts versprechen, denn ich glaube nicht, dass Avramopoulos es zulassen wird, dass ich mich in die Arbeit eines anderen Kommissariats einmische.« Phaní stöhnte.

»Ich werde tun, was ich kann. Sobald ich etwas weiß, werde ich dir Bescheid geben. *Jiá*.« Bernard bedankte sich und legte auf.

Phaní lehnte sich in ihrem Stuhl zurück und ließ ihren Blick aus dem Fenster schweifen. Philippe war tot. Es war nicht so, dass sie es für völlig ausgeschlossen gehalten hätte, dass so etwas passierte, aber trotzdem, war es irgendwie seltsam. Sie hatte Philippe vor ungefähr neun Jahren kennengelernt, als sie Bernard einmal in Verga besuchte. Lag das wirklich schon neun Jahre zurück? Musste es ja. Das war auch das letzte Mal, dass sie nach Kalamata hinuntergefahren war. Sie konnte sich genau an einen bestimmten Abend erinnern. Sie saßen alle in einem kleinen Restaurant in der Nähe des Strandes. Es war eines von vielen, die wie Perlen an einer Schnur zwischen dem Strand und der Straße von Verga nach Avia aufgereiht waren. Zu der Zeit hatte Philippe's Frau oder Freundin – Phaní wusste nicht mehr, was sie war – als Kellnerin in diesem Restaurant gearbeitet. Aus diesem Grund konnte sich Phaní wohl auch kaum an sie erinnern, sie hatte sie zu selten zu Gesicht bekommen. Und überhaupt gehörte Annemarie – das war ihr Name – zu der Sorte Mensch, an den man sich nur schwer erinnerte, auch wenn er mit einem am selben Tisch gesessen hatte. Als Einziges wusste Phaní noch mit Bestimmtheit, dass Annemarie sehr blass und sehr dünn gewesen war und etwas nervös wirkte.

Philippe war genau das Gegenteil. Er sorgte dafür, dass man ihn bemerkte, wenn man mit ihm an einem Tisch saß. Er war überhaupt nicht laut oder aufdringlich, aber er hatte die Fähigkeit, die Leute zum Zuhören zu bringen, und sie zugleich davon zu überzeugen, dass dasjenige was er sagte, sehr wichtig war und auch der Wahrheit entsprach. Phaní musste dies eingestehen. Er saß da, rauchte seine Pfeife und genoss offensichtlich, dass ihm alle Anwesenden ihre ungeteilte Aufmerksamkeit schenkten. An diesem einen Abend, und an noch ein paar weiteren, an denen Phaní Bernard begleitet hatte, philosophierte Philippe ununterbrochen und erleuchtete die Leute mit seinen Bemerkungen. Seine Zuhörer waren Touristen oder Ausländer, die in der Gegend ein Haus besaßen. Die meisten waren Deutsche, sowie ein paar Franzosen. In der Regel bekam Philippe auch die bewundernde Aufmerksamkeit, die er offensichtlich sosehr brauchte. Und Phaní hatte die ganze Zeit gedacht, wie konnte irgendjemand seine Aussprüche ernst nehmen und denken, dass sie aus einem tiefen Verständnis für dieses Land entsprungen waren. Vielleicht war Phaní einfach kritischer, weil sie als einzige in der Runde Griechin war. Sie gestand sich ein, dass sie Philippe nie gemocht hatte, und nicht verstand, warum Bernard ihn als so guten Freund betrachtete. Sie nahm an, dass die Freundschaft damals entstanden war, als Bernard noch in Frankreich lebte und Philippe ihm angeboten hatte, auf sein Haus in Griechenland aufzupassen, wenn dieser nicht im Land war – nicht ohne dafür bezahlt zu werden, davon war Phaní überzeugt. Zudem hatte Bernard viele Arbeiten an seinem Haus von Philippe ausführen lassen, und als er schließlich nach Griechenland gezogen war, fühlte er sich ihm gegenüber verpflichtet. Aber das waren nur ihre Vermutungen.

Phaní's Blick streifte wieder über ihren Schreibtisch. Wenn jemand jetzt ihr Büro betreten hätte, würde er meinen, sie wäre eine äußerst ordentliche Person. Der Schreibtisch war aufgeräumt, Stifte, Büroklammern und Papiere lagen alle an ihrem Platz, und keine leeren Kaffeetassen stapelten sich wie sonst an jeder nur mögliche Stelle.

Es war ein untrügliches Zeichen dafür, dass es Mitte August war, denn in Griechenland ist der August der Monat der Sommerferien. Nur diejenigen Athener, deren Beschäftigung vom Tourismus abhing, arbeiteten noch, denn die Horden von Besuchern wollten auch in dieser Zeit verpflegt und untergebracht werden. Bis Monatsmitte, um den 15. August herum, dem Feiertag der *Panagía* – der Jungfrau Maria, hatte über die Hälfte der Bevölkerung Athens die Hauptstadt und ihre brütende Hitze verlassen und war aufs Land geflohen, um Verwandte zu besuchen. Während der letzten Jahre zeichnete sich zudem ein neuer Trend ab: die Athener bereisten ihr eigenes Land wie Touristen. Die Straßen von Athen waren infolgedessen nur noch von den typischen gelben Taxis oder von einzelnen Mietautos befahren, denn viele Besucher nutzten diese Zeit, dem legendären Athener Verkehrschaos zu entgehen.

Und es war auch die Zeit, in der die Anzahl der Schwerverbrechen, wie Mord und Betrug, beträchtlich zurückging. Nur die Einbrüche nahmen zu, weil viele Wohnungen während der Ferien verlassen waren. Aber Einbruch gehörte nicht zu Phaní's Ressort. Daher wäre jetzt die perfekte Gelegenheit, um für ein paar Wochen nach Kalamata zu fahren und einem alten Freund einen Gefallen zu tun.

So wie Philippe auf der einen Seite nicht die Art Mensch gewesen war, dem sie nur eine Sekunde geglaubt hätte, so hätte sie andererseits Bernard ihr Leben anvertraut. Dieser Mann war immer freundlich und zuverlässig, und es war undenkbar für sie, dass er je jemandem Leid zugefügt hätte, sei es nun Mensch oder Tier. Darüber hinaus war er ein Freund ihres verstorbenen Vaters gewesen, was sicherlich ihre Sichtweise Bernard gegenüber beeinflusste.

Aber wie sollte sie diese ganze Angelegenheit ihrem Chef *dievthintís* Avramopoulos erklären? Es war unwahrscheinlich, dass sie in ihrer offiziellen Funktion als Kommissarin der Mordkommission von Athen dort tätig sein könnte. Und wie würden die Kollegen in Kalamata reagieren, wenn die Athener Polizei einen ihrer Kommissare zur Untersuchung eines dortigen Verbrechens schickte? Phaní wusste nur allzu gut, wie das Verhältnis der Dienststellen in der Provinz zu der Dienststelle in der Hauptstadt war. Einerseits hatte die lokale Polizei einen gewissen Respekt vor Athen, aus dem einfachen Grund, weil die hiesige Polizei mehr Erfahrung in Mordfällen hatte. Andererseits hatte die Polizei in den Provinzen auch eine verständliche Aversion gegen jemanden, der ihr sagte, wie sie ihre Arbeit zu tun habe. Diese Tatsache wurde dadurch verstärkt, wenn dieser jemand zu allem Überfluss auch noch eine Frau war.

Es gab keine andere Möglichkeit für Phaní, als Avramopoulos aufzusuchen und ihn zu fragen, was er von der Angelegenheit hielt. Also stand sie von ihrem Stuhl auf und ging aus ihrem Büro. Sie nahm die Treppe in den fünften Stock. Der Lift war meistens so langsam, dass man mindestens zehn Minuten auf ihn warten musste. Auch die Tatsache, dass es August war und das Polizeihauptquartier leerer als sonst, änderte nichts daran. Und wenn es etwas gab, das Phaní nicht ausstehen konnte, war es, ihre Zeit zu vergeuden und auf den Lift zu warten. Im fünften Stock war die Beamtin, die normalerweise vor Avramopoulos' Büro saß, nicht an ihrem Platz. Also ging Phaní geradewegs zu seiner Tür und klopfte. Als sie ein leises *nä* – ja hörte, trat sie ein.

Zehn Minuten später kam sie wieder heraus, zog die Tür zu, lehnte ihren Rücken dagegen und blieb dort erst einmal eine Weile stehen. Die Verwirrung war ihr ins Gesicht geschrieben. Auf dem Weg zurück in ihr Büro, fragte sie sich immer wieder: was war da gerade geschehen? Denn Unterredungen mit Avramopoulos verliefen eigentlich jedes Mal nach demselben Muster: Phaní betrat sein Büro und brachte ihr Anliegen vor, zum Beispiel die Art und Weise, wie sie ihren neuen Fall angehen wollte. Zugegebenermaßen war ihre Vorgehensweise oft unkonventionell. Dies hing damit zusammen, dass sie meistens nicht fähig war, die Gründe für ihr Vorgehen vollständig zu erklären, denn fünfzig Prozent waren immer Hausaufgaben, wie sie es nannte, und bei den anderen fünfzig Prozent half ihr ihre Intuition. Und wie sollte sie diese einem sehr rationalen Menschen wie Avramopoulos erklären?

Nachdem sie fünf Minuten geredet hatte, hielt Avramopoulos seine Hand hoch und gab Phaní damit zu verstehen, sie solle einen Moment ruhig sein. Er musste eine Weile nachdenken. Dann eröffnete er ihr, wie er den Fall angehen würde. Seltsamerweise sagte er inhaltlich genau dasselbe, was Phaní gerade erklärt hatte, nur mit anderen Worten. Doch er selbst war sicherlich davon überzeugt – Phaní wollte ihn das schon immer fragen, hatte sich aber nur nie getraut –, dass dieses Konzept von Anfang an seine glorreiche Idee gewesen war. Es verschaffte ihm Genugtuung, einem seiner Beamten geholfen zu haben, einen guten Lösungsweg für einen Fall zu finden. Und jedes Mal, wenn Phaní Avramopoulos' Büro nach einer solchen Unterredung verlassen hatte, war sie sich selbst nicht mehr ganz so sicher, ob er soeben ihre Ideen hingebogen hatte, dass es so aussah, als wären es seine, oder ob er wirklich über eine verborgene Weisheit verfügte, die es ihm ermöglichte, seine Mannschaft zu führen wie ein Vater seine Kinder.

Dieses Mal war alles irgendwie anders. Zu Beginn der Unterredung betrachtete Avramopoulos Phaní mit der für ihn üblichen Skepsis, in der Erwartung, dass sie wieder eine ihrer für ihn unverständlichen Taktiken vorlegen würde. Aber nach ein paar Minuten wurde sein Gesichtsausdruck immer freundlicher. Und als Phaní gesagt hatte, weswegen sie gekommen war, hätte sie alles erwartet, von einem kurzen *ójchi* – nein bis zu einer zehnminütigen Rede über ihre Verpflichtungen der Athener Polizei gegenüber. Aber nichts von alledem bekam sie zu hören. Stattdessen sagte Avramopoulos, dass es eine ausgezeichnete Idee sei – ein Ausdruck, den er noch nie im Zusammenhang mit einem ihrer Vorschläge gebraucht hatte –, den Kollegen in Kalamata unter die Arme zu greifen. Und er fügte hinzu, dass er immer schon die Idee unterstützt hätte, dass die einzelnen Dienststellen enger zusammenarbeiten und sich mehr austauschen sollten. Schließlich hatten sie ja alle dasselbe Ziel: die Kriminalität in Griechenland zu bekämpfen. Er selbst werde sofort *dievthintís* Mavridis in Kalamata anrufen, den er, nur so nebenbei erwähnt, ganz gut kenne und ihn davon unterrichten, dass Phaní in ein paar Tagen dort eintreffen würde. Er werde dafür sorgen, dass sie alle nötigen Befugnisse hätte, um dort zu agieren, und falls sie irgendwelche Unterstützung von ihm brauchen würde, solle sie sich nicht scheuen zu fragen.

Als Phaní völlig verdutzt schon beinahe sein Büro verlassen hatte, fragte Avramopoulos noch, wie es mit ihren momentanen Fällen hier im Athener Revier stände. Phaní sagte, dass sie alle abgeschlossen hätte und es würde im Moment kein neuer anstehen.

»Sehr gut!« sagte Avramopoulos freudig, »in dem Fall können Sie ja schon morgen nach Kalamata fahren und sich über das Wochenende etwas umsehen. Halten Sie mich auf dem Laufenden.«

Avramopoulos lächelte kurz und lenkte dann wieder seine volle Aufmerksamkeit seinen Unterlagen zu, die er schon bearbeit hatte, als Phaní sein Büro betrat. Dies war ein untrügliches Zeichen, dass die Unterredung zu

Ende war. Phaní war immer noch damit beschäftigt, zu verarbeiten, was gerade geschehen war, sagte einfach ›ja‹ und verließ das Büro.

Mit all diesen Gedanken im Kopf kehrte sie an ihren Schreibtisch zurück. Sie wurde sich jetzt darüber im Klaren, dass sie insgeheim gehofft hatte, Avramopoulos würde sie nicht gehen lassen, denn sie war sich nicht sicher, ob sie überhaupt nach Kalamata fahren wollte. Warum hatte sie sich von Bernard nur überreden lassen?

Aber nun, da Phaní sich die Suppe eingebrockt und die ganze Sache ins Rollen gebracht hatte, gab es keinen Weg zurück. Jetzt musste sie auch die nächste Hürde nehmen: ihren Mann Dimitris. Ihre Beziehung war gerade in einer heiklen Phase, sie hatten sich irgendwie auseinandergelebt. Beide nahmen offensichtlich ihren Beruf zu ernst, eine Erscheinung, die in Griechenland mehr und mehr Überhand nahm, wie Phaní gerade in einer Zeitung gelesen hatte. Beziehungen gingen meistens in die Brüche, weil die Partner zu wenig Zeit miteinander verbrachten. Phaní war aber schon immer davon überzeugt gewesen, dass es für sie äußerst schwierig wäre, ihre Arbeitszeiten zu beschränken, denn die Verbrecher taten ihr nicht den Gefallen, ihren kriminellen Aktivitäten nur zwischen acht und fünf Uhr nachzugehen. Aber war es wirklich notwendig, dass ein Architekt Nächte in seinem Büro verbrachte, um zum Beispiel den Abgabetermin für den Wettbewerb eines Freilufttheaters auf der Insel Siros einzuhalten? Dabei ging es doch niemals um Leben oder Tod. Doch dies war ein Punkt, in dem sich Phaní und Dimitris nie einig werden konnten.

Es war bereits später Nachmittag und Phaní sah

keinen Grund noch länger in der *Diévthinsi* zu bleiben. Da sie ein oder zwei Wochen weg sein würde, packte sie ein paar Sachen von ihrem Schreibtisch ein und verließ ihr Büro.

Sie trat aus dem riesigen, mit weißen Marmorplatten verkleideten Gebäude an der *leophóros* Alexandras, worin sich das Hauptquartier der Athener Polizei befand, und ging die Straße entlang. Sie war tatsächlich eine der wenigen Bewohner Athens, die zu Fuß zur Arbeit gehen konnten, denn ihre Wohnung befand sich im nahe gelegenen Quartier Exarchia. Sie ging zwanzig Minuten strammen Schrittes die Alexandras entlang, überquerte die immer noch stark befahrene Straße, ging halb rechts weiter und ließ den lärmigen Verkehr hinter sich. Kurz darauf gelangte sie zu dem Mietshaus, wo sie im dritten Stock mit ihrem Mann wohnte. Ein Kollege von Dimitris und ehemaliger Lehrer von ihm am *Politechnío* – der Technischen Hochschule hatte das Haus in den siebziger Jahren gebaut. Er lebte auch im selben Gebäude und hatte sein Architekturbüro im Erdgeschoss. Phaní betrat den winzigen Innenhof durch das Gittertor und ging die Wendeltreppe in den dritten Stock hinauf. Sie öffnete die massive Holztür und hoffte, dass Dimitris zu Hause wäre. Als sie jedoch die Wohnung betrat, spürte sie sofort, dass er seine Drohung wahr gemacht hatte und weg war.

3

Phaní ging direkt ins Schlafzimmer. Einige Sachen ihres Mannes und eine große Tasche fehlten. Es bestand also kein Zweifel, Dimitris war in sein Büro gezogen, wenigstens vorübergehend. Phaní war sichtlich überrascht, dass er so weit gegangen war. Sie setzte sich auf den Rand des Bettes und wählte die Nummer von Dimitris' *kinitó* – seinem Mobiltelefon. Da erblickte sie einen Zettel, legte den Hörer wieder auf und las seine Nachricht:

»Ich dachte etwas Abstand würde uns gut tun. D.«

Phaní schüttelte den Kopf. Das konnte sie in diesem Moment überhaupt nicht gebrauchen. Sie hätte jetzt dringend jemanden nötig gehabt, der sie gut kannte und sie dabei unterstütze, was ihr bevorstand.

»In Ordnung. Du kannst deinen Abstand haben, und zwar reichlich!« schimpfte Phaní und stand vom Bett auf. Offensichtlich konnte sie sich gerade jetzt auf niemand anderen verlassen, als auf sich selbst. Sie ging zu ihrer Seite des Schranks, packte ein paar Sachen in eine Tasche, schnappte diese und verließ die Wohnung ohne eine Nachricht zu hinterlassen. Ursprünglich wollte sie erst am anderen Morgen nach Kalamata fahren, doch genauso gut konnte sie schon heute Abend aufbrechen. Der Verkehr beruhigte sich normalerweise um acht Uhr, und es war sogar besser jetzt aus Athen hinauszufahren als am nächsten Morgen.

Ihr Auto hatte sie hundert Meter die Straße hinauf am Fuß des Strephi Hügels geparkt. Ihr dunkelgrüner Citroën Xsara war zwischen zwei andere Autos gequetscht, und sie brauchte einige Zeit, um ihn aus der kurzen Lücke zu manövrieren. Sie schlängelte sich durch die engen Straßen von Exarchia und gelangte hinunter zur *odós* Panepistimiou und zur *platía* Omonias.

Bis jetzt hatte sie erfolgreich vermieden, darüber nachzudenken, was vor ihr lag. Aber während der Fahrt war es unmöglich, den eigenen Gedanken zu entfliehen, und sie würde immerhin drei Stunden brauchen, um nach Kalamata zu gelangen. Sie dachte wieder daran, wie leicht es gewesen wäre, die Untersuchung des Falls nicht zu übernehmen. Und gab es überhaupt einen Fall? Warum nur hatte sie sich darauf eingelassen? Vielleicht hatte ihr Unterbewusstsein sie dazu getrieben und ihr klarmachen wollen, dass es an der Zeit wäre, sich einem Abschnitt in ihrem Leben zu stellen, welchen sie bis jetzt so erfolgreich ausgeklammert hatte. Und warum? Wahrscheinlich hatte sie einfach davor Angst gehabt, dass ihr nicht gefiel, was sie herausfinden würde.

Ohne es zu bemerken hatte Phaní schon Elevsina erreicht, mit seinen riesigen Ölraffinerien und einer der letzten Schiffswerften des Landes. Diese stammte aus einer Zeit, als Griechenland nicht nur Heimat einiger der mächtigsten Schiffsreeder war, sondern auch Standort mehrerer Schiffswerften. Es war zudem kaum vorstellbar, dass dieses kleine Städtchen Elevsina an der Küste Attikas eines der bedeutendsten Heiligtümer des antiken Griechenland gewesen war. Phaní erinnerte sich, wie sie einmal die Ausgrabung besucht hatte, zusammen mit ihrer Mutter und einigen Verwandten von der mütterlichen Seite der Familie. Ihr Vater wollte nicht mitkommen, er hatte das Haus zu dieser Zeit überhaupt nur noch selten verlassen. Sie erinnerte sich weiter, wie sie damals durch das Heiligtum schritten, das inmitten eines Industriegebietes lag. Die Schornsteine der umliegenden Fabriken ragten hinter den Säulen und Wänden der alten Ruinen empor. Nach genauerer Überlegung musste das in dem Jahr gewesen sein, als sie nach Athen umgezogen waren. Das lag schon fast dreißig Jahre zurück.

Tief versunken in diejenigen Gedanken, die sie eigentlich nicht aufkommen lassen wollte, bemerkte Phaní erst jetzt, dass sie den Isthmos von Korinthos und die Brücke zur Halbinsel der Peloponnes erreicht hatte. Dieser Teil Griechenlands war reich an Geschichte, sowohl an antiker als auch moderner. Die Revolution der Griechen gegen das Osmanische Reich hatte hier ihren Anfang genommen und endete auch hier in dem Kampf, der das Fundament für einen unabhängigen Staat Griechenland legte. Die berühmte Seeschlacht von Navarino fand vor dem kleinen Küstenort, fünfundvierzig Kilometer von Kalamata entfernt statt, der seit den fünfziger Jahren wieder seinen antiken Namen Pilos trug.

Nach einer weiteren Stunde Fahrt beschloss Phaní in Tripoli haltzumachen, einer charmanten Stadt, die im Herzen Arkadiens lag. Dort endete auch die Autobahn, die ursprünglich ganz bis Kalamata hätte reichen sollen. Phaní nahm ein Zimmer in einem der Hotels am großen, zentral gelegenen Platz. Das Zimmer war klein und schmucklos, mit Ausnahme eines winzigen Fernsehers, der in einer Ecke an der Wand befestigt war. Nachdem sie geduscht hatte, wollte sie sich eigentlich entspannen und ein wenig fernsehen. Als sie aber nach einer Viertelstunde die Fernbedienung immer noch nicht gefunden hatte, gab sie auf. Sie verließ das Hotel, um sich einen Drink zu gönnen. Eine schmale Straße führte sie zu einem weiteren kleineren Platz, an dem das Stadttheater auf der einen Seite und das örtliche Polizeirevier auf der anderen lagen. Es kam ihr in den Sinn, dass sie ihre Athener Dienststelle für ein oder zwei Wochen mit einer kleinen lokalen tauschen würde, wahrscheinlich ähnlich dieser, welche sie hier sah. Aber morgen wüsste sie mehr, es hatte also keinen Sinn, sich darüber zu viele Gedanken zu machen.

Sie ging in eine kleine Pizzeria mit Bar am selben Platz und bestellte einen Campari Orange. Während Phaní auf ihren Drink wartete, beobachtete sie die Gäste in der Bar. Es waren ausschließlich junge Leute, meist Männer, die sich amüsierten. Die griechische Jugend unterschied sich nicht mehr stark von der des übrigen Europa. Sie trugen alle eine von der momentanen Mode diktierte Kleidung, sie drückten sich ähnlich aus und jedes zweite Wort das fiel, war ein Schimpfwort, auch wenn es ein für Griechenland sehr typisches war. Phaní fragte sich, woran man erkennen konnte, dass es sich hier um Griechen handelte. Oder war das gar nicht mehr wichtig in Zeiten der Globalisierung? Trotzdem hatte doch jedes Volk seine kleinen Eigenheiten in der Art und Weise, wie sie sich ausdrückten oder dachten. Konnte jemand, der aus einem anderen Land kam, noch einen Unterschied feststellen, zwischen der Jugend in seinem Land und derjenigen, die er hier antraf? Oder war schließlich das einzige Merkmal, das ein Volk vom anderen unterschied, nur noch die Sprache?

Doch dann ertappte Phaní sich dabei, dass sie nur krampfhaft versuchte, über etwas anderes nachzudenken, um von sich selbst abzulenken. Immerhin war sie es, eine Frau von bald vierzig Jahren, verheiratet, erfolgreich in ihrem Beruf, die hier völlig alleine saß.

Genauer betrachtet musste sie sich die Frage stellen, wie sicher ihre Beziehung zu ihrem Mann Dimitris und ihr Job in Athen waren. Wie sich heute herausgestellt hatte, waren es genau diese zwei Dinge, die auf wackeligen Beinen standen. Dass ihre Ehe mit Dimitris momentan eine unsichere Phase durchlebte, hatte sie kommen sehen. Vielleicht hatte er recht, und etwas Abstand wäre gut für beide. Und wie stand es mit ihrer Arbeit? Seit ihrer Unterredung mit Avramopoulos und wegen der Tatsache, dass er sie ohne Weiteres gehen ließ, um einen doch eher unwichtigen Fall in der Provinz zu bearbeiten, beschlich Phaní ein seltsames Gefühl, was ihre Stellung bei der Athener Polizei betraf. Aber mehr war es auch nicht zu diesem Zeitpunkt, nur ein Gefühl. Und da die Dinge nie so waren, wie sie schienen, hatte es zurzeit keinen Sinn darüber nachzudenken.

Phaní kippte in einem Zug ihren Drink hinunter und kehrte ins Hotel zurück. Sie ging gleich zu Bett. Um zu verhindern, dass sie nachts aufwachte und trübe Gedanken wälzte, nahm sie genügend Schlaftabletten, dass sie auch das stärkste Erdbeben verschlafen hätte.

Am nächsten Morgen stand Phaní früh auf. Sie duschte, packte ihre Sachen und verließ das Hotel. In einem der kleinen Kioske auf dem Platz gegenüber kaufte sie eine Zeitung. Es musste Samstag sein, denn heute gab es zu der eigentlichen Zeitung auch ein Magazin, eine Reisebroschüre, eine Kochbeilage, eine Fernsehzeitschrift und für einen Euro extra noch eine DVD. Sie kaufte die Zeitung ohne DVD und schmiss alle Beilagen in den nächsten Papierkorb. Dann setzte sie sich ins *kaphenío* an der Ecke, bestellte einen Donut und einen *ellinikó glikó* – einen griechischen Kaffee, süß. Wenn Phaní etwas dringend brauchte, um den Tag zu beginnen, dann war es diese kleine Tasse Kaffee, die von den meisten Touristen als Brühe bezeichnet wurde. Sie schlug die Zeitung auf und überflog die Schlagzeilen. Diese kreisten in den letzten Wochen immer um dieselben Themen: den Fehlern der jetzigen Regierung und der miserablen wirtschaftlichen Lage des Landes. Im Kulturteil weckte ein bestimmter Artikel Phaní's Aufmerksamkeit, sie wusste nicht weshalb. Darin war die Rede von einem griechischen Film, der dieses Jahr an der Berlinale gezeigt worden war. Der Film handelte von einem wirklichen Fall. Ein verzweifelter albanischer Einwanderer überfiel eine Bank, nahm eine Geisel und floh. Der Inhalt erinnerte sie an einen ähnlichen Vorfall in Deutschland, der sich zu der Zeit zugetragen hatte, als sie im Rahmen eines EU-Austauschprogramms zwischen Griechenland und Deutschland bei der Hamburger Polizei angestellt war. Ein Freund, den sie in dieser Zeit kennengelernt hatte, war auf Geiselnahmen spezialisiert und bearbeitete den Fall. Ein Räuber hatte die kleine Filiale einer örtlichen Bank in einem Vorort Hamburgs am helllichten Tag überfallen. Wie sich herausstellte, hatte er einen Komplizen, der im Auto vor der Bank wartete. Der Überfall lief aber nicht wie geplant, und der Räuber entschied sich eine Geisel mitzunehmen, eine Kundin, die zur falschen Zeit am falschen Ort war. Die Polizei verfolgte den Fluchtwagen, wurde aber abgeschüttelt und verlor jede Spur. Fast sechs Stunden später erschien die Geisel völlig verstört auf einem Polizeirevier in der Nähe ihrer Wohnung und brachte Licht ins Dunkel: der Fahrer hatte die Kontrolle über das Fluchtfahrzeug verloren und den Wagen in einen Graben gesteuert. Beide Räuber lagen bewusstlos im Auto, und die Frau nutzte den Moment und konnte entkommen. Sie stand unter Schock und hatte nur einen Gedanken im Kopf, ihr Zuhause zu erreichen. Sie suchte schließlich mit ihrem Mann zusammen das Polizeirevier auf, um zu berichten. Beamte begaben sich sofort an die Stelle, wo sich der Unfall ereignet hatte, aber nur noch ein Täter lag schwer verletzt im Auto. Vom zweiten Täter und dem Geld fehlte jegliche Spur. Ein paar Tage später hatte Phaní die Frau mit ihrem Mann von Weitem in der Dienstelle gesehen. Zu dem Zeitpunkt war diese von allen Zeitungen wegen ihres tapferen Verhaltens als Heldin gefeiert worden und hatte eine gewisse Berühmtheit erlangt. Phaní erinnerte sich, dass diese Frau auch aus der Ferne eine Stärke ausgestrahlt hatte, von der sie nachhaltig beeindruckt war.

Phaní erwachte aus ihrem Tagtraum. Sie hatte keine Ahnung, ob nur der Artikel zu dem Film über die Geiselnahme schuld daran war, dass dieser Vorfall in Hamburg, der ja schon vier Jahre zurücklag, ihr plötzlich so lebhaft vor Augen stand. Vielleicht lag es auch daran, dass es Vorfälle gab, die einen tief berührten und auch nach Jahren nicht aus dem Kopf gingen. Wahrscheinlich würde sie diese Frau gar nicht wiedererkennen, auch wenn sie direkt am Nebentisch säße. Reflexartig schaute sich Phaní um und fing dann unweigerlich an über sich selbst zu lachen. Das wäre wohl ein zu großer Zufall. Und doch überlegte sie sich, was wohl aus der Frau geworden war.

Ihre Gedanken kehrten in die Gegenwart zurück und sie dachte an Kalamata. Vor neun Jahren war sie das letzte Mal dort gewesen, nur für einen kurzen Aufenthalt. Doch eigentlich hatte sie Kalamata nicht mehr gesehen, seit sie vor etwa dreißig Jahren mit ihrer

Familie nach Athen umgezogen war. Wann immer sie sich inzwischen doch in diesen Zipfel Griechenlands verirrt hatte, mied sie jedesmal erfolgreich diejenigen Orte in der Stadt, an denen sie auf die Vergangenheit ihrer Familie und schließlich auch ihrer eigenen hätte stoßen können.

Phaní schaute auf ihre Uhr. Es war schon nach zehn und sie musste jetzt weiterfahren, wenn sie Kalamata vor eins erreichen wollte. Obwohl es Samstag war, hoffte sie immer noch jemanden im Polizeirevier anzutreffen, der ihr sagen könnte, wo der Tatort zu finden war.

Wieder unterwegs, brauchte Phaní nicht länger als eineinhalb Stunden, um sich auf den kurvenreichen Straßen durch die unzähligen Hügel südlich von Tripoli zu winden. Und dann lag sie vor ihr, die weite grüne Ebene Messeniens, übersät mit abertausenden von Olivenbäumen und an beiden Seiten von massiven Gebirgszügen eingegrenzt. Im Osten erhoben sich die imposanten Gipfel des Taïgetos. In der Ferne, am Rande des tiefblauen Meeres gelegen, breitete sich Kalamata landeinwärts wie ein Teppich von kleinen weißen Häusern aus. Etwa eine halbe Stunde später befand sich Phaní schon mitten im Verkehrsgewimmel, während sie sich der Hauptstadt Messeniens näherte. Es war gerade die Zeit des starken Mittagsverkehrs, und daher brauchte sie mehr als eine halbe Stunde, um die letzten drei Kilometer bis zum Polizeirevier zurückzulegen. Das neue Polizeihauptquartier lag seit ungefähr sieben Jahren an einer der breiten Zufahrtsstraßen der Stadt. In dieser Gegend waren in den letzten Jahren zahlreiche lagerhallenartige Gebäude mit Autovertretungen, Gärtnereien und Supermärkten entstanden. Phaní parkte vor dem dreistöckigen Polizeirevier und ging geradewegs hinein. Sie kam in einen Empfangsbereich, dessen Boden mit schlichten hellen Marmorplatten ausgelegt war, eine allgemein typische Ausstattung für öffentiche Gebäude in Griechenland seit den fünfziger Jahren.

Gleich neben der Eingangstür bemerkte Phaní zwei Polizeibeamte in Uniform. Sie saßen an einem alten metallenen Schreibtisch mit brauner Resopalplatte, der bestimmt noch ein Überbleibsel vom alten Revier im Stadtzentrum war. Der Mann und die Frau waren in eine Diskussion vertieft und kümmerten sich nicht darum, was um sie geschah. Phaní musste sich direkt vor sie hinstellen, um auf sich aufmerksam zu machen.

»*Kaliméra.* Wer hat den Fall in Phinikounda unter sich?« fragte sie. Die zwei Beamten schauten sich gegenseitig fragend an und wussten nicht, wovon sie sprach. Daher war die einzige Art zu reagieren, eine Gegenfrage zu stellen.

»Warum wollen Sie das denn wissen?« Phaní zog ihren Dienstausweis der Athener Polizei aus ihrer Tasche und zeigte ihn.

»Ich bin *astinómos* Papadea von der *Astinomikí Diévthinsi Athinón.* Ich muss mit dem Beamten sprechen, der den Tod von Philippe ...« Phaní merkte, dass sie den Nachnamen nicht kannte. Der Mann fragte gleich:

»Wer?«

Phaní verlor langsam die Geduld.

»Na, der Typ, den man tot in Phinikounda gefunden hat.«

»Ah, *o xénos* – der Fremde«, warf die Polizistin ein, die schneller schaltete.

»Ah, der Mordfall!« sagte er dann.

Offensichtlich wurde es als selbstverständlich angesehen, dass man es hier mit Mord zu tun hatte. Der Mann nahm den Hörer ab und rief jemanden an. Er murmelte etwas ins Telefon und schaute zu Phaní auf.

»Wie war Ihr Name noch mal?«

»Papadea«, sagte sie kurz.

Der Beamte murmelte noch ein paar Worte und legte auf.

»Es wird gleich jemand herunterkommen.«

Darauf wendete er seine Aufmerksamkeit wieder seiner Kollegin zu, die alles interessiert beobachtet hatte, und beide setzten ihre Diskussion fort, als wäre nichts geschehen.

Fünf Minuten später fiel Phaní ein etwas nervös wirkender junger Mann auf, der die Haupttreppe herunter kam. Als er Phaní neben dem Schreibtisch mit den zwei Beamten stehen sah, setzte er ein zaghaftes Lächeln auf und kam direkt auf sie zu. Er reichte ihr die Hand.

»*Kaliméra*. Ich bin *ipastinómos* Panos Kiriakoulis. Es freut mich, Sie kennenzulernen.« Sie schüttelten kurz die Hände, und er bat sie mit in sein Büro zu kommen, damit sie ungestört reden könnten. Phaní folgte ihm die Marmortreppe hinauf in den ersten Stock, wo sie einen engen Korridor entlanggingen, bis er eine der vielen, nicht voneinander zu unterscheidenden Türen öffnete. Dies musste sein Büro sein. Er ließ Phaní vorausgehen und folgte. Er griff gleich einen Stuhl, der neben der Tür stand und bot ihn Phaní an. Sie sagte ›danke‹ und setzte sich. Es folgte ein Moment verlegenen Schweigens bis Panos sie fragte, ob er ihr etwas zu trinken bestellen könne. Phaní lächelte.

»Ja, gerne. Einen Kaffee bitte, *ellinikó glikó*.«

Während Panos jemanden anrief, um den Kaffee

zu bestellen, schaute sich Phaní etwas im Büro um. Es war sehr sauber und alles war an seinem Platz. Hinter Panos' Rücken stand eine Pinwand, an der einige Fotografien aufgehängt waren, die Phaní's Aufmerksamkeit erweckten. Sie stand auf, um sie sich genauer anzusehen. Es waren mehrere Fotos vom Tatort in Phinikounda. Eins davon zeigte eine Gesamtaufnahme, auf der ein Haus im Rohbau und die Terrasse mit der Leiche, die mit dem Rücken auf dem Zement lag, zu sehen waren. Die anderen Bilder zeigten Nahaufnahmen von Philippe's Leiche. Phaní erkannte ihn nicht gleich wieder. Sein Haar war so flach und er sah bedeutend älter aus, als damals, als sie ihn vor neun Jahren getroffen hatte. Obwohl Phaní gemischte Gefühle hatte, was seine Persönlichkeit anbelangte, war es doch seltsam, jemanden, den man gekannt hatte, auf einer Fotografie als Leiche wiederzusehen. Eine weitere Aufnahme zeigte die Verletzung an Philippe's Hinterkopf. Es musste ein heftiger Schlag gewesen sein, denn die Wunde war sehr tief, doch es war fast kein Blut zu sehen. Panos legte den Hörer auf und stellte sich neben Phaní vor die Pinwand. Sie schaute ihn an und fragte mit einem Lächeln:

»Ich würde mir gern den Tatort sobald wie möglich ansehen. Können wir gleich jetzt hinfahren?« Panos war von ihrem Vorschlag überrascht, schien jedoch nichts dagegen zu haben. Phaní fügte schnell noch hinzu:

»Falls Sie nicht schon etwas anderes vorhaben.«

Es war immerhin Samstag, und Phaní dachte, wie oft sie ihre Athener Kollegen dazu getrieben hatte, Überstunden zu machen. Sie dachte auch daran, dass sie erst vor einer halben Stunde angekommen und in diesem Polizeirevier neu war. Aber Panos versicherte ihr, dass es überhaupt kein Problem wäre, und er ihr gerne den Tatort zeigen würde.

»Wir müssen nach Phinikounda fahren. Das ist ein kleiner Ort etwa fünfzig Kilometer südwestlich von hier«, erklärte Panos.

»Ich weiß«, sagte Phaní und lächelte.

Darauf angesprochen, zog Phaní es vor nicht selbst zu fahren, denn sie war ja schon den ganzen Morgen unterwegs gewesen. Sie nahmen eines der Zivilfahrzeuge und fuhren in Richtung Tatort. Der Verkehr auf der Ausfahrtsstraße aus Kalamata hatte sich etwas aufgelöst, wie üblich für einen Samstagnachmittag um zwei Uhr. Das Wochenende hatte begonnen und damit auch die Zeit der Erholung.

Nachdem sie am Flugfeld des Staatlichen Flughafens von Kalamata und der Stadt Messini vorbeigefahren waren, wurde die Straße kurvenreicher und enger. Phaní war überrascht, wie wenig sich hier in den letzten zehn Jahren verändert hatte. Riesige Hotelanlagen für Touristen waren bis jetzt in dieser Gegend nicht geplant und so auch nicht vorhanden. Offensichtlich war dieser Teil Griechenlands nicht attraktiv genug für diese Form von Investition, was ein Nachteil sein konnte – oder auch ein Segen.

An einer Abzweigung bogen sie links auf die Küstenstraße gegen Süden ab, und bald tauchte linker Hand das tiefblaue Wasser des Mittelmeers auf.

Panos war nicht sehr typisch griechisch, dass hatte Phaní schon bemerkt. Er redete nicht viel und versuchte nicht das Schweigen mit unaufgeforderten Erzählungen aus seinem Leben zu unterbrechen. Phaní merkte auch, dass die Fahrt von Athen sie ziemlich angestrengt hatte. Sie war froh, nur daneben sitzen zu können, keine

Fragen beantworten oder sich unterhalten zu müssen. Sie dachte an ihr Leben in Athen und ganz besonders an Dimitris. Er hatte sie bis jetzt noch nicht anzurufen versucht. Und sie war sich auch überhaupt nicht sicher, ob er schon bemerkt hatte, dass sie nicht mehr in der Wohnung war und sogar die Stadt verlassen hatte. Der Gedanke tat weh, aber andererseits wusste sie, wie sich Dimitris in seine Arbeit vergraben konnte, und ganz besonders, wenn ihm ein Abgabetermin im Nacken saß.

Ihre Gedanken wurden abrupt unterbrochen, als Panos sagte, sie wären angekommen. Er hatte vor einer Baustelle mit einem Haus im Rohbau angehalten. Der Anblick von grauen Betonböden, Pfeilern und Terrassen, und den roten Ziegelsteinmauern war ein sehr häufiges Bild in Griechenland. Das Dach aus roten Dachpfannen war auch schon gedeckt, und große Teile der Wände waren mit dem ersten grauen Zementputz überzogen. Phaní und Panos stiegen aus dem Wagen und betraten die Baustelle durch das Tor. Als Phaní in Richtung Haus ging, erkannte sie von den Fotos den Teil der Terrasse wieder, wo Philippe gelegen hatte. Jemand hatte die Umrisse der Leiche, wie sie vorgefunden worden war, umrahmt, und zwar mit dem ersten Besten, was zu finden war: dunkelrote Rostschutzfarbe. Phaní kniete nieder, um die Oberfläche genauer zu betrachten. Doch sie konnte keine einzige Spur finden, die darauf hindeutete, dass hier ein Verbrechen stattgefunden hatte. Es sah aus, als ob jemand die Oberfläche gesäubert hätte. Sie schaute zu Panos auf, der neben ihr stand.

»Wie ist es möglich, dass keine Blutflecken zu sehen sind? Nach der Wunde auf den Fotos zu urteilen, musste er eine große Menge Blut verloren haben.«

Panos war deutlich anzusehen, dass er etwas ratlos war. Vielleicht hatte es damit zu tun, dass er dieses selber nicht bemerkt oder auch keine Erklärung dafür hatte.

Im nächsten Moment drehten Phaní und Panos ihre Köpfe gleichzeitig in Richtung Tor, als sie jemanden rufen hörten:

»Hallo! Sie da!«

4

Phaní war sichtlich aufgebracht. Nichts konnte diese Touristen aufhalten, dachte sie, nicht einmal ein geschlossenes Tor. Eine Frau mit kurzem blondem Haar kam die Auffahrt hoch auf sie zu. Etwa einen Meter hinter ihr folgte ein Mann. Beide waren ungefähr fünfzig und trugen Hemd und kurze Hose in hellen Farben, als wären sie auf Urlaub. Phaní erhob sich mit einem Ruck und ging den beiden entgegen. Sie sagte in einem barschen Tonfall:

»Sie können hier nicht hereinkommen. Kein Zugang für Touristen!«

Die Frau schien überrascht. Sie brauchte etwas Zeit, um sich zu fassen und zu antworten. Sie machte den Eindruck, als ob sie nicht recht wusste, sollte sie beleidigt oder eingeschüchtert sein. Schließlich sagte sie in einem Ton, als wollte sie sich rechtfertigen, in gebrochenem Griechisch:

»Wir sind keine Touristen. Dies ist unser Haus.«

Nun war es Phaní, die sichtlich überrascht war. Sie schaute etwas verlegen zu Panos, der allem Anschein nach die Eigentümer des Hauses auch noch nicht getroffen hatte. Phaní nahm an, dass das Ehepaar aus Deutschland stammte, und versuchte ein paar Worte Deutsch zusammenzukratzen. Aber unter dem Druck, der durch die Situation gegeben war, gab sie es auf. Sie fand die Umstände waren zu ernst, als dass man irgendwelche Missverständnisse riskieren sollte. Die einzigen Worte, die sie auf Deutsch sagte, waren ›Entschuldigen Sie bitte‹, dann fuhr sie auf Englisch fort.

»Es tut mir leid. Mein Name ist Phaní Papadea, *astinómos* von der Polizei Athen. Dies ist *ipastinómos* Panos Kiriakoulis. Wir untersuchen die Ursachen, die zum Tod des Mannes geführt haben, der hier gefunden wurde.«

Die Frau machte ein überraschtes Gesicht.

»Meinen Sie denn nicht, dass Philippe umgebracht wurde?« fragte sie. Phaní war sich nicht sicher, ob dies nun Zeit und Ort war, den Fall mit jemandem außerhalb der Polizei zu besprechen. Daher tat sie, was sie in solchen Fällen immer tat, sie ignorierte die Frage einfach.

»Herr und Frau ...« Phaní hielt inne, da sie den Namen des Ehepaars nicht kannte. Die Frau verstand sogleich.

»Beckmann, Ehepaar Beckmann.«

»Herr und Frau Beckmann«, fuhr Phaní fort, »ich weiß, es muss sehr ungewöhnlich für Sie sein, dass eine Leiche auf Ihrem Besitz gefunden wurde. Und ich hoffe, Sie verstehen, dass im Laufe der Untersuchungen niemand den Tatort betreten darf. Verstehen Sie, was ich meine? Die Bautätigkeit kann während dieser Zeit nicht fortgesetzt werden.«

Frau Beckmann schaute ihren Mann an. Sie schien nicht glücklich über die Ereignisse zu sein, aber sie verstand auch, dass es unter den gegebenen Umständen nicht anders ging.

»Ja, wir verstehen das«, antwortete die Frau.

Phaní fuhr fort:

»Wir müssen Sie auch bitten, einmal in der *Diévthinsi* in Kalamata vorbeizukommen.«

Frau Beckmann schien dieses beinahe zu amüsieren.

»Oh!«

Phaní beeilte sich das genauer zu erklären, als sie sah, wie die Frau reagierte.

»Diese Vorgehensweise ist reine Routine. Jeder, der den Toten kannte, und ich nehme an, Sie kannten ihn, könnte uns hilfreiche Informationen liefern.«

Während der ganzen Unterhaltung blickte Phaní von Zeit zu Zeit zum Ehemann. Er wirkte einerseits etwas angespannt, andererseits schien er sich für die ganze Angelegenheit nicht besonders zu interessieren. Vielleicht war das aber seine Art, mit der Situation umzugehen.

Phaní schaute die Baustelle um sich herum noch einmal an.

»Aber wenn Sie schon mal hier sind, können Sie ebensogut ein paar Fragen beantworten.«

Die Frau sah ihren Mann an.

»Ja, wenn wir können.«

»Wann waren Sie das letzte Mal auf der Baustelle?« fragte Phaní, fügte aber schnell hinzu:

»Bevor die Leiche gefunden wurde, natürlich.«

Ohne lange zu überlegen kam ihre Antwort:

»Letzten Dienstag, am Tag bevor …« Sie wusste nicht, wie sie den Satz beenden sollte.

Phaní fuhr einfach mit ihren Fragen fort.

»Haben Sie mit ihm gesprochen?« Die Frau nickte.

»Erschien er Ihnen irgendwie anders, als die Tage zuvor?« Die Frau überlegte einen Moment.

»Nein«, antwortete sie, während sie ihren Ehemann anschaute. Dieser zuckte nur mit den Schultern, um zu sagen, dass ihm nichts aufgefallen wäre. Phaní überlegte kurz, was sie noch fragen könnte.

»Hat sich hier auf der Baustelle irgendetwas verändert?« Während der Ehemann bewegungslos stehen blieb, blickte die Frau um sich, aber sie schien nicht richtig zu wissen, worauf sie achten sollte. Phaní fügte noch hinzu:

»Fehlt etwas, oder befindet sich etwas nicht an der gewohnten Stelle? Wurde irgendetwas bewegt?«

Die Frau gab sich Mühe genau hinzusehen, ob sich seit dem letzten Mal etwas verändert hatte, aber nichts schien ihr aufzufallen. Sie machte ein hilfloses Gesicht, denn es hatte den Anschein, dass sie wirklich helfen wollte.

Phaní lächelte sie an. Sie erkannte, dass sie im Moment von den zweien nichts Weiteres erfahren würde. Sie bat sie, Adresse und Telefonnummer *ipastinómos* Kiriakoulis zu geben und sich für eine Unterredung Anfang nächster Woche bereitzuhalten.

Das Ehepaar ging, sie setzten sich in ihren dunkelblauen Jeep Cherokee und fuhren davon. Phaní schaute ihnen nach und überlegte, welchen Eindruck das Paar gerade bei ihr hinterlassen hatte. Die Tatsache, dass die Fertigstellung ihres Hauses sich mindestens um einen Monat verzögern würde, nahmen sie ziemlich gelassen hin. Phaní hatte mehr Gezeter erwartet, und das wäre auch verständlich gewesen. Die Beckmanns mussten jetzt länger als geplant im Hotel wohnen, und das bedeutete Mehrkosten für sie. Phaní war sogar beeindruckt, wie verständnisvoll sie reagiert hatten, und sie versuchte sich vorzustellen, wie ein griechisches Ehepaar sich in einem solchen Fall verhalten hätte. Es hätte protestiert, geflucht und die *Panagía* – die Jungfrau Maria um Hilfe angerufen. Phaní fühlte sich immer etwas beschämt, wenn ihre Landsleute auf diese Art reagierten. Bis zu einem gewissen Punkt bewunderte sie sogar diese eher nüchternen Nordeuropäer – manchmal wenigstens, nicht immer. Phaní wurde den Eindruck nicht los, dass sie das Ehepaar schon irgendwo gesehen hatte. Andererseits gehörten die beiden zu den Menschen, von denen man glaubte, ihnen schon öfters begegnet zu sein.

Phaní wendete sich wieder Panos zu. Er schaute sie mit einem fragenden Gesichtsausdruck an. Sie bemerkte, dass sie plötzlich sehr müde war und kümmerte sich nicht weiter um ihn. Zudem hatte sie den ganzen Tag noch nichts gegessen, abgesehen vom Donut am Morgen. Phaní schaute sich noch einmal die Baustelle an. Es hatte keinen Sinn zu bleiben. Heute konnte sie doch nichts mehr erreichen, zumal sie nicht einmal wusste, worauf sie achten sollte. Sie erinnerte sich daran, dass kein Blut des Opfers zu finden war und sagte Panos, er solle sich das merken. Dieser zog ein kleines Notizbuch aus der Tasche und schrieb es gewissenhaft auf.

Während die zwei durch das Tor zum Auto gingen, blieb Phaní stehen und blickte zurück, als hätte sie sich an etwas erinnert. Panos bemerkte ihren gedankenvollen Gesichtsausdruck, aber er wagte nicht zu fragen, weil er sie erst seit kurzem kannte. Er wartete ab, ob sie selbst etwas sagen oder einfach weitergehen würde, und schließlich überlegte Phaní laut:

»Dies ist ein sehr seltsamer Fall. Ich glaube nicht, dass ich schon einmal mit einem Verbrechen zu tun gehabt habe, wo der Tatort keinerlei Hinweise gab. Dieser hier verrät uns überhaupt nichts!« Da Panos keine Erfahrung mit Mordfällen hatte, wusste er nicht, was er antworten sollte, und Phaní ging weiter zum Wagen.

Während der Fahrt zurück zum Polizeirevier, und während sie danach zu ihrem Auto ging, hatte Phaní das dringende Bedürfnis, Zeit für sich zu haben. Obwohl ihr bewusst wurde, dass sie sich alleine in einer Stadt befand, in der sie so gut wie niemanden mehr kannte, konnte sie im Moment ohnehin keine Gesellschaft ertragen. Deshalb setzte sie sich wortlos in ihr Auto. Bevor sie abfuhr, sagte sie kurz *jiá* zu Panos, und dass sie sich Montagmorgen, neun Uhr wieder hier im Revier treffen würden. Panos blieb nichts anderes übrig, als ihr nachzuschauen, wie sie in Richtung Innenstadt von Kalamata davonfuhr.

Phaní steuerte ihren Wagen direkt zum Hafen. Sie erinnerte sich noch ziemlich genau an den Weg, der zur *paralía* – dem Strand führte. Dieser Teil der Stadt hatte sich nicht sehr verändert, seit sie mit ihrer Familie weggezogen war. Linker Hand tauchte bald die Grundschule auf, die sie kurz besucht hatte. Es war ein altes Gebäude von der Größe eines Häuserblocks und sah eher wie eine Lagerhalle oder ein Gefängnis aus. Die Fenster waren vergittert, am ganzen Gebäude blätterte die Farbe ab, und das einzige Anzeichen dafür, dass es sich hier um eine Bildungsstätte handelte, und nicht vielleicht um ein Gefängnis, waren die zwei Fahnen, die im Abendwind über dem Eingang wehten:

eine griechische und eine europäische. Das Gebäude hatte sich wirklich nicht verändert in den letzten dreißig Jahren. Nur im Umkreis waren neue Bauten entstanden, vor allem Wohnblöcke, aber auch die Filiale einer bekannten griechischen Supermarktkette. An der nächsten Ampel bog Phaní rechts in die *odós* Pharon ein und fuhr in Richtung Strand. Die *odós* Navarinou, die Straße, die am Wasser entlang führte, hatte sich allerdings stark verändert. Phaní fuhr langsam durch den regen Verkehr. Soweit sie sich erinnern konnte, waren hier früher nur kleine Tavernen zu finden gewesen, die sich auf Fischspeisen spezialisiert hatten. Sie suchte nach einem ganz bestimmten Lokal, wo sie manchmal als Kind mit ihrem Vater hingegangen war. Es war eines seiner Lieblingslokale gewesen, sehr eng und gemütlich, mit den typischen Holztischen, die mit Tischtuch und schützender Plastikfolie bedeckt waren. Ihr Vater hob sie immer zur Theke hoch, wo ihm vom Wirt die Fische gezeigt wurden, und er sich denjenigen aussuchen konnte, den er wünschte. Der Fisch wurde anschließend gewogen und der Wirt sagte, wie viel er kostete. Aber Fisch wurde damals noch nicht als Spezialität betrachtet und war sehr preisgünstig. Als Vorspeise offerierte der Wirt meistens eine Köstlichkeit seines Hauses, kleine Tintenfische in Essigsauce. Wie war doch der Name des Wirts noch? Phaní hatte so lange nicht mehr an ihn und das Lokal gedacht. Und eines Tages war ihr Vater nicht mehr dorthin gegangen. Das war etwa drei Monate bevor ihre Familie Kalamata endgültig verlassen hatte. Sie hat nie begriffen, warum. Obwohl Phaní sich anstrengte, konnte sie die alte Fischtaverne nicht mehr finden. Während sie langsam fuhr und suchte, hatte sich hinter ihr eine lange Schlange von Autos gebildet, begleitet von einem wütenden Hupkonzert. Als Phaní in den Rückspiegel blickte, konnte sie all die aufgemotzten Autos hinter sich sehen, die BMWs, Audis und Toyotas, mit ihren chromglänzenden Breitfelgen, den verdunkelten Fenstern und den kleinen blauen Lichtern, die nervös blinkten. Phaní ließ sich nicht hetzen, aber sie war trotzdem jäh aus ihren Erinnerungen gerissen worden. Dies machte sie wütend, und deshalb fuhr sie noch langsamer, mit Absicht. Es war eben Pech für die Jüngelchen hinter ihr, dass die Straße so verstopft war und es keine Möglichkeit zum Überholen gab. Immerhin war es Samstagabend und die Jugend von Kalamata ging aus, um ihr eigenes oder das Geld ihrer Eltern auszugeben, in all den schicken und trendigen Clubs und Bars, die sich eng aneinanderreihten und das Bild der Uferstraße prägten. Nach etwa einem Kilometer konnte sie dem verrückten Treiben entkommen. Rechts von ihr tauchte der Strand auf, und sie konnte aufs offene Meer blicken. Die Sonne war schon tief gesunken und hing wie ein orangeroter Ball über dem ruhigen Wasser des Mittelmeeres.

Nun dachte Phaní zum ersten Mal daran, dass sie eine Bleibe für die Nacht brauchte, solange sie in der Stadt war. Sie ging einige Möglichkeiten durch, und die erste, die ihr in den Sinn kam, war Bernard zu fragen. Er hatte ein kleines Gästezimmer in seinem Haus, und sie war sicher, er würde sie willkommen heißen. Aber dann dachte sie daran, dass er mit ihrem Fall zu tun hatte, wenn auch nur am Rande. Daher wäre es keine gute Idee, bei ihm zu wohnen. Eine andere Möglichkeit waren ihre Verwandten in Kalamata, doch bei genauerer Überlegung kam eigentlich nur Onkel

Andonis in Betracht. Er war der einzige, der versucht hatte, über die letzten Jahre mit Phaní in Verbindung zu bleiben. Aber trotzdem kam er nicht in Frage und sie verwarf diese Möglichkeit. Andonis war ein sehr lieber Mensch und auch sehr geduldig, doch seine Frau, Tante Anastasia war eine Nervensäge. Ein Gespräch mit ihr nahm immer denselben Verlauf, und Phaní mochte dies gar nicht, denn es gipfelte am Ende in der einen Frage: warum hast du keine Kinder? Zuletzt blieb ihr also nur noch ein Hotel als Ausweg.

Sie kehrte um und fuhr wieder an der *paralía* vorbei ins Stadtzentrum. Sie hoffte dort ein erschwingliches, ruhiges Hotel zu finden, wo nicht andauernd lärmende Touristen ein- und ausgehen würden. Schließlich fand sie eines, das ihre Bedingungen einigermaßen erfüllte, in der Nähe des Hauptbahnhofs, welcher der einzige Bahnhof war. Er war wie viele Bahnhöfe der Provinz – das hieß in ganz Griechenland außer Athen und Thessaloniki – ein kleines Gebäude mit Giebeldach und Wänden aus Naturstein, das aus einer Zeit stammte, als die griechische Regierung noch geglaubt hatte, die Eisenbahn hätte eine Zukunft, das war Ende des neunzehnten Jahrhunderts. Seit das Auto aber an Wichtigkeit zugenommen hatte, wurde fast alles mit Lastwagen, Bussen oder Privatautos transportiert, sei es Mensch, Tier oder Ware, und der Zug verlor mehr und mehr an Bedeutung. Hier in Kalamata fuhren zwar noch Züge, aber das war nichts im Vergleich mit anderen europäischen Städten. Die Gegend um den Bahnhof hatte sich zum Treffpunkt der Jugend gewandelt, mit kleinen Cafés, Bars und dem obligaten Internetcafé.

Phaní stellte ihr Auto vor dem vierstöckigen Hotel ab, griff ihre Tasche und betrat die große Lobby, die gänzlich mit beigem Marmor ausgekleidet war. Alle Farbtöne waren in beige gehalten, das war ein untrügliches Zeichen dafür, dass das Hotel seit den achtziger Jahren nicht renoviert worden war. Der Besitzer, oder wer auch immer hinter der Rezeption saß, machte einen ähnlich vernachlässigten Eindruck.

Nachdem Phaní sich ein Zimmer genommen hatte, zwängte sie sich in den sehr kleinen Lift, in den unmöglich mehr als zwei Personen passten. Sie stieg im dritten Stock aus und fand bald ihr Zimmer mit der Nummer 307. Beim Betreten hätte sie schwören können, dass es genau gleich aussah, wie das Hotelzimmer in Tripoli, wo sie letzte Nacht geschlafen hatte. Eine Ausnahme bildeten die Badezimmerkacheln, die hier dunkelbraun waren anstatt weiß mit blauen Blumen. Sie setzte sich erst einmal aufs Bett und wurde wieder von dem Gefühl befallen wie am Tag zuvor, einer Mischung aus Aufgeregtheit und Müdigkeit. Letzte Nacht hatte sie den Vorteil gehabt, dass es schon spät gewesen war, und mit Hilfe von ein paar Tabletten war sie mühelos eingeschlafen. Aber heute Abend war es erst neun Uhr. Was sollte sie tun? Sie wusste nicht genug über den Fall, um darüber nachzudenken. Doch auf der anderen Seite war es das einzige, was sie tun konnte. Sie versuchte, sich vor Augen zu führen, was sie heute erfahren hatte und was sie bis jetzt wusste. Das Opfer war ein Mann um die sechzig. Er kam ursprünglich aus dem französischen Teil der Schweiz, soweit Phaní sich erinnern konnte. Am einfachsten war es, erst einmal Bernard zu fragen, später musste noch alles überprüft werden. Philippe war vor einigen Jahren von der Schweiz in diesen Teil Griechenlands gezogen. Sie wusste nicht genau wann. Bernard wusste dies bestimmt auch. Philippe hatte hier als Bauführer gearbeitet und überwachte die einzelnen Bauabschnitte, wie er es bei den Beckmanns getan hat. Phaní hatte keine Ahnung, ob er selbständig gearbeitet hatte oder im Auftrag eines anderen. Wenn ja, wer wäre dieser andere? Außerdem hatte sie den Eindruck, dass Philippe vor allem Bauvorhaben für Ausländer beaufsichtigt hat. Das war jedenfalls vor neun Jahren der Fall gewesen, und genauso hatte er an seinem letzten Projekt für ein deutsches Ehepaar gearbeitet. Philippe hatte eine Freundin und Phaní konnte sich wieder einmal nicht an ihren Namen erinnern. Woran sie sich sehr wohl erinnern konnte, auch wenn sie die Frau immer nur kurz gesehen hatte, war ihre spröde Persönlichkeit und ihre Humorlosigkeit. Phaní musste lächeln. Sie erinnerte sich, dass sie diese Person von Anfang an nicht ausstehen konnte, und dieses Gefühl hatte sich auch während der wenigen Male, die sie sie nochmals getroffen hatte, nicht verändert. Was hatten nur manche Leute an sich, dass die Abneigung, die man gegen sie hegte, auch nach so vielen Jahren noch lebendig war? Es war nichts Persönliches, da Phaní ja niemals etwas mit ihr zu tun gehabt hatte. Vielleicht stand sie nur für einen Typ Frau, den Phaní allgemein nicht mochte. Und überhaupt, vielleicht spielte sie ja in diesem Fall gar keine Rolle.

In Anbetracht dessen, was sie gerade resümiert hatte, wäre es eine gute Idee, Bernard bald einen Besuch abzustatten. Er war nicht nur äußerst zuverlässig und ein guter Freund, sondern er hatte auch das Opfer gut gekannt und wusste über alles Bescheid, was in und um Kalamata geschah. Er besaß das einzigartige Talent, jegliche Information aus jedermann herauszulocken, auch aus Leuten, die er erst kennengelernt hatte. Sein

Interesse galt überhaupt nicht dem Klatsch, vielmehr deren Schicksal und den verschiedenen Geschichten, die jeder mit sich herumtrug und in den meisten Fällen auch bereit war, zu erzählen. Phaní beschloss Bernard gleich morgen früh zu besuchen. Dies bedeutete aber, dass sie heute in dem Fall nicht weiterkommen würde.

Nachdem sie sich damit abgefunden hatte und sich in ihrem deprimierenden Hotelzimmer umsah, wurde ihr bewusst, dass sie sich in irgendeiner Weise ablenken musste. Aus Bequemlichkeit stellte sie den Fernseher an und wechselte wahllos die Kanäle, sodass sich die gesamte Vielfalt des Samstagabendprogramms vor ihr ausbreitete. Um diese Zeit gab es Nachrichten, und die drehten sich während der letzten Monate immer wieder um dieselben Themen: das Land hatte kein Geld, die Kontroverse um dubiose Besitztümer der Orthodoxen Kirche und der Fußball nach der Europameisterschaft. Die übrigen Kanäle hatten auch nichts Interessantes zu bieten. Es wurde eine alte griechische Schwarzweißkomödie aus den sechziger Jahren gezeigt, musikalische Unterhaltungsprogramme und irgendeine Reality Talentshow.

Dann erschien ein Lokalsender, und sie platzte mitten in die offizielle Pressekonferenz, die vom *dievthintís* der Polizei Kalamata, Athanasios Mavridis, gegeben wurde. Das großgeschriebene *E* in einer Ecke des Bildschirms zeigte, dass es sich um eine Wiederholung handelte. Sehr wahrscheinlich war dies der Bericht, von dem Bernard gesprochen hatte. Auch wenn der *dievthintís* in seiner zu großen Uniform hinter einem Schreibtisch saß, konnte man erkennen, dass Mavridis ein klein gewachsener Mann war. Er war wohl über sechzig und sein Haar etwas schütter. Er sprach langsam und seine

Worte waren sorgfältig gewählt. Er betonte, wie wichtig die schnelle Auflösung des Falles für das Ansehen von Kalamata und den Bezirk Messenien im Allgemeinen wäre. Und es sollten keine Mühen gescheut werden, des Urhebers dieses grausamen Verbrechens habhaft zu werden.

Da in diesem Teil des Landes Mord äußerst selten vorkam, war eine ziemlich große Anzahl Reporter aus dem ganzen Land anwesend. Aber jede Frage, die sich darum drehte, wie die Polizei gedenke, den Täter zu fassen, wurde nicht beantwortet und nähere Angaben wurden sorgfältig umgangen. Nach einer Weile passte Phaní nicht mehr auf, was im Fernsehen gesagt wurde und ihre Gedanken glitten ab. Bernard hatte wirklich recht. Es entstand der Eindruck, als ob die Polizei nicht wüsste, was sie tun sollte. Es schien *dievthintís* Mavridis wichtig zu sein, das Gesicht zu wahren und große Reden zu schwingen, und trotzdem konnte er vor ihr nicht verbergen, dass die Polizei in Kalamata Hilfe brauchte. Dies war wohl auch der Grund, warum sie hierher geschickt worden war.

Phaní hatte plötzlich dieses seltsame Gefühl, dass hinter dem Fall mehr steckten könnte. Irgendetwas stimmte in ihren Augen nicht. Aber hatte sie andererseits nicht schon oft diesen seltsamen Argwohn gespürt, Situationen gegenüber, die auf den ersten Blick einfach erschienen? Und wie oft hatten Avramopoulos, Dimitris und einige andere ihr gesagt, dass sie den Hang habe, Verschwörungen zu sehen, wo es gar keine gab? Sie selbst hasste es, wenn bei ihr dieser Argwohn aufkam. Sie hatte sich schon oft gewünscht, sie könne die Dinge rational sehen, ohne das Gefühl, es würden sich noch tiefere Bedeutungen hinter dem

Offensichtlichen verbergen. Aber wie oft hatte sie auch richtig gelegen? Jedenfalls öfter richtig als falsch. Und trotzdem konnte dieser Fall hier klar und einfach sein und dahinter würde eines der häufigsten Motive stecken: Geld.

Phaní ging zu Bett und versuchte einzuschlafen. Doch plötzlich machte sich ein unbändiges Hungergefühl bemerkbar. Sie stand mit einem Ruck wieder auf, denn so konnte sie nie und nimmer ihren Schlaf finden. Aber wo sollte sie jetzt etwas zu essen bekommen? Sie hatte überhaupt keine Lust, sich wieder anzuziehen und noch ein Restaurant zu suchen. Vielleicht konnte der Finsterling hinter der Rezeption etwas auftreiben. Sie zog sich schnell einen Pullover und eine Hose über ihren Pyjama und ging in die Hotellobby. Der Finsterling saß nicht mehr hinter der Empfangstheke.

Die Lobby war leer und spärlich beleuchtet. Aus einem Nebenraum hörte Phaní Stimmen und das Klirren von Geschirr und Gläsern. Der Mann von der Rezeption saß mit einem anderen Mann und einer Frau an einem kleinen Tisch, und alle aßen mit unverkennbarem Appetit. Als der Mann Phaní in der Tür stehen sah, sprang er sofort auf und fragte, ob er etwas für sie tun könne.

Bevor Phaní sichs versah, saß sie mit an dem Tisch, mit Pulli und Hose über dem Pyjama und Badelatschen, und hatte einen Teller voller Essen vor sich stehen: frisch zubereitete *melitzanosaláta*, *bámies* und *arnáki kokkinistó*. Freigiebig füllte der Finsterling hausgemachten Rosé ein. So konnte man sich irren. Der Mann, den Phaní nun nicht mehr Finsterling nennen mochte, war wirklich nett. Er hatte sie immerhin vor dem Hungertod gerettet.

»Woher bist du?« fragte der Mann. Es war üblich, dass man sich gleich duzte.

»Aus Athen«, antwortete Phaní.

»Ah, Athen.« Die Reaktion war typisch für die Leute in der Provinz. In der Art und Weise, wie sie Athen sagten, schwang Verachtung und zugleich Bewunderung mit.

»Ich könnte dort nie leben«, fuhr der Mann fort, »dort ist es ja wie in einem Dschungel.« Der andere Mann und die Frau nickten. Beide sagten, wie im Chor:

»Hier ist es viel schöner! Ein Paradies!«

»Und was machst du hier?« fragte der Mann weiter.

»Ich soll einen Mordfall lösen«, antwortete Phaní und nahm noch einen Schluck Rosé. Alle am Tisch wichen etwas von ihr zurück. Die Frau sagte, *pópopo!* Doch dann rückten alle wieder etwas näher und wollten mehr wissen. Phaní fuhr sich mit den Fingern über die Lippen, um anzudeuten, die Sache sei streng vertraulich. Der Wein fing an zu wirken und die Stimmung war locker. Kurz kam Phaní in den Sinn, dass sie ja eigentlich für sich hatte sein wollen. So viel zum Thema, sie könne im Moment keine Gesellschaft ertragen.

Nach Mitternacht war Phaní zurück in ihrem Hotelzimmer. Sie zog Hose und Pulli aus und plumpste aufs Bett. Nein, heute würde sie keine Schlaftablette brauchen. Der Wein hatte es in sich. Er war bestimmt das bessere Schlafmittel, und sie spürte, wie ihre Glieder schlaff und entspannt waren. In diesem Dämmerzustand, kurz vor dem Einschlafen und benommen vom Wein, schossen ihr noch zwei Gedanken durch den Kopf: sie hätte Dimitris anrufen müssen, und warum sind eigentlich alle davon überzeugt, dass es Mord war?

5

Am nächsten Morgen wurde Phaní vom Lärm der Motorroller und Autos auf der Straße geweckt, begleitet vom gelegentlichen Hupen, das einfach dazugehörte. Phaní stand auf und trat auf den kleinen Balkon hinaus. Die Straße unter ihr war für einen Sonntagmorgen schon ziemlich belebt. Sie musste etwas Seltsames geträumt haben. Sie konnte sich nicht an den Traum erinnern, was sie in der Regel auch selten tat, aber trotzdem hatte er ein eigenartiges Gefühl hinterlassen, das jetzt in ihrem Unterbewusstsein lauerte. Sie versuchte sich an den Traum zu erinnern, aber im Moment gelang es ihr nicht. Manchmal war es dann etwas Banales, das im Laufe des Tages die Erinnerung an den Traum wieder vor Augen führte. Jetzt war es sinnlos, krampfhaft darüber nachzudenken.

Sie trat ins Zimmer zurück und zog sich fertig an. Nachdem sie das Hotel verlassen hatte, ging sie rechts die Straße entlang und erreichte nach wenigen Minuten den großen, zentral gelegenen Platz von Kalamata. Er hatte die Form eines langgestreckten Rechtecks und war umringt von mehreren Banken, ein paar wenigen Touristenläden, dem Kulturzentrum und einem halben Dutzend Cafés. Hier war das eigentliche Herz der Stadt. Phaní setzte sich in eines der Cafés und bestellte ihren lebensnotwendigen Kaffee, *ellinikó glikó.* Gerade als ihr dieser gebracht wurde, läutete Phaní's *kinitó.* Sie kramte es aus ihrer Tasche, wozu sie einige Sekunden brauchte. Mobiltelefone machten Phaní jedesmal nervös. Sie fühlte sich immer verpflichtet zu antworten, wenn dieses nervtötende Klingeln ertönte. Phaní schaute auf die Anzeige und konnte erkennen, dass Dimitris anrief. Sie musste wohl etwas zu lange gezögert haben, denn gerade als sie die Antworttaste drücken wollte, hörte das Telefon auf zu klingeln. Phaní schaute für eine Weile auf die Anzeige und überlegte, ob sie zurückrufen sollte. Dann sah sie sich um und glaubte, jeder müsse sie anstarren und sehen, dass ihr der ganze Vorfall etwas peinlich war. Doch das Café war fast leer, bis auf einen älteren Herrn, der ein paar Tische entfernt saß. Er sah distinguiert aus. Er war sehr gut angezogen, seine Kleidung war schlicht, aber teuer. Er trug einen Hut, wie viele ältere Männer und eine dunkle Sonnenbrille. In der Art und Weise, wie er dasaß, sah er aus wie Onassis. Und er blickte genau in Phaní's Richtung. Als er merkte, dass sie ihn dabei ertappt hatte, dass er sie ansah, schaute er nicht etwa schnell weg, im Gegenteil: er lächelte und neigte leicht seinen Kopf, als ob er Phaní grüßen wollte. Nun schaute Phaní schnell weg, denn der Mann war ihr unbekannt. Während sie krampfhaft in die andere Richtung sah, überlegte sie, ob sie den Mann vielleicht doch irgendwo getroffen hatte, sei es bei der Polizei oder sonst wo in Athen. Aber niemand kam ihr in den Sinn. Kurz darauf ging eine Kellnerin zu dem Herrn, er bezahlte seinen Kaffee und stand auf. Von den Bewegungen, die sie im Augenwinkel sah, neugierig gemacht, drehte Phaní ihren Kopf zurück. Gerade als der Mann gehen wollte, wendete er sich zu ihr um und schaute sie direkt an. Er hob seinen Hut und lächelte, bevor er sich wieder umdrehte und entfernte. Er ging zu einer dunklen Limousine, die offensichtlich auf ihn wartete. Er stieg ein und die Limousine fuhr davon. Phaní hatte keine Ahnung, wer der Mann gewesen war und woher er sie kannte – und offensichtlich kannte er sie. Es war unwahrscheinlich, dass er sie verwechselte, denn er hatte ja nur fünf Meter entfernt gesessen. Sie rief die Kellnerin, die sofort kam.

»Wissen Sie, wer der Herr war, der gerade gegangen ist?« fragte Phaní. Die Kellnerin lächelte.

»Oh ja! Sie sind offensichtlich nicht von hier. Jeder in Kalamata weiß, wer er ist. Es ist *kírios* Kanellopoulos.«

Die junge Frau lächelte immer noch und schaute Phaní verwundert an. Phaní ihrerseits konnte sich nicht erinnern, den Namen je gehört zu haben. Nach einer Weile merkte sie, dass die Kellnerin sie immer noch ansah, bedankte sich und bezahlte schnell.

Nachdem die Kellnerin gegangen war, versuchte Phaní Dimitris zu erreichen, gelangte aber nur an seinen Anrufbeantworter. Sie wollte keine Nachricht hinterlassen. Als sie die Wahlendtaste drückte, überlegte sie für einen Moment, was eigentlich zwischen ihr und Dimitris schieflief. Sie waren nun gut sechs Jahre verheiratet, und sicherlich hatten sie in ihrer Ehe Höhen und Tiefen erlebt. Sie waren aber immer zusammengeblieben, was auch geschah. Phaní fragte sich dann, wohin er in der kurzen Zeit gegangen sein konnte, oder hatte er absichtlich nicht geantwortet, weil er eingeschnappt war? Sie wusste, dass es schlecht für eine Beziehung war, wenn sich Misstrauen einschlich. Auf der anderen Seite war es aber ein Teil ihres Berufes, misstrauisch zu sein. War das die sogenannte *déformation professionelle* – die Verformung durch den Beruf, von der Dimitris immer gesprochen hatte, wenn er als Architekt ein Gebäude nicht mehr nur wegen seiner reinen Schönheit betrachten konnte, sondern es immer gleich analysieren und mit seinem Blick als

Fachmann beurteilen musste? Vielleicht tat Phaní ja das gleiche und konnte nicht glauben, dass ein Mensch irgendetwas ohne Absicht tun könnte. Sie hoffte, dass sie in diesem Fall falsch lag, und dass Dimitris unter der Dusche stand, oder etwas in der Art.

Phaní ging zu ihrem Auto zurück, das vor dem Hotel stand, und fuhr los in Richtung Verga, dem kleinen, nahe der Küste gelegenen Ort etwa sieben Kilometer östlich von Kalamata.

Dievthintís Mavridis war der Überzeugung, dass es im Leben feste Grundsätze und Regeln gab. Manche Leute würden seine Handlungen als Rituale bezeichnen, andere sein Wesen als gewohnheitsliebend, seine Frau war dieser Ansicht. Sie hatte ja auch ihre Gewohnheiten, wie zum Beispiel ihr Gang am Sonntagmorgen zur Messe in die Kathedrale von Kalamata, der Ipapandi Kirche, nahe der von den Franken erbauten Burg. *Dievthintís* Mavridis seinerseits nahm die Routine seiner Frau als Gelegenheit seinem bevorzugten Zeitvertreib zu frönen: der Lektüre der besonders großen Sonntagszeitung und der dazugehörigen Jagdmagazine. Dabei handelte es sich natürlich nur um die Jagd auf Kleintiere, wie Hasen oder Spatzen. Das war ein in ganz Griechenland beliebtes Hobby, dem er und viele seiner Landsleute nachgingen. Besonders im Herbst schwärmten alle Amateurjäger in das Umland von Kalamata aus, fuhren in die versteckten Täler des Taïgetos Gebirges und schon bald konnte man vereinzelt den Widerhall der Schüsse in den Hügeln und Dörfern an den Berghängen hören. Aber nun war Hochsommer und Mavridis begnügte sich damit, über die neuesten Tricks und den letzten Schrei der Ausrüstung für den

Jäger zu lesen. Mit anderen Worten, dies war die Zeit in der Woche, während der er nicht gestört werden wollte, damit er lesen und sich erholen konnte.

Seine Reaktion auf das plötzliche Klingeln des Telefons war daher verständlich. Er steiß ein paar Flüche aus und nahm seine Lesebrille ab. Es sollte eigentlich jedem klar sein, dass der Sonntagmorgen für ihn heilig war. Jeder seiner Freunde wusste das, und im Polizeirevier mussten doch die wachhabenden Beamten erst den Vizedirektor informieren, bevor er gestört werden durfte. Er überlegte sich, ob er den Anruf nicht einfach ignorieren solle, aber seine Korrektheit und das nicht enden wollende Geklingel des Telefons machten es unmöglich für ihn. Mit der festen Absicht dem Anrufer gehörig die Meinung zu sagen nahm er ab und meldete sich mit einem kurz angebundenen und bewusst unfreundlichen *oríste!* Seine Haltung änderte sich schlagartig, als er begriff, wer anrief.

»*Kírie* ...« begann er den Satz, aber der Anrufer unterbrach ihn schnell.

»Keine Namen, bitte. Ich bin unterwegs und rufe von meinem *kinitó* aus an. Wie der Abhörskandal in Athen gezeigt hat, ist man nirgends sicher.«

Mavridis erinnerte sich, dass der Anrufer sehr misstrauisch war. Andererseits wäre dieser aber auch niemals so überaus erfolgreich gewesen, hätte er anderen vertraut. Der Anrufer fuhr fort:

»Wissen Sie eigentlich, wer diese Kommissarin der Athener Polizei ist, die Sie hierher geholt haben?«

Mavridis zögerte.

»Nein. Mein guter Freund Avramopoulos in Athen ...«

Der Anrufer fing an zu lachen.

»Es ist offensichtlich, dass Sie nicht aus Kalamata

sind. Hier kennt fast jeder, besonders die ältere Generation, den Namen Papadeas sehr gut.«

Der Anrufer machte eine Pause, was Mavridis Zeit zum Überlegen gab, worum es hier eigentlich ging.

Dann sprach der Mann weiter:

»Es könnte für einige angesehene Männer hier in Kalamata sehr unvorteilhaft sein, dass sie gekommen ist. Ich gebe Ihnen den guten Rat, schicken Sie *kiría* Papadea so schnell wie möglich nach Athen zurück.«

Mavridis wurde nun etwas ungehalten. Er war ja schließlich der Direktor der Polizei von Kalamata, und er mochte es gar nicht, wenn man ihm sagte, was er tun solle. Es würde sein Gefühl von Redlichkeit untergraben. Auf der anderen Seite hing seine Stellung von ein paar einflussreichen Personen in und um Kalamata ab, seien es Unternehmer oder Politiker. Und er war sich auch dessen bewusst, dass er nicht von hier stammte, was ihn sogar in noch größerem Maße abhängig machte. Aber trotzdem, er war doch der Direktor der hiesigen Polizei. In einem Anfall von verletztem Stolz sagte er bestimmt:

»Mit allem gebührenden Respekt, ich glaube nicht, dass es für Sie angemessen ist, mir Ratschläge zu geben, wie ich meine Aufgaben bei der Polizei lösen soll.« Mavridis war außerordentlich stolz, dass er dem Anrufer die Stirn geboten hatte. Er wusste aber auch, dass er genauso feste Worte wieder zu erwarten hatte, wenn nicht sogar subtile Drohungen. Aber der Anrufer wählte eine andere Taktik.

»*Kírie dievthintá*, Sie haben mich vollkommen missverstanden. Es liegt mir fern, in irgendeiner Art zu versuchen, Ihre Arbeit zu beeinflussen. Das wäre unrecht, oder etwa nicht? Was ich Ihnen zu erklären versuche, ist lediglich, dass *kiría* Papadea's Anwesenheit in Kalamata unnötige Probleme verursachen könnte, und zwar einigen von uns, und Sie sind da mit eingeschlossen, mein Lieber.«

Mavridis konnte spüren, wie ein Unwohlsein in ihm aufstieg. Worauf wollte der Anrufer hinaus? Aber er hatte sicherlich recht, wenn Mavridis bedachte, wer der Anrufer war. Trotzdem fragte er:

»Was meinen Sie damit?« Der Anrufer lachte lauthals. Mavridis merkte, wie dieser die Spannung genoss und sich mit der Antwort Zeit ließ.

»Ich sage nur: Liegenschaften entlang der großen Einfahrtsstraße. Sie wissen bestimmt, wovon ich spreche.«

Damit hatte dieser recht, denn Mavridis erinnerte sich, wie er lange vor seiner Zeit als Polizeidirektor dort investiert hatte, was sich später als Goldgrube herausstellte.

Seine Gedanken wurden von den Worten des Anrufers unterbrochen.

»Ich meine nur, Sie sollten Ihre Investition schützen.«

Nach einer Pause fuhr er fort:

»Und falls *kiría* Papadea anfängt, an gewissen Stellen zu graben, und ich bin überzeugt, sie wird dies tun, wenn sie in der Stadt bleibt, dann könnte auch Ihre Investition in Gefahr sein.«

»Wie meinen Sie das?« fragte Mavridis.

»Sie brauchen nicht mehr zu wissen. Es ist besser für Sie.« Der Anrufer legte auf und Mavridis blieb somit die Ungewissheit, was er tun sollte. Falls der Mann recht hatte, und Mavridis trotzdem seinen ›Ratschlag‹ nicht befolgte, und seine Investition wirklich in Gefahr war, würde dies ein großes Risiko für seine finanzielle Zukunft bedeuten. Vor allem jetzt, ein halbes Jahr, bevor er in den Ruhestand treten wollte, hatte das Thema eine besondere Bedeutung. Die Rente für einen Polizeidirektor vom Staat aus war nicht gerade üppig. Um also seinen Lebensstil aufrecht zu erhalten und die große Wohnung in Kalamata, die zwei Autos, das Haus auf Siros und die Möglichkeit, dass seine zwei Töchter weiterhin in London studieren konnten, nicht aufgeben zu müssen, brauchte er ein Nebeneinkommen, das zugegebenermaßen nicht gerade bescheiden war.

Seine Gedanken wurden durch das Geräusch der Schlüssel im Schloss unterbrochen. Seine Frau kam von der Messe zurück. Als sie eintrat, sah sie ihn neben dem Telefon stehen, mit dem Hörer noch in der Hand. Sie erkannte auch den fragenden Ausdruck in seinem Gesicht. Sie legte ihre Handtasche ab, hängte ihren Mantel auf und stellte sich vor ihn hin, die Arme über ihrer Brust verschränkt. Sie schaute ihn einen Moment an, dann sagte sie:

»Sag mir was los ist!«

Um das Dorf Verga zu erreichen musste Phaní am Strand von Kalamata entlangfahren, wie sie es schon am Tag zuvor getan hatte. Da halb elf an einem Sonntagmorgen immer noch als früh betrachtet wurde, war der Strand fast völlig leer. Nur ein paar Touristen hatten sich für ein morgendliches Bad im Meer hierher verirrt. Wo der Strand endete, entfernte sich die Küstenstraße vom Meer und Phaní fuhr an dem luxuriösen Philoxenia Hotel vorbei. Bald darauf sah sie linker Hand die Hänge des Taïgetos Gebirges auftauchen. Die Tatsache, dass die Steigung beträchtlich war und der Boden sehr steinig, konnte erstaunlich viele Ausländer – und seit ein paar Jahren auch Griechen – nicht davon abhalten, ihre

Häuser an den Hang der Berge zu bauen. Vor zwanzig Jahren war diese Gegend noch fast unberührt, doch jetzt schossen die Häuser wie Pilze aus dem Boden.

Phaní hatte, wie viele ihrer Landsleute, ihre ursprünglichen Vorbehalte den Ausländern gegenüber, die in den letzten zwanzig Jahren nach Griechenland geströmt waren, um ihren Traum zu verwirklichen und ein Häuschen im ›Paradies‹ zu bauen, nicht ganz aufgegeben. Am Anfang waren die Häuser ja auch noch bescheiden, und die Fremden, die dazugehörten auch. Aber jetzt, wenn man den Hang hinaufschaute, mit den Bergen als Hintergrund, die schon immer in imposanter Weise über dem Flachland von Kalamata thronten, war jegliche Bescheidenheit verschwunden und hatte einer Demonstration von Reichtum und leider auch schlechtem Geschmack Platz gemacht. Wie viele würden da noch kommen! Ausländer und Griechen, die dazu entschlossen waren, ihre Villa mit Turm und Zinnen an den majestätischen Berghang zu bauen?

Phaní bog in eine der kleinen Straßen ab, die sich den Hang hinauf wanden. Sie musste noch weitere fünfhundert Meter fahren, um das Haus ihres Freundes Bernard zu erreichen. Sie war damit beschäftigt, sich an den Weg zu erinnern, als in einer der vielen Kurven ein Wagen mit hoher Geschwindigkeit genau auf sie zuraste. Phaní reagierte schnell und lenkte ihr Auto an den Straßenrand. Zum Glück konnte sie auf eine Einfahrt ausweichen und anhalten. Wenn sie nicht so schnell reagiert hätte, wäre der Wagen mit voller Wucht direkt in sie hineingefahren. Nun war der silberne Corolla mit seiner Stoßstange nur an ihrer Seite entlanggeschrubbt, als er die Kurve nahm und vorbeibrauste. Alles ging sehr schnell und Phaní hatte sich weder das Kennzeichen merken, noch einen Blick auf den Fahrer werfen können, und somit nicht erkannt, ob es ein Mann oder eine Frau gewesen war. Sie stieg aus und schaute sich die Bescherung an. Der Wagen hatte ihren Xsara nur gestreift und eine dunkle Linie an der Seite hinterlassen. Phaní machte ihrem Ärger Luft und fluchte. Aber es lohnte sich nicht, die *Trochéa* – die Verkehrspolizei zu rufen. Was für eine Ironie wäre das ohnehin, da sie selbst zur Polizei gehörte. Sie begnügte sich mit dem Gedanken, dass es sich hier sicherlich um einen hormongesteuerten Jüngling gehandelt haben musste, der genügend bestraft würde, wenn er seinen Eltern den Schaden an ihrem Wagen erklären musste. Denn dieser schnörkellose silbergraue Corolla, ohne Breitfelgen und blinkenden blauen Lichtern war bestimmt nicht das Auto eines Heranwachsenden.

Phaní stieg wieder in ihren Wagen und setzte die Fahrt fort. Sie war froh, als sie das Haus ohne Schwierigkeiten fand. Jetzt brauchte sie wirklich ein Glas Wein oder etwas Stärkeres nach dem Schrecken.

Bernards Haus war klein und bescheiden und fügte sich in die Umgebung ein, sodass man es kaum bemerkte oder auch nie gedacht hätte, dass es erst fünfzehn Jahre alt war. Phaní betrat das Grundstück durch ein schlichtes Gatter und dachte daran, wie oft sie Bernard schon gesagt hatte, er solle das Tor abschließen. Sie ging am Haus entlang bis zur Veranda, wo eine Pergola angenehmen Schatten spendete. Der Haupteingang befand sich vorne, aber Freunde kamen hintenherum ins Haus. Auf der Veranda vernahm Phaní die Klänge traditioneller griechischer Musik, die von innen ertönten. Sie rief einmal ›hallo‹ und zögerte kurz, bevor sie das Haus betrat. Im Innern erschien alles schwarz, denn ihre Augen mussten sich erst einmal vom grellen Sonnenlicht an die Dunkelheit gewöhnen. Nach einer Weile konnte sie die Möbel erkennen, auch Bilder an der Wand, die Tür, die in die Küche führte. Sie machte ein paar Schritte und rief noch einmal, dann ging sie zur Sitzecke, bis ihr Fuß an ein Hindernis stieß. Da sie nicht genau wusste, wohin sie trat, war sie sicher, sie wäre an ein Tischbein oder einen Stuhl gestoßen. Als sie nach unten schaute, war da weder das eine noch das andere. Stattdessen erblickte sie ein Paar nackte Füße in Sandalen. Ihr Blick wanderte die Beine hoch und dann sah sie ihn dort liegen, ausgestreckt vor dem Sofa. Es war Bernard, und er musste ohnmächtig sein. Phaní kniete nieder und schüttelte ihn an den Schultern. Sie machte sich Sorgen und wunderte sich, warum er am Boden lag. Ihre Frage wurde zum Teil beantwortet, als sie eine kleine blutende Wunde auf Bernards Stirn erkannte.

6

Phaní's Atem stockte für einen Moment. Sie war kurzzeitig wie gelähmt und konnte nicht klar denken. Der Moment ging jedoch schnell vorüber, sie griff nach ihrem *kinitó* und wählte 100, die Nummer für Notfälle. Mit Müh und Not versuchte sie zu erklären, wohin die Ambulanz kommen müsse. Dann rannte sie in die Küche und griff nach einem Küchentuch, das sie nass machte. Sie hatte nicht die leiseste Ahnung, warum

Bernard verwundet am Boden lag. Als Phaní aus der Küche zurückkam, hörte sie leises Stöhnen aus seiner Richtung. Gott sei Dank, dachte sie und ging schnell zu ihm. Bernard saß schon aufrecht mit dem Rücken gegen das Sofa gelehnt. Er griff sich an den Kopf und schien erst jetzt die Wunde an seiner Stirn zu bemerken. Trotz all der Widrigkeiten setzte er gleich ein breites Lächeln auf, als er sah, wie Phaní auf ihn zukam. Er war sichtlich überrascht und erfreut, sie zu sehen.

»*Oh, Phaní, je suis tellement heureux* ...« Bernard begann in seiner Muttersprache zu sprechen, als er es merkte, fasste er sich an den Kopf. Er lächelte und fuhr auf Griechisch fort. Seine für ihn typische Aussprache hatte einen starken, doch charmanten französischen Akzent.

»Phaní, ich bin ja so froh, dass du hier bist!« Phaní war auch froh, dass er wieder der Alte zu sein schien.

»Bernard, was machst du nur?« fragte sie. »Was ist geschehen? Bist du hingefallen?«

Bernards Lächeln verschwand von seinem Gesicht und er sah jetzt eher besorgt aus. Zugleich versuchte er vom Boden aufzustehen und sich richtig aufs Sofa zu setzen. Phaní griff ihm unter den Arm und half ihm hoch. Sie war sehr feinfühlig, was den Stimmungsumschwung anderer Leute betraf und merkte sofort, dass die Veränderung in seinem Gesichtsausdruck sehr wahrscheinlich bedeutete, dass Bernard nicht einfach gestolpert und hingefallen war. Da steckte mehr dahinter. Aber zugleich wollte sie nicht wieder die Polizistin herauskehren und ihn ausfragen, kaum dass er sich von seinem Unfall erholt hatte. Sie fand es besser, ihn für einen Moment da sitzen zu lassen, damit er wieder zu Kräften kommen konnte.

»Kann ich dir etwas bringen, vielleicht ein Glas Wasser?« fragte Phaní. Bernard fing wieder an zu lächeln.

»Lieber ein Glas Wein.«

Nun war er wirklich wieder der alte Bernard. Phaní stand auf und goss aus einem Krug von seinem selbstgemachten Wein ein Glas voll. Sie dachte darüber nach, wie sie von ihm erfahren könnte, was wirklich geschehen war. Sie füllte sich auch ein Glas ein, ging zu Bernard zurück und setzte sich neben ihn.

»Also, Bernard, sag mir, was passiert ist?« fragte sie ganz einfach. Dieser schaute sie an und zögerte. Warum nur, dachte sie. Er hatte doch eine Geschichte zu erzählen, normalerweise musste man ihn nicht einmal darum bitten, und er würde in seiner lebhaften Weise zu erzählen beginnen. Aber jetzt zögerte er. War es noch der Schock? Schließlich sagte er mit einem bemühten Lächeln:

»Ich bin hingefallen, das ist alles.«

Phaní wusste, dass das nicht stimmte. In diesem Moment hielt die Ambulanz vor dem Haus. Sie stand auf ohne etwas zu sagen und ging den Sanitätern entgegen, um sie ins Haus zu lassen. Sie untersuchten Bernard und konnten nach ein paar Tests feststellen, dass ihm nichts fehlte und klebten ein Pflaster auf seine Stirn. Die Sanitäter hatten erkannt, dass er ein Ausländer war, deswegen wendeten sie sich an Phaní, und trugen ihr auf, ihm ein bestimmtes Beruhigungsmittel zu geben. Der eine Sanitäter fragte sie, was geschehen sei, und ob es sich um einen Überfall handle. Falls er überfallen worden sei, müssten sie es der lokalen Polizei melden. Da Phaní wusste, was das bedeutete – lange Stunden der Befragung, dann ein Bericht, aber am Ende kam doch nichts dabei heraus –, sagte sie einfach, dass er hingefallen wäre. Die Sanitäter verabschiedeten sich, und in dem Moment, als sie aus der Tür waren, begann Bernard zu reden.

»Ich bin nicht hingefallen. Man hat mich niedergeschlagen!« Phaní reagierte wie aufs Stichwort.

»Weißt du, wer es war? Wollten sie Geld?« Bernard zögerte wieder.

»Er wollte, dass ich den Mund halte, wegen Philippe's Tod!« Phaní war völlig überrascht. Sie hatte bis jetzt überhaupt keinen Zusammenhang zwischen dem Tod von Philippe und dem heutigen Vorfall vermutet.

»Was hat er genau gesagt? Hat er genau das gesagt, dass du wegen Philippe's Tod den Mund halten solltest?« Bernard suchte eine Antwort.

»Nein, nicht genau.«

»Was genau hat er gesagt?« beharrte Phaní. Bernard wurde etwas ungehalten, und Phaní nahm an, dass er deshalb so reagierte, weil er bemerkte, dass er sich in eine Sackgasse manövriert hatte. Schließlich sagte er trotzig:

»Ich kann mich nicht mehr erinnern. Mein Kopf tut weh und ich muss mich hinlegen.« Er erhob sich mit sichtlicher Mühe vom Sofa. Als er endlich stand und sein Gleichgewicht gefunden hatte, blickte er Phaní an. Er lächelte und versuchte die angespannte Situation zwischen ihnen aufzulockern.

»Nun, wo ich dich nach so vielen Jahren endlich wiedersehe, kann ich kein guter Gastgeber sein.« Er ging auf sie zu und nahm ihre Hand.

»Nächstes Mal werde ich es wiedergutmachen. Ich verspreche es. Ich bin jetzt einfach zu müde.« Er blickte für eine Sekunde zu Boden, dann schaute er sie direkt an.

»Ich weiß, dass du mir nicht glaubst, was ich darüber gesagt habe, was heute geschehen ist. Das ist nicht so wichtig. Aber eines musst du mir glauben: Philippe's Tod war kein Unfall, er wurde ermordet!« Bernard regte sich leicht auf, und Phaní versuchte ihn zu unterbrechen.

»Bernard, warum sagst du mir nicht, was du weißt?«

Er nahm ihre beiden Hände, wie es ein Vater manchmal bei seinen Kindern tut und sagte bedeutungsvoll:

»Ich kann dir nicht mehr sagen. Ich habe es versprochen. Ich muss Wort halten. Aber glaube mir, ich hätte dich niemals aus Athen hierher gebeten, wenn ich mir nicht sicher wäre, dass es kein Unfall war.« Phaní wusste nicht, was sie sagen sollte. Bernard fuhr fort:

»Es bedeutet mir sehr viel, dass du gekommen bist!« Er ließ ihre Hände los. Als ob er noch einmal deutlich machen wollte, was er schon gesagt hatte, fügte er mit Nachdruck hinzu:

»Hab Vertrauen in einen alten Freund. – Ich muss mich jetzt hinlegen, ich bin sehr müde. Bitte entschuldige mich.«

Er ging in Richtung Schlafzimmer, vor der Tür drehte er sich noch einmal um und sagte *jiá*.

Phaní schaute ihm nachdenklich hinterher und fragte sich, was da gerade geschehen war. Sie wusste nicht, was sie davon halten sollte. Sie drehte sich um und ging aus dem Haus in Richtung Gatter. Erst jetzt bemerkte sie, dass die Musik schon eine Weile aufgehört hatte zu spielen. Solange sie sich erinnern konnte, hatte sie Bernards Haus nie ohne Musik erlebt. Doch jetzt war es erstaunlich still.

In dem Moment, als sie das Gatter öffnen wollte, fiel ihr Blick auf den Autoabstellplatz. Sie ging unter das Schutzdach, der Platz war leer. Auf den Bodenplatten am hinteren Ende fand sie Ölflecken. Es hatte also hier einmal ein Auto gestanden. Sie konnte sich nicht daran erinnern, ob Bernard ein Auto besaß, und sie wollte nicht zurückgehen und ihn fragen. Das hatte keinen Zweck bei dem Zustand, in dem er sich jetzt befand. Sie ging zum Tor, das die Zufahrt von der Straße trennte. Es stand offen, aber die Flügel waren nicht sorgfältig geöffnet worden. Es sah ganz so aus, als ob sie jemand in großer Eile aufgestoßen hätte. Als Phaní genauer hinsah, konnte sie Farbspuren an einem der Torpfosten erkennen. Die Farbe war klar auf dem schwarzen Anstrich auszumachen. Die Spur sah frisch aus und so, als ob ein Wagen den Pfosten gestreift hätte. Und die Farbe des fraglichen Wagens musste silbergrau sein.

Als Phaní die Farbspuren sah, kam ihr gleich das Bild des rasenden silbergrauen Wagens in den Sinn, der beinahe mit ihr auf der Herfahrt zusammengestoßen war. Handelte es sich um einen Zufall? Aber kurz darauf hatte sie Bernard ohnmächtig in seinem Wohnzimmer gefunden. Doch wer hätte ein Interesse daran, seinen Wagen zu stehlen und dann, wie von der Hummel gestochen, loszubrausen? Und wenn dies alles zuträfe, warum versuchte Bernard vor Phaní zu verheimlichen, dass sein Wagen gestohlen wurde? Vielleicht hatte er es nicht wahrgenommen, weil er einen Schlag auf den Kopf bekam. Aber warum wollte Bernard dann überhaupt nicht über den Eindringling sprechen und zeigte auch kein Interesse daran, ihn zu fassen? Er schien vielmehr darum bemüht zu sein, dass Phaní glaubte, Philippe sei ermordet worden.

Phaní setzte sich in ihren Wagen und fuhr zurück nach Kalamata. Sie bemerkte nicht, wo sie durchfuhr, weil sie in ihrem Kopf wieder und wieder dieselben

Gedanken wälzte. Es war bereits nach zwei Uhr, und die Hitze des Tages hatte sich beträchtlich aufgebaut. Der Strand von Kalamata war nun mit allen möglichen bunten Badeanzügen und Sonnenschirmen übersät. Das Kreischen der Kinder wurde vom Rauschen der sich brechenden Wellen gedämpft. Phaní erkannte, eher mit dem Verstand als durch ein tatsächliches Hungergefühl, dass sie bis jetzt nichts gegessen hatte. Sie wusste aber auch nicht, wo und was sie essen sollte.

Bald war sie schon wieder bei ihrem Hotel, wo sie einen Parkplatz ganz in der Nähe fand. Gleich nebenan lag ein kleines *souvlatzídiko*, eine dieser typischen, etwas altmodischen Tavernen, die noch aus den siebziger Jahren stammten. Das passte ausgezeichnet, und Phaní betrat das Lokal. Der Innenraum war schmucklos und völlig funktional, die großen Aluminiumfenster schlicht. Die Tische waren aus Metall und mit einem Papiertischtuch bedeckt. Die ebenfalls metallenen Stühle machten ein quietschendes Geräusch, wenn man sie unter dem Tisch hervorzog. Das Lokal war beinahe leer, nur ein paar Männer saßen dort und nippten an ihrem *oúzo*, serviert mit einem Glas Wasser und einem *mezé* – einem Tellerchen mit ein paar Stücken Fleisch, Wurst, Tomaten, Kartoffeln und Feta Käse. Dies war schon seit Jahrzehnten eine weitverbreitete Zwischenmahlzeit für viele Griechen. Bei den Jüngeren haben Fastfood und Sandwiches heute diese typische Mahlzeit teilweise ersetzt.

Phaní hatte Lust auf etwas Bodenständiges und bestellte einen *choriátiki* Salat und ein Paar *souvláki* Spieße. Das Essen schmeckte ihr ausgezeichnet. In Athen wurde es immer schwieriger diese Art von einfacher Kost zu finden, wenigstens im Zentrum. Sie hatte eigentlich

Glück, dass sich in der Nähe ihrer Wohnung in Athen ein solches Lokal befand. Es war eine kleine Taverne, an einem Platz gelegen, wo die Hunde herumstreunten, und wo sich die älteren Leute der Nachbarschaft abends noch auf eine der Bänke zum Plaudern und Ausruhen setzten. Leider hatte Phaní, wegen ihres gnadenlosen Pensums als Polizeikommissarin, viel zu selten Zeit das Lokal zu besuchen.

Seltsamerweise dachte sie über diesen kleinen Teil ihres Lebens in Athen nach, wie über etwas, das in der Vergangenheit lag. Aber bald sprangen ihre Gedanken zu Bernard zurück, und zu dem Vorfall von heute Morgen. Nun, nachdem sie etwas Abstand gewonnen hatte, sah sie die Dinge, die vor ein paar Stunden noch sehr verwirrend gewirkt hatten, ein wenig klarer. Es gab nur eine logische Erklärung für Bernards Verhalten: er legte keinen Wert darauf, dass die Person, die ihn überfallen und niedergeschlagen hatte, gefasst würde, und es handelte sich wahrscheinlich um dieselbe Person, die auch der Dieb seines Wagens war. Er musste die Person kennen, und es war für Phaní jetzt ziemlich klar, dass Bernard sich auch verpflichtet fühlte, diese Person durch sein Schweigen zu schützen.

So wie es im Moment aussah, war Bernard durch nichts zu bewegen, den Namen der Person preiszugeben. Daher fasste Phaní den Entschluss, ihrem neuen Kollegen vom Polizeirevier in Kalamata von den heutigen Vorkommnissen zunächst nichts zu erzählen. Es musste andere Wege geben, um Hinweise zu finden, auch ohne Bernards Hilfe. Trotzdem nahm sie sich vor, ihn in ein paar Tagen noch einmal zu besuchen, und hoffentlich würde er dann etwas gesprächiger sein. Vielleicht würde er inzwischen zur Vernunft gekommen sein und die Notwendigkeit erkennen, ihr alles zu erzählen, was er wusste.

Nach dem Essen merkte Phaní, dass sie schon etwas entspannter war. Sie verließ das kleine Restaurant und bald erreichte sie die *odós* Aristomenous – die Hauptstraße, die in nordsüdlicher Richtung durch Kalamata führt. Zu dieser Tageszeit war die Straße fast leer. Um halb vier ging niemand spazieren, außer ein paar Touristen oder Leute von außerhalb, die keine Lust hatten in ihrem einsamen Hotelzimmer die Decke anzustarren. Phaní ging an ein paar Souvenirläden und Cafés vorbei. Zu ihrer Rechten lag nun das neue Gerichtsgebäude, das nach dem Erdbeben von '86 erbaut worden war, ein fast brutal wirkendes Gebäude, das ganz und gar mit weißen Marmorplatten verkleidet war. Daneben stand eine alte Lagerhalle, die sich in einem desolaten Zustand befand; in einem Teil war jedoch ganz überraschend das Stadttheater untergebracht. Dieses Viertel stellte den repräsentativen Teil Kalamatas dar. Wenn man es aber genauer betrachtete, war es dafür sehr vernachlässigt. Sogar die alten Gleise, die schon jahrzehntelang nicht mehr gebraucht wurden, rosteten vor sich hin, mit hohem Gras überwachsen. Dieser große Gegensatz konnte in vielen Teilen Griechenlands beobachtet werden: die natürliche Schönheit und die baulichen Werke des 19. und beginnenden 20. Jahrhunderts standen in starkem Kontrast zu dem schnellen und unkontrollierten Wachstum der Städte in den sechziger Jahren. Dies hatte zur Folge, dass die neuen Bauten wahllos verstreut errichtet wurden, vergleichbar mit einer aufgelösten Herde Schafe auf dem Feld.

Phaní war mit diesem allgegenwärtigen Chaos aufgewachsen und hatte es aus diesem Grund immer als normal betrachtet. Bis zu dem Moment, als sie einen Architekten geheiratet hatte, denn es ist eines der Grundbedürfnisse eines Architekten, das Wachstum der Städte zu kontrollieren und eine Ordnung wie auf dem Schachbrett zu schaffen. Seitdem waren ihr die verschiedenen Standpunkte bewusst geworden, aber sie bevorzugte weder den einen noch den anderen. Chaos war ein Teil des Lebens in Griechenland, und daher spiegelte es sich auch in der Planung der Städte wider, falls man überhaupt davon sprechen konnte. Auf der anderen Seite wusste Phaní, da sie fast ihr ganzes Leben in Athen gewohnt hatte, dass Planung einer Stadt auch eine sehr schöne Note geben konnte, denn Athen war ja schließlich auch auf dem Reißbrett entworfen worden, als es in den dreißiger Jahren des 19. Jahrhunderts die Hauptstadt des jungen griechischen Staates geworden war. Im Zentrum der Stadt konnte man diese Geometrie der Planung sehr wohl erkennen.

Als sie so über Architektur nachdachte, landeten ihre Gedanken unweigerlich bei Dimitris. Sie sollte ihn wirklich anrufen. Am Ende der *odós* Aristomenous betrat Phaní einen Park. Es war eine Erholung, eine große Grünfläche vorzufinden, überschattet von alten Bäumen. Phaní nahm sich sogar die Zeit auf einer der Bänke Platz zu nehmen. Sie betrachtete die Pinien, die im Wind rauschten. Aus ihrer Kindheit erinnerte sie sich an diesen Park, denn ihr Vater hatte sie manchmal hierher mitgenommen. Sie hatten sich zusammen die alten Lokomotiven angeschaut, die hier wie im Freilichtmuseum standen. Eine Lokomotive war immer noch da, mit ein paar Waggons, von denen sie nicht mit Sicherheit sagen konnte, ob sie damals schon hier gewesen waren. An die Lokomotive konnte sie sich aber ganz genau erinnern. Erstaunlich, wie erholsam solche alten Erinnerungen sein konnten. Sie fühlte keinerlei Trauer oder irgendein Bedauern, es handelte sich schlicht und einfach um eine schöne Erinnerung. Trotzdem dachte sie, sie müsse sich mit der Gegenwart auseinandersetzen, zog ihr *kinitó* aus der Tasche und wählte Dimitris' Nummer. Nach ein paar Mal Läuten nahm er ab und fragte sofort:

»Wo bist du, Phaní?«

»Ich bin in Kalamata. Ich wurde für einen Fall hierher geschickt.« Phaní wollte nicht über die Gründe diskutieren, weswegen sie hierhergekommen war und rechtfertigte ihr Handeln als strikt arbeitsbezogen. Dimitris war überrascht, denn er kannte ihre zwiespältige Beziehung zu der Stadt.

»Wie hältst du dich denn so, da unten?« Phaní lächelte. Es war typisch für Dimitris, all die vorwurfsvollen ›warum hast du nichts gesagt?‹ und ›ich mach mir ja solche Sorgen‹ auszulassen, denn er wusste, was im Moment wichtig war. Aus der Ferne war er immer so verständnisvoll und auch unterstützend, doch wenn sie bei ihm war, war er eher das Gegenteil. Deshalb genoss Phaní seine Fürsorge solange sie andauerte.

»Ich habe den Fall noch nicht begonnen. Gestern war ich am Tatort. Ich hatte den Toten früher sogar einige Male getroffen. Irgendwie ist das schon etwas seltsam.«

Sie machte eine kleine Pause. Sie merkte genau, dass sie ihm irgendetwas erzählte, aber nicht das, was ihr wichtig war.

»Morgen weiß ich mehr, da beginnen wir erst richtig mit der Untersuchung.« Dimitris schwieg eine Weile.

»Ich meine, wie fühlst du dich wieder in Kalamata zu sein? Meinst du es war eine gute Idee zu gehen?«

»Ich bin doch auch inzwischen wieder hier gewesen, so vor neun Jahren!« wandte Phaní schnell ein.

»Damals warst du nur drei Tage dort, und du warst die ganze Zeit bei deinem französischen Freund, der weiter außerhalb wohnt.« Damit hatte er recht.

»Ich weiß, ich weiß.«

Phaní hatte es noch nie gemocht, wenn ihre persönlichen Probleme diskutiert wurden. Sie fühlte sich sehr unwohl in solchen Momenten. Daher hatte sie es immer zu verhindern gewusst, sich ihren Problemen zu stellen und rannte jedes Mal davon, wenn es brenzlig wurde. Das Unangenehmste an der ganzen Sache war, dass Dimitris recht hatte. Sie wusste dies ganz genau, und trotzdem konnte sie ihre Probleme nicht an der Wurzel packen. Doch anders betrachtet, warum war sie hier? Vielleicht war es für sie an der Zeit, erwachsen zu werden und einen Schritt vorwärts zu tun.

Als Phaní eine Weile nichts sagte, fragte Dimitris:

»Willst du, dass ich zu dir komme?«

Phaní überkam unerwartet ein Gefühl von Einsamkeit und Hilflosigkeit, gerade als Dimitris dies fragte. Sie fühlte sogar, dass sich Tränen in ihren Augen sammelten, die sie schnell zu unterdrücken versuchte. Als sie sich wieder etwas unter Kontrolle hatte, sagte sie in einem möglichst neutralen Tonfall:

»Na ja, könntest du? Ich meine, hast du überhaupt Zeit?« Dimitris dachte einen Moment nach.

»Ich müsste den Wettbewerb sausen lassen. Aber wenn es dir wirklich hilft …«

Phaní wusste genau, dass sie das nicht von ihm verlangen konnte. So sehr sie sich auch gewünscht hätte, er würde kommen, es war unmöglich. Bei seinem Projekt handelte es sich nicht um irgendeinen Architektur-

Wettbewerb. Denn falls er ihn wirklich gewinnen würde, was durchaus möglich war, dann hätte das eine ungeheure Bedeutung für ihn. Sein Name und seine Fähigkeiten als Architekt würden beachtet und es würden sich einige Türen für ihn öffnen. Und da waren noch Dimitris' Eltern, die sich immer gewünscht hatten, er hätte einen Beruf wie Anwalt oder Arzt gewählt, jedenfalls einen mit Ansehen. Stellung und Erfolg des einzigen Sohnes waren immer noch überaus wichtig für griechische Eltern, ganz besonders für die Generation, der seine angehörten. Wenn der Sohn einen angesehenen Beruf ausübte, so verbesserte sich ihre eigene Stellung in der Gesellschaft automatisch. Doch wenn Dimitris jetzt diesen Wettbewerb für eine Schulanlage in Cholargos, einem Vorort von Athen, gewinnen würde, dann hätte er seinen Eltern bewiesen, dass er in seinem Beruf, den er gegen ihren Willen gewählt hatte, erfolgreich war. Daher stand es völlig außer Frage, dass Phaní ihn nun bat, diese Gelegenheit aufzugeben. Außerdem wusste sie ganz genau, dass es nicht nur so dahingesagt war, dass Dimitris nach Kalamata kommen würde, sondern er es wirklich meinte. Und wenn Phaní darauf bestanden hätte, wäre er auch gekommen. Daher war für sie selbstverständlich, wie ihre Antwort lauten musste.

»Nein, du musst nicht kommen. Es ist alles in Ordnung. Ich versuche den Fall so schnell wie möglich abzuschließen und komme dann nach Hause.« Sie sagte dies in einem sehr überzeugenden Ton und hoffte, Dimitris würde ihr glauben.

»Bist du sicher?« fragte er zaghaft. Phaní wischte sich eine Träne aus dem Gesicht und bekräftigte noch überzeugender:

»Ich bin sicher. Mach dir keine Sorgen um mich. Ich bin eine harte Nuss, das weißt du doch.«

Dimitris lachte.

»Wenn du jemanden zum Reden brauchst, ruf mich an, *korítsi moú!*« Dimitris nannte sie immer so, mein Mädchen, wenn er seine Zuneigung und Unterstützung zeigen wollte.

»Das werde ich. *Jiá, agápi moú.*«

Phaní legte auf und hoffte, dass Dimitris ihr wirklich geglaubt hatte. Denn gerade jetzt hätte sie sich so sehr gewünscht, er wäre hier. Phaní schaute sich etwas um. Sie betrachtete wieder die Bäume, die sich in der Nachmittagsbrise wiegten.

Sie musste daran denken, dass, auch wenn man schon so viele Jahre zusammenlebte und sich zusammengerauft hatte, seine Höhen und Tiefen gehabt hatte, und trotzdem noch zusammen war, es dennoch immer wieder diese Momente gab, wo man ganz auf sich alleine gestellt war, als gäbe es niemand anderen auf der ganzen weiten Welt.

7

Der Montag versprach noch heißer zu werden. Einige Leute sagten, es wäre ein deutliches Zeichen dafür, dass die Temperaturen während des Tages hoch hinaufklettern würden, wenn die Zikaden morgens schon sehr früh zu zirpen begannen. Nun hatte es in einer Stadt wie Kalamata nicht mehr viele Zikaden, trotzdem konnte man am Morgen schon spüren, dass die Hitze sicher kommen würde, begleitet von hoher Luftfeuchtigkeit, was einem das Gefühl vermittelte, sich in einem Treibhaus zu befinden. Der Griechische Wetterdienst hatte 41 Grad Celsius für heute vorausgesagt.

Phaní fuhr südwärts den Nedon Fluss entlang. Parallel zur Straße verlief ein Zementkanal, wo früher das Flussbett gewesen war. Doch jetzt, im Hochsommer floss kein Wasser, er war völlig trocken. Fünf Minuten später erreichte Phaní die *Astinomikí Diévthinsi Kalamátas*. Sie parkte ihr Auto auf dem ersten freien Platz, den sie fand und ging zum Haupteingang. Die Eingangshalle war fast so leer wie am Samstag. Der Beamte am Empfang war beschäftigt und schenkte ihr keine Aufmerksamkeit. Phaní ging direkt hinauf in den ersten Stock. Sie hätte eine Bombe in ihrer Handtasche mit sich herumschleppen können, niemand hätte es bemerkt. Willkommen bei der arglosen Polizei in der Provinz.

Im ersten Stock klopfte sie schließlich an die Tür zu Panos' Büro, welches sie nach zwei fehlgeschlagenen Anläufen endlich fand. Die Türen sahen alle eine wie die andere aus. Panos saß schon an seinem Tisch und studierte ein Fax oder eine E-Mail. Als Phaní eintrat, schaute er hoch und stand sogar auf. Phaní war froh ihn zu sehen, nachdem sie beim Versuch das Büro zu finden, zweimal in verdutzte und ihr unbekannte Gesichter geblickt hatte.

»*Kaliméra*«, sagte Panos schnell. Phaní erwiderte den Gruß. Sie legte ihre Tasche hin und schaute Panos an.

»So, wo fangen wir an? Was gibt es bis jetzt?« fragte sie ohne Umschweife.

»Wir haben Ihnen einen Tisch leergeräumt, *kiría*

astinóme Papadea.« Panos deutete auf einen Schreibtisch, der fast so aussah, wie derjenige, den sie vor ein paar Tagen in Athen verlassen hatte. Er war sehr aufgeräumt. Über den Tisch hinweg reichte der Blick durch die große Glasscheibe auf die Ebene vor dem Revier bis zu den westlichen Ausläufern des Taïgetos im Hintergrund. Phaní dachte, die müssen den besten Platz für mich geräumt haben. Sie haben sogar eine Vase mit Blumen auf den Tisch gestellt. Als Panos merkte, wie Phaní die Blumen betrachtete, sagte er schnell:

»Gogo, ich meine *kiría* Georgia vom oberen Stock meinte, Sie würden eine weibliche Note sicherlich mögen.« Als er Phaní's etwas amüsierten Gesichtsausdruck sah, fügte er aus Befürchtung, sie könnte es falsch verstanden haben, schnell hinzu:

»Genau so hat sie es gesagt.«

»Nun, das ist sehr nett, und ich werde mich bei Gogo bedanken.« Phaní deutete auf ihren neuen Arbeitsplatz.

»Das ist wirklich lieb von euch.« Phaní war gerührt, was sie natürlich zu verbergen versuchte. Als sie sich von ihrem sentimentalen Anfall erholt hatte, schaute sie Panos an.

»Danke. Das ist wirklich ein netter Willkommensgruß, aber ich bleibe doch nur eine, höchstens zwei Wochen.«

»Das wissen wir. Aber da keiner von uns je in einem Mordfall ermittelt hat, sind wir einfach froh darüber, Unterstützung von einer so erfahrenen Kommissarin wie Ihnen zu bekommen, *kiría* Papadea.«

»Haben Sie einige meiner Fälle in Athen verfolgt?« fragte Phaní erstaunt, denn es hatte den Anschein, dass Panos über ihre Arbeit im Bilde war.

»Ja, und ich habe gehofft, etwas aus Ihrer Vorgehensweise zu lernen«, sagte Panos etwas verlegen. Phaní fand dies sehr reizend. Sie hatte keine Ahnung gehabt, dass ihr Ruf ihr vorausgeeilt war. Sie war sprachlos und nun auch etwas verlegen. Sie hatte sich niemals als genügend qualifiziert betrachtet, dass Polizeikollegen von ihr lernen könnten. Um aus der momentanen Situation herauszukommen, wechselte sie das Thema und brachte es auf den Fall zurück.

»Also, sagen Sie mir, wie weit sind wir?«

Gerade in diesem Moment ging die Tür auf und ein untersetzter, etwas altmodisch gekleideter Herr in Grau betrat das Büro. Als er Phaní erblickte, verzog sich sein Gesicht zu einem breiten wohlwollenden Lächeln. Phaní fragte sich, ob dies hier eine Bar sei, wo die Leute einfach so, ohne anzuklopfen, hereinkamen. Doch dann erinnerte sie sich an die Pressekonferenz im Fernsehen und begriff, warum der Herr nicht angeklopft hatte: er war *dievthintís* Mavridis, der Polizeidirektor von Kalamata. Er kam mit ausgestreckter Hand auf Phaní zu, reflexartig tat sie das gleiche.

»*Kiría astinóme* Papadea, willkommen bei der Polizei von Kalamata«, sagte er mit einer eher leisen Stimme, während er ihre Hand nahm und sie schüttelte. Phaní hatte den Eindruck, dass da noch mehr folgen würde, aber er zögerte und schaute zu Panos, als ob dessen Anwesenheit ihn daran hinderte, zu sagen, weswegen er gekommen war. Schließlich fuhr er fort:

»Ich will Sie nicht von Ihrer Arbeit abhalten. Und bitte, scheuen Sie nicht davor zurück, sich an mich zu wenden, falls Sie etwas benötigen sollten.« Er ließ ihre Hand los und drehte sich halbwegs zur Tür. Dort blieb er stehen, als ob er sich noch an etwas erinnert hätte.

»Wenn Sie Ihr Gespräch mit *ipastinómos* Kiriakoulis

beendet haben, *kiría astinóme* Papadea, würde ich es sehr schätzen, wenn Sie auf ein Wort bei mir im Büro vorbeikommen könnten.« Phaní nickte und sagte, sie wäre wahrscheinlich in etwa einer Stunde hier fertig. Mavridis lächelte und neigte seinen Kopf leicht. Dann verließ er das Büro.

Phaní schaute Panos fragend an, was das zu bedeuten hatte. Aber an Panos' verdutztem Gesichtsausdruck erkannte sie, dass er ihr keine Hilfe sein würde.

»Also, noch einmal: Wo stehen wir? Was haben wir bis jetzt?« Phaní versuchte die Aufmerksamkeit wieder auf den Fall zu lenken. Panos war für einen Moment etwas irritiert, dann ging er aber schnell an seinen Schreibtisch, nahm ein paar Papiere und brachte sie Phaní, damit sie sich diese ansehen konnte.

»Das habe ich heute von der Einwanderungsbehörde bekommen.« Panos gab ihr einen Computerausdruck, worauf die persönlichen Daten von Philippe zu sehen waren, ausgestellt von der Einwanderungspolizei in Kalamata. Daran war eine Kopie der *prásini kárta* angeheftet – der Arbeits- und Aufenthaltsbewilligung. Die Tatsache, an die Phaní sich noch vage erinnern konnte von damals, als sie Philippe getroffen hatte, war nun bestätigt: er war aus der Schweiz, und zwar aus Vevey, einer kleinen Stadt im französischsprachigen Teil. Er war erst fünfundfünfzig als er starb, sie hätte ihn älter geschätzt. Sonst stand auf den Seiten nichts über ihn, das von Bedeutung zu sein schien. Sie reichte Panos die Papiere zurück, der sich räusperte, als ob er etwas sagen wollte. Phaní schaute ihn an.

»Etwas ist mir aufgefallen«, fing er an.

»Es besteht eine große zeitliche Lücke zwischen dem Datum, als er sich hier angemeldet hat, und dem, als er die Arbeitsbewilligung erhielt.« Phaní schaute sich die Ausdrucke nochmals an, und tatsächlich, da war ein beträchtlicher Zeitabstand zwischen den Daten. Philippe hatte sich 1992 in Kalamata angemeldet, seine *prásini kárta* wurde aber erst im Oktober 2003 ausgestellt.

»Gut beobachtet, Panos«, sagte Phaní anerkennend. »Und ich nehme an, Sie wissen, was das bedeutet?«

Sie war fest davon überzeugt, Panos kenne die Antwort. Jeder in Griechenland wusste darüber Bescheid. Und wie erwartet neigte er seinen Kopf leicht zur Seite, was ›ja‹ hieß.

»Er arbeitete wahrscheinlich über zehn Jahre illegal in diesem Land«, erklärte Panos.

»Und niemand hat das jemals bemerkt«, fügte Phaní hinzu.

Illegale Arbeiter waren ein sehr verbreitetes Phänomen in Griechenland. Meist kamen sie aus Ländern wie Albanien oder Bulgarien, und die wenigsten hatten eine Arbeitserlaubnis. Sie waren auf jeder Baustelle, in jedem Olivenhain und auch in Restaurants während der Hochsaison anzutreffen – natürlich ohne Papiere. Sie alle bekamen ihren Lohn am Ende des Tages bar in die Hand gedrückt, und es war für die Regierung oder die Steuerbehörde unmöglich nachzuweisen, dass sie je gearbeitet hatten. Als Folge dessen ging dem Staat ein großer Betrag an Steuergeldern durch die Lappen. Jeder wusste das, es war ein offenes Geheimnis, und jeder nutzte die Situation aus, um billige Arbeitskräfte zu bekommen. Daher war es nichts Neues für Phaní. Das Erstaunliche an der Sache war, dass in diesem Fall der Illegale aus einem der reichsten Länder der Erde kam, wozu die Schweiz mit Bestimmtheit gehörte.

Phaní setzte sich auf die Kante ihres Schreibtisches.

»Wir müssen die Schweizer Botschaft in Athen kontaktieren und auch die Polizei in ...« – sie warf einen Blick auf einen der Ausdrucke – »in Vevey. Wir müssen herausfinden, was Philippe gemacht hat, bevor er nach Griechenland gekommen ist.« Sie dachte einen Moment nach, plötzlich hob sie den Kopf, weil sie sich an etwas erinnerte, das Panos vorher angedeutet hatte.

»Was haben Sie da vorhin gesagt?« Panos wusste nicht, was sie meinte.

»Wer bearbeitet eigentlich diesen Fall?« fragte sie weiter.

»Mavridis sagte mir, Vasilis könne hinzugezogen werden, falls wir noch Hilfe brauchen«, erwiderte Panos, weil er die Frage nicht verstand.

»Der hat aber auch keine Erfahrung in Mordfällen, wie Sie bemerkten?«

»Vasilis arbeitete an einem Fall mit, bei dem es um ein verschwundenes Mädchen ging. Das war vor etwa eineinhalb Jahren«, antwortete Panos.

Jetzt begriff Phaní die Situation.

»Wenn ich also richtig liege, gibt es im Moment hier im Revier keinen Kommissar, der für Mord zuständig ist. Die Stelle ist unbesetzt«, war ihre Schlussfolgerung. Panos antwortete nicht, aber Phaní ahnte, dass sie recht hatte, und an seinem erstaunten Gesichtsausdruck erkannte sie, dass für ihn von Anfang an klar gewesen war, weshalb sie hierher geschickt wurde. Mehr zu sich selbst als zu Panos sagte Phaní ironisch:

»Ich nehme mal an, in dieser Gegend gab es in letzter Zeit nicht gerade viele Mordfälle.«

Dann hängt die ganze Verantwortung für diesen Fall an mir, dachte Phaní. Das hat auch seine guten Seiten, so kann ich frei handeln und bin der Chef. Laut und entschlossen forderte sie Panos auf:

»Also packen wir die Sache an!«

Dieser schaute verdutzt auf, Phaní lächelte ihn an und fuhr in normalem Tonfall fort.

»Hatte Philippe eine Frau, oder eine Freundin?« fragte Phaní, als wüsste sie es nicht schon.

»Wir waren in seinem Haus«, erklärte Panos, »der Mann, der die Leiche gefunden hat, sagte uns, wo Philippe wohnte. Wir haben niemanden dort angetroffen und wissen nicht, ob er verheiratet war.«

Phaní erkannte, wie wichtig es war, von Bernard Hilfe zu erhalten. Er war wohl derjenige, der Philippe am besten und am längsten gekannt hatte. Daher war es viel effektiver, Bernard zu fragen, auch wenn sie wusste, dass sie für seine Angaben eine offizielle Bestätigung brauchte, und dass seine Aussagen nicht vollständig sein konnten. Auf jeden Fall würde seine Hilfe ihr einen guten Start ermöglichen, und insgeheim hoffte sie, dass die Untersuchungen dadurch gehörig beschleunigt würden, und sie Dank der großen Fortschritte imstande wäre, den Fall schnell zu lösen. Das würde auch bedeuten, dass sie Kalamata bald wieder verlassen und nach Athen zurückkehren könnte.

Also musste sie sich unbedingt nochmals mit Bernard unterhalten.

Phaní schaute schnell auf ihre Uhr, eine Stunde war schon vergangen. Sie strich mit ihrer Hand durchs Haar, was bedeutete, dass sie darüber nachdachte, was als Nächstes zu tun war.

»Panos, setzen Sie sich bitte mit der Schweizer Polizei und der Botschaft in Athen in Verbindung«, trug sie ihm auf. Sie überlegte einen Moment, dann fuhr sie fort:

»Es gibt eine Standardvorgehensweise, wie wir mit ausländischen Polizeibehörden verhandeln. Sie steht im Polizeihandbuch.«

Phaní beobachtete, wie Panos alles aufschrieb, was sie ihm sagte und wartete ein wenig.

»Fragen Sie dort auch nach Philippe's Hintergrund: welcher Arbeit ging er nach, war er verheiratet, hatte er Kinder, sind seine Eltern noch am Leben.« Sie wartete wieder einen Moment und dachte darüber nach, was sie ihm noch auftragen könnte.

»Und versuchen Sie auch herauszufinden, warum er die Schweiz verlassen hat. Ich glaube, er muss Anfang vierzig gewesen sein, als er hierher kam. Gab es einen Zwischenfall, der diese Entscheidung auslöste?« Panos schaute hoch, als er mit Notieren fertig war.

»Das ist ein guter Anfang. Versuchen Sie dies so schnell wie möglich zu erledigen«, sagte Phaní noch.

Sie wendete sich zur Tür, öffnete sie, und erklärte, sie ginge jetzt zu Mavridis. Zwei Sekunden später steckte sie ihren Kopf wieder durch die Tür.

»Wo ist eigentlich Mavridis' Büro?« fragte sie, weil sie nicht vorhatte noch einmal jede einzelne Tür zu öffnen und in verdutzte Gesichter zu blicken.

»Einen Stock höher. Es ist das große Büro genau geradeaus, wenn Sie die Treppe hochkommen«, erklärte Panos. Sie zwinkerte einmal mit den Augen, um ›danke schön‹ zu sagen und schloss die Tür von außen.

Phaní folgte genau Panos' Wegbeschreibung.

Als sie die Haupttreppe hochkam, erblickte sie sofort das große, zentral gelegene Büro von *dievthintís* Mavridis. Genau davor stand ein Schreibtisch, und als Phaní daran vorbeiging, stellte sie fest, dass es *kiría* Georgias Arbeitsplatz sein musste. Diese war zwar nicht da, aber den Tisch schmückte eine Vase mit den gleichen Blumen, die Phaní am Morgen auch auf ihrem Tisch vorgefunden hatte.

»Danke für die Blumen, *kiría* Georgia«, sagte Phaní zu sich selbst und klopfte an die Tür. Als nach einer halben Minute noch keine Antwort kam, trat sie ein.

Mavridis war offensichtlich überrascht. Er musste gerade in eine Zeitschrift vertieft gewesen sein, die er jetzt blitzschnell in der obersten Schublade seines Schreibtisches verschwinden ließ. Es war nicht die Sorte Zeitschrift, die Phaní erwartet hätte, denn sie konnte in der Millisekunde noch so viel, wie einen Mann mit Gewehr und einen Hund erkennen. Es musste also ein Jagdmagazin gewesen sein. Mavridis war wahrscheinlich einer dieser Hobbyjäger, die eine seltsame Befriedigung darin fanden, im Herbst wehrlose kleine Vögel zu schießen. Phaní hatte nicht den kleinsten Funken Verständnis für diese Art von Zeitvertreib. Mavridis räusperte sich.

»*Kiría astinóme* Papadea. Danke für Ihr Erscheinen«, sagte er noch etwas durcheinander. Er deutete auf einen Stuhl gegenüber seinem Schreibtisch, Phaní folgte der Einladung und setzte sich. Mavridis war damit beschäftigt, die richtigen Worte zu finden.

»Ich kann nicht genug Gewicht auf die Tatsache legen, wie überaus dankbar wir sind, dass Sie zu unserer Polizeieinheit gestoßen sind, für diesen äußerst delikaten Fall«, sagte er schließlich. Phaní dachte sich, ein einfaches Dankeschön hätte auch genügt. Andererseits hatte sie ja noch gar nicht richtig begonnen. ›Danken Sie mir am Schluss‹ wollte sie beinahe sagen. Mavridis betrachtete sie mit einem Lächeln, so wie ein Lehrer seine Schülerin. Doch wahrscheinlich wollte er nur sehen, wie seine kleine Rede beim Publikum angekommen war – also bei Phaní.

»Wir wissen natürlich vom vorübergehenden Charakter Ihres Aufenthaltes, und wir sind uns auch dessen bewusst, dass viele Fälle ungelöst bleiben und es unter Umständen unmöglich für Sie sein wird, den Fall während dieses Aufenthaltes zu einem befriedigenden Ende zu bringen.« Als Mavridis eine weitere Pause einlegte, versuchte Phaní zu verstehen, was er ihr eigentlich sagen wollte. Und wer waren ›wir‹? Das Polizeirevier von Kalamata? Oder sonst noch jemand?

»Aber wenn es Ihnen gelingen würde, unser Team darin zu unterrichten, wie es bei der Lösung eines Mordfalls vorzugehen hat, bevor die Pflicht Sie wieder nach Athen zurückruft«, fuhr Mavridis fort, »wäre ich mehr als zufrieden.« Er legte wieder eine Pause ein und lächelte. Phaní lächelte zurück und dachte, nun sind wir also beim ›ich‹ angelangt. Sie wartete, ob Mavridis noch mehr zu sagen hätte, aber offensichtlich war das alles. Sie lächelte verlegen und dachte, es wäre weder vernünftig noch sinnvoll, Mavridis zu fragen, ob sie Bernard in die Untersuchung mit einbeziehen solle. Wie schon so oft, musste sie einfach das tun, was ihr am besten erschien. Phaní erhob sich langsam von ihrem Stuhl, um Mavridis die Gelegenheit zu geben, Protest einzulegen, falls er doch noch etwas hinzufügen wollte. Aber da er nichts mehr sagte, stammelte sie ein paar Worte.

»Das ist zu nett von Ihnen, *kírie dievthintá*. Ich gehe dann wohl besser, und mache meine Arbeit. Denn sonst wären ja all Ihre schönen Worte umsonst gewesen.« Phaní versuchte witzig zu sein, erwartete von ihm jedoch keine andere Reaktion, als diejenige, die kam, nämlich keine. Mavridis stand auch auf und streckte seine Hand aus.

»Und wie ich schon zuvor erwähnt habe, bitte lassen Sie mich wissen, wenn Sie etwas benötigen.« Dann beugte sich Mavridis, als wolle er sich wieder setzten, hielt aber inne, weil er sich an etwas zu erinnern schien.

»Und bitte halten Sie mich über den Verlauf der Ermittlungen auf dem Laufenden. Ich danke Ihnen.«

Nun setzte er sich und betrachtete Phaní mit seinem üblichen wohlwollenden Lächeln und gab ihr damit unmissverständlich zu verstehen, dass das Gespräch beendet war. Phaní verstand den Wink, neigte ihren Kopf leicht und verließ den Raum. Vor dem Büro lehnte sie sich erstmal mit dem Rücken an die Tür, und ihr wurde bewusst, dass sie bereits das zweite Mal innerhalb kurzer Zeit mit gemischten Gefühlen aus einer solchen Unterredung gekommen war. Ihr Chef in Athen hatte bereits so ein seltsames Verhalten an den Tag gelegt, das ihm gar nicht ähnlich sah, und am Ende des Gesprächs am letzten Freitag hatte sie auch schon ein ungutes Gefühl. Und hier bei Mavridis, den sie natürlich noch nicht gut kannte, und daher nicht wusste, ob er sich immer so seltsam ausdrückte, erging es ihr ähnlich. Hatte er nicht gerade eben durch die Blume etwas andeuten wollen? Zuerst war er froh, dass sie da war, dann konnte er aber nicht genug betonen, dass sie nur kurze Zeit hier sein würde. Wollte er ihr vielleicht damit nahelegen, nicht zu lange in Kalamata zu bleiben?

Sie stieß sich von der Tür ab und ging langsam zur Treppe. *Kiría* Georgia war immer noch nicht an ihrem Tisch, aber Phaní fiel das im Moment nicht auf, da sie zu sehr ihren Gedanken nachhing.

In Augenblicken wie diesem überlegte sie sich, ob sie nicht zu empfindlich war. Sensibilität war eine gute Sache, denn es erlaubte ihr ein Gefühl für Menschen zu bekommen und zu erkennen, was diese während einer Unterhaltung ungesagt ließen. Denn nur wenige Leute sagten geradeheraus und unverblümt, was sie dachten. Andererseits konnte übertriebene Empfindlichkeit in Misstrauen umschlagen und zu Paranoia werden. Phaní hatte bis jetzt immer den Eindruck gehabt, sie wisse damit umzugehen.

Was die rätselhafte Rede von *dievthintís* Mavridis anbelangte, hoffte sie deshalb, dass sie zu viel in seine Worte interpretiert hätte. Sie beruhigte sich selbst mit dem Gedanken, dass sie den Mann noch nicht kannte und sicherlich nur von seiner Wortwahl etwas verwirrt war. Phaní fühlte sich schon besser, während sie zu Panos' Büro zurückging. Doch unterschwellig blieb ein mulmiges Gefühl hängen.

8

Phaní kam mit Elan in Panos' Büro und schnappte sich ihre Tasche. Sie hatte plötzlich einen Bärenhunger, und da Panos gerade telefonierte – sie hoffte mit der Schweizer Polizei – machte sie ihm nur ein Zeichen, dass sie etwas essen gehe. Sie wartete nicht auf eine Reaktion von ihm. Sie ging schnell die Treppe hinunter in Richtung Haupteingang, als sie bereits aufgebrachte Stimmen hörte, die vom Empfang her kamen. Dann sah sie, wer die Aufregung verursachte: eine ältere Frau ganz in Schwarz diskutierte mit einem Polizeibeamten und beschwerte sich lauthals, als ob ihr Leben davon abhinge. Worum es sich auch drehte, vielleicht war es nur ein kleines Problem, nahm dessen Ausmaß während der hitzigen Diskussion jedoch kontinuierlich zu und würde bald lebensbedrohliche Proportionen annehmen.

Phaní wollte nichts damit zu tun haben und versuchte schnell an der Szene vorbeizuhuschen. Aber als die ältere Frau sie erblickte – und wohl dachte, das ist eine Frau und eine Polizistin obendrein – griff sie Phaní schnell am Ärmel und begann ungefragt zu wehklagen, warum sie so aufgebracht war.

»*I xéni* – die Fremde, sie ist abgehauen ohne ihre Miete zu bezahlen!« Es handelte sich offensichtlich um einen Fall von Betrug, war Phaní's erster Gedanke. Irgendeine Fremde ist abgereist, ohne zu bezahlen, und die arme Alte wollte nun ihr Geld haben.

»Sie müssen eine Anzeige erstatten. Aber das ist nicht mein Zuständigkeitsbereich. Ich behandle Mordfälle«, antwortete Phaní. Die Reaktion, die folgte, war sehr typisch für eine Frau um die sechzig oder älter. Sobald von etwas die Rede war, das mit dem Tod zu tun hatte – was Mord eindeutig tat – bekreuzigte sie sich dreimal über ihrer Brust und sagte: »*O, Panagía* – Jungfrau Maria!« Aber bald machte ihre Ehrfurcht der Neugierde Platz. Auch ihre Mutter zeigte genau die gleiche Verhaltensweise, dachte Phaní. Die Neugierde war immer größer als die Furcht. Phaní wendete sich an den Beamten und sagte ihm, er solle einen Kollegen rufen, der sich mit Betrug befasse, dann drehte sie sich wieder der Alten zu.

»Es kommt gleich jemand, der Ihren Fall aufnehmen wird.« Phaní tätschelte der Frau die Schulter, und diese bedankte sich mit einem einfachen ›*evcharistó, pädí moú* – danke, mein Kind‹. Phaní war für die Generation dieser Frau immer noch ein Kind, das war üblich in Griechenland.

Phaní wollte gerade aus der Eingangstür treten, als sie hörte, was die Frau dem zuständigen Beamten klagte:

»Er war so ein netter Mann. Schrecklich was mit Philippe passiert ist. Seine Frau war auch sehr nett. Ich hätte nie von ihr gedacht, dass sie einfach so abhaut ohne die Miete zu bezahlen.«

Phaní schaltete schnell, drehte sich um und ging zu der Frau zurück.

»Sagten Sie Philippe?«

Die Frau nickte.

»Ja, er mietete ein kleines Haus von mir, na ja, es gehörte meinem verstorbenen Mann, Gott ...« Phaní unterbrach sie schnell, bevor die Frau die Gelegenheit hatte, ihre ganze Familiengeschichte zu erzählen.

»Und Sie meinten mit der Fremden, die abgehauen ist, seine Frau?« Dies musste das Stichwort gewesen sein, worauf die Alte gewartet hatte. Sie begann einen endlos scheinenden Schwall von Worten loszulassen.

»Ja, sie, ich meine Annemarie, ich habe sie gestern Morgen noch gesehen. Ich hätte eigentlich misstrauisch werden müssen, weil sie so eine schwere Tasche trug. Aber ich war auf dem Weg zu meiner Schwester, Jiota. Denn ich hatte ein *tapsí* voller gefüllter Tomaten und Peperoni vorbereitet, das ich gerade zum Bäcker bringen wollte, damit er es in seinen Ofen schiebt. Ich war schon spät dran, denn ich wollte ja an diesem Morgen noch zur Messe gehen ...«

»Hat sie das Auto genommen?« fragte Phaní, die dem Rest der Geschichte keine Beachtung schenkte.

»Meine Schwester?« fragte die Frau ernsthaft und irritiert.

»Nein! Annemarie!« antwortete Phaní und versuchte nicht zu deutlich zu zeigen, dass sie etwas genervt war.

»Ah, die Fremde. Nein, sie ging zu Fuß die Straße entlang. Wie ich sagte, ich habe nicht sosehr darauf geachtet, denn ich war ja ...«

»Ich weiß, Sie waren spät dran, auf dem Weg zu Ihrer Schwester«, sagte Phaní mit unterdrückter Stimme. Sie überlegte kurz, was sie tun sollte, dann bat sie die Frau, sie möchte hier warten. Sie rief Panos an und erklärte ihm, er solle runterkommen, denn sie würden sich jetzt gleich Philippe's Haus ansehen. Zwei Minuten später kam er, und Phaní griff die ältere Frau am Arm und zog sie mit sich. Auf dem Weg zum Auto erklärte sie ihr, was sie vorhatte, und man konnte ganz deutlich am Gesicht der Frau erkennen, dass sie die Aufregung und Aufmerksamkeit genoss, die ihr zuteilwurde.

Alle drei stiegen in Phaní's Xsara, die Frau auf den Rücksitz. Da Panos schon einmal Phaní's Fahrweise miterlebt hatte, schnallte er sich sofort den Sicherheitsgurt um, und schon fuhren sie los.

Die Alte wurde zwar auf dem Rücksitz hin und her geworfen, sie konnte aber dennoch den Weg beschreiben, sodass die drei zwanzig Minuten später an dem kleinen Haus an einer steilen Straße im Ort Phares ankamen.

Die Frau stieg schnell aus dem Auto und ging voran um aufzuschließen. Phaní und Panos folgten ihr. Das Haus bestand aus nur zwei Räumen, einer Küche gleich hinter dem Eingang und einem anschließenden

Wohn- und Schlafraum. Von dort konnte man in einen kleinen Garten treten, wo eine Pergola für Schatten sorgte. Dicke Weinranken wanden sich um die dünnen Gasrohre, aus der die Pergola gemacht war, und brachten die Querrohre zum Durchhängen. Das Haus wie der Garten sahen vernachlässigt aus, überall war Feuchtigkeit unter den Putz gekrochen und ließ ihn abplatzen. Das Haus war ziemlich alt, die Räume hatten eine niedrige Decke und alles in allem machte es einen deprimierenden Eindruck.

Auch wenn ein riesiges Durcheinander herrschte und alles herumlag, konnte Phaní erkennen, dass jemand sich in Eile einige Sachen gegriffen und das Haus schnell verlassen hatte.

Die Frau, die neben Panos noch beim Eingang stand, war ziemlich erschrocken wie ihr Haus aussah. Sie sagte nur immer wieder: »*ó, i xéni* – oh, diese Fremden!«

Erst jetzt wurde Phaní die Brisanz der Situation klar, da doch die Partnerin oder Ehefrau immer die erste Verdächtige war. Sie drehte sich zu Panos.

»Panos, kontaktieren Sie sofort die Hafenpolizei von allen großen Häfen, von wo aus Annemarie das Land verlassen könnte«, befahl Phaní mit drängendem Ton.

Sie dachte einen Moment nach, während Panos Notizen machte. So schnell wie möglich die Partnerin des Opfers aufzusuchen, hätte die erste Handlung der Polizei sein müssen. Daran merkte man, wie unerfahren die örtlichen Beamten waren. Doch Phaní machte sich auch selbst den Vorwurf, nicht eher auf diese Idee gekommen zu sein. Das hätte ihr erster Schritt gewesen sein müssen. Vielleicht hätte man Annemarie dann schon gefasst, doch jetzt hatte sie möglicherweise längst das Land verlassen.

»Ich nehme an, der Hafen von Patra käme am ehesten in Betracht. Ein Flugticket muss auf die Schnelle ganz schön teuer sein, und sie hätte erst nach Athen fahren müssen. Eine Passage auf einem der Fährschiffe nach Italien ist erschwinglich. Überprüfen Sie das zuerst.«

Panos blieb in der Tür stehen und wartete auf weitere Instruktionen. Phaní war überrascht. Sie war es von Athen her gewohnt, dass ihre Mitarbeiter wussten, wann es Zeit war loszusausen und ihre Aufgaben zu erfüllen.

Doch sofort wurde ihr bewusst, dass sie es hier mit einem neuen Mitarbeiter zu tun hatte. Sie fügte in einem freundlicheren Ton – so empfand sie es wenigstens – hinzu:

»Das muss sofort erledigt werden, bitte gehen Sie gleich los!«

Es hatte den Anschein, dass Panos sich erst an Phaní's Ton gewöhnen musste, denn er blieb noch eine Sekunde wie angewurzelt stehen, bevor er zum Auto rannte und die einzelnen Behörden zu kontaktieren begann.

Phaní sah sich weiterhin im Zimmer um. Ein breites Bett beherrschte den Raum und es war ungemacht. An einer Seite stand ein kleines Bücherregal. Die meisten Bücher waren in Französisch geschrieben und befassten sich mit Griechenlands Geschichte. Obwohl der obligate Führer zu den vielen archäologischen Stätten nicht fehlte, standen da auch ein paar Bücher, die sich mit Griechenlands jüngerer, nicht so berühmter Vergangenheit befassten, wie den dunklen Jahren der Militärdiktatur zwischen 1967 und 1974, oder dem Bürgerkrieg nach der Befreiung von der deutschen Besatzung nach 1944.

Phaní war überrascht. Philippe musste sich wirklich

für die Geschichte dieses Landes interessiert haben. Hatte sie ihn schließlich doch falsch eingeschätzt?

Neben dem Bücherregal stand ein kleiner Schreibtisch mit Computer und Bildschirm darauf. Phaní fragte sich, ob Philippe seine Geschäfte von hier aus geführt, oder zudem in Phares oder Kalamata ein Büro gehabt hatte. In der Hoffnung ein paar Antworten zu erhalten, schaltete sie den Computer ein. Nach einer Weile wurde nach einem Passwort verlangt, doch Phaní wollte gar nicht erst anfangen zu raten. Sie machte sich eine Gedankennotiz, dass der Computer von einem Fachmann untersucht werden müsse. Da sie keinen Zugang zum Computer erlangt hatte, machte sie das Nächstliegende, sie öffnete die Schubladen des Schreibtisches. Eine der zwei Schubladen war bis zum Rand mit Papieren gefüllt, wie alten *OTE*-Telefonrechnungen und *DEI*-Stromrechnungen.

Die zweite Schublade war leer. Dies kam Phaní sehr verdächtig vor. Sie schloss daraus, dass darin wichtigere Papiere gewesen sein mussten, und dass Annemarie sie mitgenommen hatte, um Spuren zu verwischen. Bis jetzt schien es so, als ob Annemarie, Philippe's Lebenspartnerin, die Hauptverdächtige war. Phaní fand, dass dies ein guter Anfang sei, und nicht nur, weil sie im Moment keine anderen Anhaltspunkte hatte.

Das einzig andere im Raum, das noch Phaní's Aufmerksamkeit erweckte waren zwei Fotos, die an der Wand hingen. Eines zeigte Philippe und Annemarie, wie sie mit Bernard auf dessen Veranda saßen. Die beiden Männer hatten offensichtlich schon eine respektable Menge Wein gehabt. Annemarie sah nüchtern und angespannt aus, genauso wie Phaní sie in Erinnerung hatte. Einen Moment überlegte Phaní, ob sie Annemarie zu schnell als Hauptverdächtige betrachtete, weil sie keine Sympathie für diese aufbringen konnte. War diese Frau, mit dem Temperament von welkem Salat, fähig jemanden zu töten? Das war eigentlich eine gute Frage, die Phaní im Moment nicht beantworten konnte.

Die zweite Fotografie zeigte Philippe mit einem anderen Mann, den Phaní nicht kannte. Er sah nach einem Touristen oder wenigstens Ausländer aus. Auf der Rückseite der Fotografie stand eine von Hand geschriebene Notiz: mit Andreas 1996. Phaní nahm diese Fotografie aus dem Rahmen und steckte sie in ihre Tasche. Als sie sich umdrehte, merkte sie erst, dass die alte Frau schon vor einer Weile in die Küche gegangen sein musste und begonnen hatte, das schmutzige Geschirr abzuwaschen. Phaní stürzte zu ihr hin und zerrte sie von der Spüle weg.

»Fassen Sie nichts an! Wir müssen das Haus noch untersuchen!« Die Frau blickte Phaní mit einer Mischung aus Vorwurf und Entschuldigung an. Sie nahm ihre Schürze ab und ging wortlos aus dem Haus auf die Straße. Phaní blieb eine Weile neben der Marmorspüle stehen und stützte sich mit einer Hand ab. Sie war in Gedanken verloren. Panos kam an die Tür, und als sie ihn bemerkte, riss sie sich zusammen und sagte ihm kurz, er solle Namen und Adresse der Frau notieren. Phaní sah sich nochmals im Haus um und folgte Panos auf die Straße. Sie trat neben ihn, als er die Angaben der Frau notierte, und nutzte die Gelegenheit, ihr zu erklären, dass noch jemand kommen und das Haus genau untersuchen werde, deshalb müsse es verschlossen bleiben. Die Frau solle sich ebenfalls der Polizei zur Verfügung halten.

Der Alten war ganz deutlich anzumerken, dass sie

nicht glücklich darüber war, dass ihr das Geld für die unbezahlte Miete nicht zurückerstattet wurde. Dazu kam noch, dass sie das Haus in absehbarer Zeit nicht wieder vermieten konnte. Sie war ganz und gar nicht zufrieden und zeigte dies auch sehr deutlich durch ihren zornigen Gesichtsausdruck, wusste aber auch, dass sie dagegen nichts tun konnte. Sobald ein offizielles Organ, wie die Polizei, sich einschaltete und klare Anweisungen gab, wussten die meisten Griechen, dass es sinnlos war, zu diskutieren. Denn bestände auch nur die kleinste Aussicht auf Erfolg, hätten sie bestimmt eine Diskussion angezettelt.

Die Frau ging mürrisch und ohne etwas zu sagen. Phaní schaute ihr nach. Sie kannte diese Verhaltensweise nur zu gut von ihrer eigenen Mutter.

Nach einem Moment drehte sich Phaní wieder zu Panos.

»Das Haus muss von der *Símansi* – der Spurensicherung genaustens untersucht werden, wie Sie eben gehört haben. Können Sie das in die Wege leiten?«

Panos' etwas verwirrter Blick sagte ihr, dass das wohl nicht so einfach war, wie sie erwartete.

»Gibt es da ein Problem?« fragte sie ungehalten.

»Wollen Sie mir sagen, hier gäbe es keine solche Spezialeinheit?«

»Unser zuständiger Mann Michalopoulos ist zurzeit im Urlaub. Er kommt erst nächsten Montag zurück. Sonst müssten wir jemanden aus Tripoli oder Patra anfordern.«

Phaní wusste, dass dies die Untersuchungen maßgeblich verzögern würde, vor allem im August, und es passte gar nicht in ihren Plan, den Fall schnellstmöglich abzuschließen. Nun war sie es, die deutlich zeigte, dass sie mit der gegenwärtigen Situation nicht glücklich war.

Sie sagte nur sehr brüsk:

»Fahren wir zurück und fassen zusammen, was wir bis jetzt wissen. Wir müssen diesen Fall so schnell wie möglich in den Griff bekommen.« Sie ging mit zügigen Schritten zum Wagen, setzte sich hinein, knallte die Tür zu und ließ den Motor an. Beim Zurücksetzen gab sie so viel Gas, dass der Motor des Xsara aufheulte. Panos beeilte sich, in den Wagen zu steigen und schnallte sich sofort an.

Während der Fahrt ins Polizeirevier sprach keiner der beiden ein Wort. Als sie das Büro betraten, sagte Phaní nur kurz, sie wäre in fünf Minuten zurück. Bevor sie wieder aus dem Büro stürmte, fragte sie Panos, ob er eine Zigarette hätte, und zu ihrer großen Überraschung griff er in seine Schreibtischschublade und holte eine Packung heraus. Phaní griff sich eine und ging.

Draußen vor der *Diévthinsi* ging Phaní auf und ab. Nach ein paar Zügen an der Zigarette setzte sie sich auf ein Mäuerchen und betrachtete die Berge im Osten Kalamatas. Die Hänge waren vom Dunst des späten Nachmittags verhüllt. Dieser Sommer ist besonders feucht, dachte sie. War vielleicht das Klima hier im Südwesten Griechenlands nicht so trocken wie in Athen? Phaní fühlte, wie die Anspannung von ihren Schultern fiel. Sie fragte sich nachträglich, was sie eigentlich so in Rage gebracht hatte.

Sie drückte die Zigarette aus und ging langsam ins Büro zurück. Als sie es betrat, schrieb Panos gerade konzentriert Notizen in sein Buch. Sie zog einen Stuhl an seinen Tisch und setzte sich ihm gegenüber. Er sah auf, dann ordnete er seine Papiere. Phaní schaute ihm zu, bis er fertig war. Sie fand, dass die Situation irgendetwas Komisches hatte und für einen Moment musste sie sich das Grinsen verkneifen. Dann begann sie unter Zuhilfenahme von Panos' Bericht die Fakten aufzuzählen.

»Also – wir wissen, dass Philippe an einem Schlag auf den Kopf auf einer seiner Baustellen gestorben ist. Er wurde Mittwochmorgen gefunden. Todeszeitpunkt ...«

Phaní schaute Panos fragend an, und er sagte schnell:

»Wir erwarten den medizinischen Bericht heute am späten Nachmittag.« Phaní atmete auf. Das war ja ein gutes Zeichen, wenigstens einen medizinischen Bericht zu haben, und sie dachte, dass dieser Arzt sogar ziemlich schnell arbeitete.

»Heute haben wir erfahren, dass die Frau oder Lebenspartnerin von Philippe, Annemarie ... Haben Sie ihren Nachnamen gefunden?« Panos kramte in seinen Unterlagen und zog die Anmeldung von der Fremdenpolizei heraus.

»Devost«, antwortete er.

»Also, Annemarie Devost verließ die gemeinsame Wohnung in großer Eile und hatte eine Reisetasche bei sich. Sie versucht wahrscheinlich, das Land zu verlassen.« Phaní schaute vom Bericht auf.

»Die Alte hat doch gesagt, Annemarie sei zu Fuß weggegangen. Sie muss also ein Taxi oder den Bus genommen haben.« Phaní überlegte kurz.

»Hat man Philippe's Auto eigentlich gefunden?« An Panos' Reaktion merkte sie, dass er noch nicht daran gedacht hatte, danach zu suchen. Er machte sich eine Notiz.

»Sind die Hafenbehörden wegen Annemarie informiert worden?« Panos bestätigte dies schnell. Phaní nickte.

»Das ist gut. Nun können wir nichts Weiteres tun, als warten und hoffen, dass sie gefunden wird.« Sie machte eine Pause.

»Wissen Sie, ob Philippe ein Büro in der Stadt hatte, oder seine Geschäfte von zu Hause abgewickelt hat?«

Panos ging seine Notizen durch, dann hob er seinen Kopf und schnalzte, was ›nein‹ bedeutete. »Gemäß seinen Steuerunterlagen hatte er keine zweite Adresse.«

»Sehr gut. In dem Fall müssen wir Zugang zu seinem Computer erlangen. Seine Transaktionen sind sicher darin gespeichert«, fuhr Phaní fort und Panos machte wieder Notizen.

»Jemand muss zur *poleodomía* hier in Kalamata gehen und die Baubewilligung von Philippe's letztem Projekt einsehen.« Dann sagte sie mehr zu sich selbst, als zu Panos:

»Und ich muss herausfinden, wer dieser Andreas ist.«

Genau in diesem Moment öffnete sich die Tür und eine uniformierte Polizistin trat ein. Sie wendete sich an Panos ohne Phaní zu beachten, gab ihm einen Umschlag und sagte nur, der sei von *iatrós* Photeas. Sie drehte sich um und ging wieder ohne ein Wort zu sagen. Panos reichte den Umschlag gleich an Phaní weiter. Als sie das dunkelrote Kuvert öffnete, fiel ein einziges Blatt heraus, genau vor Phaní's Augen. Der Bericht war in großen Buchstaben geschrieben und nicht sehr lang. Phaní nahm das Papier in ihre Hand und versuchte die Schrift zu entziffern. Nach ein paar Sekunden ließ sie das Blatt sinken und war sichtlich aufgebracht. Sie schaute Panos an und zeigte ihm den Bericht.

»Das soll doch wohl ein Witz sein, oder?« fragte sie in der starken Hoffnung, zu hören, dass es ein Witz war. Panos machte einen hilflosen Eindruck.

»Da steht keine einzige neue Information drin, über Todesursache und Todeszeitpunkt!« Sie las vom Blatt ab:

»›... muss zwischen Dienstagabend und Mittwochmorgen liegen. Todesursache: sehr wahrscheinlich ein Schlag auf den Kopf, der eine große Wunde hinterließ.‹ Das ist alles! Nur noch eine Altmännerunterschrift, die wie das Gekritzel eines Dreijährigen aussieht.« Als sie nicht die unterstützende Reaktion von Panos erhielt, die sie erwartet hatte, wurde sie noch aufgebrachter.

»Wer ist dieser *iatrós* Photeas überhaupt? Haben wir seine Telefonnummer?« fragte sie und griff sogleich nach dem Hörer von Panos' Telefon und wartete darauf, dass er ihr diese angab. Panos wies auf den Stempel auf dem Bericht hin, wo die Telefonnummer halbwegs von der riesigen Unterschrift verdeckt war. Zudem war Panos anzusehen, dass ihm irgendetwas auf der Zunge brannte.

»Was ist denn?« Panos räusperte sich.

»Er und der *dievthintís* Mavridis sollen alte Freunde von der Universität sein.« Phaní schaute ihn nur völlig verdutzt an. Sie fragte sich, wie um alles in der Welt sollen ein Arzt und ein Polizeichef dieselbe Universität besucht haben? Panos begriff ihre Verwirrung und fügte erklärend hinzu:

»Na ja, es geht das Gerücht um, dass *dievthintís* Mavridis nie eine Polizeiakademie von innen gesehen hat, sondern, dass er eigentlich – Zahnarzt ist.«

Phaní hatte nicht einmal bemerkt, wie ihr der Hörer aus der Hand gefallen war.

9

Nach einer Weile erholte sich Phaní wieder von ihrem Schock und wählte doch noch die Nummer des Arztes. Sie wurde zuerst einige Male weitergereicht, bis sie endlich mit dem Doktor selbst verbunden war. Inzwischen hatte Phaní's Ärger unterschiedliche Phasen durchlaufen, welche von einem bevorstehenden Wutausbruch bis zur wiedergewonnenen Ruhe reichten. Daher konnte sie ihre Frage erstaunlich gefasst stellen, als sie ihn nun endlich am Apparat hatte.

»*Iatré* Photea, wann meinen Sie, könnte ich einen etwas ausführlicheren Bericht erwarten?« Das Schweigen am anderen Ende der Leitung dauerte so lange, dass Phaní schon dachte, er hätte aufgelegt. Aber dann konnte sie den alten Herrn noch atmen hören. Endlich sagte er:

»Junge Frau, die Leiche sagt nicht mehr aus, ich kann dem Bericht nichts hinzufügen.« Nun kam Phaní's Unmut wieder hoch.

»Sie haben aber doch wohl eine anständige Autopsie durchgeführt? Haben Sie den Toten überhaupt aufgeschnitten? Vielleicht war die Ursache eine ganz andere.« Der Doktor stöhnte am anderen Ende der Leitung.

»Ich bin *iatrodikastís* – Gerichtsmediziner seit siebenunddreißig Jahren. Ich glaube nicht, dass Sie mir sagen können, wie ich meine Arbeit zu tun habe.« Er fühlte sich offensichtlich zu Tode beleidigt, von jemandem kritisiert zu werden, der kein Arzt war, und zudem noch von einer Frau. Phaní war völlig perplex und überlegte wohl etwas zu lange, was sie erwidern könnte, als der

Doktor einfach auflegte. Sie war während der ganzen Aufregung von ihrem Stuhl aufgesprungen und fiel nun in ihn zurück. Erst jetzt bemerkte sie, dass Panos sie die ganze Zeit beobachtet haben musste, und für einen Moment glaubte sie in seinem Gesicht einen Ausdruck zu entdecken, der besagte ›ich hab's ja gewusst‹. Aber wohl doch eher nicht.

Phaní suchte sogleich nach einer anderen Möglichkeit, um an eine fachmännische Autopsie zu gelangen. Die einzige Person, die ihr jetzt weiterhelfen konnte, war ihre Freundin Katerina Sikalia. Diese arbeitete als Gerichtsmedizinerin für die Athener Polizei und hatte für sie bei einigen Fällen die Autopsie durchgeführt. Zu Phaní's Überraschung hatte sich im Laufe der Jahre aus einem strikten Berufsverhältnis eine innige Freundschaft entwickelt.

Phaní wollte schon nach dem Hörer greifen, als ihr plötzlich ein Gedanke durch den Kopf schoss. Sie erinnerte sich an Mavridis' seltsames Verhalten am Morgen. Und nun kam noch *iatrós* Photeas hinzu, der demonstrativ seine Pflicht als Gerichtsmediziner vernachlässigte und keinen Zweifel daran ließ, dass er nicht das geringste Interesse hatte, ihr beim Weiterkommen in diesem Fall zu helfen. Dazu kam noch, dass er und Mavridis gute Freunde waren, sich seit Jahren kannten und wohl nicht einen Moment zögern würden, dem anderen einen Gefallen zu tun. Es wäre nicht abwegig zu denken, dass Photeas ihr absichtlich Steine in den Weg legte. Oder war das ein weiterer Anfall von Überempfindlichkeit von Phaní's Seite, der sich gerade in Paranoia verwandelt hatte? Schon möglich, aber wenn sie nun doch recht hatte, und mehr hinter Photeas' Widerwillen zu kooperieren steckte? Und – sie schaute

Panos an, der gewissenhaft seine Notizen studierte – war er auch in die Sache verwickelt? Wem konnte sie trauen? Sie hasste solche Situationen, wie diese, wo sie unfähig war, etwas zu unternehmen, weil Misstrauen sie lähmte. Sie entschied, ihre Freundin Katerina erst morgen anzurufen und für heute hier im Revier Schluss zu machen. Sie wollte mit jemandem sprechen, von dem sie wusste, dass sie ihm trauen konnte. Und im Moment kam ihr dafür nur eine Person in den Sinn.

Sie stand auf und sagte noch:

»Würden Sie das deutsche Ehepaar, die Besitzer des Hauses, wo Philippe gefunden wurde, anrufen, und sie bitten, morgen früh für eine Unterredung hierherzukommen? Rufen Sie auch alle Handwerker an, die für Philippe auf der Baustelle gearbeitet haben, und sagen Sie ihnen, dass wir morgen im Laufe des Tages mit ihnen sprechen möchten. Fragen Sie sie, wo sie anzutreffen sind.«

Panos schrieb alles sorgfältig auf. Phaní drehte sich abrupt um und schnappte ihre Tasche, dann schaute sie ihn an und lächelte.

»Sie sollten danach auch nach Hause gehen. Es wird uns sicher beiden gut tun, etwas Abstand vom Fall zu bekommen.« Daraufhin verließ sie das Büro und schloss hinter sich die Tür, mit einem sanften Knall.

Sie fuhr auf direktem Wege zu dem kleinen Haus an der steilen, engen Straße in Verga und hoffte, sie würde denjenigen antreffen, den sie jetzt zum Reden brauchte. Sie trat durch das kleine Gartentor, und Gott sei Dank vernahm sie bald die beruhigenden Töne von klassischer Musik. Dies musste heißen, dass Bernard zu Hause war. Sie betrat das Haus durch eine der Terrassentüren. Nur für einen Moment beschlich

Phaní ein komisches Gefühl, da es ja erst gestern gewesen war, als sie Bernard bewusstlos hier auf dem Boden gefunden hatte. Sie ertappte sich dabei, an genau die Stelle zu blicken, wo er gelegen hatte, und zu ihrer Erleichterung lag da niemand. Sie wusste, dass diese Reaktion irrational war, wo sie doch Bernard die ganze Zeit über aus Richtung der Küche pfeifen und summen hörte. Und trotzdem hatte sie instinktiv so reagiert.

Um Bernard nicht zu erschrecken, klopfte sie an den Türrahmen, und bald ertönte ein einladendes ›*oui*‹. Obwohl Bernard schon viele Jahre in Griechenland wohnte, waren seine spontanen Antworten immer noch in seiner Muttersprache. Phaní liebte das an ihm.

Bernard trat aus der Küche, und als er Phaní sah, begann sein Gesicht zu strahlen.

»Ah, Phaní, was für eine schöne Überraschung«, war seine aufrichtige Reaktion. Er legte das Abwaschtuch, woran er sich die Hände abtrocknete, in die Küche zurück und fing gleich an, Papiere und alles, was so herumlag, aufzuräumen, sodass Phaní sich setzen konnte.

»*Kátse* – setz dich«, forderte er sie auf. Phaní wurde nun plötzlich klar, dass sie nicht wusste, wie sie ihm erklären sollte, warum sie gekommen war. Sollte sie ihm direkt sagen, dass sie jemanden zum Reden brauchte, oder das Thema langsam angehen? Doch Bernard nahm ihr die Entscheidung ab, als er besorgt bemerkte:

»Du siehst überarbeitet aus. Ich bringe dir ein Glas Wein.« Er verschwand wieder in der Küche und kam bald mit einem Krug voll Wein zurück. Phaní setzte sich nun endlich. Sie seufzte und nahm ihr Glas entgegen. Bernard machte es sich in dem kleinen Sessel ihr gegenüber bequem und goss sich selbst Wein ein.

»*Jiámas!*« sagte er, hob sein Glas und trank.

»Ich weiß nicht recht, ob ich dich damit behelligen soll«, fing Phaní an.

»Das sag ich dir, sobald du mir alles erzählt hast«, antwortete Bernard.

Phaní überlegte kurz, wie sie beginnen sollte.

»Ich habe den Eindruck, dass man mich bei der Polizei daran hindert, meine Aufgabe zu erledigen.« Als Bernard nichts darauf erwiderte, fuhr sie fort:

»Der Gerichtsmediziner hier, *iatrós* Photeas, weiß nicht, wie er seine Arbeit zu machen hat. Oder, was noch schlimmer wäre, er will sie nicht fachmännisch durchführen.«

»Wie kommst du darauf, dass er sie nicht anständig machen will?« fragte Bernard. Phaní zog den medizinischen Bericht aus ihrer Tasche und reichte ihn hinüber. Nach einer Weile fragte sie:

»Verstehst du, was ich meine? Ein Student im ersten Semester, nein, sogar jemand, der mit Medizin überhaupt nichts zu tun hat, hätte einen solchen Bericht verfassen können.« Dann fügte sie nach einer Pause hinzu:

»Photeas muss dies mit Absicht getan haben.« Es hörte sich wie eine Schlussfolgerung an, die Phaní selbst gerade gemacht hatte. Bernard stellte dann sogleich die brennende Frage:

»Aber warum?«

Phaní stand auf und ging im Wohnzimmer hin und her. Sie hielt inne und schaute Bernard an.

»Weil sie wollen, dass der Fall in einer Sackgasse endet. Sie wollen nicht, dass er gelöst wird. Oder es ist ihnen egal.« Phaní dachte bei sich, das könnte einen Sinn ergeben, wenigstens nach ihrem Verständnis.

Doch sogleich verdunkelte sich ihr Gesicht wieder.

»Aber warum haben sie mich dann überhaupt erst hierhergeholt?« Bernard stand etwas plötzlich auf und sagte während er in Richtung Küche ging:

»Ich mach uns schnell ein paar Omelettes. Ich habe einen Bärenhunger!« Phaní war mit ihren Gedanken beschäftigt. Sie hörte zwar, wie Bernard die Pfanne aus dem Schrank hervorholte und die üblichen Küchengeräusche machte, aber sie schenkte all dem keine Aufmerksamkeit und grübelte weiterhin über die Frage, die sich gerade gestellt hatte. Erst als sie ein inbrünstiges ›*merde*‹ hörte, eilte sie in die Küche, weil sie befürchtete, Bernard hätte sich verbrannt oder geschnitten. Als sie hinein kam, sah sie noch, wie er die Bratpfanne in die Spüle warf und ein paar Flüche auf Französisch ausstieß.

»Ich habe die Omelettes anbrennen lassen. Das ist mir noch nie zuvor passiert.« Für einen Moment wusste Phaní nicht, ob sie ernst bleiben oder loslachen sollte. Doch sie fand letzteres wäre bestimmt nicht angebracht in dieser Situation und versuchte Bernard zu beruhigen.

»Komm schon, Bernard. Das macht doch nichts. Wir gehen irgendwo essen.« Phaní überlegte kurz, welches Lokal infrage käme.

»Lass uns zu diesem tollen Fischrestaurant fahren, unten am Meer, bei Phares. Gibt es das noch?«

Phaní konnte erkennen, dass sich Bernards Stimmung besserte. Er lächelte.

»Ja, das ist noch da.«

»Gut. Lass uns dahin gehen. Acht Uhr ist noch ziemlich früh, aber das macht nichts.«

Als beide das Haus verließen und auf das Gatter zugingen, fiel Phaní erneut auf, dass der Autoabstellplatz leer war. Auf die Frage nach dem Wagen, antwortete Bernard:

»Er ist in der Werkstatt.« Das war eine sehr logische Erklärung, und Phaní wusste eigentlich nicht, warum sie überhaupt gefragt hatte.

Während der Fahrt hinunter und auf der Küstenstraße, die nach Kalamata führte, schaute Bernard Phaní nach einer Weile lächelnd an.

»Wie ich sehe, hat sich dein Fahrstil nicht geändert.«

Sie lächelte zurück.

Kurz vor der Abzweigung, die in die Stadt führte, bogen sie links in einen Schotterweg ein und fuhren bis zu einem Parkplatz unter großen Olivenbäumen. Es standen noch nicht viele Autos dort, da acht Uhr wie gesagt, für einen griechischen Gast noch sehr früh war, und Touristen fanden nur sehr selten den Weg zu diesem Lokal.

Sie betraten einen Platz, der von einer niedrigen Steinmauer umgeben war, sodass sich der Blick aufs Meer öffnen konnte. Mehrere Tische waren der Mauer entlang aufgestellt, einige mitten auf dem Platz, der von großen alten Kiefern überdacht war. Es war die beste Zeit des Tages. Die Temperatur war schon merklich angenehmer. Als sich beide an einen der Tische mit Blick aufs Meer setzten, kam der Besitzer schon herausgestürmt und begrüßte Bernard überschwänglich. Phaní erinnerte sich daran, wie beliebt Bernard war und dass ihn jeder zu kennen schien, als sie ihn vor neun Jahren besucht hatte. Ein schwaches Gefühl von Neid beschlich Phaní. Immerhin war sie in Kalamata, der Stadt, in der sie geboren war. Und trotzdem kam sie sich hier wie eine Fremde vor, da sie seit dreißig Jahren in Athen wohnte. Und dieser Mann, Bernard, ein Franzose, der keine eigentliche Verbindung mit dieser Gegend hatte, fühlte sich hier mehr zu Hause, als sie sich wahrscheinlich je fühlen würde.

Sie verdrängte den Gedanken, denn sie wusste, dass niemand Schuld an diesem Umstand war, am allerwenigsten Bernard.

Dieser bestellte einen weißen Hauswein. Nach einem Augenblick der Stille, während beide das ruhige Meer betrachteten, worin sich die untergehende Sonne hell spiegelte, kehrten Phaní's Gedanken zu dem Fall zurück.

»Bernard«, sagte Phaní, »ich glaube, ich könnte deine Hilfe brauchen.« Bernard schaute sie interessiert an.

»Nicht offiziell. Wie schon gesagt, weiß ich nicht, ob die Polizei von Kalamata ein großes Interesse daran hat, diesen Fall zu lösen. Trotzdem könntest du mir viele wichtige Insiderinformationen geben, da du Philippe sehr gut gekannt hast.«

Phaní wartete einen Moment, um zu sehen, wie Bernard reagierte. Sie befürchtete, dass ihm die Sache etwas zu heikel wäre, wo doch Philippe sein Freund gewesen war. Doch Bernard begann zu lächeln.

»Ich helfe gern, wenn ich kann.«

»Ich muss dir vielleicht auch Fragen stellen, die du nicht magst. Aber ich habe das Gefühl, dass du der einzige bist, dem ich gerade jetzt trauen kann«, erklärte Phaní. Sie wollte Bernard nicht in einen Interessenkonflikt bringen, aber er schien sich darüber keine Sorgen zu machen. In dem Moment brachte der Kellner den Wein und die Menükarte.

Nachdem sie bestellt hatten – sie hatten wie üblich zu viel bestellt – und in die Küche gegangen waren, um einen *lavráki* – Meerwolf von guter Größe auszusuchen, setzten sie sich wieder an den Tisch und fingen an die bereits gebrachten Hors d'Oeuvres zu essen.

»Was weißt du über *dievthintís* Mavridis?« fragte Phaní, als sie mit den Vorspeisen fertig waren und auf den gegrillten Fisch warteten.

»Außer dem Gerücht, dass er eigentlich Zahnarzt ist?« antwortete Bernard. Phaní nickte und verdrehte die Augen.

»Na ja, nicht viel. Soweit ich weiß, war er nie in einen Skandal verwickelt, weder einen politischen noch privaten. Er stammt nicht aus Kalamata, kam aber bereits in den späten sechziger Jahren hierher.«

Also zu der Zeit, als Griechenland in der Hand von ein paar Militärdiktatoren war, dachte Phaní. Es war ein schwarzes Kapitel in Griechenlands Geschichte.

Bernard fuhr fort:

»Ich glaube, irgendjemand hat mir erzählt, dass er einmal an einem von Kanellopoulos' Geschäften beteiligt war, in den frühen Siebzigern. Aber ich weiß nicht, ob sie seitdem noch Kontakt miteinander ...« Phaní unterbrach ihn ohne es zu merken.

»Kanellopoulos? Wo habe ich den Namen schon gehört?« Bernard lächelte.

»Ihm gehört eine der größten Flotten von Transportschiffen in Griechenland, und er ist aus Kalamata. Jeder kennt ihn hier, und ich glaube, es ist nicht falsch zu sagen, dass die meisten ihm gegenüber gemischte Gefühle haben. Wenn immer sein Name erwähnt wird, drehen alle die Köpfe weg, und niemand will irgendetwas über ihn sagen, weder Gutes noch Schlechtes.«

Phaní zermarterte sich das Gehirn, wo sie den Namen Kanellopoulos schon gehört hat. Irgendjemand hatte ihn erst kürzlich erwähnt, vor ein oder zwei Tagen. Also musste es in Kalamata gewesen sein, aber wo? Phaní erkannte, dass es keinen Zweck hatte und konzentrierte sich wieder auf Bernards Ausführungen.

»Derjenige, der mir von Kanellopoulos und Mavridis erzählt hat, sagte, es hätte mit Landkauf zu tun gehabt, und zwar dort, wo heute eine der Hauptzufahrtsstraßen Kalamatas verläuft. Vor dreißig Jahren war das Land noch zu Spottpreisen zu haben gewesen. Als dann die Straße gebaut wurde, schnellten die Preise in die Höhe.«

Phaní schüttelte den Kopf.

»Irgendwo habe ich eine ähnliche Geschichte schon gehört. Es ist immer dasselbe: die Leute wissen, wie sie aus Nichts Geld machen können.« Aber Phaní dachte auch, dass ihr Fall nichts mit den damaligen Ereignissen zu tun hatte und schenkte Bernards Worten nicht viel Beachtung. Kurz darauf wurde der Fisch gebracht, und er sah genauso aus, wie er schmeckte: außergewöhnlich gut.

Zum Schluss griff sich Phaní mit den Fingern eines der Augen des Fisches und verschlang es mit Genuss. Bernard verzog sein Gesicht etwas. Sie reichte ihm das andere, als er dankend ablehnte, aß sie auch dieses.

»Ich vergaß, du bist ja nicht am Meer aufgewachsen. Und nun das Beste: *ta mágoula* – die Wangen.« Mit einem Löffel kratzte sie etwas aus dem Kopf des Fisches, verschlang es und leckte sich die Finger. Sie schaute leicht verlegen wegen ihres Ausbruchs von Essenslust zu Bernard und grinste. Dieser lachte und schüttelte den Kopf.

Als sie den Fisch verzehrt hatten, kehrte Phaní bald zu ihrem Lieblingsthema zurück.

»Annemarie ist verschwunden. Wo, meinst du, ist sie hingegangen?« Nach einer Pause fuhr sie fort:

»Gibt es irgendjemanden, bei dem sie sich verstecken könnte?« Bernard antwortete nicht sofort. Er nahm einen Schluck Wein und schaute in sein Glas. Sein Gesichtsausdruck war plötzlich ernst.

»Wenn du glaubst, dass sie etwas mit Philippe's Tod zu tun hat, irrst du dich«, sagte er schließlich. Phaní war überrascht, wie bestimmt er das sagte.

»Aber Bernard, sie ist abgehauen! Das ist für gewöhnlich ein ziemlich sicheres Schuldbekenntnis. Ich sage auch nicht, dass sie Philippe getötet hat, aber sie weiß etwas. Und daher müssen wir sie finden.« Sie erkannte, dass ihre Worte Bernard sehr nahegingen. Sie nahm an, dass er sich Philippe gegenüber verpflichtet fühlte, und auch dem Menschen, den dieser zurückgelassen hatte, also Annemarie. Sie wusste, dass sie in ihrer Wortwahl vorsichtig sein musste, besonders weil sie niemals diese Sympathie für Philippe oder Annemarie empfunden hatte.

»Also hast du keine Ahnung, wohin sie gegangen sein könnte? Hat sie nie irgendwelche Freunde erwähnt?« Bernard schüttelte den Kopf.

»Tut mir leid, da kann ich dir nicht helfen.« Phaní erkannte, dass sie hier nicht weiterkam.

»Weißt du, was Philippe gemacht hat, bevor er nach Griechenland zog?« Bernards Gesicht schien sich etwas aufzuhellen.

»Er war Arzt. Er hatte seine Ausbildung abgeschlossen und arbeitete in einem Spital irgendwo in der französischen Schweiz.«

Phaní war sehr überrascht. Sie meinte auf eine Fährte gestoßen zu sein und fragte sofort weiter:

»Weißt du, warum er seinen Beruf als Arzt aufgegeben hat, um hier als Bauführer zu arbeiten?« Bernard zuckte seine Schultern und schüttelte den Kopf.

»Er hat nie gesagt, warum er aus der Schweiz weggegangen ist.« Nach einer Weile fügte er hinzu:

»Ich habe auch nie gefragt.« Interessant, dachte Phaní. Vielleicht ist das Mordmotiv irgendwo in der Vergangenheit verborgen. Sie musste gleich morgen Panos auf diese Fährte ansetzen.

Gerade als Phaní ihre nächste Frage formulieren wollte, näherte sich ein junger Mann Mitte dreißig ihrem Tisch. Phaní bemerkte ihn zuerst. Er klopfte Bernard auf die Schultern. Dieser erschrak und drehte sich um. Er kannte den Mann offensichtlich, aber zusammen mit der freudigen Überraschung konnte man auch noch eine Portion Verlegenheit erkennen. Der Mann begann mit Bernard auf Griechisch zu sprechen, sie tauschten die üblichen Floskeln aus, wenn sich Freunde mal wieder treffen, in der Art von ›wie geht's?‹ und ›wo warst du nur, hab dich lange nicht mehr gesehen?‹

Nach dem Begrüßungsritual drehte sich der Mann, dessen Name offensichtlich Leonidas war, Phaní zu und sprach sie an. Er wusste genau, wer sie war.

»Ah, *kiría astinóme* Papadea. Dann stimmt es also, dass Hilfe aus Athen angefordert wurde«, sagte er. Er streckte seine Hand aus, Phaní schüttelte sie. In der Hoffnung, er würde ihr verraten, wer er war, sagte sie:

»Sie kommen mir bekannt vor. Wo habe ich Sie schon gesehen?« Leonidas lächelte.

»Ich hätte niemals gedacht, Sie hätten mich bemerkt«, antwortete er, »ich gehöre zu dieser lästigen Bande, die immer zu viele Fragen stellt.«

»Ein Journalist!« sagte Phaní überrascht. Sie hatte sehr wohl gemerkt, dass er sie soeben zitiert hatte.

»Und Sie machen hier natürlich Urlaub?« fuhr sie fort, mit einem deutlich sarkastischen Unterton in ihrer Stimme. Er antwortete eher ernsthaft.

»Nein, ich bin aus Kalamata. Nur geschieht in Athen mehr, worüber man schreiben kann, besonders wenn es um Mord geht.« Phaní glaubte zu verstehen, woher der Wind wehte. Aber sie hatte schon oft mit Journalisten zu tun gehabt, und sie wusste, wie sie etwas sagen konnte, ohne eigentlich irgendwelche Informationen preiszugeben. Sie hielt nicht viel von Journalisten. Da Phaní die Angewohnheit hatte, zu verallgemeinern, glaubte sie, auch Leonidas sei wie alle anderen. Es überraschte sie nur, dass Bernard mit so jemandem befreundet war. Leonidas sprach immer noch.

»... und nun, wo hier schon mal ein Mord passiert ist, habe ich Arbeit und Vergnügen vereint.« Er machte eine Pause, und Phaní erwartete, dass er sie jetzt über den Fall ausfragen würde. Aber er setzte mit einem ernsten Gesichtsausdruck hinzu:

»Ich hatte schon oft den Eindruck, dass die hiesigen Behörden ihre Arbeit nicht ernst genug nehmen, die Polizei mit eingeschlossen. Manchmal brauchen sie einen Anstoß, und sei es von uns, um sich zu erinnern, welches ihre Aufgabe ist.« Dies war eines der sehr seltenen Male, dass Phaní überhaupt nicht begriff, worauf der junge Mann hinaus wollte.

»Was wollen Sie damit sagen?«

»Na ja, Sie säßen wohl nicht hier, wenn diese lästigen Journalisten nicht wären.« Leonidas machte eine Geste, dass er sich verabschieden wollte. Er schüttelte Bernards Hand, sagte ›auf Wiedersehen‹ und ging. Seltsamer Zeitgenosse, dachte Phaní. Sie schaute Bernard an, der mit seiner Papierserviette spielte. Er spürte deutlich, dass Phaní ihn ansah.

»Ich hatte den Eindruck, dass sich die hiesige Polizei nicht gebührend für den Fall einsetzte und dachte, man müsse nur etwas nachhelfen, um sie zum Handeln zu bewegen.« Er machte eine Pause, dann hob er den Kopf, schaute Phaní in die Augen und sagte sehr bestimmt:

»Ich glaube wirklich, dass hier jemand frei herumläuft, der Philippe kaltblütig getötet hat. Und er muss unbedingt gefunden werden!« Leise, aber immer noch bestimmt, fügte er hinzu:

»Ich schulde es Philippe.«

Nach einer Weile musste Phaní die eine Frage stellen, die sie sich nicht erklären konnte.

»Woher wusstest du, dass die *Diévthinsi* in Athen ausgerechnet mich schicken würde?« Bernards Gesichtsausdruck änderte sich schlagartig und er lächelte.

»Das wusste ich nicht. Das war reines Glück.«

10

Am nächsten Morgen fand Phaní spät aus dem Bett. Es war immerhin schon zwei Uhr nachts gewesen, als sie Bernard nach Hause gefahren hatte. Die verschiedenen neuen Informationsbrocken zu dem Fall ließen sie nicht zur Ruhe kommen. Nichts ergab bis jetzt irgendeinen Sinn. Die Ineffizienz der Polizei schien mehr zu sein als einfache südliche Lässigkeit. Zudem hatte sie den

Eindruck, dass sie in eine Seitengasse gedrängt wurde, was sie davon abhielt, sich so um den eigentlichen Fall zu kümmern, wie sie wollte. Hing vielleicht alles nur damit zusammen, dass sie nach all den Jahren wieder in Kalamata war? Ließen sich diese alten Geister nicht so einfach bei Seite schieben, wie sie gehofft hat, und würden sie nicht in Ruhe lassen, bis sie herausfand, was damals, vor fast dreißig Jahren, mit ihrer Familie wirklich passiert war? Aber nachts, während sie sich schlaflos hin und her wälzte, sah alles zehnmal schlimmer aus, als es eigentlich war.

Erst nach sechs Uhr morgens schlief sie endlich ein und wachte daher nicht vor halb zehn auf. Sie rief Panos an, um herauszufinden, wann er das Gespräch mit dem deutschen Ehepaar Beckmann angesetzt hatte. Er erwartete sie nicht vor elf. Panos fügte noch hinzu, dass *dievthintís* Mavridis sie dringend sprechen wolle. Auch wenn ihr erster Impuls war, ihre Sachen zu schnappen und sofort ins Büro zu fahren, hatte sie eigentlich keine Lust, jetzt mit dem Mann zu sprechen. Und was könnte auch so dringend sein. Sie sagte Panos einfach, sie würde rechtzeitig zum Gespräch mit den Beckmanns im Büro sein. Phaní gab sich selbst eine Stunde frei.

So ging sie zu einem der vielen Cafés am zentralen Platz und versuchte, sich am Moment zu erfreuen. Für ein paar Minuten war sie sogar imstande die Leute zu beobachten, wie sie geschäftig der *odós* Aristomenous entlangeilten und die Läden abklapperten. Einige gingen in den Banken ein und aus, andere, meist jüngere Leute, bevorzugten die Läden, die Mobiltelefone anboten, um das neuste Model mit integrierter Videokamera zu erwerben. In Griechenland galt jemand unter vierzig als absonderlich, der keines dieser nervtötenden kleinen

Dinger besaß. Es wurde von jedem erwartet, das Telefon immer bei sich zu haben und erreichbar zu sein. Phaní hatte mehr als einmal den Satz gehört: ›warum hattest du dein *kinitó* nicht eingeschaltet?‹

Sie hasste es, plötzlich von dem Geklingel aufgeschreckt zu werden, andererseits verlangte es ihr Beruf, rund um die Uhr abrufbar zu sein, also fügte sie sich der Notwendigkeit.

Ihr nächster Gedanke galt Dimitris, und ob sie ihn anrufen solle. Aber dann erinnerte sie sich daran, dass sein Abgabetermin für den Architekturwettbewerb immer näher rückte. Daher wollte sie Dimitris lieber nicht ablenken. Wenn der Stichtag für die Abgabe kurz bevorstand, und er gegen die Zeit ankämpfte, verwandelte er sich jedes Mal in ein Wesen von einem anderen Stern oder einen Zombie: seine Augen waren rot von der ständigen, konzentrierten Arbeit am Computerbildschirm. Nein, es war besser, jetzt nicht in seine Sphäre einzudringen. Manchmal fragte sie sich, ob alle Architekten so waren, denn diejenigen, die sie durch Dimitris kennengelernt hatte, zeigten die gleichen Symptome.

Dann kehrten ihre Gedanken zum Fall zurück. Philippe war also Arzt gewesen. Es müsste doch mit dem Teufel zugehen, wenn nicht das Motiv zu seiner Ermordung irgendwo in der Vergangenheit zu suchen wäre. Und warum hatte er sein gutes Leben in der Schweiz plötzlich aufgegeben? Sie hoffte, Panos hatte etwas von der dortigen Polizei in Erfahrung bringen können. Und welche Rolle spielte Annemarie in dem Ganzen? Phaní hatte vergessen Bernard zu fragen, wo Philippe und Annemarie sich kennengelernt hatten, hier oder noch in der Schweiz. Gerade als sie Bernard anrufen wollte, klingelte ihr Telefon. Es war Katerina Sikalia. Phaní war erleichtert, dass sie anrief.

»Katerina, *ti kánis?*« fragte sie.

»*Mía chará!* Sehr gut, danke«, antwortete Katerina.

»Ich habe gerade deine Nachricht abgehört. Was machst du denn da unten?«

»Oh, das ist eine lange Geschichte. Und eigentlich weiß ich selber nicht, wie ich hier gelandet bin«, gestand Phaní und fuhr fort:

»In meiner Nachricht hab ich's ja schon erwähnt, ich brauche deine Hilfe.«

»Phaní, wo hast du dich wieder reingeritten?« fragte Katerina darauf mit besorgtem Unterton.

»In nichts«, wiegelte Phaní ab, »ich brauche einfach deine fachliche Meinung, das ist alles.«

Katerina dachte etwas nach.

»Also, pass auf: mein Mann, die Kinder und ich haben vor, diesen Sommer ein paar Tage unserer Ferien auf der Insel Kithira zu verbringen. Wir könnten einen Umweg über Kalamata machen.«

»Du bist ein Schatz, Katerina!« antworte Phaní überschwänglich.

»Ich kann aber nur einen Tag erübrigen«, erklärte Katerina, »und der würde gerade für eine erste Beurteilung reichen. Für eine ausführliche Autopsie müsste ich Proben ins Labor nach Athen schicken, und das würde länger dauern.«

»Wann kannst du kommen?«

»Nicht vor Freitag, tut mir leid«, sagte Katerina.

Phaní musste ihre Ungeduld zügeln, aber sie konnte von Katerina nicht noch mehr verlangen, wo sie schon einen Tag ihrer, sicherlich dringend benötigten Ferien opferte, um Philippe's Leiche zu untersuchen.

»Wunderbar«, sagte Phaní, »ich werde die erforderlichen Vorbereitungen treffen, sodass für Freitag alles bereit ist, was du brauchst.« Sie tauschten noch ein paar Worte aus und verabschiedeten sich.

Es war schon fast elf, also höchste Zeit in die *Diévthinsi* zu fahren. Phaní versuchte sich noch zu merken, Bernard anzurufen und ihn zu fragen, wo Philippe und Annemarie sich kennengelernt hatten.

Fünfzehn Minuten später betrat sie das Büro, sagte *kaliméra* zu Panos und setzte sich an ihren Schreibtisch. Panos reichte ihr sofort ein Fax. Phaní warf einen Blick darauf und bedankte sich. Es war der Ausdruck der *Trochéa* mit Angaben über Philippe's Auto. Sie beobachtete Panos und betrachtete sein unschuldiges Gesicht. Sie dachte, er schien wirklich ein gewissenhafter, junger Mann zu sein. Aber konnte sie sich hundertprozentig auf ihn verlassen? Seine Hingabe zum Job hinderte ihn möglicherweise nicht daran, vertrauliche Polizeiinformationen an die richtigen Stellen außerhalb des Reviers zu übermitteln oder sogar zu verkaufen. Dies war leider ein weitverbreitetes Phänomen bei der Polizei. Sie musste also bald herausfinden, wo er wirklich stand. Als Phaní merkte, dass Panos aufblickte, schaute sie schnell auf ihre Uhr.

»Oh, es ist schon nach elf. Würden Sie bitte hinunter gehen und auf die Beckmanns warten, und sie heraufbringen, wenn sie kommen.« Panos nickte und verließ eilig den Raum. Phaní drehte sich in ihrem Stuhl herum und schaute aus dem Fenster auf das Gebirge. Sie brauchte jetzt diesen Moment, um ihre Gedanken zu ordnen und sich darauf zu konzentrieren, was als Nächstes kam: das Gespräch mit den Beckmanns. Jetzt musste sie alle verwirrenden Gedanken bei Seite schieben, die nichts mit dem Fall zu tun hatten und wie Bienen in ihrem Kopf herumschwirrten.

Kurz darauf ging die Tür auf, und Panos trat ein, dahinter Frau Beckmann und ihr Mann, der in gewohnter Weise etwa einen Meter hinter ihr folgte. Sie trugen beide wieder luftige, weite Kleider in hellen Farben, und ihre Gesichter schienen noch eine Spur braungebrannter als am letzten Samstag. Phaní stand auf, streckte ihre Hand aus und zeigte ihnen, wo sie Platz nehmen konnten. Während sie sich wieder auf ihren Stuhl setzte, drückte sie ihre Dankbarkeit darüber aus, dass sie so schnell gekommen waren.

»Wann haben Sie Philippe das erste Mal getroffen?«

Nach einer Weile antwortete Frau Beckmann und schaute dabei zu ihrem Mann.

»Das war ungefähr vor einem halben Jahr. Wir hatten bei Freunden von uns, Kerstin und Rolf, die auch aus Deutschland sind, erwähnt, dass wir jemanden suchen, der die Bauleitung für unser Haus übernimmt.«

Phaní versuchte sich zu erinnern, in welcher Bauphase sich das Haus befand. Sie hatte gesehen, dass die meisten Wände mit grauem Putz überzogen waren. Das bedeutete, dass der Aushub, das Verschalen des Fundaments, das Gießen des gesamten Betons und auch die Ziegelsteinwände fertig waren. Und das sollte in der kurzen Zeit von sechs Monaten passiert sein? Das wäre sehr schnell gewesen, also fragte Phaní als Nächstes:

»Wollen Sie damit sagen, dass Sie mit dem Bau des Hauses erst vor sechs Monaten begonnen haben?«

»Nein, nein, nein!« sagte die Frau schnell.

»Zu bauen haben wir schon vor zwei Jahren begonnen.« Sie erklärte weiter: »Der Aushub, die Beton- und Maurerarbeiten wurden von jemand anderem beaufsichtigt.« Frau Beckmann machte eine Pause. Sie blickte ihren Mann Rat suchend an. Als die Frau weiterhin stumm blieb, fragte Phaní:

»Warum haben Sie dann vor einem halben Jahr jemand anderen gesucht? Sie hatten doch einen Bauführer?« Die Frau brauchte eine Weile, bis sie antwortete. Es schien, als ob sie ihren nächsten Satz sorgfältig formulieren wollte.

»Ja, wir hatten einen. Aber wir waren mit seiner Arbeit nicht zufrieden«, sagte sie dann nur kurz. Phaní nahm dies zur Kenntnis.

»Wie ist sein Name?«

Die Frau räusperte sich und antwortete:

»Wir möchten keine Scherereien oder ihm irgendetwas Schlechtes nachsagen ...«

»Keine Angst. Ich brauche lediglich seinen Namen, und dann muss ich sehen, ob er für den Fall eine Rolle spielt.« Phaní versuchte dabei so beruhigend, wie möglich zu wirken.

»Sein Name ist Andreas Friedel«, sagte die Frau kurz.

Andreas? Der Name kam Phaní bekannt vor. Sie wurde neugierig.

»Warum waren Sie nicht zufrieden mit ihm?« Phaní hatte fast Mitleid mit der Frau, denn sie schien sichtlich bemüht, nichts Falsches zu sagen und diesen Herrn Friedel in einem schlechten Licht erscheinen zu lassen. Plötzlich sagte Frau Beckmann sehr entschlossen:

»Wir glauben, er hat von uns viel mehr Geld verlangt, als die Arbeiter bekamen. Er rechnete nicht nur sein Honorar dazu, sondern verlangte manchmal über das Doppelte.«

Phaní wusste genau, wovon die Frau sprach. Es war allgemein bekannt, dass die Ausländer, die sich ihr

Traumhaus im milden Klima Griechenlands bauen wollten, oft übers Ohr gehauen wurden, und somit für ihren Traum teuer bezahlen mussten. Auch wenn der griechische Handwerker nicht den besten Ruf hatte, weil die Qualität seiner Arbeit nicht den Standard von Mitteleuropa erreichte, war er doch in den meisten Fällen aufrichtig, was die Preise betraf, die er verlangte. Es waren meistens Ausländer selbst, oder vielleicht Griechen, die im Ausland gelebt hatten, die hierherkamen, um viele der Deutschen, Engländer und Franzosen, die in Griechenland bauten, auszunehmen.

Phaní fand, diese Spur führte nirgends hin. Sie wechselte das Thema, auch aus dem Grund, dass Frau Beckmann die Tatsache, dass sie übers Ohr gehauen worden waren, zwar ruhig vorgebracht hatte, aber sicherlich nicht gerne darüber sprach. Wer würde das schon?

»Was für einen Eindruck hatten sie von Philippe?« fragte sie. Die Antwort der Frau kam nun schnell.

»Oh, er war ein sehr netter Mann. Er war so verständnisvoll, wenn wir Fragen hatten oder kleine Änderungen am Haus anbringen wollten.« Sie machte eine Pause.

»Leider hatten wir nicht die Gelegenheit, ihn sehr gut kennenzulernen, aber er machte einen überaus kompetenten Eindruck, und auch den, dass er viel über das Land und die Leute wusste.«

»Hat er je erwähnt, warum er damals die Schweiz verlassen hat?« fragte Phaní. Die Frau zuckte die Schultern und schaute ihren Mann an.

»Nicht dass ich mich daran erinnern könnte. Das Einzige, was er einmal in der Hinsicht sagte, war, dass er es satt hatte, immer nur mit kranken und verletzten Leuten zu tun zu haben.« Ihr Gesicht erhellte sich, als ob sie sich an etwas erinnerte.

»Ja, und einmal hat er gesagt, er baue viel lieber Häuser in Griechenland und wäre stolz auf seine Arbeit. Sie mache ihm mehr Spaß, als Menschen operieren zu müssen.« Frau Beckmann sah wieder zu ihrem Mann, als ob sie erwartete, dass er ihre Geschichte bestätigte.

Phaní fing an die Frau zu mögen. Ja, sie war wohl etwas dominant. Der Mann hatte während der ganzen Unterhaltung nicht ein einziges Wort gesagt. Und wenn man sie so ansah, glich sie sehr stark dem Bild, das die Griechen vom deutschen Touristen hatten. Ihr Haar war blond und kurz, sie trug diese bunten Ferienkleider, die sie wahrscheinlich zu Hause nie tragen würde. Aber was Phaní gefiel, war der Enthusiasmus von Frau Beckmann. Sie war nicht der Typ, der einfach aufgab, auch wenn einige Hindernisse auf dem Weg zur Erfüllung ihres Traumes auftraten. Sie und, so vermutete Phaní, auch ihr Mann wollten ihr Haus in Griechenland fertig stellen und beziehen, auch wenn einige unangenehme Umstände in Kauf genommen werden mussten.

»Was können Sie mir über Annemarie Devost sagen?« fragte Phaní. Frau Beckmanns Gesicht zeigte deutlich, dass sie nicht wusste, was sie sagen sollte.

»Eigentlich nichts. Wir haben sie nur drei oder viermal getroffen.« Nach einer Pause fuhr sie fort: »Sie machte einen netten Eindruck, aber sie war eher introvertiert. Nicht so wie Philippe.«

»Wie meinen Sie das?« fragte Phaní neugierig, um herauszufinden, ob sich ihr Bild von Philippe und Annemarie mit dem der Beckmanns deckte.

»Philippe war nicht laut, auf keinen Fall. Aber er wusste, wie er Leute unterhalten konnte«, erklärte Frau Beckmann. Als sie merkte, dass Phaní wohl nicht verstanden hatte, was sie meinte, fuhr sie fort:

»Er wusste Geschichten zu erzählen. Und er wusste alles über jeden hier in der Gegend. Er war wie eine Lokalzeitung und belieferte einen mit dem letzten ...«, sie zögerte. Als Phaní sie ansah und erwartete, dass sie den Satz zu Ende sprach, fuhr Frau Beckmann fort:

»Ich würde nicht Klatsch sagen. Aber die kleinen Vorfälle eben, die einigen Leuten passiert sind, die wir auch kennen. Die meisten sind Ausländer wie wir, die hier ein Haus bauen, und es war irgendwie beruhigend, dass wir nicht die einzigen waren, die in die Falle getappt sind.« Frau Beckmann hatte offensichtlich mehr gesagt, als sie wollte. Phaní interessierte das und sie ließ nicht locker.

»Wenn ich Sie richtig verstanden habe, sprechen Sie über ihre Erfahrungen mit Herrn Friedel?« Phaní las den Namen von ihren Notizen ab. Frau Beckmann nickte nur.

»Erinnern Sie sich, was Philippe über ihn gesagt hat? So im Allgemeinen, nicht haargenau.«

Frau Beckmann schaute zu ihrem Mann, dann auf ihre Hände, in der sie ihre Tasche hielt. Sie versuchte, die richtigen Worte zu finden.

»Er erzählte von anderen Fällen, in denen Kunden von Friedel diesen als Bauführer entlassen haben.«

»Weil sie mit seiner Arbeit nicht zufrieden waren, wie Sie zuvor sagten«, ergänzte Phaní den Satz. Frau Beckmann nickte wieder. Phaní fand es schwierig, diese Art Informationen aus ihr herauszuholen, da diese zu viel Angst hatte, jemanden in Misskredit zu bringen, wie in diesem Fall Friedel. Also versuchte Phaní es anders. Sie stellte jetzt Fragen, die mit Ja oder Nein beantwortet werden konnten.

»Also wusste Philippe von anderen Fällen, wo Friedel

seine Kunden übers Ohr gehauen hat?« Frau Beckmann sagte leise ›ja‹ und Phaní fuhr fort:

»Und wie in Ihrem Fall, verlangte er überrissen viel Geld.« Frau Beckmann nickte noch einmal, dann kam sie in Fahrt.

»Wir haben ja noch Glück gehabt, wenn man unseren Fall mit anderen vergleicht. Manchmal hat er Material eingespart, aber stellte natürlich die volle Menge in Rechnung. So hat er bei einem Ehepaar aus Österreich zu wenig Zement verwendet, sodass ihnen jetzt der Putz von der Wand fällt. Bei anderen bröselt das Fundament unter ihrem Haus weg, weil er auch zu wenig Zement in den Beton gemischt hat. Wieder bei anderen ist das Dach völlig undicht …« Frau Beckmann hielt inne, als sie merkte, dass sie sich zu stark aufregte. Sie blickte wieder auf ihre Handtasche. Ihr Mann rührte sich nun zum ersten Mal, als er seine Hand auf die ihre legte, um sie zu beruhigen. Phaní taten die beiden leid, und auch all die anderen, die übervorteilt worden waren. Diese Leute würden doch immer ein Gefühl von Wut mit sich herumtragen, und das würde sich doch bestimmt auch auf Griechenland und die Griechen übertragen, obwohl diese überhaupt nichts damit zu tun hatten. Das Schlimmste an der ganzen Sache war, dass man keine Möglichkeit hatte, jemandem wie Friedel seine Gaunereien zu beweisen, und dass er sicherlich schon die nächste Baustelle unter sich hatte und ein anderes ausländisches Ehepaar um ihr Geld betrog. Dies war etwas, das Phaní unheimlich wütend machen konnte. Sie musste sich zwingen, nicht an diese Ungerechtigkeit zu denken und sich sagen, dass fällt nicht in deinen Zuständigkeitsbereich, das ist Sache des Betrugsdezernats.

Wenn sie diese Information jedoch von ihrer Seite aus betrachtete und eine Verbindung zum Fall ausmachen wollte, so konnte sie beim besten Willen nicht erkennen, wie das niederträchtige Verhalten Friedels irgendetwas mit Philippe's Tod zu tun haben könnte. Es war sehr unwahrscheinlich, dass Friedel Philippe umgebracht hatte, weil dieser Geschichten über ihn verbreitete. Oder war das eine Möglichkeit für ein Motiv?

Im Moment hatte Phaní keine weiteren Fragen.

»Wenn Ihnen nicht noch etwas in den Sinn kommt, wäre es das für heute«, sagte Phaní während sie sich erhob. Die Beckmanns reagierten nicht, daher streckte sie ihre Hand aus.

»Vielen Dank, dass Sie gekommen sind. Ich muss Sie darum bitten, in den nächsten paar Wochen weiter zu unserer Verfügung zu stehen.«

Die Beckmanns nickten, und sie sagte, das wäre in Ordnung, sie hätten ohnehin nicht vor, bald abzureisen. Dann verließen sie das Büro. Phaní schaute auf ihren Block. Sie hatte nur ein paar unbedeutende Notizen gemacht, vor allem aber Gekritzel und Zeichnungen. Sie wollte gerade ihre Tasche schnappen und etwas zu essen holen, als die Tür aufging, und Frau Beckmann nochmals hereinkam. Sie entschuldigte sich und sagte, sie hätte sich noch an etwas erinnert.

»Es war das letzte Mal, als wir Philippe gesehen haben. Das muss der Tag gewesen sein, als er ...« Sie beendete den Satz nicht. Phaní verstand und nickte.

»Was ist geschehen?«

»Annemarie kam auf ihrem Motorroller angebraust. Ich habe sie noch nie so gesehen. Sie war beinahe hysterisch. Ich weiß nicht, warum ich nicht früher an diesen Vorfall gedacht habe«, fuhr Frau Beckmann fort.

»Was ist sonst noch passiert?« fragte Phaní voller Ungeduld zu hören, was diese Hysterie ausgelöst haben könnte.

»Na ja, ich konnte nicht verstehen, was sie gesagt hat, es war alles auf Französisch, und ich spreche kein Französisch. Aber sie teilte Philippe etwas mit und es sah so aus, als wollte sie ihn dazu drängen, etwas zu unternehmen.«

»Wie hat er reagiert?«

»Er versuchte, sie zu beruhigen. Aber als ihm das nicht gelang, schrie er sie sogar an, damit sie schwieg.«

Phaní wusste nicht, ob ihr das irgendwie weiterhelfen würde. Frau Beckmann fuhr weiter fort:

»Das einzige, was ich verstanden habe, war der Name Andreas, der mehrere Male erwähnt wurde.«

»Andreas?« fragte Phaní, und Frau Beckmann sagte, als ob es völlig klar sein müsste, über wen sie sprach:

»Ja, Andreas Friedel.«

11

Nachdem Frau Beckmann gegangen war, drehte sich Phaní zu Panos.

»Versuchen Sie diesen Friedel zu finden, wir müssen mit ihm sprechen. Er scheint irgendeine Rolle zu spielen.«

Sie überlegte einen Moment, dann fragte sie noch:

»Haben Sie mit den Handwerkern gesprochen, die auf Philippe's Baustelle arbeiteten?«

»Ja, ich habe erfahren, auf welchen Baustellen sie zurzeit anzutreffen sind. Wir können jederzeit dorthin fahren, nur muss es vor fünf Uhr sein.«

Als Phaní und Panos zur Tür hinaus wollten, kam Mavridis herein. Er schien nicht zufrieden zu sein. Phaní erinnerte sich daran, dass sie zu ihm ins Büro hätte kommen sollen. Aus Verlegenheit strich sie sich die Haare hinters Ohr.

»Oh, *kírie dievthintá!* Gerade wollte ich zu Ihnen kommen.« Sie wusste nicht, ob er die Notlüge schluckte, denn seine Laune schien sich nicht zu bessern. Er sagte nur schroff:

»Bitte folgen Sie mir in mein Büro, *kiría astinóme* Papadea.« Dann ging er wieder, in sicherer Erwartung, dass sie im sogleich folgte. Phaní hatte nicht den leisesten Schimmer, was Mavridis wollte und drehte sich zu Panos. Dieser gab ihr zu verstehen, dass er auch nicht mehr wisse. Bevor sie aus der Tür ging, sagte sie noch schnell:

»Bitte warten Sie auf mich, bis ich zurück bin. Nachher gehen wir zusammen etwas zum Essen holen.«

Mavridis war schon wieder im zweiten Stock verschwunden. Als Phaní schließlich sein Büro betrat, saß er genau in der gleichen Haltung hinter seinem Schreibtisch, wie sie ihn gestern angetroffen hatte. Er wies auf den Stuhl gegenüber.

»Bitte schließen Sie die Tür und nehmen Sie Platz.«

Nun fühlte Phaní sich in ihre Schulzeit zurückversetzt, wenn der Direktor sie zu sich rief, um sie wegen etwas, das sie wieder angestellt hatte, zu maßregeln.

»Ich habe einen Anruf von *iatrós* Photeas erhalten«, begann Mavridis. Dann machte er eine Pause, um die Wirkung seiner Worte zu verstärken.

»Er hat sein Missfallen über die Wortwahl, die Sie gestern ihm gegenüber am Telefon benutzt haben, zum Ausdruck gebracht.« Phaní war von ihrer Schulerinnerung wieder in der harten Gegenwart gelandet, denn sie wusste, was jetzt kommen würde. Eigentlich hatte sie nicht die Geduld, ihre Zeit damit zu vergeuden, zu diskutieren, wie sie gestern mit dem Doktor gesprochen hatte. Aber da sie wusste, dass Einwände die Lage nur verschlimmern würden, und sich daran erinnerte, dass Bernard gesagt hatte, Mavridis und Photeas kennen sich seit Urzeiten, beschloss sie, die Predigt über sich ergehen zu lassen und dann zu verschwinden. Sie hatte zudem einen Riesenhunger und wollte diesen lächerlichen Vorfall nicht noch unnötig in die Länge ziehen.

Nachdem sie diesen Entschluss gefasst hatte, wendete sie ihre Aufmerksamkeit wieder Mavridis zu. Der hatte seine Predigt offensichtlich beendet und schaute sie an, weil er irgendeine Erklärung erwartete. Phaní nickte nur zustimmend, in der Hoffnung, das würde die Wogen glätten.

Mavridis war irritiert und setzte nach:

»*Iatrós* Photeas ist ein ausgezeichneter Mediziner. Er hat auf Grund seines hervorragenden Fachwissens mitgeholfen, einige der bedeutendsten Fälle der Polizei von Kalamata zu lösen. Er arbeitet schon etliche Jahre mit uns zusammen.« Phaní bemerkte fast unhörbar:

»Wahrscheinlich ein paar Jahre zu viel, nach meinem Geschmack.« Mavridis Gesicht wurde noch eine Spur roter. Er sagte schroff:

»Diese Art von Bemerkung wird uns nicht weiterhelfen!« Phaní dachte, der alte Fuchs hat aber noch erstaunlich gute Ohren.

»Ich weiß, dass wir Ihnen zu Dank verpflichtet sind, dass Sie uns Ihr Wissen zur Verfügung stellen. Ihr Ruf eilt ihnen voraus.« Er machte eine Pause und Phaní überlegte sich, wie sie das zu verstehen hatte.

»Aber trotzdem walten Sie hier in meinem Zuständigkeitsbereich und müssen meine Regeln beachten.« Er machte eine weitere Pause, dann fügte er noch hinzu, als ob es unumgänglich wäre:

»Und wenn Sie die Regeln nicht befolgen, dann werde ich gezwungen sein, und dies gegen meinen Willen und mit Bedauern, Sie durch einen anderen Kommissar zu ersetzen.« Nun erwartete er sicherlich eine Reaktion von Phaní, die sie aber nicht zeigte. Sie dachte nur darüber nach, was er ihr wirklich sagen wollte. Dieser kleine Vorfall mit *iatrós* Photeas war zu unbedeutend, als dass er die Notwendigkeit solcher Bemerkungen nach sich ziehen würde. Ihr war schon bei der ersten Unterredung mit Mavridis sein zwiespältiges Verhalten aufgefallen. Doch dieses Mal bemerkte sie noch etwas: dieser kleine Mann, jenseits der sechzig, fühlte sich ganz klar unwohl, wie er so in seinem Stuhl hin und her rutschte, als ob ihn der Rücken juckte. Er hatte sogar etwas Schweiß auf seiner Stirn stehen. Es sah so aus, als ob er unter Druck handelte, und nicht auf eigenen Antrieb.

Phaní nickte nur und äußerte etwas in der Art, dass sie das nächste Mal ihre Worte besser wählen würde. Mavridis schien nicht zufrieden zu sein, wusste aber offensichtlich nichts mehr zu sagen. Daher stand sie auf und verließ den Raum.

Phaní ging zurück in ihr Büro, denn als solches betrachtete sie es schon. Wenn sie ehrlich war, hatte sie sich nach nur zwei Tagen bereits an ihren Schreibtisch und an das Büro, das sie mit Panos teilte, gewöhnt. Aber nach Mavridis' Predigt, war sie nicht mehr sicher, wie lange sie noch hier im Revier sein würde. Doch eigentlich war dies genau das, was sie von Anfang an gewollt hatte, als sie nach Kalamata kam: ihren Aufenthalt so kurz wie möglich zu gestalten. Andererseits erlaubte ihr Pflichtbewusstsein es nicht, den Fall weniger sorgfältig zu bearbeiten, oder sogar einfach aufzugeben, und sie wäre ganz bestimmt nicht mit sich selbst zufrieden, wenn sie abreisen würde, ohne herausgefunden zu haben, wie Philippe umgekommen war.

Zurück in ihrem Büro, saß Panos noch an seinem Tisch und wartete. Phaní mochte ihn irgendwie. Er war der Typ Mann, der nie ganz erwachsen werden würde, und immer etwas mütterlicher Unterstützung bedurfte. Und er schien sich in seiner Naivität der vielen Fallen im Leben nicht bewusst zu sein. Und trotzdem hatte er beschlossen, Polizist zu werden, ein Beruf, der mit Gewalt zu tun hatte und den Mängeln des menschlichen Geistes, die zu dieser führten, und schließlich oft als Verbrechen endeten.

»Holen wir uns unterwegs etwas zu essen und suchen dann die verschiedenen Bauarbeiter auf, um sie zu befragen«, sagte sie, während sie die Tür offen hielt, sodass sie gleich gehen konnten.

Sie kauften sich ein Sandwich in einer Bäckerei im heutigen Messini, nicht zu verwechseln mit der antiken Stadt, deren imposante Ruinen aus dem 4. Jahrhundert v. Chr. in einem fruchtbaren Tal nördlich von hier lagen.

Sie setzten sich unter eine der großen Pinien auf dem zentralen Platz, gleich neben dem Denkmal einer bedeutenden Persönlichkeit aus Messini's jüngerer Geschichte. Es war sehr heiß, denn die Sonne stand am höchsten, und nicht einmal der Schatten bot genug Erholung von der Hitze. Die Zikaden zirpten schrill und gnadenlos hinter ihnen im kleinen Stadtpark. Sie aßen ihr Sandwich ohne zu sprechen und nahmen immer wieder einen Schluck Mineralwasser zwischendurch. Phaní wusste, dass sie die Unterhaltung beginnen musste. Panos war zu höflich und auch zu scheu, um Fragen zu stellen.

»Sind Sie von hier, ich meine Kalamata?«

Panos schluckte schnell seinen Bissen hinunter und wischte seinen Mund mit der Papierserviette ab.

»Ja, ich wurde in Kalamata geboren«, antwortete er.

»Hatten Sie je den Wunsch, irgendwo anders hinzugehen?«

»Doch, ich war für sechs Monate in Marseille, in Südfrankreich.« Nach einer Pause setzte er hinzu:

»Ich nahm an einem Austauschprogramm im Rahmen der Europäischen Union teil.« Phaní hätte das nicht erwartet. Sie hatte gedacht, dass Panos nie aus Griechenland oder sogar Kalamata hinausgekommen war, außer vielleicht für einen kurzen Urlaub.

»Das heißt ja, dass Sie ganz gut Französisch sprechen«, folgerte Phaní sichtlich beeindruckt. Panos wurde etwas rot, denn er war es nicht gewohnt, seine Fähigkeiten herauszustreichen. Daher konnte er nicht anders, als seine Kenntnisse herunterzuspielen, und sagte, sein Französisch wäre *comme ci, comme ça*. Phaní wusste, dass er dies aus reiner Bescheidenheit tat, und konnte sich vorstellen, dass Panos so gewissenhaft war, die Sprache ziemlich gut zu erlernen. Eigentlich wollte sie ihm noch die Frage stellen, ob er nach Beendigung des Programms nicht dort bleiben wollte. Aber dieser Gedanke wurde von einem anderen verdrängt, weil ihr der Fall im Moment wichtiger erschien.

»Apropos Französisch, haben Sie mit der Schweizer Polizei gesprochen?« Panos nickte.

»Darüber wollte ich mit Ihnen schon den ganzen Tag reden. Der Beamte, mit dem ich gesprochen habe, jagte Philippe's Namen schnell durch seinen Computer. Aber seine Suche hat nichts ergeben. Er sagte aber auch, dass Fälle, die länger als zehn Jahre zurückliegen noch nicht ins Computersystem übertragen wurden. Er braucht etwas Zeit, weiter nachzuforschen und wird auf mich zurückkommen.«

Phaní wägte ab, ob sie erwähnen sollte, was sie von Bernard am Abend zuvor erfahren hatte. Aber Panos würde natürlich wissen wollen, woher sie die Information hatte. Und sie war sich nicht sicher, ob sie dies preisgeben wollte.

»Gibt es etwas Neues von der Schweizer Botschaft in Athen?« Panos hatte auch dort nachgefragt.

»Philippe war nicht bei der Botschaft registriert. Jeder Schweizer Bürger sollte dies tun, wenn er ins Ausland zieht. Aber weder er noch Annemarie waren angemeldet.« Phaní war davon nicht sonderlich überrascht. Philippe war anscheinend ein Mann, der nicht gern sichtbare Spuren hinterließ. Sie hatte das Gefühl, dass Philippe die Schweiz nicht aus freien Stücken verlassen hatte. Etwas Schwerwiegendes musste der wahre Grund gewesen sein.

Phaní wurde aus ihren Gedanken geholt, als Panos noch sagte, dass er Angeliki, eine junge Polizeibeamtin, zur *poleodomía* geschickt habe, um die Baugenehmigung der Beckmanns zu besorgen. Phaní fand es ein gutes Zeichen, dass Panos einige seiner Aufgaben weiterleitete. Sie hatte sich schon Sorgen gemacht, dass er sich verausgaben und alle die ihm aufgetragenen Nachforschungen selbst erledigen würde. In diesem Fall hätte das bedeutet, dass er von Büro zu Büro rennen musste und von Stockwerk zu Stockwerk der Baubehörde geschickt würde. So lief es in Griechenland, wenn man Auskunft bekommen wollte. Man begann an einer Stelle, doch zu fünfundneunzig Prozent gehörte das Anliegen nicht zum Aufgabenbereich der angesprochenen Person, oder sie wollte sich einfach nicht damit beschäftigen. Und schon wurde man zu einem anderen Büro geschickt, und meistens war das Büro auf einer anderen Etage, oder wenn man Pech hatte, sogar in einem anderen Gebäude am anderen Ende der Stadt. Also rannte man von Stelle zu Stelle, bis man genug hatte und zu reklamieren begann. Und plötzlich konnte jemand einem helfen. Phaní hoffte nur, dass Angeliki nicht zu jung und schon mit den Methoden vertraut war, schnell eine Auskunft zu erhalten. Und hoffentlich gab die Akte der Baubehörde neue Erkenntnisse, die den Fall endlich in Fahrt bringen würden.

Es war schon halb zwei und höchste Zeit, die Bauarbeiter aufzusuchen. Den ersten fanden sie in einem kleinen Ort nahe am Meer, Velika. Sein momentaner Arbeitsplatz lag am Ortseingang und war einfach zu finden. Auf den ersten Blick sah die Baustelle fast so aus, wie die, wo Philippe gefunden worden war. Das Haus war ein graues Betonskelett mit zwei Stockwerken, die Wände zwischen den Betonstützen mit Ziegelsteinen aufgebaut.

Als sie sich dem Rohbau näherten, sah Phaní ein paar Arbeiter, wahrscheinlich aus Albanien, die die Verschalung von einer kürzlich gegossenen Betonplatte entfernten. Sofort fiel ihr auf, dass die Baustelle ein riesiges Durcheinander war. Die Erde vom Aushub war noch nicht verteilt oder abtransportiert worden. Überall lagen Verschalungsbretter herum, aus denen zahlreiche rostige Nägel ragten. Und wenn die Nägel doch herausgezogen waren, lagen sie einfach auf dem Boden verstreut. Phaní musste zugeben, dass Philippe's Baustelle viel ordentlicher war, als diese hier.

Phaní und Panos traten an Chronopoulos, den Elektriker, heran, ein massiger kleiner Mann, der im Innern des Hauses mit einer schweren Schlagbohrmaschine Rillen für Elektroleitungen in eine Ziegelwand meißelte. Er hatte die zwei schon kommen sehen und betrachtete sie mit einer Mischung aus Neugierde und Langeweile. Phaní nannte ihren Rang und Namen und tat dasselbe für Panos. Ihre erste Frage an den Mann war, ob er eine Veränderung in Philippe's Verhalten während der Tage vor dessen Tod bemerkt hätte. Chronopoulos sah zwar etwas unheimlich aus, antwortete aber bereitwillig. Ihm war jedoch keine Veränderung aufgefallen. Der Tag vor Philippe's Tod war wie jeder andere gewesen. Das deutsche Ehepaar war auf der Baustelle, wie üblich. Sie sahen Philippe genau auf die Finger. Chronopoulos hatte sich oft gefragt, wie Philippe diese ständige Kontrolle so einfach hinnehmen konnte. Aber es war ja deren Geld, und sie erwarteten, dass alles so gemacht wurde, wie sie wollten.

Phaní fragte, ob Chronopoulos während seiner Arbeit dort etwas Ungewöhnliches aufgefallen wäre. Er überlegte einen Moment.

»Außer dieser Änderung in letzter Minute eigentlich nichts besonderes.«

»Welche Änderung in letzter Minute?« fragte Phaní sofort.

»Oh, das weiß ich nicht. Ich musste nur einige elektrische Leitungen neu verlegen. Das ist alles, was ich weiß. Da müssten sie schon Phi...« Er hielt inne und schaute etwas verlegen auf den Zigarettenstummel, den er mit seinem Fuß austrat.

»Die Baupläne könnten Ihnen weiterhelfen«, fügte er noch hinzu. Phaní hatte den Eindruck, dass bei Chronopoulos nichts mehr zu erfahren war. Sie ließ ihm von Panos eine Karte mit Telefonnummern geben, damit er sie anrufen könnte, wenn ihm noch etwas Wichtiges in den Sinn käme. Als sie sich umdrehten und das Haus verließen, rief Chronopoulos noch hinter ihnen her:

»*O xénos* – der Fremde, war ein guter Mann!« wobei er Philippe meinte. Phaní schaute zum Elektriker zurück und nickte.

Auf dem Weg zum Auto ertappte sich Phaní dabei, wie sie die Oberfläche der kürzlich gegossenen Betonplatte betrachtete. Es war die Platte, von der die albanischen Arbeiter die Schalungsbretter entfernt hatten, und jetzt besprenkelte einer den Beton, damit sich in der Oberfläche keine Risse bildeten. Phaní hatte schon einige Baustellen gesehen, vor allem wenn sie ihren Mann Dimitris zum Rohbau eines von ihm entworfenen Hauses begleitet hatte. Seit damals war sie von Beton als Baumaterial fasziniert. Nicht etwa, weil sie die graufarbene, unebene Oberfläche besonders schön fand, sondern wegen der Tatsache, dass man diese flüssige Masse, zusammengesetzt aus Zement, Kieselsteinen und Wasser, in jede gewünschte Form gießen konnte, und sie ein oder zwei Tage später hart wie Stein war. Dieser Übergang von flüssig und unstabil zu hart und belastbar war es, der sie beeindruckte. Und sogar diese einfache Terrassenplatte hier hatte eine ganz eigene Oberfläche, durch die Art und Weise, wie der flüssige Beton ausgeebnet worden war. Die meisten Oberflächen hatten ein Muster aus parallelen Furchen, wie diejenige hier, andere waren mit einer Kelle geglättet worden. Während der Albaner die Platte nun besprenkelte, spiegelten die einzelnen Tropfen des Wasserstahls das Sonnenlicht wider und tanzten auf der Oberfläche. Phaní blieb für einen Moment stehen und beobachtete das Spiel.

Nach einer Weile merkte sie, dass Panos auf sie wartete. Sie erwachte aus ihrem Tagtraum und wusste nicht, warum dieses faszinierende Bild ihre Aufmerksamkeit geweckt hatte. Also ging sie weiter zum Auto.

Den nächsten Zeugen fanden sie auf einer Baustelle in einer kleinen Ortschaft, Petalidi, auch nahe am Meer. Sie befand sich diesmal inmitten des Ortes, nicht außerhalb. Das Grundstück war viel kleiner und der Rohbau stand näher an den benachbarten Häusern, eine Folge der Bauvorschriften, dass innerhalb eines Ortes das Grundstück erheblich kleiner sein durfte, als wenn man auf dem Lande baute. Dieser Hausbau war schon weiter fortgeschritten. Die Wände waren mit der letzten weißen Putzschicht überzogen, deren raue Oberflächenstruktur von den beigemischten kleinen Marmorsplittern herrührte.

Tsamboukis, der Mann, den sie suchten, verlegte Marmorplatten im Wohnzimmer. Er hatte gerade eine Platte gesetzt und glich mit dem Gummihammer die Höhe an. Bei ihm war ein Arbeiter, wahrscheinlich auch ein Albaner, der die Mischung für das Mörtelbett vorbereitete und mit Wasser vermengte.

Als Phaní und Panos sich Tsamboukis näherten, erkannte er Panos wieder, von dem Gespräch am Tag, als er Philippe's Leiche gefunden hatte. Er stand sofort auf und schüttelte ihm die Hand. Panos stellte Phaní als seine Vorgesetzte vor. Als Tsamboukis erfuhr, dass sie aus Athen kam, versteifte sich seine Körperhaltung ein wenig. Er lächelte und schien sichtlich beeindruckt darüber, dass der Fall so wichtig war, dass man einen *astinómos* aus Athen geschickt hatte. Und ihm gefiel, dass er eine wichtige Rolle bei der Untersuchung spielte. So jedenfalls betrachtete er es.

Unaufgefordert erzählte er nochmals seine Geschichte, wie er Philippe auf der Betonplatte liegend gefunden hatte. Alles, was er sagte, stimmte mit den Fotos vom Tatort überein. Und Tsamboukis fuhr fort, dass es damals überhaupt ein seltsamer Morgen gewesen sei. Die Nacht davor hatte er schlecht geschlafen, aber gerade jetzt konnte er sich nicht daran erinnern, warum. Als er damals die Baustelle betreten hatte, sah er sofort den Mann auf dem Boden liegen. Zuerst hatte er gedacht, es wäre ein albanischer Arbeiter, der die Nacht dort verbracht hätte. Als er näher kam, erkannte er Philippe's Haare. Es war eine Schande, wie er dalag, nass wie ein Hund und sein Kopf voller Zementreste. Er entschuldigte sich sofort für seine Ausdrucksweise. Dann fuhr er fort, dass Philippe auf einer Betonplatte lag, die erst am Tag zuvor gegossen worden war. Tsamboukis erinnerte sich, wie Philippe noch daran war die Platte zu besprenkeln, als er selber am Abend die Baustelle verließ. Phaní unterbrach plötzlich den nicht enden wollenden Schwall von Worten.

»Was haben Sie gesagt? Nass wie ein Hund?«

Tsamboukis entschuldigte sich nochmals, denn er

dachte, dass die Kommissarin seinen Ausdruck beleidigend fand.

Phaní schaute Panos fragend an.

»Im Bericht habe ich nichts davon gelesen, dass Philippe nass war. Ist das zur Sprache gekommen?«

Panos hob seinen Kopf und sagte damit ›nein‹.

Phaní schaute wieder Tsamboukis an.

»Haben Sie schon angegeben, dass Philippe nass war, als *ipastinómos* Kiriakoulis Sie zuerst befragt hat?«

Tsamboukis wusste nicht, was erwidern, also sagte er, er erinnere sich nicht. Die zuvor sprudelnden Worte kamen jetzt eher zögernd und er beantwortete Phaní's Fragen nur noch widerwillig.

»Haben Sie eine Vorstellung, warum er nass war?« fragte sie und vermutete, dass er der Einzige war, der es wissen konnte, außer dem Mörder. Tsamboukis zögerte.

»Von seinem Bewässerungsschlauch. Das Wasser lief immer noch, als ich ihn am Morgen gefunden habe.«

Phaní blickte wieder zu Panos und konnte deutlich sehen, dass er diese Aussage auch noch nie gehört hatte.

»Und Sie haben das Wasser abgestellt, als Sie kamen?« fragte Phaní und Tsamboukis nickte ohne etwas zu sagen.

»Ist da noch mehr?« fragte Phaní eindringlich. Sie wusste, dass Tsamboukis eigentlich gerne eine Geschichte erzählen würde, wie die meisten seiner Landsleute. Sie wusste aber auch, dass er allem, was mit Behörden zu tun hatte, wie der Polizei, skeptisch gegenüber stand, eine verbreitete Einstellung in Griechenland. Aber sie hoffte, dass er mit dem nötigen Druck schließlich doch sagen würde, was er wusste.

Es sei denn, er hatte etwas zu verbergen oder deckte jemanden. Aber Phaní hatte ihre Zweifel, ob das eine oder das andere bei Tsamboukis zutraf.

Und schließlich redete Tsamboukis weiter, wie sie erwartet hatte.

»Ich drehte den Körper um, da ich dachte, ich könnte ihm noch helfen, ihm Mund zu Mund Beatmung geben und sein Leben retten. Wenn ich das nicht getan hätte, könnte ich nicht mit dem Gedanken leben ...«

Phaní unterbrach ihn, indem sie ihre Hand hob. Sie erkannte, dass sie ihm deswegen nichts vorwerfen konnte. Aber trotzdem hatte er die Leiche bewegt, und die ursprüngliche Lage hätte Hinweise darüber geben können, wie Philippe gestorben war. Sie dachte, die Tatsache, dass Philippe nass war, erklärte wenigstens, warum kein Blut auf dem Beton gefunden wurde und nur sehr wenig in der Wunde. Aber was war mit der Mordwaffe? Sie konnte sich ja nicht in Luft aufgelöst haben. Phaní fand, es wäre einen Versuch wert Tsamboukis danach zu fragen.

»Haben Sie einen schweren, harten Gegenstand neben der Leiche bemerkt, und vielleicht ...« Sie machte eine Pause und bemühte sich, harmlos erscheinen zu lassen, was sie sagen wollte.

»Vielleicht haben sie ihn weggelegt, um mehr Platz zu haben, als sie Philippe umdrehten.« Tsamboukis schaute sie an, aber sie konnte nicht erkennen, ob er beleidigt war oder angestrengt nachdachte, um sich zu erinnern, was er an jenem Morgen getan hatte. Sie fuhr fort:

»Vielleicht handelten Sie reflexartig und taten es unabsichtlich, waren sich der möglichen Konsequenzen nicht bewusst.«

Doch Tsamboukis' Antwort war kurz.

»Nein, da war nichts.« Phaní merkte, dass von ihm im Moment nichts mehr zu erfahren war. Sie bedankte sich, und Panos gab ihm eine Karte, falls er sich noch an etwas Wichtiges erinnern würde. Dann gingen sie.

Nach ein paar Sekunden rief Tsamboukis hinter ihnen her. Er schien sich noch an etwas erinnert zu haben und war sichtlich froh darüber. Jeglicher Groll war verflogen.

»Jetzt weiß ich wieder, warum ich in der Nacht, bevor ich Philippe fand, so schlecht geschlafen habe. Es war wegen des Erdbebens.«

12

Phaní und Panos gingen zum Auto zurück.

»Da war ein Erdbeben am Abend davor?«

Panos nickte.

»Wie stark war es?« wollte sie wissen.

»Ich glaube, gelesen zu haben, dass es 5.5 auf der Richterskala betrug.« Phaní fand, dass dies ein ziemlich starkes Beben gewesen sein musste. Sie fragte weiter, welche Art Beben es war, und Panos erklärte:

»Es waren drei oder vier sehr heftige Schübe.« Phaní wusste, dass die Gegend um Kalamata öfters von kleineren Erdbeben erschüttert wurde, und seltener von einem stärkeren, wie dem von 1986 in der Stadt selbst. Auch wenn sie gelesen hatte, dass es verschiedene Arten von Erdbeben gab, hatte sie nur zwei davon miterlebt.

Im einen Fall begann die Erde zu zittern, und alles was nicht festgemacht war, wanderte von Tisch und Regalen. Im anderen Fall schien die Erde in wenigen aber heftigen Schüben hin und her zu springen. Das von Panos beschriebene Beben musste wie letzteres gewesen sein. Aber schließlich kam Phaní zu dem Schluss, dass es wohl kaum etwas mit Philippe's Tod zu tun hatte, und ließ das Thema fallen.

Phaní meinte, dass sie für heute genug gehört hatten und es Zeit war, ins Polizeirevier zurückzufahren. Vor dem Büro wartete eine junge Frau. Sie saß auf einem der Stühle im Korridor und hatte eine Mappe in ihren Händen. Als sie Panos erblickte, stand sie schnell auf und lächelte. Phaní dachte, dass sie wohl Panos' Freundin sein musste. Sie war Anfang zwanzig, nicht sehr groß, mit ziemlich kurzen Haaren, die leicht rötlich gefärbt waren. Als Panos sie vorstellte, begriff Phaní sofort, dass sie jene Angeliki sein musste, die Panos zur Baubehörde geschickt hatte. Angeliki schien über die Aufgabe, die ihr aufgetragen worden war, begeistert, denn sie fing gleich an zu berichten, was sie bei der Behörde erreicht hatte, während alle zusammen das Büro betraten.

Nachdem Phaní ihre Tasche abgelegt hatte, zog Angeliki ein paar Fotokopien aus der Mappe und gab sie ihr, wobei sie erzählte, wie sie von allen gewarnt worden war, wie schwierig es sei, Informationen von einer staatlichen Behörde zu erlangen. Aber es war eigentlich ziemlich leicht gewesen, denn sie hat einfach gesagt, welche Unterlagen sie benötige, und als sie merkte, dass der Beamte nicht sehr kooperativ war, fing sie an zu jammern, dass ihr Chef ihr die Hölle heißmachen würde, wenn sie ohne die erforderlichen

Papiere zurückkäme. Zum Glück war der Beamte eine Frau und diese fühlte sich wahrscheinlich solidarisch mit ihr.

Phaní gefiel diese frische Art gegenüber der sehr wohl bekannten Haltung in öffentlichen Behörden: niemand bewegte freiwillig auch nur einen Finger.

Auf den Fotokopien der Baugenehmigung für das Haus in Phinikounda waren keine Ungewöhnlichkeiten zu erkennen. Ein dicht geschriebener Text auf Griechisch wurde nur durch ein paar Worte in lateinischen Buchstaben unterbrochen, es waren die Namen der Eigentümer, den Beckmanns, ihrer Eltern und ihre Geburtsorte in Deutschland. Das letzte Blatt war mit Reihen der üblichen Steuermarken, einer Vielzahl von unentzifferbaren Stempeln und den Unterschriften des Bauingenieurs und des zuständigen Beamten der Baubehörde verziert.

Kopien der Pläne des Hauses waren beigelegt. Es waren rudimentäre Zeichnungen, die nur die nötigsten Informationen preisgaben, wie zum Beispiel Grundrisse, Ansichten mit Maßen von Türen und Fenstern, der Grenzabstand, eben alles, was für die Erteilung der Baugenehmigung erforderlich war. Das letzte Blatt war eine Kopie der Bescheinigung für Frau Beckmanns *aphimi*-Nummer, der Steuernummer. Die Nummer war etwa vor zwei Jahren ausgestellt worden, denn laut Gesetz musste jedermann, auch Ausländer, eine solche Nummer haben, um registriert zu sein. Ebenfalls laut Gesetz mussten Ausländer, die nicht ihren permanenten Wohnsitz in Griechenland hatten, einen beglaubigten Stellvertreter ernennen, der das ganze Jahr über hier wohnte. Und es war auch nicht sehr verwunderlich, dass die Beckmanns Andreas Friedel als ihre Vertrauensperson gewählt hatten, da sie ihr Haus zu Anfang von ihm hatten bauen lassen.

Zwei Gedanken gingen Phaní durch den Kopf: zu allererst mussten sie unbedingt diesen Friedel kontaktieren. Als zweites dachte sie, dass dieses Blatt Papier, das wichtige Informationen über den Inhaber der *aphimi*-Nummer enthielt, wie Geburtsort und Datum, Wohnsitz im Ausland und Passnummer, nicht in falsche Hände geraten durfte.

»Wir müssen unbedingt diesen Friedel anrufen, bitte machen Sie nochmals eine Notiz!« sagte Phaní. Dann hatte sie eine Idee.

»Angeliki, kennen Sie sich mit Computern aus?«

Angeliki schaute überrascht, aber auch begeistert zu Panos. Dann sagte sie mit fester Überzeugung:

»Ja, ziemlich gut.«

»Können Sie morgen um zehn hierherkommen. Wir müssen uns den Computer des Toten genauer ansehen. Ich hoffe, wir finden Hinweise zum Motiv für seine Ermordung.« Phaní merkte, dass Angeliki's Augen sogar noch etwas mehr leuchteten.

»Natürlich, kein Problem«, antwortete diese. Phaní lächelte. Wie lange war das her, dass sie jemanden mit Angeliki's Enthusiasmus bei der Polizei angetroffen hatte?

»Das ist alles für heute, ich bin ziemlich geschafft«, sagte Phaní. Sie stopfte die Mappe in ihre Tasche, warf diese über ihre Schulter und ging zur Tür. Sie schaute noch zu Panos und Angeliki zurück, lächelte und sagte schlicht:

»Gute Arbeit von euch beiden«, und sie schloss die Tür von außen.

Phaní ging zum Parkplatz hinunter und setzte sich

in ihr Auto. Dort blieb sie für eine Weile sitzen. Ihre Gedanken waren ganz und gar mit dem Fall beschäftigt. Die Informationen, die sie bis jetzt gesammelt hatten, enthielten nichts Ungewöhnliches für einen Mordfall, aber daher leider auch nichts, das sie weiterbrachte. Alles schien bisher schlüssig zu sein und konnte mit dem logischen Ablauf der Ereignisse erklärt werden, die sich vor und nach Philippe's Tod abgespielt hatten. Doch wie, und vor allem durch wen kam er dann zu Tode? Am meisten ärgerte Phaní, dass nichts auf einen Verdächtigen hinwies. Bis jetzt kam nur Annemarie in Frage, aber lediglich aus dem Grund, weil sie abgehauen war. Doch welches Motiv könnte sie gehabt haben, wenn sie wirklich das Verbrechen begangen hätte? Phaní sah sich vor mehreren Wegen stehen, die alle wie Sackgassen aussahen, ohne dass auch nur einer die Möglichkeit eines Auswegs bot.

Unbewusst hatte Phaní das Auto gestartet, war losgefahren und schon in der Nähe des Bahnhofs und auch ihres Hotels. Sie hatte kein Problem einen Parkplatz zu finden, was sie überraschte, denn es war ein Dienstagabend, alle Läden hatten wieder geöffnet und zahlreiche Bars zogen die Jugend von Kalamata an.

Phaní hatte keine Lust, in ihrem Hotelzimmer zu sitzen. Aber andererseits war sie zu müde, um auszugehen, und auch noch ganz alleine. Also holte sie ihren Schlüssel bei der Rezeption, quetschte sich in den winzigen Lift und ging auf ihr Zimmer.

Nachdem sie den Fernseher eingeschaltet und lustlos von Kanal zu Kanal gewechselt hatte, gab sie es auf und zog die Mappe der Baubehörde aus ihrer Tasche. Sie schaute sich die Baubewilligung nochmals an, aber wieder fiel ihr nichts Ungewöhnliches auf.

Dann sah sie sich die Pläne genauer an. Es gab drei Grundrisse: Erdgeschoss, erster Stock und Keller. Das einzig Außergewöhnliche an den Plänen war nur, dass das Haus überhaupt einen Keller hatte, was sehr selten bei Häusern in der Provinz vorkam. Der Keller war sehr klein, nur drei mal drei Meter. Der Zugang war in Form einer Rampe außerhalb des Hauses gezeigt, die hinunter zu einer Außentür an der rechten Seite führte. Phaní fand es eigenartig, dass der Keller nicht vom Innern des Hauses zugänglich war, aber vielleicht war er nur als Abstellraum für Gartengeräte und dergleichen vorgesehen.

Sie dachte darüber nach, Dimitris anzurufen. Da sie sich Baupläne anschaute, musste sie natürlich an ihn denken. Und wenn sie sich nicht irrte, müsste er eigentlich seinen Wettbewerbsbeitrag abgegeben haben. Phaní wunderte sich, warum Dimitris noch nicht angerufen hatte. Vielleicht war der Abgabetermin ja doch später? Es gab nur einen Weg, das herauszufinden, und sie wählte Dimitris' *kinitó* Nummer.

Schon nach kurzem Klingeln antwortet er. Der Klang seiner Stimme sagte ihr sofort, in welcher Verfassung er sich befand. Er war angespannt, extrem angespannt. Und trotzdem gehörte er nicht zu den Menschen, die auf anhaltende Anspannung mit Aggressivität reagieren, wie sie es von ihren meist männlichen Kollegen gewohnt war. Sie erkannte seine Überanstrengung daran, dass er noch wortkarger war als sonst. Niemals wurde er laut oder ausfallend und schrie seinen Ärger hinaus, sondern war immer sehr beherrscht und redete einfach wenig.

Manchmal fragte sich Phaní, warum sie sich in diesen Mann verliebt hatte, der so anders war, als andere

Männer, die sie in ihrem Leben gekannt hatte. Zudem war sie in einer Familie aufgewachsen, wo Ärger seinen Ausdruck in Worten fand, vielen Worten, und für jeden Anwesenden deutlich zu vernehmen. Ihre Mutter war so, ihr Bruder und ihre Tanten ebenfalls, nur ihr Vater nicht, er war immer sehr ruhig gewesen. Phaní glaubte, es hatte etwas mit seiner Traurigkeit zu tun gehabt, die er ständig hinter seiner korrekten Erscheinung mit sich herumtrug. Sie verdrängte immer den Gedanken, dass sie sich in Dimitris verliebt hatte, weil er sie zum Teil an ihren Vater erinnerte. Vielleicht war das naheliegend, doch für Phaní hörte es sich wie die Analyse eines Hobbypsychologen an.

»Phaní, wie geht es dir denn so da unten?« fragte Dimitris. Er wollte nicht wirklich wissen, wie der Fall vorankam, dafür waren seine Gedanken zu sehr mit dem Wettbewerb beschäftigt. Es war ihr klar, dass der Abgabetermin unmittelbar bevorstehen musste.

Phaní wusste, dass es klüger gewesen wäre, zu sagen, der Moment ist nicht günstig und ich rufe später an. Aber sie konnte nicht. Sie hatte das Gefühl, dass sie in diesem Moment das Recht hätte, von ihrem Mann etwas Aufmerksamkeit zu bekommen. Sie wusste ihre Verhaltensweise war kindisch, aber sie konnte nicht anders.

»Oh, Dimitri. Ich wünschte du könntest hierher kommen. Ich fühle mich so verdammt einsam.« Nach einer Pause fuhr sie fort:

»Wann musst du den Wettbewerb abgeben?« Dimitris seufzte.

»Diesen Freitag«, sagte er schroff. Nach einer Weile setzte er hinzu: »Können wir nicht in ein paar Tagen telefonieren? Jetzt passt es gar nicht gut.«

Phaní war sich natürlich dessen bewusst, welche Bedeutung dieser Wettbewerb für ihn als Architekt, und auch für ihn als Sohn seiner Eltern hatte. Dimitris war gerade einundvierzig geworden, doch er stand immer noch unter dem Einfluss seiner Eltern, eine weitverbreitete Tatsache in Griechenland. Obwohl die jungen Männer, und heutzutage auch die jungen Frauen, ziemlich früh von zu Hause auszogen, wurde dadurch der Einfluss der Eltern in keiner Weise gemindert. Es war allseits bekannt, dass die meisten erwachsenen Griechen während ihres ganzen Lebens nicht weiter als fünfundzwanzig Kilometer von ihrem Elternhaus entfernt lebten.

»Dimitri, wir müssen mal Zeit zum Reden haben.«

Dimitris seufzte wieder am anderen Ende. Aber er sagte nichts. Er reagierte gewöhnlich so, wenn Phaní den schon vorhandenen Druck noch verstärkte. Und sie wusste, dass es nichts gab, was sie sagen konnte, um die Situation im Moment zu retten.

»Ich rufe dich Freitag wieder an«, bemerkte sie enttäuscht und legte auf.

Diese ganze Unterhaltung hatte Phaní's Gemütszustand ganz und gar nicht verbessert. Jetzt fühlte sie sich noch einsamer als zuvor, wenn das überhaupt möglich war, zudem bedrückte sie das unpersönliche Hotelzimmer.

Dimitris vereinte diese zwei Persönlichkeiten in sich. Einerseits war er zugänglich und lieb und konnte ihr sogar das Gefühl vermitteln, dass er Verständnis dafür hatte, was Phaní beschäftigte und was sie in ihrem Job durchzustehen hatte, besonders als Frau. Doch im nächsten Augenblick erschien er wie ein Fremder und baute ein Schutzschild um sich herum auf, der ihn vor unliebsamen Störungen bewahren sollte. Wann immer dieser zweite Dimitris hervorkam, und leider zeigte sich dieser öfter, als der einfühlsame, kam in Phaní eine Hilflosigkeit auf, die sich bald in Wut verwandelte, wie in diesem Moment. Sie wusste genau, dass sie grundlos wütend war, denn sie hatte ihn wissentlich provoziert. Aber dies konnte ihren Ärger auch nicht mildern.

Um zu vermeiden, weiter über die Situation zu grübeln, stellte sie den Fernseher an und gab ihm eine zweite Chance. Beim Wechseln der Kanäle traf sie auf einige griechische Seifenopern, und davon gab es viele. Ein Sender strahlte sogar eine Serie aus der Türkei mit Untertiteln aus. Alle waren nach demselben Muster gestrickt.

Phaní blieb für ein paar Minuten an einem Nachrichtenmagazin hängen, das kurz darauf zum Sportteil überging.

Sie schaltete weiter und wollte schon wieder aufgeben, als ein Bericht ihre Aufmerksamkeit erweckte. Sie begriff nicht sofort, worum es sich handelte, weil sie den Anfang verpasst hatte. Ein Wissenschaftler stand vor einer kleineren archäologischen Ausgrabung im Stadtgebiet. Sie hatte herausgehört, dass die Arbeiten unter Zeitdruck standen. Und als zum ersten Mal das Wort *Metró* fiel, wusste Phaní, wovon der Bericht handeln musste. Während dem Bau der Athener Metro, seit den frühen neunziger Jahren, erschienen fast täglich Berichte über neue archäologische Funde entlang der Strecke. Das Graben der Tunnel durch die altertümlichen Schichten der historischen Stadt brachte hellenistische Mauern, römische Bäder, byzantinische Gräber und Teile des Bettes von dem Fluss, der im Altertum durch die Stadt geflossen war, zu Tage.

Dies war nichts Außergewöhnliches für eine Stadt wie Athen, deren erste Siedlungsspuren bis ins fünfte Jahrtausend v. Chr. zurückreichten.

Seit dem Beginn der Arbeiten an der Metro fand ein steter Kampf zwischen den Bauingenieuren der Bahnstrecken und den Archäologen statt. Letztere mussten die wertvollen historischen Funde in unglaublich kurzer Zeit freilegen, fotografieren und dokumentieren, und es gab Kilometer für Kilometer dieser archäologischen Grabungen, die für die spätere Auswertung festgehalten werden mussten, denn für die Archäologen war dies die letzte Gelegenheit. Nachdem ihre Tätigkeit beendet war, kam die Baukolonne zurück und setzte ihre Arbeiten wieder fort. Das griechische Fernsehen war nie um drastische Bilder verlegen, und Phaní fand den nächsten Teil des Berichts wirklich drastisch. Es wurde gezeigt, wie der riesige Behälter von einem Betonmischer mit einem Kran tief hinunter in einen der ausgegrabenen Schächte für die Metrolinie gesenkt wurde. Dann wurden Bilder von klar erkennbaren, freigelegten Mauern, Gräbern und Straßen gezeigt, über die sich nach und nach eine zähflüssige, graue Masse ausbreitete – Beton. Die antiken Siedlungsreste wurden zum zweiten Mal, und wie es schien, diesmal für immer zugedeckt.

Zu dem Zeitpunk war Phaní einerseits gebannt von den Bildern und andererseits schon halb eingeschlafen. Aus einem unerklärlichen Grund machten die Szenen, in denen die intakten Gräber, die immer noch die Skelette enthielten, mit Beton zugedeckt wurden, einen großen Eindruck auf Phaní. Sie musste unweigerlich denken, dass diese Menschen nun für alle Ewigkeit begraben waren.

Dann schlief sie ein, noch in ihren Kleidern, wie sie auf dem Bett gesessen hatte.

Als Phaní etwa um drei Uhr nachts aufwachte, erinnerte sie sich verschwommen an einen seltsamen Traum. Der Fernseher lief immer noch, gezeigt wurde ein amerikanischer Actionfilm aus den achtziger Jahren, mit den unerlässlichen Untertiteln. Obwohl Phaní wieder ins Bett ging, nachdem sie sich umgezogen und die Zähne geputzt hatte, konnte sie nicht mehr einschlafen. Verschiedene Gedanken gingen ihr durch den Kopf, wie die einzelnen Fakten des Falles oder ihr Gespräch mit Dimitris. Sie bedauerte, ihn überhaupt angerufen zu haben, denn schlussendlich hatte die Unterhaltung bei ihr nur ein unterschwellig bitteres Gefühl hinterlassen.

Schließlich stand sie um sieben auf, duschte und verließ kurz danach das Zimmer. Während sie die Straße zum großen Platz entlangging, blieb sie an der Baustelle eines Wohnblocks stehen, von denen zurzeit viele gebaut wurden. Der rohe Beton erinnerte sie an ihren Traum von letzter Nacht, und dass dieser verschwommen damit zu tun hatte, wie Gräber und Skelette mit flüssigem Beton zugeschüttet wurden, genau, wie sie es vorher im Fernsehen gesehen hatte. Aus irgendeinem Grund konnte sie dieses Bild nicht mehr loswerden, und es hinterließ ein Gefühl der Ausweglosigkeit und Endgültigkeit bei ihr. Sie hatte aber keine Erklärung dafür, warum das Bild sie nicht in Ruhe ließ.

13

Als Phaní ins Büro kam, hatte Panos sie schon ungeduldig erwartet. Sobald sie durch die Tür trat, sprang er auf und stürzte ihr entgegen. Panos hatte immer den Eindruck eines zurückhaltenden Menschen auf Phaní gemacht. Aber jetzt sagte er nicht einmal *kaliméra* und fing sofort an zu sprechen. Auch das überraschte Phaní.

»Wir haben sie gefunden!« platzte er heraus ohne zu erklären, um wen es sich handelte.

»Sie wollte gerade an Bord der Fähre nach Ancona fahren. Zum Glück hatte unsere Fahndung schon die Hafenpolizei von Patra erreicht.« Phaní verstand, dass er von der geflüchteten Freundin von Philippe sprach. Das waren endlich gute Neuigkeiten! Sie hoffte dringend, dass diese Licht in den Fall bringen würde, auch wenn Phaní ziemlich sicher war, dass Annemarie nicht als Kandidatin für den Mord an Philippe in Betracht kam. Aber sie konnte bestimmt wichtige Fragen beantworten.

Phaní wurde aus ihren Gedanken zurückgeholt, als sie hörte, wie Panos einen silbergrauen Toyota Corolla erwähnte.

»Wie war das?« fragte sie.

»Sie wird am Nachmittag zur Befragung hergebracht«, wiederholte Panos, denn er war in seinem Bericht schon fortgefahren.

»Nein, Sie sagten etwas über einen Toyota Corolla.«

Panos überlegte, was er vorher gesagt hatte.

»Ja, sie fuhr einen Corolla, und es stellte sich heraus, dass das Auto wahrscheinlich nicht ihr gehörte, denn sie hatte keine Fahrzeugpapiere bei sich.«

»Meinen Sie, er war gestohlen?« fragte Phaní.

»Möglicherweise. Wir müssen noch herausfinden, wer der Besitzer ist. Soweit wir wissen, wurde in dieser Gegend kein silbergrauer Toyota Corolla als gestohlen gemeldet.«

Phaní musste plötzlich an letzten Sonntag denken, als sie Bernard besucht hatte, und wie sie auf dem Weg dorthin beinahe von einem silbergrauen Toyota gerammt wurde, und wenn sie sich nicht irrte, war es ein Corolla. Hätte das Bernards Auto gewesen sein können, mit Annemarie am Steuer?

Phaní wurde immer nachdenklicher. Trotz der guten Neuigkeiten befand sie sich jetzt in einer Situation, auf die sie hätte verzichten können. Sie versuchte in Gedanken abzuwägen: wenn es nun Bernards Auto war, warum hatte er es nicht als gestohlen gemeldet? Hatte Annemarie ihn niedergeschlagen, damit sie sein Auto stehlen konnte? Wollte er ihr also das Auto nicht geben? Phaní überlegte und konnte sich beim besten Willen nicht vorstellen, dass Bernard etwas mit dem Fall zu tun hatte, außer dass er Philippe's Freund gewesen war. Und trotzdem, die Details passten in die Geschichte, die Phaní sich zusammengereimt hatte. Andererseits gab es jedoch so viele silbergraue Corollas auf den Straßen Griechenlands. Erst einmal mussten sie bei der *Trochéa* in Erfahrung bringen, ob das Auto überhaupt Bernard gehörte, in dem Annemarie aufgegriffen worden ist. Dann konnte sie sich weitere Gedanken darüber machen, ob Bernard tiefer in den Fall verwickelt war, als sie glaubte und ihr möglicherweise Informationen vorenthielt.

Hoffentlich war alles nur ein Zufall, oder Bernard

hatte wenigstens aus Loyalität zu Philippe und Annemarie sein Auto nicht als gestohlen gemeldet, und das war ja kein Verbrechen.

Erst jetzt merkte Phaní, dass Panos noch an ihrem Schreibtisch stand. Sie sah zu ihm hoch. Er wirkte ungeduldig, weil er eine Reaktion von ihr erwartete. Phaní stotterte ein paar Worte, wie ›gut gemacht‹, aber sah deutlich, dass sie seinem Enthusiasmus einen kleinen Dämpfer aufgesetzt hatte. Doch darum konnte sie sich im Moment nicht kümmern.

An der Tür war ein schwaches Klopfen zu hören und Angeliki trat kurz danach ein. Phaní fragte Panos, ob er auch dabei sein möchte, Philippe's Computer Informationen zu entlocken. In seiner bescheidenen Art erwiderte er, er warte lieber hier auf den Anruf der Schweizer Polizei, die ihm noch weitere Informationen über Philippe's Leben in seiner Heimat durchgeben wollte.

Zusammen mit Angeliki ging Phaní die Haupttreppe zum Keller des Reviers hinunter. Dieser bestand aus nackten Betonwänden, war mit Neonlichtern beleuchtet, und in den Ecken hatte sich Feuchtigkeit gesammelt. Auch einige kleine Arrestzellen befanden sich dort, für kurze Inhaftierungen, denn Kalamata hatte kein Gefängnis, und Gefangene mussten nach Tripoli oder Navplio überstellt werden.

In einem anderen Raum, der so klein war, wie eine Zelle, befanden sich Regale voller Videokassetten und elektronischer Geräte. Er diente sichtlich als Archiv und Lagerraum. Auf einem Tisch in der Mitte des Raums stand der hellgraue Computer, der inzwischen von einem Beamten aus Philippe's Haus hierhergebracht worden war. Er war verbunden mit Tastatur und Bildschirm und einsatzbereit. Angeliki und Phaní setzten sich davor.

Es war einer dieser üblichen Computer, die in fast jedem Büro zu finden waren. Phaní hatte sich eine gewisse Kenntnis im Umgang mit Computern angeeignet, indem sie Dimitris beobachtete, wie er an seinem Mac arbeitete, und sich selber daran gesetzt, wenn dieser aus dem Haus war. Dimitris war ein fanatischer Anhänger von Apple Computern, kein anderer kam ihm ins Haus. Phaní hatte Dimitris immer etwas belächelt, doch sich allmählich an seinen Mac gewöhnt. Sie hatte auch ihre anfängliche Scheu vor den schlauen Maschinen verloren, die nach ihren eigenen Regeln funktionierten, und jeden Fehler gnadenlos mit irgendeinem Fenster, das aufsprang, bestraften.

Trotzdem war sie froh, Angeliki bei sich zu haben. Nachdem sie den Computer gestartet hatten, wurde natürlich wieder nach dem lästigen Passwort verlangt. Phaní ließ Angeliki Begriffe aus Philippe's direktem Umfeld ausprobieren, wie Annemarie, Bernard, Kalamata, Phares, aber immer wieder erschien das Fenster ›Passwort ungültig‹. Sie rief Panos an, und fragte ihn nach persönlichen Angaben von Philippe, wie Namen seiner Eltern, Geburtsort, doch sie erlangten immer noch keinen Zugang.

Phaní verlor langsam die Geduld. Sie fragte Angeliki, ob es eine Möglichkeit gäbe, das Passwort zu umgehen. Angeliki meinte:

»Ja, aber das könne längere Zeit dauern.«

Phaní sprang auf und ging hin und her.

»Welches Wort könnten wir denn noch ausprobieren?« fragte sie ungeduldig. Angeliki überlegte kurz.

»Seinen Namen haben wir noch nicht versucht!«

Phaní hielt es für unwahrscheinlich, dass Philippe so einfallslos gewesen war.

»Gut, probieren Sie es mal.« Angeliki tippte den Namen ein, und prompt erschien eine Vielzahl von Ordnern auf dem Bildschirm. Sie öffnete einige, und beide erkannten, dass die meisten davon Textdokumente enthielten, und zwar Briefe und Rechnungen, abgefasst in Französisch, Deutsch oder Englisch. Nach der Anzahl Briefe zu urteilen, hatte Philippe bis jetzt noch nicht viele Kunden gehabt, es sah eher so aus, als ob sein Geschäft gerade zu laufen begonnen hätte. Die erste Rechnung war nicht älter als Oktober 2003, das konnte mehrere Gründe haben. Vielleicht hatte er vorher keinen Computer besessen und alle Rechnungen mit Schreibmaschine geschrieben. Ein anderer Grund hätte Philippe's große Vorsicht sein können, und dass er keine schriftlichen Beweise hinterlassen wollte, bevor er seine Arbeitserlaubnis erlangt hatte. Phaní konnte sich daran erinnern, dass diese 2003 ausgestellt worden war. Das würde übereinstimmen.

Gerade, als Phaní glaubte, dass ihnen der Computer nicht weiterhelfen könnte, öffnete Angeliki eine Liste, deren Zweck auf den ersten Blick nicht ersichtlich war. Links war eine Reihe von Nummern mit je neun Ziffern aufgeführt. Die Nummern begannen durchweg mit einer eins, das bedeutete, dass es sich nicht um griechische Telefonnummern handeln konnte, da diese mit einer zwei begannen. Vielleicht waren es ausländische Telefonnummern? Aber kein Ländercode eines europäischen Landes begann mit einer eins, und die Vorwahl eins, oder besser null null eins der Vereinigten Staaten erschien Phaní etwas weit hergeholt. Deshalb schloss sie Telefonnummern als Möglichkeit aus.

Gegenüber jeder neunstelligen Zahl stand eine dazugehörige dreistellige Zahl, die wie eine Erkennungsnummer aussah.

Phaní konnte im Moment keine plausible Erklärung dafür finden. Sie bat Angeliki, sie möchte die Seite ausdrucken und könne dann den Computer ausschalten. Diese reagierte nicht sofort und schien über etwas nachzudenken, dann drehte sie ihren Kopf zu Phaní.

»Vielleicht bezieht sich diese Liste auf einen anderen Ordner, der irgendwo im Computer abgelegt ist.«

»Wie könnten wir den finden?«

»Indem wir eine Suche starten«, erwiderte Angeliki, und während sie dies noch sagte, fing ihr Gesicht an zu leuchten und schon startete sie die Suchmaschine.

Phaní war wirklich froh über Angeliki's Hilfe. Und sie war auch froh, dass diese junge Frau, die etwa fünfzehn Jahre jünger war, sie nicht mit blöden Bemerkungen überhäufte, wie ›für Ihr Alter können Sie nicht schlecht mit Computern umgehen‹. Angeliki machte den Eindruck, als würde sie den Leuten vorurteilslos begegnen.

Ihre Finger flogen über die Tastatur. Das war höhere Mathematik für Phaní und sie konnte den verschiedenen Schritten, die Angeliki vollzog, nicht mehr folgen. Am Ende zeigte diese ihr einen Ordner, nach dem sie vielleicht gesucht hatten, doch er war nicht zugänglich, was man an dem kleinen Vorhängeschloss am Ordnersymbol erkennen konnte.

»Woher wissen wir, dass der Ordner mit unserer Liste in Zusammenhang steht?« fragte Phaní.

»Ordner und Liste wurden genau am selben Tag und fast zur selben Uhrzeit erstellt, dort steht es. Ich würde sagen, da muss es eine Verbindung geben.« Phaní wollte gar nicht wissen, wie Angeliki diesen in Datum und Uhrzeit übereinstimmenden Ordner gefunden hatte.

»Können wir ihn öffnen?« fragte Phaní sogleich.

»Ich glaube, das schaffe ich. Ich brauche nur etwas Zeit«, antwortete Angeliki mit großem Selbstvertrauen.

Phaní schaute auf ihre Uhr. Es war schon beinahe zwölf. Sie hatten fast zwei Stunden in dieser dunklen Zelle gesessen. Phaní fühlte sich, als ob sie von einem schwarzen Loch in Raum und Zeit verschluckt worden wäre. Sie musste Sonnenlicht sehen.

»Macht es Ihnen etwas aus ...« fragte Phaní. Angeliki verstand, was sie meinte.

»Nein. Sie brauchen nicht länger hier zu bleiben. Sobald ich den Ordner geknackt habe, drucke ich den Inhalt für Sie aus.«

Phaní nickte zufrieden. Sie stieg die Treppe hinauf zu ihrem Büro. Während sie in den ersten Stock zurückeilte, ging ihr der Gedanke durch den Kopf, dass sie zum ersten Mal in den drei Tagen, während denen sie offiziell an dem Fall arbeitete, eine handfeste Spur hatte, der sie nachgehen konnte. Sie hatte ein Gefühl von Erwartung, während sie treppauf ging, und sie hoffte stark, dass Panos gute Neuigkeiten von der Schweizer Polizei erfahren hatte. Im ersten Stock eilte sie den Flur entlang, am Büro der Vermisstenabteilung vorbei, wo an der Wand Kopien mit körnigen Schwarzweißfotos der Personen aushingen, die während der letzten Wochen als vermisst gemeldet worden waren. Durch den Windzug, den sie verursachte, begannen die Blätter zu flattern und raschelten. Phaní schaute ohne Interesse kurz hin. Als sie endlich das Büro erreichte, saß Panos zur Abwechslung nicht hinter seinem Tisch, wie sie erwartet hatte. Stattdessen lagen einige Seiten auf Phaní's Schreibtisch, und sie erkannte am Deckblatt sofort, dass es ein Fax der Schweizer Polizei in Lausanne war. Die weiteren Blätter waren Fotokopien von einem Bericht, der von einer Schweizer Klinik ausgestellt worden war. Nur soviel konnte Phaní am Briefkopf erkennen, denn der Bericht war auf Französisch abgefasst.

Sie setzte sich hin und fühlte sich frustriert. Sie wurde ungeduldig, denn sie wollte wissen, was in dem Fax stand. Vielleicht lieferte es ihr ja endlich die wichtigen Hinweise, die sie verzweifelt brauchte. Sie schaute auf ihre Uhr und fragte sich, wo Panos nur blieb. Um sich abzulenken stand Phaní auf und schaute aus dem Fenster. Sie blickte auf den Außenbezirk von Kalamata und die Berge im Hintergrund, die wie üblich für einen Sommernachmittag im Dunst verschwanden.

Nach fast einer halben Stunde kam Panos durch die Tür und hielt zwei Becher Kaffee in seiner Hand. Er lächelte zaghaft, als er Phaní am Schreibtisch stehen sah, aber sie vertrieb ihm das Lächeln aus dem Gesicht, indem sie ihn in einem unangenehmen Ton anfuhr:

»Wo waren Sie?« Panos verstand sofort, woher der Wind wehte und in welcher Stimmung Phaní war.

»Sie hätten eine Nachricht hinterlassen sollen, wohin Sie gehen und wann Sie zurück sein würden«, fuhr sie fort. Doch ihr Ärger war jetzt fast verflogen, und sie wusste, dass sie in ihrer Ungeduld den falschen Baum angebellt hatte, denn ihr Ausbruch war ungerecht und auch nutzlos. Panos' Reaktion war vorauszusehen. Er war eingeschüchtert und setzte sich an seinen Schreibtisch ohne etwas zu sagen.

Phaní drehte sich wieder dem Fenster zu und schaute hinaus. Sie wusste, dass sie sich entschuldigen musste.

Sie atmete dreimal tief durch, drehte sich um und trat an Panos' Tisch. Er blickte langsam auf, und Phaní sagte schlicht:

»Es tut mir leid, ich hätte Sie nicht anschreien dürfen.« Sie setzte sich.

»Der Fall kommt einfach nicht voran. Es gibt nur lose Enden, nichts Konkretes.« Sie hielt inne.

»Aber das entschuldigt nicht mein unprofessionelles Verhalten.« Dann lächelte sie.

»Heute Abend lade ich Sie auf ein Glas ein, einverstanden?« Panos nickte und murmelte etwas, ihre Entschuldigung schien ihm noch peinlicher zu sein, als ihr Wutausbruch.

»So Panos, nun sagen Sie mir, was in dem Fax steht!« forderte Phaní ihn mit der eindeutigen Absicht auf, den vorangegangenen Vorfall hinter sich zu lassen und vorwärtszuschauen. Sie drehte sich in ihrem Stuhl um, schnappte die Faxblätter von ihrem Tisch und legte sie vor ihn hin.

Er schaute auf die Blätter von der Schweizer Polizei und fing an Satz für Satz zu übersetzen, was dort geschrieben stand. Phaní musste sich zusammenreißen, um nicht wieder ihre Geduld zu verlieren. Denn eigentlich war sie nur an den wichtigsten Aussagen des Faxes interessiert, und daran, ob etwas darin stand, das den Fall vorwärtsbrachte. Aber sie wagte nicht, Panos zum zweiten Mal Vorschriften zu machen, und so hörte sie sich geduldig Wort für Wort seine ausführliche Übersetzung an.

Im Polizeibericht stand, dass Philippe gemäß Polizeiakte eine fast weiße Weste hatte. Keine Bußen für überhöhte Geschwindigkeit, keine Verursachung von Unfällen, keine häusliche Gewalt, nichts.

Erst weiter unten in der Akte entdeckten sie einige Vermerke über Fahren unter Alkoholeinfluss. Das war im Juli 1991, also ein halbes Jahr, bevor Philippe die Schweiz verlassen und nach Griechenland gezogen war. Phaní dachte, dass dies auch ein Zufall sein könnte, eine Pechsträhne, denn Trunkenheit am Steuer wurde ja nur bemerkt, wenn er von der Polizei angehalten worden war. Vielleicht hatte er vorher nur Glück gehabt. Eine andere Möglichkeit bestand darin, dass irgendetwas zu dem Zeitpunkt in seinem Leben vorgefallen war, das ihn aus der Bahn geworfen hatte.

Zum Glück hatte die Schweizer Polizei auch einen Bescheid des Einwohnermeldeamts der Gemeinde Vevey, in der er gewohnt hatte, beigelegt. Daraus war zu erkennen, dass er seit seiner Geburt dort ständig unter derselben Adresse gelebt hatte. Er war verheiratet gewesen und wurde im Jahr 1989 geschieden. Das war sicher eine schwere Zeit für ihn, aber erst zwei Jahre später fing er an zu trinken? Das war eher unwahrscheinlich. Philippe hatte auch eine Tochter, Chantal, die jetzt siebzehn Jahre alt war. Der letzte Eintrag in der Akte besagte, dass er sich bei der Gemeinde abgemeldet hatte, ohne eine neue Adresse anzugeben. Das war im Januar 1992.

Phaní fragte sich, ob die Tochter oder die Exfrau Interesse daran hatte, den Toten in die Schweiz überführen zu lassen, oder ob er hier in Kalamata oder Phares beerdigt werden würde. Denn bis jetzt sah es so aus, als ob sich niemand aus seinem früheren Leben in der Schweiz für ihn interessierte. Die einzigen Menschen, denen er etwas zu bedeuten schien, waren hier in Griechenland, sie hatten offensichtlich die alte Familie ersetzt.

Panos ging zu den Faxseiten über, die sich mit Philippe's beruflicher Laufbahn befassten. Er hatte sein Studium an der Medizinischen Fakultät von Lausanne absolviert und mit *magna cum laude* abgeschlossen, was bedeutete, dass er einer der besten Studenten seines Jahrgangs gewesen war und eine vielversprechende Karriere vor sich hatte. Phaní musste sich eingestehen, dass sie beeindruckt war. Sie fragte sich ernsthaft, ob sie die ganze Zeit eine falsche Meinung von Philippe gehabt hatte. Vielleicht hatte mehr in ihm gesteckt, als sie damals, während der wenigen Male, die sie ihm begegnet war, erkennen konnte.

Gleich nach Abschluss seines Studiums trat Philippe eine Stellung als Assistenzarzt am Universitätsspital Lausanne an, welche er mehrere Jahre innehatte. 1988 verließ er das Universitätsspital und wechselte an eine private Klinik außerhalb von Lausanne.

Dann folgte eine Bescheinigung dieser Klinik, deren Briefkopf Phaní gleich zu Anfang aufgefallen war. Diese besagte, dass Philippe ein ausgezeichneter und zuverlässiger Arzt war und stellte ihm ein makelloses Zeugnis aus. Der Bericht las sich wie eine Lobrede, sowohl für Philippe als auch für die Klinik selbst. Als Panos weiterblätterte, folgte eine Seite mit einer handgeschriebenen Notiz der Schweizer Polizei. Sie erklärte in kurzen Worten, dass in der vorher erwähnten Klinik unter der Aufsicht von Dr. Philippe Leblanc eine Patientin während einer Routineoperation gestorben war. Unvorhergesehene Komplikationen waren aufgetreten. Obwohl lebensrettende Maßnahmen eingeleitet worden waren, konnte die junge Frau, ungefähr fünfundzwanzig Jahre alt, nicht reanimiert werden.

Eine unabhängige Kommission bearbeitete den Vorfall, aber nach einer langwierigen Untersuchung konnte kein fahrlässiges Handeln von Seiten des verantwortlichen Arztes festgestellt werden. Deren Bericht war nicht ganz zufriedenstellend, da von Seiten der Privatklinik die Untersuchung erschwert worden war. Offiziell wurde Philippe jedoch von jeglicher Schuld freigesprochen.

Trotzdem hatte er drei Tage nach dem abschließenden Urteil der Untersuchung seine Kündigung eingereicht. Das war im September 1991 gewesen, drei Monate später ließ er die Schweiz hinter sich und kam nach Griechenland.

14

Der erste Gedanke, der Phaní durch den Kopf ging, war: dies musste der Aufhänger für den Fall sein, dies war der Grund, der hinter dem Motiv für den Mord an Philippe steckte. Dann dachte sie, dass alles fast zu offensichtlich und zu einfach erschien. Und warum geschah der Mord erst nach so vielen Jahren?

Für den Moment verdrängte Phaní beide Gedanken. Sie wendete sich wieder Panos zu und merkte, dass er noch nicht begriffen hatte, dass die Notiz der Schweizer Polizei der Schlüssel zu dem Fall sein könnte.

»Wir müssen den Namen der Patientin herausfinden, die bei der Operation starb.« Sie gab Panos etwas Zeit, sich wie immer Notizen zu machen.

»Und wir müssen herausfinden, ob es noch Verwandte

der Toten gibt, die den Willen oder die Möglichkeit gehabt hätten, nach beinahe fünfzehn Jahren einen Mord zu begehen.«

Panos' Reaktion zeigte eindeutig, dass er jetzt verstanden hatte. Phaní gab ihm eine Sekunde zum Verdauen.

»Können Sie die Schweizer Polizei gleich jetzt anrufen?« Sie sah auf ihre Uhr und zog eine Stunde ab.

»Es ist jetzt etwa halb eins dort.« Panos drehte seinen Kopf leicht zur Seite, was ›ja, kein Problem‹ bedeutete. Er nahm den Hörer ab und wählte die Nummer der Lausanner Polizei. Da Phaní's Französischkenntnisse so schlecht waren, dass sie als nicht vorhanden bezeichnet werden konnten, war sie nicht imstande, dem Gespräch zu folgen und konnte nicht einmal heraushören, ob er mit demselben Beamten sprach, den er schon das letzte Mal am Apparat hatte. Also musste sie tun, was sie gar nicht gern tat: warten.

Obwohl Panos zweifellos Grieche war, gehörte er zu der Minderheit, die nicht wenigstens zwei Sachen zur gleichen Zeit machen konnte. Als sie Freunden in Hamburg erzählt hatte, dass es eine Fähigkeit der Griechen wäre, mehrere Dinge gleichzeitig zu erledigen, sagten diese, sie übertreibe doch. Obwohl sie das oft tat, hatten die meisten Griechen wirklich diese Fähigkeit.

Sie kannte Panos schon gut genug, um zu wissen, dass sie ihn nur davon abhalten würde, sich auf das Gespräch zu konzentrieren, wenn sie ihm ständig mit dem Arm in die Seite stieß und fragte, ob er interessante Neuigkeiten erfahren hätte. Also musste sie sich zusammenreißen.

Nach fast zwanzig Minuten legte Panos den Hörer auf und schrieb noch seine Notizen zu Ende. Dann begann er zu wiederholen, was er soeben erfahren hatte.

»Der Name der Patientin war Catherine Meyer. Sie war vierundzwanzig, als sie starb, unverheiratet. Sie hinterließ nur eine Schwester.« Panos wartete eine Weile, bevor er fortfuhr, als ob er die Spannung erhöhen wollte. Phaní drängte ihn weiterzuberichten, was er endlich auch tat.

»Der Polizeibeamte konnte mir nur deshalb diese Informationen geben, weil er sich noch an den Fall erinnerte und wusste, dass nur eine Schwester während der Untersuchung erwähnt worden war. Ihr Aufenthaltsort ist unbekannt, er konnte mir nur noch sagen, dass sie in der Schweiz nicht mehr gemeldet ist.« Panos schwieg. Phaní erwartete, dass er noch mehr in Erfahrung gebracht hätte und drängte ihn, weiterzureden. Panos hob nur seine Schultern und zeigte dadurch, dass das alles war.

»Also wusste er nicht den Namen der Schwester? Gibt es wenigstens ein Foto? Versucht er mehr herauszufinden?« fragte Phaní und wurde immer ungeduldiger. Panos schaute auf seine Notizen und ergänzte schnell:

»Ah, ich vergaß: Er versucht noch mehr in Erfahrung zu bringen und hoffentlich auch ein Bild zu finden, das er uns in den nächsten Stunden durchfaxen könnte.«

Phaní lehnte sich in ihrem Stuhl zurück. Das war ja wenigstens etwas. Denn endlich wurde ihr eine Verdächtige im Fall Philippe Leblanc auf dem Silbertablett serviert. Aber wie sollte sie um Himmels Willen diese Person finden? Seit letztem Dienstag, dem Tag des Verbrechens, konnte die Frau ja schon am anderen Ende der Welt sein, ohne die geringste Spur hinterlassen zu haben.

Phaní war die Enttäuschung anzusehen. Sie saß nur da, etwas verloren und starrte in die Luft. Dann riss sie sich zusammen und schaute zu Panos, der verwirrt war und nicht wusste, wie er sich verhalten sollte.

»Wann wird Annemarie hier eintreffen?« Panos schaute auf seine Uhr.

»Jeden Moment.« Nach einer kurzen, fast schon bedrückenden Stille bemerkte er unsicher:

»Ich sehe mal nach, ob sie schon da ist und sage Ihnen dann Bescheid.« Er lächelte zaghaft und ging zur Tür hinaus.

Phaní lehnte sich zurück, drehte ihren Stuhl zum Fenster und ließ ihren Blick in die Ferne schweifen. Das Bergmassiv war noch dichter in Dunst gehüllt. Es war verständlich, dass die Menschen in der Antike daran glaubten, dass die Götter auf den Berggipfeln wohnten. Mit etwas Phantasie konnte man sich vorstellen, warum sich Mythen um entlegene Bergregionen rankten. Warum sollten die Götter nicht in Wäldern und auf Wiesen oberhalb der letzten menschlichen Behausungen wohnen? Ungeachtet dessen, ob nun Götter dort oben wohnten oder nicht, konnte sich niemand der Faszination und dem Geheimnisvollen dieser entlegenen Höhen entziehen. Apropos Götter: Gerade jetzt könnte Phaní ein Wunder gebrauchen. Sie war nicht religiös und sah die Liturgie in der Kirche eher als Inszenierung oder Theater an. Trotzdem glaubte sie daran, dass Unerklärbares geschehen konnte und nicht alles einfach auf Zufall beruhte. Also sagte sie leise:

»Ich brauche ein Wunder.«

In dem Moment sprang die Tür auf, und Panos steckte seinen Kopf durch den Spalt und gab ihr Bescheid, dass Annemarie soeben hierhergebracht worden war. Phaní drehte sich im Stuhl herum, stand auf, griff sich Notizblock und Bleistift und kam schnell durch die Tür.

»Dann lass uns gehen!«

Wie schon ein paar Stunden zuvor eilte Phaní den Korridor entlang, Panos einen halben Schritt hinter ihr. Sie kam wieder an der Vermisstenabteilung vorbei, die Fotokopien an der Wand flatterten wieder im Luftzug und ihr Blick erhaschte flüchtig einige Namen. Sie ging schnellen Schrittes weiter bis zum Vernehmungszimmer am Ende des Ganges.

Annemarie saß schon im Raum, als Phaní und Panos eintraten. Phaní erkannte sie sofort wieder, auch nach neun Jahren. Annemarie hatte immer noch diesen nichtssagenden Ausdruck im Gesicht, sodass man meinen könnte, sie wäre unfähig, überhaupt Gefühle zu zeigen. Diese sah auf, und Phaní war sicher, dass auch Annemarie sie wiedererkannte, aber vielleicht nicht wusste, woher. Nach dem kurzen Blickwechsel senkte sie schnell wieder den Kopf. Sie hatte sich nicht viel verändert, ihr Haar war immer noch strähnig und matt, ihr Gesicht noch etwas hagerer. Im Ganzen sah sie unglaublich dünn, schon fast zerbrechlich aus. Wenn Phaní das Gespräch nicht begonnen hätte, wären sie sich stundenlang gegenüber gesessen, ohne ein Wort zu sagen. Also fing Phaní an. Sie stellte sich und Panos vor und sagte fürs Protokoll:

»Annemarie, hierbei handelt es sich nicht um ein Verhör, Sie werden nur als Zeugin befragt.« Phaní wartete auf eine Reaktion, aber es kam keine. Man konnte Annemarie als sehr stille Person bezeichnen, fast schon phlegmatisch. Doch trotzdem glaubte Phaní eine unterschwellige Nervosität hinter ihrer ruhigen Fassade zu spüren. Sie erkannte auch, dass es sehr schwierig sein würde, ihr Informationen zu entlocken. Sie wirkte wie diese empfindliche Pflanze mit den gelben Blüten, die Mimose. Wenn man sie berührte, zog sie sich sofort zurück. Daher versuchte Phaní ihre Fragen vorsichtig zu formulieren.

»Sie wissen sicher, dass wir Philippe Leblancs Tod untersuchen«, begann Phaní. Es kam keine Reaktion.

»Und wir möchten Ihnen ein paar Fragen stellen.« Sie wartete etwas.

»Wie lange kannten Sie Philippe?« Phaní benutzte absichtlich den Vornamen, um Annemarie aus der Reserve zu locken – doch ihr Gesicht zeigte keine Regung.

»Fast fünfzehn Jahre«, antwortet diese trocken. Sie schien sich unter Kontrolle zu haben.

»Damals praktizierte Philippe noch als Arzt in der Schweiz?« Annemarie nickte.

»Wissen Sie, warum er seinen Beruf als Arzt aufgab, und warum er nach Griechenland kam?«

Diesmal schaute Annemarie auf, aber ohne ein Zeichen von Überraschung oder Furcht. Sie erwiderte völlig gelassen:

»Weil er genug davon hatte und Griechenland schon immer liebte.« Phaní merkte, wie Annemarie immer ruhiger wurde, und sie selbst immer ungehaltener.

»Und die Tatsache, dass er die Schweiz verließ, hatte nichts mit dem Vorfall in der Klinik bei Lausanne zu tun?« versuchte Phaní sie zu provozieren. Annemarie schaute wieder auf und schien nur eine Sekunde zu zögern.

»Welcher Vorfall?«

Phaní verlor langsam die Geduld, wegen dieser einsilbigen Antworten, aber sie riss sich zusammen.

»Der Vorfall, als auf Philippe's Operationstisch eine Patientin starb. Zu der Zeit kannten Sie doch Philippe schon?«

»Nein, wir trafen uns danach.« Phaní musste ihren Ärger unterdrücken.

»Aber er hat Ihnen doch sicherlich von seinen Problemen in der Klinik erzählt.«

»Ja, natürlich«, antwortete Annemarie schnippisch.

»Und während der Anhörung zum Vorfall in der Klinik, ist da etwas Ungewöhnliches geschehen?«

»Nein. Was sollte das gewesen sein?« Phaní sah keinen Weg, Annemarie aus dem Gleichgewicht zu bringen.

»Das möchte ich von Ihnen hören, Annemarie«, sagte Phaní, doch wie erwartet kam keine Antwort. Es hatte keinen Sinn, vorsichtige Fragen zu stellen, Phaní musste den direkten Weg versuchen.

»Wussten Sie, dass die verstorbene Patientin eine Schwester hatte?« versuchte sie als Nächstes. Bis jetzt hatte Annemarie, wie sie Phaní gegenüber saß, meistens ihre Finger betrachtet, nur zweimal hatte sie aufgeschaut, in Phaní's Richtung, aber nie in ihre Augen. Nun sah sie Phaní direkt an, als ob sie herausfinden wollte, was diese mit der Frage bezweckte. Da Annemarie aber nicht weiter reagierte, fuhr Phaní fort:

»Haben Sie die Schwester der Toten jemals getroffen?« Annemarie schien mehr und mehr irritiert zu werden, aber auch misstrauisch.

»Warum stellen Sie mir diese Fragen?«

»Ich glaube, Sie wissen warum«, antwortete Phaní.

»Die Schwester musste doch sehr traurig und wütend über ihren Verlust gewesen sein.« Plötzlich warf Annemarie ihren Kopf zurück und lachte kurz auf. Phaní war sichtlich überrascht. Sie schaute Panos an, der neben ihr saß und auch verblüfft schien. Nach diesem kurzen Lachanfall schüttelte Annemarie den Kopf.

»Wenn Sie vorhaben, dieser Spur nachzugehen, kommen Sie nirgendwo hin, das kann ich Ihnen sagen«, erklärte Annemarie mit einer unerwarteten Überzeugung. Phaní versuchte ruhig zu bleiben.

»Was meinen Sie?« Annemarie neigte sich vor und eine seltsame Mischung von Erregung und Überheblichkeit lag in ihrer Stimme.

»Philippe wurde nicht wegen einer alten Geschichte umgebracht, sondern wegen Ereignissen hier in Griechenland.« Annemarie begriff sofort, dass sie in ihrem überschwänglichen Anfall zuviel gesagt hatte. Phaní erkannte, dass sie sich sofort wieder zurückzog.

»Warum behaupten Sie das?« Es kam aber keine Antwort, und Annemarie war wieder mit ihren Fingern beschäftigt.

»Was wissen Sie, Annemarie?« fragte Phaní eindringlich.

»Sie sind sich der Tatsache bewusst, dass Sie sich strafbar machen, wenn Sie uns Informationen vorenthalten, die zur Lösung eines Mordfalles dienen könnten?« Endlich sprach sie und versuchte ihre frühere Bemerkung unwichtiger erscheinen zu lassen.

»Die Patientin, die starb, während Philippe sie operierte ...« fing sie den Satz an. Phaní drängte sie, weiter zu reden.

»Ja, was wollten Sie sagen?«

»Na ja, sie war meine Schwester Catherine.«

Phaní war sprachlos. Es war mehr als ärgerlich, dass sie diese wichtige Verbindung nicht vorher herausgefunden hatte. Und am meisten ärgerte sie sich über sich selbst. Sie hätte es besser wissen müssen und diese Position hier bei der Polizei gar nicht erst annehmen dürfen. Man hatte sie unvorbereitet von Athen hierhergeschickt, und nun musste sie alles alleine bewältigen. Warum konnte sie den Fall nicht in den Griff bekommen? Jede Spur, die anfangs vielversprechend aussah, erwies sich am Ende als Seifenblase.

Sie schaute Annemarie an, die ihr gegenüber saß. Diese und auch Panos schienen zu warten, was Phaní als Nächstes fragen würde. Aber Phaní war plötzlich sehr müde, und sie wollte nur noch eines, aus diesem engen Raum und dieser vertrackten Situation herauskommen. Aber das war unmöglich, sie musste bleiben und die Befragung fortsetzen. Ohne eine Ahnung, wohin die nächste Frage führen könnte, bemerkte sie aufs Geratewohl:

»Sie lebten also fünfzehn Jahre mit dem Mann zusammen, unter dessen Messer Ihre Schwester gestorben ist?« Annemarie zuckte ihre Schultern.

»Es war nicht seine Schuld. Und ich habe ihn geliebt.«

»Und warum heißen Sie Devost, und nicht Meyer, wie Ihre Schwester?« fragte Phaní ziellos.

»Wir hatten nicht denselben Vater.«

Am seltsamsten war, dass Phaní keinen Moment an Annemarie's Worten zweifelte. Ihre Geschichte war so ungewöhnlich und doch auch einfach, dass sie wahr sein musste. Phaní gingen die Fragen aus. Hatte es noch einen Sinn, Annemarie zu Andreas Friedel zu befragen? Phaní zweifelte daran. Dann fielen ihr die Unterlagen wieder ein, welche sie mit Angeliki's Hilfe gefunden hatte. Vielleicht war das einen Versuch wert.

»Wir haben eine Liste mit Nummern in Philippe's Computer gefunden. Wissen Sie, wofür die Nummern stehen?« Annemarie's Gesichtsausdruck war sehr entschlossen, als sie antwortete, und Phaní konnte nicht erkennen, ob dies mit der gerade gestellten Frage zusammenhing, oder ob sie schon die ganze Zeit so bestimmt war, seit sie die Bombe mit ihrer Schwester hatte platzen lassen, und dadurch die Oberhand gewann. Phaní wusste, dass ihre Frage nach den Nummern ein Schuss ins Dunkle war, und irgendwie ahnte sie, was Annemarie antworten würde, sobald sie diese gestellt hatte.

»Philippe kümmerte sich um alles, was mit dem Computer zu tun hatte.« Und Phaní konnte dazu gar nichts sagen.

Sie stand auf, weil sie erkannte, dass es keinen Sinn hatte, die Befragung weiterzuführen. Sie wies Annemarie an, die Stadt nicht zu verlassen, solange die Untersuchung lief.

»Warum wollten Sie das Land verlassen?« fragte sie noch aus Neugier.

»Niemand hat mir gesagt, ich dürfe es nicht. Ich brauchte einen Tapetenwechsel.« Phaní fand es trotzdem merkwürdig, dass sie sich gerade zu diesem Zeitpunkt dazu entschlossen hatte. Annemarie war jetzt ganz ruhig und die anfängliche Nervosität gänzlich verflogen. Phaní konnte deutlich erkennen, dass diese zu gefasst war, um im Moment einen Fehler zu begehen und dadurch zu verraten, dass sie eigentlich mehr wusste, als sie zugab. Denn davon war Phaní überzeugt. Auch die Tatsache, dass sie in einem Wagen, der nicht ihr gehörte, angehalten wurde, konnte man ihr nicht anlasten, denn dieser war nie als gestohlen gemeldet worden und vielleicht hatte sie ihn ja doch nur ausgeliehen.

Phaní war müde und frustriert. Sie hatte nicht die Kraft, eine Sekunde länger diese Frau zu befragen. Annemarie's passiver Widerstand machte Phaní fertig. Es kam ihr vor, als wolle sie einen glitschigen Fisch fangen, und jedes Mal, wenn sie glaubte ihn zu haben, flutschte er ihr wieder aus der Hand. Und trotzdem würde sie Annemarie zu gegebener Zeit wieder vorladen müssen. Aber nicht jetzt.

Phaní verließ den Raum und eilte den Korridor entlang zu ihrem Büro. Sie hatte Panos mit Annemarie zurückgelassen, damit er noch die nötigen Formalitäten erledigte.

Wieder kam Phaní an der Vermisstenabteilung vorbei und wieder flatterten die Fotokopien im Luftzug. Doch ein paar Schritte weiter hielt sie plötzlich an, blieb wenige Sekunden stehen und kehrte um, zögernd, als ob sie nicht wusste, warum sie dies tat. Sie stellte sich vor die Anschlagwand und schaute diesmal genau auf die verschiedenen aufgehängten Vermisstenanzeigen. Unbewusst musste schon die vorherigen Male etwas ihre Aufmerksamkeit geweckt haben, als Phaní hier vorbeiging, es war aber nicht auffällig genug gewesen, um den Weg in ihr Bewusstsein zu finden. Nun erkannte sie, was sie die ganze Zeit hätte sehen sollen: inmitten all der Anzeigen hing die Kopie einer Fotografie, die einen Mann Ende fünfzig zeigte, mit Brille. Er sah eher nordeuropäisch aus als griechisch, was das auch immer bedeuten mochte, griechisch auszusehen. Phaní las die Angaben zu dem Bild: sein Name war Andreas Friedel und er war am 9. August als vermisst gemeldet worden, also schon vor mehr als zwei Wochen.

15

Phaní riss das Blatt von der Pinwand und eilte in das Vernehmungszimmer zurück. Sie hoffte, Annemarie wäre immer noch damit beschäftigt, die erforderlichen Angaben für den Polizeibericht zu machen. Als sie die Tür erreicht hatte, konnte sie durch das Fenster neben der Tür jedoch sehen, dass Panos allein im Raum war und seine Papiere zusammenraffte. Sie riss die Tür auf.

»Wo ist sie?« Panos begriff sofort. Er kam heraus und zeigte in Richtung Treppe.

»Sie ist gerade gegangen, nicht mal vor einer Minute.«

»Komm mit!« Phaní brauste los, und beide eilten die Treppe hinunter.

»Haben Sie je diesen Andreas Friedel erreicht?«

»Nein, ich habe es mehrere Male versucht, aber er hat nie zurückgerufen. Ich hinterließ ...« Phaní unterbrach ihn ungeduldig.

»Sie werden gleich sehen, warum.«

Annemarie ging gerade am Empfang vorbei und wollte das Gebäude verlassen, als Phaní ihr hinterherrief:

»Annemarie, ich habe noch eine Frage.« Sie drehte sich um und wartete bis Phaní und Panos sie erreicht hatten und abrupt vor ihr stehen blieben.

»Annemarie, kennen sie jemanden, der Andreas Friedel heißt?« Annemarie hatte anfangs etwas besorgt ausgesehen, schien jetzt aber erleichtert und etwas überrascht, wegen dieser simplen Frage angehalten worden zu sein.

»Ja.«

»Und wussten Sie, dass er seit mehr als zwei Wochen

als vermisst gilt?« Phaní brachte die Frage mit Absicht so vor, als ob sie nebensächlich wäre.

Die Veränderung von Annemarie's Haltung war fast greifbar. Ihr Körper versteifte sich, und Phaní erkannte, dass die anfängliche, unterschwellige Nervosität wieder durchkam. Annemarie's eine Auge fing an zu zucken. Sie bemühte sich jedoch, ruhig zu bleiben.

»Ja«, antwortete sie trocken.

»Kann ich jetzt gehen?« Phaní nickte, Annemarie drehte sich um und verließ das Revier. Phaní schaute ihr nach.

»Ich glaube, wir haben einen Nerv getroffen«, sagte sie zu Panos, den die Neuigkeit auch überrascht hatte. Dann seufzte Phaní.

»Ich weiß einfach nicht, wie ich sie dazu bringen soll, uns zu erzählen, was sie weiß.«

Phaní ging zum Büro zurück, und Panos folgte ihr. Dort blieb sie einen Augenblick an ihrem Schreibtisch stehen. Dann griff sie ihre Tasche und ging zur Tür.

»Mal sehen, ob es eine Frau Friedel gibt, die uns weiterhelfen kann, da Herr Friedel ja verschwunden ist.«

»Aber woher wissen wir, ob jemand unter Friedels Adresse anzutreffen ist? Es hat nie jemand auf meine Anrufe reagiert«, wandte Panos ein.

»Wir wissen es nicht«, sagte Phaní. Sie merkte, dass er zögerte.

»Wir können es trotzdem versuchen. Gehen wir!«

Friedels Adresse erfuhren sie bei der Vermisstenstelle, und dort wurde ihnen auch mitgeteilt, dass es tatsächlich eine Frau Friedel gab.

Auf dem Weg zu Friedels Haus außerhalb Verga fiel Phaní wiederum auf, wie stark sich diese Gegend in den letzten Jahrzehnten verändert hatte. Die Hauptstraße, auf der sie sich befanden, führte weiter in die Mani, der kargen Halbinsel südlich von Kalamata und dem Land der berühmten Manioten. Diese hatten den Ruf äußerst starrköpfig zu sein, und einige der Familien hatten sich über Jahrhunderte gegenseitig befehdet. Fragte man Griechen, so war in diesem Landstrich die Vendetta entstanden, und nicht auf Kreta oder Sizilien. Bis zur zweiten Hälfte des neunzehnten Jahrhunderts war hier die Blutfehde noch üblich. Viele in Kalamata ansässigen Familien hatten ihre Wurzeln in der Mani, und wenn man Phaní's Onkel und Tanten glaubte, so war die Papadeas Familie vor rund hundert Jahren ebenfalls aus der Mani nach Kalamata gekommen, was bedeutete, dass auch in Phaní's Adern das Blut der Manioten floss. Sie hatte nicht den geringsten Zweifel daran!

Nach drei oder vier Haarnadelkurven hielten sie vor einer langen Mauer, die mit dunkelroter Bougainvillea und Jasmin überwuchert war. Sobald sie aus dem Auto stiegen und die Türen zuschlugen, ertönte ein tiefes Bellen hinter der Mauer. Phaní merkte, dass Panos das Bellen des Hundes gar nicht gefiel. Ihr auch nicht, aber das Hindernis musste überwunden werden. Am Tor rief Phaní in Richtung des kleinen Hauses, das hinter sehr alten Olivenbäumen versteckt war:

»Ich bin *astinómos* Papadea von der Polizei. Wir würden gern mit Frau Friedel sprechen.« Sie fügte hinzu:

»Bitte, rufen Sie den Hund zurück, damit wir eintreten können!« Es kam keine Antwort, obwohl Phaní's Stimme sehr kräftig war, und sie es mehrere Male versucht hatte. Jetzt konnten sie den Hund sehen. Es war ein schwarzer Rottweiler und er lief frei herum. Phaní mochte diese Hunderasse überhaupt nicht, sie waren groß, plump und wirklich gefährlich, zu allem

Überfluss tropfte diesem Exemplar hier der Speichel aus dem Maul. Als der Hund Phaní außerhalb des geschlossenen Tores stehen sah, rannte er auf sie zu und fing noch verrückter an zu bellen. Phaní trat reflexartig einen Schritt zurück. Sie versuchte trotzdem das Tier nicht zu beachten und schaute auf das Haus hinter den Bäumen. Nach einem Moment sah sie deutlich, dass sich jemand hinter einem der Fenster bewegte. Phaní erwartete, dass diese Person nun herauskommen und den Hund zurückholen würde, aber es geschah nichts. Nach weiteren fünf Minuten Gebell und Gesabber, ging Phaní zum ihrem Auto zurück, öffnete das Handschuhfach und nahm ihre Waffe heraus. Sie konnte in Panos' Gesicht Panik erkennen. Sie ging zum Tor zurück und richtete die Waffe deutlich erkennbar auf den Hund.

»Ich sage es noch einmal: hier ist die Polizei. Ich weiß, dass jemand im Haus ist. Wenn Sie nicht herauskommen, muss ich den Hund erschießen, um hineinzukommen!«

Nur wenige Sekunden später ging die Haustür auf und eine ziemlich kleine Frau Ende fünfzig kam heraus. Ihr Haar war kurz, und sie machte ein unzufriedenes Gesicht, das jetzt auch Verachtung zeigte. Das hing sicherlich mit den momentanen Umständen zusammen. Mit einem Befehl rief die Frau den Hund zurück, brachte ihn zu einem kleinen Hundehaus bei der Mauer und band ihn fest. Nun stand der Hund vor seinem Haus, ganz stolz auf seinen Auftritt, ließ seine Zunge heraushängen und sabberte weiter. Die Frau kam zum Tor zurück, schaute zu Phaní hoch und fragte mit verächtlichem Ton:

»*Ti thélete* – was wollen Sie?«

Phaní hörte sofort heraus, dass die Frau, entgegen ihrer Erwartung, Griechin war. Sie hatte keinen Akzent.

»Macht es Ihnen etwas aus, wenn wir hineinkommen?« fragte Phaní. Der Gesichtsausdruck der Frau sagte zwar ›ja‹, trotzdem öffnete sie schließlich das Tor und ließ die beiden herein. Der Garten vor dem Haus war sehr schattig und kühl, für den späteren Nachmittag. Das Haus selber war sehr klein, was Phaní schon von der Straße her aufgefallen war. Das überraschte sie, denn sie dachte, dass das Baugewerbe viel Geld abwarf. Aber das Geld wurde offensichtlich nicht in das Haus gesteckt. Die Frau ging voraus zur Terrasse, auf der ein weißer Plastiktisch und die dazu gehörenden weißen Plastikstühle standen, außer einem, der lila war. Die Frau setzte sich, lud aber weder Phaní noch Panos ein, Platz zu nehmen. Phaní griff sich einfach einen Stuhl und Panos blieb gegen einen Pfosten gelehnt stehen.

»Wir haben ein paar Fragen zum Verschwinden Ihres Mannes«, fing Phaní an. Die Frau zeigte keinerlei Reaktion.

»Erinnern Sie sich an etwas Ungewöhnliches, das an dem Tag vorgefallen ist, als Ihr Mann verschwand?« Sie setzte noch hinzu:

»Oder an den Tagen davor?«

»Nichts Besonderes«, antwortete die Frau, ohne irgendwie zu zeigen, dass die Sache sie gefühlsmäßig berührte.

»Was tat er am Tag des Verschwindens?« versuchte Phaní weiter, und die Frau schien etwas mitteilsamer zu werden.

»Na ja, er kam um fünf von der Baustelle zurück, wie üblich.«

Doch daraufhin schwieg sie wieder, also fragte Phaní: »Und?«

»Und er verließ nochmals das Haus, so etwa um halb sieben, und kam nicht mehr zurück.«

»Hat er Ihnen gesagt, wohin er wollte?« fragte Phaní, als die Frau dies nicht von sich aus sagte.

»Nein«, erwiderte die Frau. Phaní wusste nicht, ob das die Wahrheit war, oder ob diese das Thema vermeiden wollte.

»Hat er das öfter getan, am Abend nochmals wegzugehen?« Die Frau überlegte ernsthaft.

»Nun, wo ich darüber nachdenke: er tat es ab und zu, vielleicht zweimal im Monat, oder so.«

Phaní war überrascht, wie offen die Frau antwortete. Sie hatte nicht das Gefühl, dass diese etwas zu verbergen versuchte oder ihren Mann decken wollte. Und der hatte, wenn man dem deutschen Ehepaar Beckmann glaubte, nicht den besten Ruf. Phaní hatte den Eindruck, dass die Frau die Wahrheit sagte.

»Ist etwas Ungewöhnliches vorgefallen, seit Ihr Mann verschwunden ist?« Die Frau reagierte mit einem leichten und zynischen Lächeln.

»Sie meinen, außer der Tatsache, dass die Polizei, nachdem ich meinen Mann vermisst gemeldet habe, zwei Wochen brauchte, bis sie etwas unternahm?«

Auch wenn die Bemerkung seltsam war, und nicht das, was Phaní hören wollte, hatte die Frau recht. Die Polizei war leider manchmal nicht sehr effizient. Frau Friedel fuhr fort, als sie merkte, dass Phaní nicht auf ihre Bemerkung einging.

»Na ja, zwei oder drei Tage nach seinem Verschwinden ist jemand in unser Büro unten im Dorf eingebrochen. Die Tür war nicht beschädigt, also hatte der Dieb einen

Schlüssel. Und er muss gewusst haben, dass niemand dort war.«

»Und?« fragte Phaní.

»Er hinterließ ein riesiges Durcheinander und, als wenn das nicht schlimm genug wäre, nahm der Einbrecher die Unterlagen einiger unserer Kunden mit.« Die Frau war sichtlich über diese Ereignisse erregt. Phaní hatte den Eindruck, als müsse sich diese alles von der Seele reden und konnte sich nicht mehr zurückhalten.

»Wissen Sie, was das heißt? Die gesamten Angaben und Informationen von einem Viertel unserer Kunden sind weg! Alles, Rechnungen, Bezahlungen, Angaben zu den Personen, wie Steuernummern der Kunden, Pläne, Baugenehmigungen, Anträge für Stromanschluss und Telefon, alles weg! Verstehen Sie, was es bedeutet, wenn das in die falschen Hände gerät?« Die Frau beruhigte sich etwas.

»Wissen Sie, ich liebe mein Land, ich wurde hier geboren. Aber manchmal denke ich darüber nach, zurück nach Deutschland zu gehen. Dort weiß man, worauf man sich verlassen kann.« Phaní wusste keine Antwort, die Frau hatte nicht ganz unrecht. Sie selbst hatte ein Jahr in Deutschland gelebt und gearbeitet, und alle Phasen durchlaufen, vom einen Extrem, dass ihr die Genauigkeit vieler Deutschen auf die Nerven ging, bis zum anderen, dass sie die Zuverlässigkeit, mit der sie ihre Arbeit erledigten, bewunderte.

Phaní schaute zu Panos und wusste nicht mehr, was sie fragen sollte. Sie bat Frau Friedel, die Namen aller Kunden, deren Unterlagen gestohlen wurden, aufzuschreiben, und es würde jemand kommen, sie abzuholen. Phaní stand auf und fügte noch hinzu, sie möchte anrufen, wenn ihr noch etwas in den Sinn käme. Beim Tor angelangt, fragte Frau Friedel Phaní überraschend:

»Wenn ich nicht aus dem Haus gekommen wäre, hätten Sie den Hund wirklich erschossen?« Phaní drehte sich zu ihr.

»Ich wusste, dass es nicht nötig sein würde.« Frau Friedel zeigte zum ersten Mal ein aufrichtiges Lächeln.

Auf der Straße bergab nach Kalamata schien Panos etwas zu beschäftigen. Einmal war er fast so weit, zu fragen, ließ es aber doch bleiben. Phaní bemerkte seine Beklemmung und sagte dann von sich heraus:

»Nein, ich hätte den Hund nicht erschossen!« Panos war sichtlich erleichtert.

Als sie sich wieder Kalamata näherten, und auf der Straße das Ufer entlangfuhren, fand Phaní, dass der Tag lang genug gewesen, und es an der Zeit war, mit Panos über etwas anderes zu reden, als den Fall. Vielleicht könnte sie ihn dadurch etwas besser kennenlernen. Sie hatte den Eindruck, dass er mit ein wenig Unterstützung ein guter Polizist werden könnte. Es gab Momente, da hätte sie in Athen gern jemanden wie ihn gehabt. Sein Wille etwas zu lernen und Aufgaben anzupacken, waren Fähigkeiten, die sie in ihrem bisherigen Arbeitsbereich nicht oft antraf. Vielleicht hatte es damit zu tun, dass sich die Polizisten dort überlegen fühlten, allein schon, weil sie in der Hauptstadt walteten. Und jemand, der vom ›Lande‹ kam, hatte im Gegensatz dazu immer das Gefühl, sich beweisen zu müssen. Der dadurch entstandene Eifer war manchmal ganz hilfreich.

»Machen wir für heute Schluss«, sagte Phaní, »und ich gebe Ihnen den versprochenen Drink aus.« Panos nickte. Er schien froh über den Vorschlag. Sie stellten den Wagen in einer Querstraße zur *odós* Navarinou gleich neben der Filiale der Nationalbank ab, überquerten die vielbefahrene Straße und setzten sich unter einen der Sonnenschirme, die am Wasser entlang standen. Bald kam ein Kellner, und beide bestellten ein *frappé* – einen Kaffeeshake, halbsüß mit Milch.

Phaní's Blick schweifte über das ruhige Meer. Die Sonne stand tiefer, denn es war schon nach sieben, doch die Temperaturen hatten sich noch nicht merklich abgekühlt. Nach einer Weile begann Phaní das Gespräch.

»Sie sind doch aus Kalamata.« Panos machte ein überraschtes Gesicht.

»Wollten Sie je irgendwo anders arbeiten?« fragte Phaní, doch da erinnerte sie sich daran, dass er durch ein Austauschprogramm in Südfrankreich gewesen war, und dass sie ihm genau diese Frage schon gestellt hatte.

»Ich meine, hatten sie erwogen, für längere Zeit in Frankreich zu bleiben?«

Panos' Antwortet kam ruhig und selbstsicher.

»Ich habe darüber nachgedacht, aber nach den sechs Monaten dort, habe ich mich dazu entschlossen, zurückzukommen.«

»Warum?« fragte Phaní interessiert. Da sie jemand war, die immer die Abwechslung suchte, war seine Antwort für sie ungewöhnlich. Panos überlegte einen Moment.

»Ich liebe es hier zu sein, wo meine Familie lebt.« Und als er merkte, dass sie von seiner Antwort nicht überzeugt schien, setzte er ernsthaft hinzu:

»Wenn ich je etwas bewirken könnte, sei es durch gute Arbeit und großen Einsatz, so möchte ich es hier tun. Diese Stadt braucht ihre Kinder. Wenn jeder wegziehen würde, wie könnte sich Kalamata dann weiterentwickeln?« Diese Einstellung passte zu Panos, und Phaní glaubte ihm jedes Wort. Und zugleich beneidete sie diesen jungen Mann ein wenig. Er war glücklich hier und hatte den Ort gefunden, wo er sein wollte und wo er etwas bewirken könnte, wie er sagte. Er wollte nicht nach den Sternen greifen, sondern war zufrieden mit dem, was in seiner Reichweite lag. Phaní ihrerseits hatte nie richtig gewusst, wo sie hingehörte. Sie hatte fast ihr ganzes Leben in Athen verbracht, war aber nie wirklich mit dieser Stadt verwachsen. Athen hatte zwar bis vor etwa zehn Jahren noch ihren eigenen Charme gehabt, doch jetzt wollte sie, nach den Olympischen Spielen, mit den anderen Hauptstädten der Welt in der Oberliga mitspielen. Als Folge dessen schossen die Preise in die Höhe, aber das Angebot hatte sich nicht im gleichen Maße verbessert.

Hamburg, wo sie ein Jahr gelebt hatte, gefiel ihr sehr, aber sie glaubte nicht, dass sie dort heimisch werden könnte. Und zu der Zeit, als sie in Deutschland gewesen war, hatte sie nie daran gedacht, dass sie ein Zuhause brauchte, sie ging immer davon aus, wieder nach Athen zurückzukehren, aus purer Gewohnheit. Jetzt hatte sie einen Punkt in ihrem Leben erreicht, wo sie glaubte, eine Antwort auf die Frage finden zu müssen, wo sie hingehörte.

Seit sie letzten Samstag nach Kalamata gekommen war, musste sie immer wieder darüber nachdenken. Vielleicht lag es auch daran, dass sie in wenigen Jahren vierzig werden würde.

Sie fand keine Antworten auf ihre Frage. Stattdessen schaute sie die Leute um sich herum an, die Kaffee tranken und das Tagesgeschehen diskutierten. Andere promenierten die Straße entlang, alle herausgeputzt, die jungen Frauen bauchfrei und in tiefsitzenden Jeans, die jungen Männer mit abstehenden Haaren. Und alle waren auf der Suche nach jemandem Speziellen, denn hier war der Ort, wo man ihn finden konnte.

In diesem Moment fiel Phaní eine Frau auf, die sich schnellen Schrittes zwischen Autos und Menschen ihren Weg bahnte. Sie hatte es eilig und schaute sich ab und zu um, als würde sie verfolgt. Sogar aus dieser Entfernung erkannte Phaní, wer die Frau war: die große schlanke Figur, der leicht gebückte Gang und die strähnigen, hellen Haare waren unverwechselbar. Sie konnte auch die unterdrückte Nervosität erkennen, bei der sonst so phlegmatischen Erscheinung. Es war ohne Zweifel Annemarie, und es sah so aus, als hätte sie etwas vor.

16

Phaní war sich sicher, dass sie Annemarie erkannt hatte. Es gab bestimmt keine zwei Frauen in Kalamata, die so aussahen.

Panos hatte nichts bemerkt, und Phaní stand auf, sagte, sie sei gleich zurück, und ging Annemarie nach. Auf der Straße konnte sie diese nirgends mehr sehen, sie wusste nur, in welche Richtung sie verschwunden war. Vorsichtig ging Phaní die Straße entlang und schaute zwischen den Kaffeehäusern an der linken Straßenseite und den Sitzplätzen unter den Sonnenschirmen zu ihrer Rechten hin und her. Sie blickte auch in die

Cafés hinein, was einigermaßen schwierig war, wegen der zahlreichen Gäste, die gebannt ein Fußballspiel im Fernsehen verfolgten. Nach etwa hundert Metern hielt Phaní im Schutz eines typischen kleinen orangegelben Kiosks mit Markise an. Ein junger Mann kaufte sich gerade eine Packung Zigaretten und eine Prepaidkarte für sein *kinitó* und warf Phaní einen etwas skeptischen Blick zu. Sie ließ sich nicht beirren und schaute sowohl hinter sich als auch auf beide Seiten. Aber Annemarie schien spurlos verschwunden zu sein.

Phaní dachte an Panos, und dass sie ihn nicht allzu lange allein sitzen lassen konnte. Gerade als sie aufgeben und unter der Markise hervortreten wollte, fuhr ein dunkelblauer Jeep Cherokee an ihr vorbei, und sie konnte im Innern deutlich das Ehepaar Beckmann erkennen. Sie war sicher, dass diese sie nicht gesehen hatten. Phaní fand es etwas merkwürdig, dass gleich zwei Parteien, die in ihren Fall verwickelt waren, hier am Strand von Kalamata auftauchten. Konnte das ein Zufall sein? Ihre Neugierde war erneut geweckt, und sie beobachtete, wohin der Wagen fuhr. Er bog ein paar Querstraßen weiter links ein. Phaní vermutete, dass die Beckmanns, genau wie sie zuvor, ihr Auto in einer der Seitenstraßen abstellten. Phaní wartete eine Weile, und als die Beckmanns nicht aus der Straße herauskamen, wurde sie nervös. Sie fluchte und beglückwünschte sich selber dazu, nun auch noch die Beckmanns verloren zu haben. Also ging sie zur Abzweigung, um nachzusehen, ob diese in die andere Richtung verschwunden waren, von der Hauptstraße weg. Gerade als sie die Ecke erreichte, kam das Ehepaar genau auf sie zu. Phaní ergriff Panik und sie fand keinen anderen Ausweg, als sich hinter einem dicken Baum zu verstecken. Sie hoffte, dass das Ehepaar sie wegen der einsetzenden Dämmerung nicht gesehen hatte. Phaní hatte Glück, die Beckmanns gingen an ihr vorbei, ohne sie zu bemerken. Sie schimpfte sich eine dumme Gans, weil sie wieder einmal zu ungeduldig gewesen war.

Phaní beobachtete, wie diese über die Straße gingen, und nach einer Weile folgte sie ihnen in sicherem Abstand. Aus der Distanz hatte sie den Eindruck, als ob das Ehepaar sich stritt. Sie folgte ihnen weiter auf der Uferseite der Straße entlang, doch plötzlich waren auch sie nicht mehr zu sehen. Phaní vermutete, dass sie unter einem der Sonnenschirme Platz genommen hätten. Sie ging weiter zu der Stelle, wo sie die Beckmanns zuletzt gesehen hatte, und schon bald konnte sie diese an einem der Tische sitzen sehen, auf einer hölzernen Plattform, gleich neben einer gelb und orange beleuchteten Außenbar. Phaní schlich sich so nahe wie möglich heran, ohne entdeckt zu werden und sah nun deutlich, dass die Beckmanns sich zu einer anderen Person gesetzt hatten, die schon wartete – Annemarie.

Obwohl Phaní ziemlich nahe bei den Dreien stand und sich hinter einem Stapel unbenutzter Stühle versteckte, konnte sie nicht verstehen, worüber diese sprachen. Sie konnte nur erkennen, dass Frau Beckmann redete, und dass sie verärgert schien. Annemarie blieb ruhig, nickte ab und zu und lächelte die ganze Zeit leicht.

Als Frau Beckmann zu Ende gesprochen hatte, zog Annemarie einen gelben Umschlag aus ihrer Tasche und legte ihn vor das Ehepaar hin. Sie stand auf, sagte noch etwas und verließ den Tisch. Die Beckmanns schauten Annemarie nicht nach, daher vermutete Phaní, diese würde zurückkommen, aber sie tat es nicht. Frau Beckmann öffnete den Umschlag und schaute kurz auf den

Inhalt. Sie wirkte überrascht, was Phaní daraus schloss, dass sie sich eine Hand vor den Mund hielt. Bald darauf stand das Ehepaar auf und ging weg. Sie schienen sich nicht zu beeilen, machten aber einen angespannten Eindruck.

Erst nach ein paar Minuten begriff Phaní, dass sie sich gar nicht mehr zu verstecken brauchte. Sie erinnerte sich an Panos und machte sich schnell auf den Weg zurück. Währenddessen überlegte sie, was es mit der Szene, die sie eben gesehen hatte, auf sich haben könnte. Hatte sich Annemarie, nach ihrem gescheiterten Fluchtversuch, nun dazu entschlossen, Philippe's Geschäfte zu übernehmen? Das wäre eine Möglichkeit. Und beinhaltete der Umschlag, den sie dem Ehepaar vorgelegt hatte, eine Rechnung und eine Aufstellung davon, was noch alles getan werden musste, um das Haus fertigzustellen? Vielleicht waren die Kosten höher, als die Beckmanns erwartet hatten, und sie waren daher überrascht. Das war die einzige Erklärung, die Phaní im Moment in den Sinn kam.

Als sie zum Tisch zurückkehrte, saß Panos noch genauso da, wie sie ihn verlassen hatte. Phaní war sich bewusst, wenn ihr das jemand angetan hätte, sie für fast eine halbe Stunde warten zu lassen, wäre sie in die Luft gegangen und hätte sich lauthals beschwert. Aber Panos reagierte ganz anders, er sah auf und lächelte sogar, als sie wiederkam. Sie erklärte schnell, was sie beobachtet hatte.

Phaní merkte, dass sie an diesem Abend keine gute Gesellschaft mehr sein würde, da ihr das Treffen zwischen den Beckmanns und Annemarie nicht mehr aus dem Kopf ging. Auch wenn ihr die eigene Erklärung logisch erschien, war sie damit nicht zufrieden.

Phaní entschuldigte sich und versprach, sie würden den Drink an einem anderen Abend nachholen. Sie fragte Panos, ob sie ihn irgendwo absetzen könne, er lehnte ab und antwortete, er bleibe noch etwas hier. Sie wünschte einen schönen Abend, und morgen würden sie im Büro die nächsten Schritte besprechen. Auf dem Weg zum Auto hoffte Phaní zweierlei: erstens, dass Panos ein nettes Mädchen treffen würde, ein untrügliches Zeichen, dass auch in ihr Mutterinstinkte verborgen waren, zweitens, dass die gerichtsmedizinische Untersuchung ihrer Freundin Katerina übermorgen genug neue Erkenntnisse bringen würde, um den Fall endlich voranzutreiben. Tja, die Hoffnung stirbt zuletzt, und Phaní musste lächeln.

Am nächsten Morgen kam Phaní ins Büro und fand es leer vor. Obwohl das bereits vorgekommen war, hatte sie sich schon daran gewöhnt, dass Panos da war, wenn sie kam. Bald fand Phaní die Erklärung für Panos' Abwesenheit. Er hatte eine Notiz auf ihrem Schreibtisch hinterlassen, dass *dievthintís* Mavridis ihn sehen wollte, um zu berichten. Phaní gefiel der Gedanke gar nicht, dass Mavridis sich die Informationen über ihren Fall bei ihrem Mitarbeiter holte, und nicht bei ihr selbst. Doch wenigstens hatte sie Gelegenheit, ihre Freundin Katerina ungestört anzurufen. Sie wollte eigentlich Panos von ihrem Vorhaben erzählen, dass sie eine Freundin gebeten hatte, noch eine Untersuchung an Philippe's Leiche durchzuführen, aber es hatte sich nie die geeignete Gelegenheit ergeben. Denn Phaní war zu dem Schluss gekommen, dass sie Panos vertrauen könne und dass er ein seltenes Exemplar unter den Polizisten war. Die üblichen Eigenschaften, die sie von ihren meisten Kollegen her kannte, wie keine übermäßige Intelligenz, keine große Hingabe zu Beruf und Verbrechensbekämpfung, und manchmal sogar Korruption nicht abgeneigt zu sein, hatte Panos bis jetzt noch nicht gezeigt. Er rauchte nicht, denn er hätte sich sicher am Abend zuvor, als er auf Phaní wartete, eine Zigarette angezündet, er trank nicht und er fluchte nicht. Er schien beinahe zu korrekt zu sein, was Phaní schon fast wieder verdächtig vorkam. Aber sie kannte ihn auch noch nicht lange genug, um hinter seine versteckten kleinen Schwächen gekommen zu sein.

Phaní nahm den Hörer ab und wählte Katerina's Nummer. Sie plauderte kurz mit ihrer Freundin, berichtete ihr dann, dass alles für die medizinische Untersuchung am nächsten Tag vorbreitet sei, und zwar um neun Uhr morgens im *Nosokomío Kalamátas* – dem neuen, großen Krankenhaus an der Ausfahrtsstraße nach Tripoli. Katerina gab ihr an, wann sie am Abend in Kalamata sein würde und beide verabredeten eine Stelle, wo sie sich treffen konnten. Phaní hängte auf und war guter Dinge. Sie mochte Katerina wirklich, denn während der drei Jahre, die sie sich kannten, war sie eine richtig gute Freundin geworden, die Phaní immer die Wahrheit sagte, auch wenn diese unbequem war. Das mochte sie ganz besonders an ihr, auch wenn Katerina manchmal schon fast auf brutale Weise aufrichtig war. Und plötzlich – wie ein Spukgespenst aus dem Nichts – kam Phaní der Gedanke, wenn sie irgendwann einmal Athen verlassen sollte, hätte sie Katerina nicht mehr so nahe bei sich. Sie mochte diese Vorstellung nicht und schob sie beiseite.

Sobald Phaní's Gedanken ihren Weg wieder zurück in die Gegenwart gefunden hatten, klopfte es kurz an die Tür und Angeliki betrat das Büro. Sie trug auch diesmal Uniform, doch sie brachte es fertig, der hellblau-dunkelblauen Kombination durch ihre lebhafte Persönlichkeit eine jugendliche Note zu geben. Ihr pfiffiges Gesicht strahlte noch mehr als sonst, was gute Neuigkeiten versprach. Sie hatte sichtlich Freude an der Aufgabe, die ihr gestellt worden war, scheute nicht die damit verbundene Verantwortung und erzählte nun mit Enthusiasmus, was sie herausgefunden hatte.

»Ich weiß jetzt, was die neunstelligen Nummern zu bedeuten haben«, legte sie los und fuhr gleich weiter.

»Es sind *aphimi*-Nummern, die Einkommenssteuernummern, die jeder von uns hat. Die anderen Zahlen sind sicher die dazugehörigen Codes, die für seine Kunden stehen. Ich versuche eine Liste mit Philippe's Kunden zu finden, aus der man erkennen kann, welcher Code zu welchem Kunden gehört. Anderenfalls wende ich mich an das Finanzamt.«

Phaní lächelte. Sie hatte Freude, wie Angeliki Eigeninitiative zeigte.

»Wichtiger scheint mir der verschlüsselte Ordner zu sein. Ich brauche noch etwas Zeit, aber es gibt einen Weg ihn zu öffnen.« Phaní nickte.

»Sie haben recht. Sagen Sie mir sofort Bescheid, wenn Ihnen das gelungen ist.« Angeliki's Lächeln wurde noch breiter, auf ihrem von Natur aus strahlenden Gesicht. Sie drehte sich um und ging zur Tür. Bevor sie das Büro verließ, rief Phaní noch schnell hinter ihr her:

»Viel Glück, Angeliki!«

Darauf ließ sich Phaní nochmals durch den Kopf gehen, was ihr eben von Angeliki berichtet worden war. Philippe hatte also seine Kunden nach deren Einkommensteuernummer aufgelistet. Das war eher ungewöhnlich, aber auch eine Möglichkeit. Die Frage war nur, wie effektiv oder praktisch ein System war, das die Kunden nach einer schwer zu merkenden neunstelligen Nummer ordnete.

Panos betrat das Büro. Er sagte leise *kaliméra* und setzte sich an seinen Schreibtisch. Phaní starb vor Neugierde, was Mavridis gewollt und welche Fragen er gestellt hatte, aber anstatt Panos einfach darauf anzusprechen, gab sie vor, mit dem Blatt Papier vor ihrer Nase beschäftigt zu sein. Eigentlich war das nicht ihre Art, aber sie wusste nicht recht, wie mit der momentanen Situation umzugehen. Falls Panos sie für Mavridis ausspionieren sollte, wäre es idiotisch von diesem gewesen, ihn zu einem Zeitpunkt zu sich zu rufen, zu dem Phaní unweigerlich merken musste, dass etwas vor sich ging. Aber damit wusste sie immer noch nicht, was Mavridis von Panos erfahren wollte. Vielleicht hat er ihn unter Druck gesetzt. Panos wollte schließlich bei der Polizei in Kalamata bleiben. Also wäre es nicht weise, sich Mavridis zum Feind zu machen und sich auf ihre Seite zu schlagen, war sie doch die Neue hier und bald wieder weg. All diese Gedanken schwirrten in Phaní's Kopf herum und machten es unmöglich, Panos jetzt zu fragen. Daher gab sie vor, beschäftigt zu sein, denn Phaní konnte sich nicht gut verstellen.

Während sie weiterhin auf das Blatt mit den vielen Zahlen starrte, versuchte sie zusammenzufassen, wie weit sie im Fall war. Konnte sie schon lose Enden verbinden und Schlussfolgerungen ziehen? Nein, denn im Moment schien alles noch nicht zusammenzupassen. Es war wieder mal so weit, dass Phaní den Eindruck hatte, festzusitzen. Doch das war bisher in jedem ihrer Fälle passiert. Vielleicht lag es an ihrer unmethodischen Vorgehensweise? Doch da sie die Situation kannte, wusste sie, was sie jetzt zu tun hatte: sie musste zum Anfang zurück und sich ganz grundsätzliche Fragen stellen. Sie schaute vom Blatt auf und um sich herum. Nein, das Büro war kein guter Ort dafür. Und was hatte sie in einer solchen Situation bei früheren Fällen getan? Sie war zum Tatort zurückgegangen. Sie schaute Panos an. Er betrachtete sie, und schien sich zu fragen, was sie tat. Vielleicht hoffte er, sie würde damit herausrücken, was sie als Nächstes unternehmen sollten. Na ja, wenn sie das selber wüsste.

Phaní griff sich ihre Tasche, stand auf und ging zur Tür. Eigentlich wollte sie alleine zur Baustelle fahren. Doch als sie Panos sagte, wohin sie ginge, und er fragte, ob er mitkommen solle, überlegte sie es sich. Sie fand, es wäre eine gute Gelegenheit mit ihm zu sprechen. Also sagte sie schließlich:

»Ja, warum nicht.«

Auf dem Weg zum Tatort in Phinikounda nahm Phaní sich vor, erst einmal darüber nachzudenken, wie sie Panos ausfragen sollte. Doch ungewollt platzte es aus ihr heraus.

»Was wollte Mavridis von Ihnen?« Innerlich gratulierte sich Phaní für die ach so delikate Art, das Thema zu behandeln. Aber sie war einfach keine Meisterin der Taktik. Und sie mochte es auch nicht, versteckte Bedeutungen in ihre Fragen zu packen, um nachher die Antwort zu analysieren. Sie bevorzugte eine direkte Vorgehensweise, so war sie nun einmal.

Panos war sichtlich damit beschäftigt, seine Angst wegen Phaní's Fahrstil zu bändigen, und froh, davon abgelenkt zu werden.

»Er wollte wissen, wie weit wir im Fall Philippe sind«, antwortete er.

»Und, was haben Sie ihm gesagt?« Sie glaubte schon die Antwort zu kennen und bereitete sich geistig darauf vor, ihm zu sagen, Mavridis solle sich das nächste Mal direkt an sie wenden, da sie ja die Untersuchung leitete.

»Ich habe ihm gesagt, er solle Sie fragen.« Diese Reaktion hatte Phaní nicht erwartet, und als sie daraufhin Panos anschaute, entdeckte sie ein schwaches Grinsen in seinem Gesicht. Also hatte er die ganze Zeit gewusst, worüber sie sich heute Morgen den Kopf zerbrach, nachdem sie seine Notiz vorgefunden hatte. Dieser Schlaumeier, der aussah, als ob er kein Wässerchen trüben könnte, war aufgeweckter, als sie gedacht hatte.

Plötzlich bemerkte Phaní, dass Panos' Gesichtsausdruck von Grinsen zu Erschrecken wechselte, und als sie auf die Straße zurücksah, begriff sie warum. Sie schoss mit voller Geschwindigkeit auf einen klapprigen Pick-up Lieferwagen zu, auf dessen Ladefläche eine Ziege angebunden war, und der mit fast nicht wahrnehmbarem Tempo vor ihr dahinkroch. Phaní trat voll auf die Bremse und brachte ihren Wagen quietschend zum Stillstand. Glücklicherweise war kein Auto dicht hinter ihr gefolgt.

Phaní startete wieder, als ob nichts geschehen wäre und fuhr weiter nach Phinikounda. Es war zwölf Uhr mittags, als sie an der Baustelle ankamen und das Auto am Tor aus Maschendraht abstellten. Hier sah es noch genauso aus, wie das letzte Mal, außer der Tatsache, dass die Haufen leerer Chipstüten, Getränkedosen und Zigarettenschachteln auf der Baustelle und außen entlang des Zaunes beträchtlich zugenommen hatten. Ungefähr hundert Meter entfernt stand unter einem Baum im Schatten ein kleines weißes Auto. Phaní glaubte sich zu erinnern, dass es schon das letzte Mal dort gestanden hatte. Sie ging hin und Panos folgte ihr. Unter den Scheibenwischern klemmten etliche Reklamezettel für Tavernen, Nachtclubs und Pizzerias – ein untrügliches Zeichen dafür, dass das Auto schon einige Zeit hier stand.

»Haben Sie die Nummer von Philippe's Wagen notiert? Das könnte seiner sein.«

Panos nahm sein unverzichtbares Notizbuch hervor und schaute nach. Kurz darauf neigte er seinen Kopf zur Seite.

»Ja, die Nummer stimmt überein.«

Phaní überlegte und glaubte eigentlich nicht, dass ihnen das Auto weiterhelfen würde. Trotzdem musste es untersucht werden.

»Bitte veranlassen Sie, dass der Wagen zum Fahrzeughof der Polizei gebracht wird.«

Dann kehrte sie zum Tor zurück und betrat die Baustelle, während Panos telefonierte und ihr langsam folgte.

Phaní ging auf die Terrasse zu, die frisch gegossen worden war, als Philippe starb. Sie konnte sich jetzt die Vertiefung im Zement, an der Stelle, wo Philippe's Leiche gelegen hatte, erklären: sie war vom ständigen Wasserstrahl ausgewaschen worden. Der Schlauch, womit der Beton bewässert worden war, hing aufgerollt über einer alten Holzpalette, die am Zaun lehnte. Phaní hatte denselben Eindruck, wie bei ihrem ersten Besuch, dass dies der nichtssagendste Tatort war, den sie je gesehen hatte. Aber die Aussage von Tsamboukis, dass die Stelle wasserüberflutet war, als er die Leiche fand, erklärte das Fehlen jeglicher Spuren hinreichend. Die Hauptfrage, die bis jetzt unbeantwortet geblieben war,

war diejenige nach der Mordwaffe. Was wurde benutzt? Wo ist sie geblieben? Kam jeder harte Gegenstand, der hier auf der Baustelle herumlag, in Frage? Panos trat neben sie.

»Ich dachte, es würde helfen, wieder hierherzukommen. Aber alles sieht so nichtssagend aus.« Sie schaute sich um.

»Aber wir müssen etwas übersehen haben, und es liegt wahrscheinlich direkt vor unserer Nase, aber wir erkennen es nicht.« Sie betrachtete die Stelle, wo Philippe gelegen hatte, kniete nieder und untersuchte die Oberfläche im Umkreis von einigen Metern. Auf der sehr sauberen Betonfläche lagen etwa zwanzig Zentimeter entfernt, neben der Position von Philippe's Kopf, die immer noch mit roter Farbe markiert war, weiße Marmorsplitter. Phaní nahm einige davon in die Hand. Niemand hatte sie vorher bemerkt, was nicht verwunderlich war für eine Baustelle, wo überall Bruchstücke herumlagen.

»Diese könnten von der Mordwaffe stammen. Es sieht aus wie Marmor.« Phaní stand auf und füllte die Splitter in eine Supermarktplastiktüte, die sie aus ihrer Tasche zog.

»Der Mörder könnte die Waffe mitgenommen haben. Doch nachdem er Philippe niedergeschlagen hatte, muss er das Teil fallengelassen haben, sodass Splitter davon absprangen«, versuchte Phaní eine Erklärung zu finden. Sie wusste, dass es sicherlich noch andere gab, aber sie suchte verzweifelt nach einer Lösung. Phaní und Panos schauten weiter um sich, ob ihnen sonst noch irgendetwas auffallen würde. Darauf blickten beide gleichzeitig von der Stelle, wo sie standen, nach oben. Genau über ihnen ragte ein Balkon heraus, der bis jetzt nur aus einer unverputzten halbkreisförmigen Betonplatte ohne Geländer bestand.

»Es wäre möglich«, beantwortete Phaní Panos' ungestellte Frage, »dass der Mörder dort oben lauerte und wartete, bis Philippe darunter stand, und hopps!« Sie tat so, als ob sie einen schweren Gegenstand über eine Kante stieß.

Phaní's Stimmung wurde besser. Sie hatte den Eindruck, sie machten Fortschritte, auch wenn alles bis jetzt Mutmaßungen waren.

»Wir müssen abwarten, ob Katerina morgen Marmorsplitter in der Kopfwunde findet.«

In dem Moment, als sie dies sagte, merkte sie, dass sie Panos noch nichts von der zweiten medizinischen Untersuchung an Philippe's Leiche erzählt hatte. Und sie sah genau, dass Panos verwirrt und auch etwas aufgebracht war, da er keine Ahnung hatte, wovon Phaní sprach, aber sicherlich merkte, dass es etwas Wichtiges sein musste.

Die Würfel waren gefallen, nun kam sie nicht darum herum, ihm davon zu erzählen.

17

Phaní erkannte das Muster wieder, denn sie hatte sich schon oft in eine solche Situation manövriert. Erst wollte sie unbedingt sicher sein, dass sie Panos vertrauen konnte, bevor sie ihn in ihr kleines Spiel einweihte, und nun hatte sie sich verplappert. Jetzt musste sie ihm vertrauen, und vielleicht war es ein Trick ihres Unterbewusstseins, um sie aus ausweglosen Situationen zu befreien.

»Ich habe eine Freundin in Athen, die Gerichtsmedizinerin ist, gebeten, eine zweite Autopsie an Philippe's Leiche vorzunehmen«, fing sie an zu erklären. Panos' Gesicht entspannte sich, das war ein gutes Zeichen.

»Na ja, eigentlich ist es die erste Autopsie, wenn man bedenkt, was Photeas uns geliefert hat.« Damit ließ sie das Thema Photeas fallen.

»Meine Freundin Katerina wird sie morgen früh um neun vornehmen.« Panos murmelte ein paar zustimmende Worte. Nun, da Phaní schon so weit gegangen war, musste sie auch noch einen Schritt weiter tun.

»Mavridis hat davon keine Ahnung, und ich will ihn auch nicht damit behelligen. Vielleicht nachher, als vollendete Tatsache, falls die Untersuchung etwas Neues erbracht hat.«

Phaní wartete auf eine Reaktion von Panos, denn sie hätte es verstanden, wenn er verärgert gewesen wäre, weil sie ihm diese Information vorenthalten hatte. Sie hätte sogar für ihn gehofft, dass er etwas aus sich herauskommen, vielleicht auch losschreien würde. Aber auch wenn ihm sichtlich nicht ganz wohl bei der Sache war, sagte er auf Phaní's Frage, ob alles in Ordnung wäre:

»Ja, alles in Ordnung.« Phaní ließ auch dieses Thema fallen, denn sie fand, es war nicht ihre Aufgabe, Panos dazu zu bringen, seinem Unbehagen Luft zu machen.

Also kehrte sie zum Fall zurück.

»Schauen wir uns weiter um, vielleicht fällt uns noch etwas anderes auf.« Phaní ging in Richtung Haus. Panos blieb ein paar Sekunden stehen, und wusste nicht, ob er mit ihr gehen oder einen anderen Teil der Baustelle untersuchen sollte. Schließlich ging er Richtung Garage, um sich umzuschauen. Ihr gefiel das: er musste lernen, selber zu erkennen, was ungewöhnlich erschien und den Fall eventuell weiterbringen könnte.

Phaní ging am Haupteingang vorbei. Alles war offen, weil Türen und Fenster noch nicht angebracht waren. Sie schritt die Vorderseite des Hauses auf einem Betonstreifen entlang, der um die Ecke führte. Er war ihr schon das letzte Mal aufgefallen, und diesmal ging sie weiter um die Ecke, doch der Weg führte ins Nichts, er stieß einfach an die Büsche, die die Grenze zum benachbarten Grundstück bildeten.

Auf halbem Weg stand neben dem Betonpfad ein schöner alter Olivenbaum mit knorrigem Stamm, dessen weitverzweigtes Blätterwerk seinen Schatten auf den Weg und einen Teil der Hauswand warf. Phaní blieb einen Moment stehen und betrachtete den Baum bewundernd.

Sie kehrte um und überlegte, warum dieser Weg überhaupt eingeplant worden war. Sie versuchte verzweifelt sich ins Gedächtnis zurückzurufen, ob er in den Plänen der Baubewilligung, die sie studiert hatte, eingezeichnet war. Aber sie konnte sich nicht erinnern und ärgerte sich darüber, die Pläne nicht mitgebracht zu haben. Noch einmal versuchte sie sich die Zeichnung des Erdgeschosses vorzustellen und plötzlich fiel es ihr wieder ein. An der Stelle, wo der Weg am Haus entlanglief, war eine Rampe in den Plänen eingezeichnet, die in den Keller führte. Das war ja interessant. Aus irgendeinem Grund hatten die Besitzer beschlossen, keinen Außenzugang zum Keller haben zu wollen. Doch die anfängliche Begeisterung über eine mögliche neue

Spur, verwandelte sich bald in Ernüchterung, es gab eine ganz logische Erklärung dafür: der Außenzugang wäre ein unauffälliger Weg für Einbrecher gewesen, ins Haus zu gelangen. Wahrscheinlich hatten die Beckmanns von den Einbrüchen in der Gegend gehört, und da niemand voraussagen konnte, ob deren Zahl wieder zunehmen würde, nachdem sie in den letzten Jahren deutlich zurückgegangen war, beschlossen die Beckmanns das Risiko zu reduzieren und ließen die Außentür als Zugang fallen. Da war nichts Ungewöhnliches daran.

Phaní ging zur Vorderseite des Hauses zurück. Sie sah Panos auf dem halbrunden Balkon, wie er die Oberfläche der Betonplatte untersuchte. Sie betrat das Haus und schaute sich um. Zur Linken war ein großer Raum, wobei es sich wahrscheinlich um das Wohnzimmer handelte. Zur Rechten befand sich ein mittelgroßer Raum, der wohl die Küche werden sollte. Alle Wände waren mit grauem Putz überzogen. Der Geruch von Zementstaub lag in der Luft. Die Böden waren noch mit Bauschutt aus den Splittern der roten Ziegel und Mörtelresten übersät. Phaní ging zur Treppe, die sich in der Mitte befand, und hinauf in den ersten Stock. Die Stufen waren noch aus rohem Beton und die Eindrücke der entfernten Schalungsbretter deutlich zu erkennen. Zwei Zimmer und das Badezimmer – auch hier waren die Wände mit demselben grauen Putz überzogen – waren vom Treppenabsatz aus zu erreichen.

Sie ging in das Zimmer, das an der Vorderseite des Hauses lag und trat zu Panos auf den Balkon hinaus. Er kniete am Boden und untersuchte die Vorderkante der Betonplatte. Als Phaní sich neben ihn stellte, reichte er ihr ein paar Zigarettenstummel hoch, die er dort gefunden hatte.

»Jemand muss hier oben gewesen sein. Es sieht auch so aus, als ob hier jemand am Rand gearbeitet hätte.«

Panos deutete auf einen flachen Mörtelklumpen, worin eine viereckige Vertiefung von zehn mal zehn Zentimetern zu erkennen war. Phaní kniete auch nieder, um sich den Mörtel genauer anzusehen. Er war steinhart, es war unmöglich zu sagen, wann er aufgetragen worden war. Sie konnte nur mit Gewissheit sagen, dass es vor Philippe's Tod geschehen sein musste. Aber wie lange davor? Phaní konnte förmlich erkennen, was Panos daraus schloss.

»Sie meinen, hier war ein Balustradenstück gesetzt worden, und jemand hat es über die Kante gestoßen, als Philippe darunter den Beton bewässerte?«

Panos nickte und war sichtlich zufrieden, dass Phaní zum selben Schluss gekommen war, wie er. Der Abdruck deutete auf ein schweres, quadratisches Balustradenteil hin, wahrscheinlich eine Miniatursäule, dachte Phaní.

Dann begann sie ihre Gedanken zu formulieren.

»Wenn das Teil aus Marmor war und schwer und vielleicht scharfe Kanten hatte, würde es die Splitter nahe der Fundstelle von Philippe erklären, und wir hätten die perfekte Mordwaffe.«

Panos versuchte Phaní's Gedanken nachzuvollziehen, sah den viereckigen Eindruck und begriff Phaní's Schlussfolgerung, dass das Teil kantig und schwer gewesen sein musste.

»Aber warum sollte jemand ein einzelnes Balustradenelement aufstellen?« fragte Panos.

»Es war eine Mustervorführung. Das wird manchmal so gemacht, um dem Kunden die Wirkung zu zeigen, und der kann dann entscheiden, ob er es mag oder nicht«, erklärte Phaní ohne zu zögern.

Alles ergab Sinn, und dennoch wussten beide, dass der gesamte geschilderte Ablauf nur Spekulation war und bewiesen werden musste.

»Können Sie herausfinden, welcher Handwerker die Balustradenteile setzen sollte?« fragte Phaní. Beide standen auf und Panos machte eine Notiz. Langsam gingen sie hinunter ins Erdgeschoss und traten anschließend aus der Haustüröffnung. Plötzlich drehte Phaní sich um, weil sie sich an etwas erinnerte.

»Waren Sie im Keller?« Panos war verwirrt und fragte seinerseits:

»Welcher Keller?« Phaní schüttelte den Kopf. Jetzt hatte er doch so schöne Fortschritte gemacht und begonnen, Eigeninitiative zu zeigen. Und nun fragte er wieder wie ein Schuljunge, welcher Keller? Sie antwortete wohl etwas ungeduldig und schnippisch.

»Welcher Keller wohl! Der unter dem rechten Teil des Hauses!«

Aber Panos erwiderte nur ruhig:

»Es gibt keinen Keller in diesem Haus.«

Phaní schaute Panos verdutzt an. Sie war sich nicht mehr sicher, ob er nun einfach auf stur schaltete, oder ob es die Möglichkeit gab, dass er recht hatte. Sie wollte ihn nicht zu früh verurteilen und ging an ihm vorbei ins Haus zurück. Sie schaute sich um und untersuchte jede Türöffnung, die vom kleinen Eingangsflur abging. Doch die eine führte zu einem kleinen Bad und die andere zu einem winzigen Abstellraum. Weitere Türöffnungen gab es nicht. Phaní war baff und irritiert.

»Es gibt wirklich keinen Keller!«

Auf dem Weg zurück zur *Diévthinsi* sprach keiner von beiden ein Wort. Phaní dachte, dass es eine logische Erklärung dafür geben musste, warum der Keller aus dem Bauvorhaben gestrichen worden war. Schließlich lieferte Panos eine, die einleuchtend war.

»Ich habe von solchen Fällen gehört. Ein Keller war geplant, aber weil es hier nicht üblich ist, Häuser mit Keller zu bauen, haben die Bauarbeiter ihn aus Nachlässigkeit einfach vergessen, oder den Raum ganz und gar mit Erde oder Beton aufgefüllt, weil sie dachten, er sei Teil des Fundaments.« Nach einer Weile fügte er hinzu:

»Das ist wirklich nicht weit von hier geschehen, und der Bauherr war auch ein Ausländer. Als er sich zu Hause darüber wunderte, warum so riesige Mengen Beton verbraucht worden waren, erfuhr er, dass damit der geplante Keller aufgefüllt wurde.«

Phaní kannte diese Geschichten, und sie kamen nicht nur hier in der Provinz vor.

Sie setzte Panos an der *Diévthinsi* ab, erinnerte ihn daran, morgen früh zur Autopsie zu erscheinen und fuhr davon. Sie hatte mit Katerina vereinbart, sie würden sich in der Marina treffen. Als sie dort ankam, waren Katerina, ihr Mann und die zwei Kinder bereits dort und warteten bei ihrem Auto. Alle begrüßten und umarmten sich herzlich, besonders Phaní und Katerina. Ihr Mann fuhr mit den Kindern bald weiter, da er noch vor Einbruch der Dunkelheit auf der Insel Kithira ankommen wollte, die etwa achtzig Kilometer entfernt lag.

Die beiden Freundinnen setzten sich in eines der kleinen Restaurants in der Marina. Katerina beobachtete Phaní die ganze Zeit, bis diese es bemerkte.

»Was schaust du mich so an, Katerina?« Diese antwortete nicht sofort. Sie lächelte einfach vor sich hin.

»Ich finde, du siehst gut aus. Das Landleben bekommt

dir.« Katerina fing an zu lachen, Phaní wischte ihr eine mit der Serviette und musste auch lachen.

»Was hält Dimitris von alldem?« fragte Katerina weiter. Sie hatte diese für sie typische Art, abrupt von einem harmlosen Thema zu einer ernsthaften Frage zu wechseln. Phaní seufzte.

»Was meinst du mit alldem?« fragte sie, obwohl sie genau wusste, worauf Katerina hinauswollte.

»Dass du hier bist, und er in Athen«, erklärte Katerina.

»Was soll er schon davon halten. Es ist doch nur für ein paar Wochen.« Katerina sah sie wissend an, und Phaní verstand genau, was sie meinte.

»Hör auf, mich so anzusehen. Etwas Zeit getrennt zu verbringen hat noch keiner Beziehung geschadet. Und außerdem habe ich nicht die Absicht, hier zu bleiben. Mir fehlt die Großstadt.« Nach einer Weile fuhr sie fort:

»Ich weiß nicht, ob es gut für mich wäre, hier zu bleiben.«

»Aber früher hast du doch einmal gesagt, dass du deine Wurzeln finden und erfahren willst, wo dein Vater herkam«, entgegnete Katerina. Phaní sagte eine Weile nichts, nahm einen Schluck weißen Nemeawein und antwortete dann trotzig:

»Vielleicht sollte ich es lieber nicht herausfinden, vielleicht ist es besser so.« Katerina fing an zu lachen.

»Komm schon, du bist ein *bátsos* – ein Bulle. Du kannst doch gar nicht anders, als den Dingen auf den Grund zu gehen. Warum sollte es anders sein, nur weil es sich um die Vergangenheit deines Vaters handelt?«

Katerina hatte recht, und Phaní wusste das. Aber sie hasste es, wenn jemand ihr die Wahrheit ins Gesicht schleuderte. Katerina war die einzige Person auf der

Welt, die sich das erlauben durfte. Jeder andere würde damit bei ihr ein Donnerwetter auslösen. Sie war allerdings auch die einzige, die Phaní so gut kannte, und deshalb wusste, wann es genug war und sie das Thema wechseln musste.

»Erzähl mir von deinem Fall«, fuhr Katerina geschickt fort.

Phaní erklärte den Sachverhalt, gab ihr gerade so viel Informationen, wie sie für ihre Arbeit als *iatrodikastís* – Gerichtsmedizinerin benötigte, um sie nicht zu verwirren. Sie erzählte auch von dem nichtssagenden Bericht von Doktor Photeas, und was es ihrer Meinung nach damit auf sich hatte.

Danach nahm Phaní Katerina mit in ihr Hotel, wo sie ihr ein Zimmer gebucht hatte, und anschließend gingen sie in eine Bar am nahen Hauptplatz, wie sie es gewöhnlich in Athen getan hatten, aber nachdem ihr Fall abgeschlossen war. Dieses Mal hatten sie nur den einen gemeinsamen Abend und nutzten ihn. Der Abstecher in eine hippe Bar, gefüllt mit der Jugend von Kalamata, wieder an den freien Bäuchen und den abstehenden Haaren zu erkennen, wurde zu einer Tour durch mehrere Bars. Sie amüsierten sich wie immer prächtig, doch am anderen Morgen hatten sie große Mühe aus dem Bett zu kommen.

Sie kamen zwanzig Minuten zu spät zum *Nosokomío*, und es wäre mehr als eine halbe Stunde geworden, wenn Phaní unterwegs nicht jede einzelne Verkehrsregel gebrochen hätte. Aber mit Blaulicht konnte sie sich das erlauben.

Nachdem Phaní und Katerina durch das große Krankenhausgebäude geirrt waren, fanden sie schließlich den kleinen Raum, der für die Autopsie vorgesehen war. Alles war vorbereitet, nur Philippe's Leiche fehlte. Das erklärte auch, dass Panos nicht zu finden war, er war sicherlich die Leiche suchen gegangen. Eine halbe Stunde später kam Panos den Gang entlang, hinter ihm eine Krankenschwester, die Philippe's Leichnam auf einer Liege vor sich her schob. Phaní eilte ihm entgegen.

»Wo war er?« fragte sie.

»Sie haben ihn zu *iatrós* Photeas gebracht, weil er doch offiziell ...« Panos konnte seinen Satz nicht beenden.

»*Sto diávolo!* Ich habe doch angeordnet, dass er davon nichts erfahren sollte!« rief Phaní aus. Nach einer Weile fragte sie:

»War er da?« Panos nickte.

»Was haben Sie ihm gesagt?« Er zuckte die Schultern.

»Die Wahrheit, was sonst.« Phaní war kurz sprachlos, doch dann kamen ihre Worte wie aus einem Rohr geschossen:

»Was! Er wird sofort Mavridis anrufen und unser kleines Manöver wird beendet sein, bevor es begonnen hat.« Panos machte einen Schritt zurück, doch er fasste sich gleich wieder.

»Aber heute ist Freitag. Und am Freitag geht Mavridis immer zum Arzt.«

»Arzt?« fragte Phaní verdutzt.

»Na ja, er möchte, dass jeder denkt, er gehe zum Zahnarzt.«

»Wer muss denn jede Woche zum Zahnarzt?« fragte Phaní ungläubig.

»Er möchte, dass jeder es denkt, aber in Wirklichkeit geht er zum Psychiater.« Panos schaute Phaní unschuldig an. Sie hatte sich nun beruhigt, denn sie zählte eins und eins zusammen und nahm an, dass niemand, nicht mal Photeas, Mavridis bei seiner Sitzung unterbrechen dürfte.

»Wie viel Zeit haben wir?«

»Bis etwa um eins, also drei Stunden«, antwortete Panos.

Phaní drehte sich zu Katerina, und wollte ihr sagen, sie müsse sich mit den Untersuchungen beeilen, als sie merkte, dass diese sich schon die Leiche geschnappt hatte und in dem kleinen Raum verschwunden war. Sie beugte sich bereits über Philippe's Kopf und untersuchte die Wunde. Nach ein paar Minuten winkte Katerina Phaní zu sich. Diese hatte immer das gleiche seltsame Gefühl in Anwesenheit von Leichen, sie war fasziniert und abgestoßen zugleich. Und auch wenn sie sich ab und zu gerne diese albernen Fernsehserien über Gerichtsmediziner anschaute, so war die Wirklichkeit etwas ganz anderes. Widerwillig näherte sie sich Philippe's Leiche, die allmählich die Farbe von weißer Kreide angenommen hatte, und unter deren papierdünner Haut die Adern dunkelblau durchschimmerten.

»Wie tief muss ich graben? Ich kann in dieser kurzen Zeit nicht den ganzen Körper untersuchen.«

»Fang mit der Wunde am Kopf an und sag mir dann die genaue Todesursache«, antwortete Phaní und vermied es angestrengt, die Leiche genau zu betrachten.

Katerina nickte.

»Nun verschwinde von hier«, sagte sie und legte ihre Operationsmaske wieder an.

Phaní schloss die Tür des Autopsieraums hinter sich und atmete erleichtert auf. Sie konnte im Moment nichts mehr tun, und sie wusste Philippe in guten Händen, wenn man es so bezeichnen konnte.

Panos kam mit einem Becher Kaffee auf sie zu und

reichte ihn ihr. Phaní schaute Panos an, und fand es angebracht, sich bei ihm zu entschuldigen. Sie murmelte:

»Danke. Es tut mir leid, dass ich so ausgerastet bin, als Sie mir gesagt haben, na, Sie wissen schon.« Panos nickte nur. Auch wenn er ein eher schüchterner Mensch war, und nicht zurückgab, wenn ihn jemand anschrie, so war er auch nicht nachtragend. Phaní lächelte Panos an und ging aus dem Gebäude, um eine Zigarette zu rauchen. Zuerst war es nur eine, und es wurden immer mehr. Zehn Zigaretten später schaute Phaní auf ihre Uhr, und es war schon kurz vor zwölf. Warum brauchte Katerina so lange? Es handelte sich doch nur um eine Kopfwunde, nicht mehr und nicht weniger. Auch wenn Phaní keine Ahnung hatte, was die Autopsie sonst noch ergeben könnte, befürchtete sie, dass Philippe's Leiche irgendeine Überraschung bereithielt und somit ihren ganzen Fall über den Haufen warf.

Panos kam aus dem Spital und suchte Phaní. Als er sie erblickte, eilte er auf sie zu.

»Mavridis hat gerade angerufen. Seine Sitzung muss früher beendet gewesen sein. Er wird jeden Moment kommen«, erklärte Panos aufgeregt.

»Mist! Wir müssen Katerina sagen, dass sie sich beeilen muss!«

Beide rannten zurück ins Gebäude und in genau dem Moment, als sich die große, automatische Glastür wieder schließen wollte, rief jemand Phaní's Namen vom Parkplatz vor dem Spital her. Nur Panos drehte sich um, und sagte ihr, dass es Mavridis wäre. Phaní rannte weiter und fluchte leise vor sich hin.

»Wie konnte er nur so schnell hier sein?« Vor ihr sah Phaní, dass Katerina aus dem Autopsieraum kam, ihre

Maske abnahm und sich mit dem Ärmel des Operationskittels den Schweiß von der Stirn wischte. Phaní war erleichtert, und sie musste nicht einmal fragen, denn Katerina wollte gerade beginnen zu erzählen, was sie herausgefunden hatte, als plötzlich ein kleiner Mann neben ihnen stand und zu schimpfen begann: Mavridis. Seine Worte waren immer noch gewählt, aber sie klirrten in Phaní's Ohren.

»*Kiría astinóme* Papadea, ich verlange eine sofortige Erklärung für Ihre unentschuldbare Handlungsweise!«

Phaní starrte Mavridis nur an. Sein Kopf hatte eine besorgniserregende rote Farbe angenommen, er wippte die ganze Zeit auf seinen Zehenspitzen auf und ab, um den Eindruck zu erwecken, er wäre größer, als er war, denn ohne Zweifel war er der kleinste in der Gruppe.

Nach einer Weile merkte Phaní, dass jetzt alle sie anstarrten. Mavridis hatte aufgehört zu wettern und ihr offensichtlich eine Frage gestellt. Aber sie war so fasziniert gewesen, wie dieser kleine Mann sich zum Narren machte und wie ein Pinscher auf und ab sprang, dass sie überhaupt nicht mitbekommen hatte, was er sie gefragt hat.

Katerina rettete die Situation. Mit ihrer Autorität, die ihr der Beruf des Arztes verlieh, übernahm sie das Wort. Sie stellte sich selbst Mavridis vor und begann zu erklären.

»Ich glaube, sie werden es alle interessant finden, was ich während meiner Untersuchung herausgefunden habe.« Sie machte absichtlich eine Pause, um die ungeteilte Aufmerksamkeit aller auf sich zu lenken. Gerade als das Schweigen unerträglich wurde, und Phaní und Mavridis in einem seltenen Moment der Übereinkunft sie auffordern wollten, fortzufahren, sagte Katerina:

»Der Tod von Philippe Leblanc wurde nicht durch die Kopfwunde verursacht.«

Wie aus einem Mund riefen Phaní und Mavridis:

»Was?«

Katerina nickte. Diesmal machte sie eine kürzere Pause.

»Was auch immer die Wunde verursacht hat, wahrscheinlich ein Stück Marmor, da ich Marmorsplitter darin gefunden habe, hat ihn lediglich bewusstlos geschlagen.«

Wieder eine Pause. Phaní konnte nicht mehr an sich halten.

»Was war dann die Todesursache? Weißt du das?«

Katerina schaute sie an und sagte mit ihrem Blick ›natürlich weiß ich das!‹ Schließlich erklärte sie:

»Das Eigenartige ist, es sieht ganz so aus, als ob er ertrunken wäre. Er starb durch Ersticken. Seine Lungen waren voller Wasser.«

18

»Was für Wasser? Salzwasser?« platzte Phaní heraus.

»Süßwasser«, antwortete Katerina schlicht.

Phaní war perplex. Während der nächsten Minuten merkte sie nicht mehr, was um sie herum geschah. Ihr Gehirn arbeitete auf Hochtouren. Sie versuchte wieder und wieder die neu erlangte Information mit dem Fall in Einklang zu bringen. Was bedeutete das? Hatte jemand Philippe mit einem Stück Marmor niedergeschlagen, und um sicher zu sein, seine grausame Tat wäre auch wirklich gründlich durchgeführt, tauchte er dessen Kopf anschließend noch in einen Wasserbehälter? Was für ein Wasserbehälter? Er musste immerhin groß genug gewesen sein, einen Kopf darin unterzutauchen. Nichts Derartiges hatten sie auf der Baustelle gefunden. Und warum sollte der Täter sich so viel Mühe machen, anstatt ihm einfach ein zweites oder drittes Mal eins über den Schädel zu ziehen?

Alles, was Phaní daraus schloss, war, dass in diesem Fall nichts Sinn ergab, jetzt noch weniger, als zuvor.

Nun erst merkte sie, dass Mavridis gegangen und Katerina wieder in den Autopsieraum zurückgekehrt war. Nur Panos stand noch neben ihr, und er muss ihre Verwirrung bemerkt haben.

»Mavridis erwartet Sie am Nachmittag in seinem Büro. Er hatte es plötzlich sehr eilig und musste gehen.«

Phaní nickte und schaute in den kleinen Raum, wo Katerina gerade ihre Arbeit beendet hatte und die nötigen Formulare für die Autopsie unterschrieb.

»Phaní, du wirst in einer Stunde meinen vorläufigen handgeschriebenen Bericht erhalten«, sagte Katerina in ziemlich dienstlichem Tonfall, dann schlug sie gleich wieder einen freundschaftlichen an.

»Falls du Unterstützung brauchst, werde ich hundertprozentig hinter dir stehen. Die erste Autopsie, von – wie war sein Name noch? – war stümperhaft. Man könnte sogar den Eindruck gewinnen, dass der Bericht verhindern sollte, dass der Fall vorwärts kommt, damit er vielleicht aus Mangel an Beweisen fallen gelassen würde. Aber du bist der *bátsos*, das musst du herausfinden. Wie gesagt, du kannst auf mich zählen.«

Phaní fand langsam in die Wirklichkeit zurück.

»Wir trinken noch einen Kaffee zusammen, bevor du nach Kithira weiterfährst. Ich hole dich um drei im Hotel ab, in Ordnung?« Katerina nickte, umarmte Phaní und ging.

Phaní's Gedanken waren schon wieder abgewandert, und sie erschrak, als Panos' *kinitó* klingelte. Er antwortete und drehte ein paar Runden, während er telefonierte. Mitten im Gespräch kam er zu Phaní.

»Es ist Tsamboukis, der Arbeiter, der die Leiche gefunden hat. Er war es, der alle Marmorarbeiten, inklusive Balustrade, ausführen sollte. Er will sich mit uns treffen.«

Phaní begriff nicht sofort.

»Nein, wir wollten uns mit ihm treffen, und nun will er uns sprechen?«

»Er hat uns etwas zu sagen«, erklärte Panos.

»Er könnte in einer dreiviertel Stunde auf der Baustelle sein.« Phaní schaute auf ihre Uhr, sie hatte noch zweieinhalb Stunden Zeit, bis sie Katerina abholen musste, und Mavridis konnte warten. Er hatte nur am Nachmittag gesagt, und das konnte bis sieben oder acht bedeuten.

»Gut, geht in Ordnung, wir fahren gleich los«, antwortete Phaní, und während Panos weiterhin mit Tsamboukis telefonierte, eilten beide zum Auto auf dem Parkplatz.

Phaní fuhr los, und die Reifen quietschten. Panos klammerte sich an allem fest, was ihm im Auto Halt bot, und vierzig Minuten später kamen sie an der Baustelle in Phinikounda an. Tsamboukis wartete bereits, er lehnte gegen seinen alten Pick-up Lieferwagen und rauchte. Er musste ihnen wirklich etwas Dringendes zu sagen haben, denn sobald Phaní den Wagen zum Stehen gebracht hatte, wobei Kieselsteine durch die Luft stoben, kam er sofort auf sie zu gelaufen. Er hielt ihr die Tür auf, während sie ausstieg und reichte ihr die Hand. Phaní fand die Geste rührend, merkte aber auch, dass der Mann nervös war. Als Panos aus dem Auto stieg, immer noch beschwipst von Phaní's Fahrstil, winkte Tsamboukis ihm überschwänglich zu. Phaní fand es am besten, den Mann einfach reden zu lassen, bevor sie Fragen stellte, und sie wurde auch nicht enttäuscht.

»Wissen Sie, *kiría astinóme*, ich bin ein gesetzestreuer Bürger. Ich habe nie etwas Ungesetzliches getan. Ich arbeite seit ich fünfzehn war mit Marmor ...«

»Und?« versuchte Phaní den Mann dazu zu bringen, auf den Punkt zu kommen.

»Und, seit wir das letzte Mal gesprochen haben, habe ich fast nicht mehr geschlafen. Meine Frau hat sich schon Sorgen gemacht. Sie hat immer wieder gesagt, Taki – das ist mein Name, Takis –, also sie sagte Taki, bist du sicher, dass du nicht irgendeine *vlakía* – eine Dummheit begangen hast, die dich vom Schlafen abhält? Wissen Sie, meine Frau ist sehr schlau. Nicht einmal während der fünfunddreißig Jahre, die wir verheiratet sind, konnte ich ihr etwas vormachen.« Phaní erwartete nun, dass er sein Portemonnaie hervorholen und Bilder von Frau und Kindern zeigen würde. Aber so weit ging er nicht.

»Was wollten Sie uns eigentlich erzählen?« fragte Phaní schließlich. Tsamboukis suchte nach den richtigen Worten.

»Ich habe Ihnen nicht die ganze Wahrheit gesagt, als wir das letzte Mal geredet haben.«

»Also haben Sie uns angelogen!« folgerte Phaní.

»Nein! Ich würde niemals lügen«, protestierte er, »ich

habe nur ein paar Einzelheiten ausgelassen, die ich hätte erwähnen sollen.« Tsamboukis schaute Phaní an und wartete auf irgendeine Reaktion von ihr, die aber nicht kam. Sie schaute ihn nur direkt an. Es blieb ihm also nichts anderes übrig, als fortzufahren.

»Sehen Sie, an dem Tag bevor Philippe starb, hatte er mich noch auf die Baustelle gerufen, denn die Besitzer wollten ein paar Vorschläge für die Balkonbrüstung an Ort und Stelle sehen. Er wollte, dass ich verschiedene Balustradenelemente mitbringe, um sie den Kunden zu zeigen. Wissen Sie, die billigeren Gipssäulen, oder die schönen, geschwungenen Marmorsäulen, oder die eckigen klobigen, die aber eigentlich niemand mag, da sie viel zu ...«

»Was ist dann geschehen?« unterbrach ihn Phaní ungeduldig. Die Zeit verrann schnell, und er hatte immer noch nicht gesagt, weshalb er sie sprechen wollte.

»Also kam ich zur Baustelle und brachte die Muster mit. Ich bin auf den Balkon hinaufgegangen und habe ein Element nach dem anderen aufgestellt. Die Kunden waren sehr wählerisch und konnten sich nicht entscheiden. Aber schließlich haben sie die kantige Marmorsäule mit dem quadratischen Fuß ausgesucht.«

»Und Sie haben die Marmorsäule auf dem Balkon stehen lassen, auch wenn sie nur provisorisch befestigt war«, schlussfolgerte Phaní. Tsamboukis nickte, den Kopf gesenkt.

»Es war schon spät an diesem Nachmittag, nach sechs«, versuchte er sein Handeln zu rechtfertigen, »und die Besitzer brauchten eine Ewigkeit, bis sie sich entschieden hatten. Philippe hatte auch die Nase voll von deren Pingeligkeit. Als sie gegangen waren, sagte er zu mir, er wisse auch nicht, warum diese solange gebraucht hätten, das teuerste Stück auszusuchen, sie hätten schließlich einen Haufen Geld.«

Phaní überlegte: na ja, die Marmorsplitter in Philippe's Wunde wurden nun ausreichend erklärt, und er war wirklich mit einer Marmorsäule erschlagen worden. Der Mörder musste das Teil tatsächlich vom Balkon gestoßen haben. Aber es gab trotzdem keinen Hinweis auf die Identität dieses Mörders, als ob es ihn nie gegeben hätte.

»Also, als Sie die Baustelle an dem Nachmittag verlassen haben, war das Marmorelement noch auf dem Balkon und Philippe am Leben.« Tsamboukis beeilte sich dies zu bestätigen.

»Ja, natürlich war er noch am Leben! Er war gerade dabei, den Beton zu wässern, den er ein paar Stunden zuvor gegossen hatte. Ich habe ihm sogar gesagt, ich müsste doch die Säule von da oben wegnehmen, aber er meinte, ich solle mich nicht darum kümmern.«

Phaní schaute Panos an. Der letzte Satz hätte genauso gut eine Ausrede von Tsamboukis sein können, da Philippe sie nicht mehr bestätigen konnte. Aber das war im Moment nicht das Problem.

»Als ich am nächsten Morgen hier ankam und Philippe so vorfand, erkannte ich natürlich sofort, was geschehen war«, fuhr Tsamboukis fort. Phaní war überrascht, denn sie hatte keine Ahnung, was in der Zwischenzeit hätte vorgefallen sein können.

»Und was war das?« fragte sie, und kam sich irgendwie blöd vor, dass sie dem Bauarbeiter diese Frage stellen musste. Hatte er vielleicht eine Ahnung, wer der Mörder sein konnte? Phaní griff nach jedem Strohhalm.

»Die Marmorsäule hat sich gelöst und ist runtergefallen. Sie muss Philippe getroffen haben, als er genau dort unter dem Balkon stand und den Beton bewässerte.« Tsamboukis bekreuzigte sich im Andenken an den Toten.

»Gelöst durch ...« fing Phaní den Satz an, Tsamboukis war jetzt in Fahrt gekommen.

»Vielleicht hatte sich ein Vogel draufgesetzt, ein schwerer Bussard, oder eine Krähe.«

Plötzlich ging Phaní ein Licht auf. Es war wie ein Geistesblitz, und das letzte Puzzleteil hatte sich in das große Bild eingefügt. Nachdem es klick gemacht hatte, brach Phaní in ein unkontrolliertes Lachen aus. Tsamboukis wurde fast davon angesteckt, aber er besann sich und schaute Panos an. Dieser war völlig verwirrt. Als Phaní sich wieder unter Kontrolle hatte, musste sie nach Luft schnappen.

»Es war das Erdbeben!« Sie schaute zu Panos um Bestätigung zu erhalten, doch dieser verstand nicht.

»Erinnern Sie sich, am Abend von Philippe's Tod gab es ein Erdbeben. *Lipón*, es war ein Unfall! Die Erschütterung des Bebens löste die Marmorsäule vom Mörtelbett, und sie fiel direkt auf Philippe's Kopf.«

Panos stand dieser Lösung etwas skeptisch gegenüber. Er versuchte den Vorgang noch einmal zu durchdenken.

»Und woher kam das Wasser in seinen Lungen?« fragte er schließlich. Tsamboukis schaute abwechselnd auf beide, wie bei einem Tennismatch. Phaní legte den Finger auf ihren Mund, während sie nachdachte. Dann ging sie durch das Tor und zur Terrasse. An der Stelle, wo Philippe gefunden worden war, kniete sie nieder und schaute zum Balkon hoch. Genau unter seinem Rand befand sich die bewusste Vertiefung von einigen Zentimetern, die in der Betonplatte gut zu erkennen war. Sie legte sich auf den Bauch und ihren

Kopf mit dem Gesicht nach unten in die Kuhle, genauso wie Philippe ohnmächtig dagelegen haben musste, nachdem er von der Säule getroffen worden war. Dann stand sie wieder auf, wischte sich den Staub von Gesicht und Kleidern, nahm den Wasserschlauch, der noch über der Palette hing, öffnete das Ventil und ließ Wasser auf die Betonoberfläche fließen. Es sammelte sich zu einer Pfütze von beträchtlicher Größe und Tiefe.

»Meinen Sie, die ist tief genug, um darin zu ersticken, wenn man mit dem Gesicht nach unten liegt?« fragte Phaní. Panos kam näher und steckte seinen Finger in die Pfütze. Dieser verschwand fast ganz, und seine Finger waren nicht gerade kurz. Er schaute Phaní an und nickte.

»Es ist sicher möglich.«

»Aber wo ist dann die ...«, begann Phaní plötzlich zu fragen und schaute sich um. Ihr Blick fiel sogleich auf Tsamboukis, der ein auffällig schuldbewusstes Gesicht machte.

»Sie haben also die Marmorsäule weggenommen, damit niemand Sie mit dem Tod in Verbindung bringen konnte.« Tsamboukis nickte nur.

Phaní's Stimmung wechselte abrupt von amüsiert zu verärgert. Sie wollte nur noch weg von der Baustelle, und am besten auch aus Kalamata überhaupt. Sie ging schnellen Schrittes zum Auto und Tsamboukis folgte ihr wie ein streunender Hund. Er räusperte sich. Phaní drehte sich zu ihm um, bevor er etwas sagen konnte.

»Sie müssen noch in den nächsten Tagen aufs Revier kommen, um ihre Aussage zu Protokoll zu geben.« Sie wusste, dass er eigentlich etwas anderes hören wollte.

»Und was den Unfall betrifft, das müssen Sie mit Ihrem eigenen Gewissen ausmachen. Gesetzlich kann

Ihnen nichts angehaftet werden, Ihre Aussage könnte nur von einem Toten widerlegt werden. Und das scheint mir etwas schwierig zu sein.«

Ohne ein weiteres Wort stieg Phaní ins Auto und erwartete, dass Panos sich beeilte nachzukommen, wenn er nicht zu Fuß gehen wollte.

Während der Fahrt zur *Diévthinsi* sagte Phaní kein Wort. Ihre Verärgerung wurde immer stärker. Sie wurde wütend, wenn sie daran dachte, dass sie eine Woche mit diesem blöden Fall verloren hatte. Sie wäre ja besser für eine Woche in Urlaub gefahren, vielleicht auf eine Insel, oder hätte Dimitris während seines Wettbewerbs unterstützt. Na ja, die Insel wäre sicherlich die bessere Wahl gewesen. Aber stattdessen hatte sie sich zum Narren gemacht, sie, die erfahrene Kommissarin aus Athen, die hierher kam, um der Polizei in der Provinz zu zeigen, wie man einen Mordfall löste. Was für eine Blamage. Sie hoffte, diese ganze Geschichte würde bald in Vergessenheit geraten.

Am Polizeirevier angelangt, stieg Panos aus dem Auto. Er wollte etwas sagen, doch er zögerte, und Phaní kam ihm zuvor.

»Ich bin in einer Stunde zurück. Wenn Mavridis nach mir fragt, bitte sagen Sie es ihm.« Und weg war sie.

Nachdem sie Katerina im Hotel abgeholt hatte, setzten sie sich in ein Café am großen Platz. Phaní schilderte ihr die neueste Entwicklung und wie enttäuscht sie über den ganzen Fall war. Katerina begriff, dass es nicht angebracht war, die Situation mit einem Witz aufzulockern.

»Komm doch mit mir nach Kithira. Verbring ein paar Tage mit uns und den Kindern. Nach einer Weile wird alles nur noch halb so schlimm erscheinen«, versuchte

Katerina sie aufzumuntern. Phaní musste lächeln, sagte dann aber trotzig:

»Ich muss zu Dimitris zurück. Er wird niemals den ersten Schritt machen und mir entgegenkommen. Der Fall ist abgeschlossen, und mein Leben ist schließlich in Athen.« Katerina ging nicht darauf ein, denn sie wusste, dass es im Moment keinen Sinn hatte, Phaní weiter zu bedrängen.

»Versprich mir aber, ein paar Tage auszuspannen.«

Phaní nickte und nahm sich vor, den Rat zu befolgen.

Sie brachte Katerina zum Busbahnhof im Norden der Stadt, denn der Bus war, abgesehen vom Auto, mittlerweile die einzige Verbindung mit dem übrigen Griechenland, seit es keine Flüge nach Athen mehr gab. Sie umarmten sich herzlich und Phaní versprach, in ein paar Tagen anzurufen. Dann stieg Katerina in den großen grünen Bus und fuhr ab in Richtung Githio, von wo aus sie am nächsten Tag das Schiff nach Kithira nehmen wollte.

Wieder zurück in der *Diévthinsi*, ging Phaní direkt zu Mavridis, sie wollte den Krach hinter sich bringen. Als sie in sein Büro trat, sah sie, wie Mavridis aus einem Schnapsglas trank, sehr zu ihrer Überraschung. Der oberste Knopf seines Hemdes war offen, die Krawatte gelockert und seine Stimme honigsüß.

»Setzen Sie sich, *kiría* Papadea.« Er zeigte auf einen leeren Stuhl.

»Möchten Sie mit mir ein Glas *tsípouro* trinken? Er ist ausgezeichnet, ein Freund von mir brennt ihn selber, in einem kleinen Dorf, außerhalb von hier.«

Zuerst wollte Phaní ablehnen, aber dann dachte sie, was kann das jetzt noch schaden. Sie nahm sein Angebot an und setzte sich. Mavridis freute sich sichtlich und schenkte ihr ein Glas ein. Das Zeug war wirklich gut, reiner und stärker als *oúzo*.

Ein paar Gläser später begann Mavridis zu reden, nicht so, wie sie es gewohnt war, in den üblichen, gewählten Worten. Jetzt sprach er wie der durchschnittliche Mann im *kaphenío* um die Ecke.

»Wissen Sie, ich hab wirklich die Nase voll!« Phaní zuckte etwas zusammen. Würde nun die Moralpredigt kommen, wie sie erwartet hatte? Warum denn zuerst Honig um den Mund schmieren? Mavridis bemerkte Phaní's Reaktion und beruhigte sie.

»Nein, nein! Nicht von Ihnen. Ich meine von dem hier, der *Diévthinsi*.« Mavridis machte mit den Armen eine ausladende Geste.

»Ich habe genug! Ich gehe auf die kleine Insel zurück, von der ich vor fünfunddreißig Jahren gekommen bin.«

Er nahm noch einen Schluck.

»Sind Sie auf Siros gewesen? Schön, und immer noch ruhig, im Vergleich zu den benachbarten Inseln«, fuhr er fort, und Phaní nickte, aber sie war überrascht, dass Mavridis ihr dies alles erzählte und begriff nicht, worauf er hinauswollte.

»Ich werde in einem kleinen Haus am Meer wohnen«, fuhr Mavridis fort.

»Ich habe genug davon, nicht selbst entscheiden zu können, und immer sicher gehen zu müssen, dass DIE auch einverstanden sind. Wenn du nicht genau das tust, was DIE wollen, musst du wieder zur *Trochéa* zurück und Berichte über Autounfälle schreiben.« Phaní konnte ihm nicht ganz folgen. Was sie heraushörte war, dass er mit DIE eine Gruppe von sehr einflussreichen Leuten aus dieser Stadt meinte. Und wenn sie ihn richtig verstand, so hatten DIE ihre Finger in jeder städtischen

Einrichtung, wie der Polizei, um sicher zu sein, dass DEREN Interessen gewahrt wurden. Solche Gerüchte gab es in allen Teilen Griechenlands, und nicht nur hier, seit Menschengedenken. Und Phaní glaubte sich wieder darin bestätigt, dass die Mafia nicht in Sizilien, sondern hier in der kargen, steinigen Halbinsel der Mani ihren Ursprung hatte. Wie es mit Gerüchten üblich war, waren sie übertrieben, hatten aber immer einen wahren Kern.

»Wen meinen Sie mit DIE ...?« Mavridis lehnte sich über seinen Schreibtisch und legte schnell seinen Finger auf ihren Mund.

»Pssst!« Er hatte sichtlich ein oder zwei Gläser zu viel gehabt. Er begann zu kichern.

»Aber DIE können mich nicht mehr herumstoßen! Mich nicht!« fuhr Mavridis fort. Dann winkte er Phaní heran, sie solle näher kommen, als wolle er ihr etwas Vertrauliches mitteilen.

»DIE wollten sogar, dass ich Sie wieder loswerde. DIE haben gesagt, es wäre ein Fehler gewesen, Sie hierherzuholen.« Phaní war perplex.

»Mich? Was habe ich denn zu tun mit ...?« Sie fand nicht die richtigen Worte.

»Es hat etwas mit Ihrem Vater zu tun«, murmelte Mavridis. Phaní war nun total sprachlos. Sie versuchte einen Grund zu finden, warum sie oder ihr seliger Vater für DIE eine Bedrohung sein sollte, wie Mavridis andeutete.

»Was wissen Sie über meinen Vater?« fragte Phaní. Mavridis zuckte nur mit den Schultern. Plötzlich merkte Phaní, dass sie wieder ganz nüchtern war, Mavridis hingegen jenseits jeglichen logischen Denkens. Und zu allem Überfluss war er jetzt auch noch eingenickt.

Er musste irgendetwas falsch verstanden haben, versuchte Phaní eine Erklärung für Mavridis' letzte Bemerkung zu finden. Sie stand leise auf, drehte sich noch einmal um, bevor sie die Tür öffnete. Vielleicht war Mavridis ja doch nicht so übel, wie sie dachte, doch das war nicht mehr ihre Angelegenheit. Sie verließ leise den Raum.

Als Phaní ihr Büro betrat, fand sie es leer vor. Schon zum dritten Mal hatte sie damit gerechnet, Panos vorzufinden, und zum dritten Mal war er nicht da. Sie setzte sich an den Schreibtisch und begann ihren Schlussbericht zu schreiben, worin sie erklärte, wie sie zu der Erkenntnis gekommen war, dass Philippe's Tod ein Unfall gewesen sei. Sie erinnerte sich daran, dass sie gleich zu Beginn, als sie den Fall übernommen hatte, dachte, warum jeder davon überzeugt war, dass es sich um Mord handelte. Bernard zum Beispiel glaubte felsenfest, dass es keine andere Erklärung gab. Hatte dies damit zu tun, dass er dem Toten zu nahegestanden hatte, sodass er nichts anderes als Mord akzeptieren konnte? Wahrscheinlich. Warum hatte Mavridis Hilfe aus Athen angefordert? Demnach, was sie alles inzwischen erfahren hatte, konnte er auch dazu gedrängt worden sein, zum Beispiel von den Medien, die ihn zerpflückt hätten, wenn keine gründliche Untersuchung durchgeführt worden wäre. Phaní kam ein weiterer Gedanke: vielleicht war es sogar Bernards Freund von der Presse gewesen, den sie vor ein paar Abenden im Fischrestaurant kennengelernt hatte. Er tat Bernard einen Gefallen und drängte mit seinen Mitteln die Polizei zum Handeln. Dies war sehr gut möglich. Doch damit kam sie zu der Frage zurück, warum Bernard so fest darauf beharrt hatte, dass es sich um Mord handelte.

Phaní war zu müde, um weiter darüber nachzudenken. Und schlussendlich, was machte es noch für einen Unterschied. Sie beendete ihren Bericht und legte Katerina's Autopsiebefund zu den Papieren. Sie nahm eine Plastiktüte, packte ihre wenigen Sachen hinein und ging zur Tür. Sie schaute sich noch einmal um. In dieser kurzen Zeit war ihr der karge Raum ans Herz gewachsen, und sie war Leiterin der *Asphália* von Kalamata – der örtlichen Kriminalpolizei gewesen, wenn auch nur für eine Woche. Zugegebenermaßen hatte ihr das gefallen, wenn sie jetzt darüber nachdachte.

Gerade als sie das Büro verlassen wollte, kam Angeliki herein und sie stießen beinahe zusammen.

»Oh, ich bin froh, Sie zu treffen«, sagte Angeliki. »Ich habe gehört, der Fall ist gelöst.« Phaní nickte.

»Und das bedeutet, Sie verlassen uns schon wieder?« fragte Angeliki. Phaní seufzte und sagte ›ja‹. Es folgte ein Moment der Verlegenheit, dann umarmte Angeliki Phaní einfach.

»Ich wünschte, Sie könnten bleiben. Ich habe gerne mit Ihnen zusammengearbeitet.«

Phaní war gerührt und wurde sogar etwas rot. Zum Glück war das Licht im Raum schummrig, weil die Sonne schon tief stand.

»Das ist sehr ...« Phaní wusste nicht, wie sie den Satz beenden sollte. Angeliki verabschiedete sich dann mit wenigen Worten und ging.

Nach ein paar Sekunden kam sie zurück.

»Was soll ich mit den Ausdrucken vom Computer machen?«

»Haben Sie es geschafft, den verschlüsselten Ordner zu öffnen?« Angeliki nickte.

»Sie können sie mir geben, ich werde sie mit einer

Notiz auf Panos' Schreibtisch legen.« Phaní war aber trotzdem neugierig.

»Haben Sie etwas Außergewöhnliches gefunden?«

»Sie sehen aus, wie Listen mit Anmerkungen über Philippe's Kunden, und erstrecken sich über die letzten sieben oder acht Jahre.«

»Und was steht in den Anmerkungen?« Angeliki zuckte die Schultern.

»Sie sind alle auf Französisch geschrieben.« Angeliki wartete einen Moment auf eine Antwort. Dann lächelte sie und rannte aus dem Büro, den Korridor entlang.

Phaní's Französisch war bekanntermaßen lausig, und es hatte für sie keinen Sinn, zu versuchen, die Ausdrucke zu lesen. Und Panos, der Französisch sprach, war nicht hier.

»Ach, zum Teufel, das ist nicht mehr meine Angelegenheit«, sagte Phaní laut zu sich selbst. Sie legte die Papiere auf Panos' Schreibtisch, fügte einen Zettel mit Abschiedsworten hinzu und verließ das Büro.

Phaní ging direkt in ihr Hotel, nahm ihre Sachen zusammen und bezahlte die Rechnung. Sie hatte vor, geradewegs nach Athen zurückzufahren, auch wenn sie erst nach Mitternacht ankommen würde.

19

Phaní war schon seit drei Tagen wieder in Athen. Sie hatte immer noch fast eine ganze Woche frei, bevor sie wieder ihre Arbeit bei der *Asphália* aufnehmen musste.

Ihre Wiedervereinigung mit Dimitris, wenn man so sagen wollte, war weniger dramatisch ausgefallen, als Phaní erwartet hatte. Der erste Tag war wunderbar gewesen, und sie wurde wieder an die Zeit erinnert, als sie und Dimitris sich kennengelernt hatten. Er war mit seinem Projekt zufrieden, das er für den Architekturwettbewerb eingereicht hatte und schien wirklich froh darüber zu sein, dass sie zurück war. Er verwöhnte sie und behandelte sie so liebevoll, dass es ihr fast schon peinlich wurde.

Aber am zweiten Tag war Dimitris zum Glück wieder ganz der Alte. Er verschwand wie gewohnt in seiner Welt und verbrachte fast den ganzen Tag in seinem Büro. Wenn Phaní es nicht besser gewusst hätte, wäre sie auf die Idee gekommen, er träfe sich mit jemandem. Aber das war nicht Dimitris' Art.

Aus diesem Grund hatte Phaní viel Zeit für sich selbst. Sie ging endlich zum Friseur und ließ sich ihre Haare auf eine einfacher zu handhabende Länge schneiden, leistete sich im neueröffneten Kaufhaus im Zentrum eine schicke Bluse für sündhaft teures Geld und besuchte die Henry Moore Ausstellung, über die jeder sprach. Die Skulpturen waren sehr effektvoll in einem alten Militärstall ausgestellt, der jetzt als Dependance der Nationalgalerie diente. Aber Phaní konnte sich nicht richtig entspannen und die Kunst genießen. Schließlich setzte sie sich auf eine Bank an der großen grünen Rasenfläche, die das Museum umgab, und zündete sich eine Zigarette an. Sie hatte einfach mehr Zeit, als ihr lieb war, sodass der Fall in Kalamata sich immer wieder in ihre Gedanken schleichen konnte.

Aber was war nur an diesem Fall dran, das sie nicht losließ? Philippe's Tod war eindeutig ein Unfall. Warum konnte sie trotzdem das Gefühl nicht loswerden, dass sie nur die halbe Wahrheit kannte, und die andere Hälfte immer noch verdeckt war. Vielleicht aus dem Grund, weil jeder, der mit dem Fall zu tun hatte, von Bernard über Annemarie, die Beckmanns und bis zu Frau Friedel, sich so seltsam aufgeführt hatte. Alle benahmen sich nicht natürlich, sodass Phaní den Verdacht haben musste, dass irgendetwas nicht stimmte. Sie versuchten ganz klar etwas zu verbergen. Das musste es sein. Sie teilten alle ein Geheimnis, wollten aber nicht darüber sprechen. Vielleicht gehörten sie zu einem Geheimbund, der wusste, wo der Heilige Gral versteckt war? Phaní grinste. Das war ja zurzeit sehr in Mode, wenn man die Bücherbestsellerlisten betrachtete, doch wohl etwas zu weit hergeholt!

Es musste sich um etwas Ungesetzliches handeln, sonst hätten nicht alle Beteiligten versucht, sich so unverdächtig zu verhalten.

Also, was war es, das sie verband? Sie waren fast alle Ausländer, die für sich oder für andere ein Haus in Griechenland bauten. Und es war nun mal so, dass diejenigen, die hierherkamen, um sich ihren Traum zu erfüllen, sofort jemanden fanden, der den Traum für sie verwirklichte. Doch das war anscheinend nicht möglich, ohne dass betrogen, oder besser gesagt, bestohlen wurde.

Phaní hatte den Eindruck, dass ihre Gedankengänge nirgends hinführten. Sie stand schließlich auf und machte sich auf den Weg nach Hause. Sie verbrachte den Abend mit Fernsehen und Sudoku-Rätseln. Nachdem sie das dritte gelöst hatte, und Dimitris immer noch im Büro war, ging sie zu Bett.

Am nächsten Tag ging Phaní sogar so weit, alleine

ins Kino zu gehen, und auch noch in eine Nachmittagsvorstellung. So etwas hatte sie in ihrem ganzen Leben noch nicht getan. Der Film war Furcht einflößend, weil die Hauptfigur zum Schluss lebendig unter dem Autoabstellplatz des Mörders vergraben worden war. Und doch, der Film war gut gemacht.

Phaní ging vom Kino zu Fuß nach Hause, die stark befahrene Straße mit der Alten Universität und der Nationalbibliothek entlang und bog danach in eine der Straßen den Hügel hinauf. Sie hatte während des ganzen Fußmarsches nicht aufgepasst, wo sie ging, denn in Gedanken war sie wieder in Kalamata. Hatte der Film sie etwa wieder dorthin zurückkehren lassen?

Gerade als Phaní heftig schnaufend die *odós* Benaki hinaufstapfte, wurde sie von ihren doppelten Qualen befreit: zum einen vom anstrengenden Aufstieg, und zum anderen davon, über ihren Fall nachzudenken, – denn ihr *kinitó* klingelte. Sie antwortete noch ziemlich schwer atmend. Es war Panos, und als er ihr Schnaufen hörte, zögerte er einen Moment, da er glaubte, sie bei etwas zu stören.

»Ich dachte, es würde Sie interessieren: Annemarie ist von einem Auto angefahren worden. Der Fahrer ist flüchtig, und bis jetzt haben wir noch keinen Schimmer, wer es gewesen sein könnte. Aber wir haben einen Zeugen.«

Phaní antwortete nicht sofort. Ihr erster Gedanke war, vielleicht ist Annemarie jetzt so verängstigt, dass sie reden würde. Ihr zweiter war, sie musste unbedingt nach Kalamata zurück und mit Annemarie sprechen.

Nachdem sie das Gespräch mit Panos beendet hatte, dankte sie ihrem Schöpfer, oder wem auch immer, sie von der Langeweile gerettet zu haben. Jetzt hatte sie wenigstens etwas, worum sie sich kümmern konnte, auch wenn noch gar nicht klar war, ob der Vorfall etwas zu bedeuten hatte.

Am nächsten Morgen war Phaní wieder unterwegs nach Kalamata. Sie musste an den gestrigen Abend denken. Dimitris war überhaupt nicht überrascht, als er sah, dass sie aufs Neue die Koffer packte, und er gewöhnte sich schnell an den Gedanken, dass sie wieder für einige Tage weg sein würde. Eigentlich hätte sie das stutzig machen müssen, dass in ihrer Ehe etwas nicht stimmte. Aber sie hatte andere Gedanken im Kopf.

Nach mehr als drei Stunden Fahrt fuhr Phaní vor dem aprikosenfarbenen Gebäude der *Diévthinsi* in Kalamata vor und holte Panos ab. Es gab keine große Begrüßung zwischen ihnen, sondern eine unausgesprochene Aufforderung in der Art, wie ›lass uns an die Arbeit gehen‹. Bei genauerem Hinsehen fiel Phaní jedoch auf, dass Panos lächelte, was er eher selten tat.

Auf dem Weg zum *Nosokomío* von Kalamata, wo Annemarie sich vom Unfall erholte, brachte Panos Phaní auf den neuesten Stand.

»Unser Zeuge ist ein Mann, der auf einem Einachstraktor vorbeikam. Er beschrieb einen großen silbergrauen Geländewagen, der Annemarie von hinten angefahren hat. Sie war gerade mit dem kleinen Motorroller unterwegs. Der Mann sagte, der Wagen sei über den Roller hinweggefahren, und wenn Annemarie nicht so schnell gewesen und zur Seite gesprungen wäre, hätte er sie überfahren.«

»Wo ist das passiert?« fragte Phaní.

»Nicht weit entfernt von Philippe's Haus in Phares.«

»Haben Sie schon mit Annemarie gesprochen?«

»Nein, na ja, ich habe es versucht. Aber sie sagte nur,

dass sie der Polizei nicht mehr traue, und die könnte sowieso nicht helfen.«

Phaní war nicht überrascht, sie hatte diese Reaktion erwartet.

Fünfzehn Minuten später betraten sie das Krankenhauszimmer, wo Annemarie zur weiteren Beobachtung lag. Sie hatte Blutergüsse im ganzen Gesicht, und ein Arm war in Gips, er war wahrscheinlich gebrochen. Annemarie's Nervosität war deutlicher zu erkennen, als das letzte Mal, als Phaní mit ihr gesprochen hatte, und sie war noch dünner. Ihr Haar war strähniger und das lange Gesicht drückte Angst aus. Das würde nicht einfach werden, dachte Phaní. Sie nahm einen Stuhl und setzte sich an ihr Bett. Ohne gefragt zu sein, gab Annemarie schon eine Antwort.

»Ich bin vom Roller gefallen, das ist alles.«

»Wir haben einen Zeugen, der etwas anderes behauptet«, sagte Phaní sehr ruhig.

»Der sieht Gespenster. Da war nichts weiter.«

»Wen versuchen Sie zu decken?« Annemarie antwortete nicht. Phaní seufzte innerlich. Sie musste wieder dasselbe alte Spiel spielen, wie immer mit Annemarie: sie musste sie wütend machen und aus der Reserve locken, um irgendwelche Informationen von ihr zu bekommen. Und sie musste improvisieren.

»Dann müssen wir Anklage gegen Sie erheben«, bemerkte Phaní so nebenbei.

»Wieso Anklage?« fragte Annemarie sofort.

»Sie decken einen Verdächtigen, der einen Mordversuch begangen hat.«

Phaní hoffte, dass sie nicht zu dick aufgetragen hätte und Annemarie ihr glaubte.

»Es geschah auf einer öffentlichen Straße, und daher

ist es eine Angelegenheit von öffentlichem Interesse. Wäre es bei Ihnen zu Hause vorgefallen ...«

»Das ist ja wieder typisch! Ihr Arschlöcher sperrt eine Unschuldige ins Gefängnis, und die wahren Verbrecher laufen frei herum«, schnitt Annemarie ihr das Wort ab.

Phaní reagierte nicht und ließ ihr Zeit. Sie hoffte, dass Annemarie darüber nachdachte, wie viel Information sie preisgeben könne, ohne sich selbst verdächtig zu machen. Denn wenn Phaní sich einer Sache sicher war, so versuchte Annemarie etwas zu verbergen, etwas, das sie mit oder ohne Philippe getan hatte, und das sie unbedingt vor Phaní geheim halten wollte.

»Sagen Sie mir, wem das Auto gehörte«, drängte Phaní sie, als ob es selbstverständlich wäre, dass Annemarie dies wusste. Doch sie wendete sich von Phaní ab und schaute aus dem Fenster. Als Phaní sich schon überlegte, welchen härteren Schlag sie austeilen könnte, um sie zum Reden zu bringen, sagte diese ganz leise:

»Es war Andreas Friedels Mitsubishi.«

»Haben Sie gesehen, wer am Steuer saß?« fragte Phaní sofort. Sie wollte Annemarie's Bereitschaft zu reden so lange ausnutzen, wie es möglich war. Diese schaute direkt in Phaní's Gesicht.

»Das konnte ich nicht so schnell sehen.« Phaní war nicht sicher, ob das eine Lüge war oder nicht, und musste zugeben, dass Annemarie jemanden leicht täuschen konnte, der mit Befragungen keine Erfahrung hatte. Ihr war aber auch klar, dass es keinen Sinn mehr hatte, dieser jetzt noch weitere Fragen zu stellen. Sie musste mit dem wenigen arbeiten, was sie Annemarie entlocken konnte. Phaní stand auf und ging zur Tür, Panos folgte ihr. Gerade als sie das Zimmer verlassen wollten, fragte Annemarie:

»Was ist mit der Anklage gegen mich? Das haben Sie doch erfunden.« Phaní lächelte nur.

Draußen fragte sie Panos:

»Friedel, das ist doch der Kerl, der vor drei Wochen verschwunden ist?« Panos nickte.

»Was hat denn der damit zu tun?« rätselte Phaní weiter.

»Vielleicht fuhr seine Frau den Wagen«, versuchte Panos eine Erklärung zu finden.

»Aber können Sie sich an einen silbergrauen Geländewagen vor dem Haus erinnern, als wir Frau Friedel besucht haben?« setzte sie ihre Gedanken fort. Panos schloss seine Augen, um sich zu erinnern.

»Da war kein Wagen, ich bin ganz sicher.«

»Es gibt zwei Möglichkeiten: Friedel ist nicht verschwunden, sondern er versteckt sich, und zwar irgendwo in der Nähe.« Phaní hielt inne.

»Aber warum sollte er seinen eigenen Wagen fahren, der zu allem Überfluss noch einfach zu identifizieren ist? Das ergibt keinen Sinn!« Phaní und Panos gingen zum Auto zurück.

»Sie haben gesagt, es gäbe zwei Möglichkeiten«, erinnerte Panos sie. Phaní schaute ihn an, weil er sie gerade aus ihren Gedanken gerissen hatte.

»Was? Ach ja. Die zweite Möglichkeit ist, dass jemand mit Friedels Auto herumfuhr, um Annemarie anzufahren, weil er nicht seinen eigenen benutzen wollte, falls es Zeugen geben würde.« Und diese Möglichkeit war viel wahrscheinlicher als die erste.

Phaní betrat das Büro, ihr Büro, welches sie erst vor vier Tagen verlassen hatte, als wenn es ganz selbstverständlich wäre. Sie setzte sich an ihren Schreibtisch und instruierte Panos über die nächsten Schritte.

»Wir müssen eine Fahndung nach dem Wagen herausgeben. Ich werde Frau Friedel anrufen, und sie nach dem Nummernschild fragen.« Panos griff nach seinem Notizbuch.

»Wir haben eine Fahndung laufen und müssen nur noch die neugewonnen Informationen hinzufügen.«

»Gut! Veranlassen Sie, dass zuerst alle Autoschrottplätze durchsucht werden. Ich nehme an, in der Gegend gibt es nur wenige«, fügte Phaní hinzu, und anschließend nahmen beide gleichzeitig die Hörer ab und machten ihre Telefonate.

»*Kaliméra kiría* Friedel, hier ist *astinómos* Papadea von der *Asphália* in Kalamata ...«

»Haben Sie Andreas gefunden, wurde auch Zeit«, unterbrach Frau Friedel Phaní.

»Nein, leider nicht. Aber sein Wagen ist in einen Unfall mit Fahrerflucht verwickelt.« Es war still am anderen Ende der Leitung.

»*Kiría* Friedel?«

»Ja, ich bin noch dran. Aber was wollen Sie dann von mir?« war ihre einzige Bemerkung.

»Na ja, Sie könnten uns helfen, wenn Sie uns zum Beispiel die Autonummer angeben. Sie würden uns einen Anruf bei der *Trochéa* – der Verkehrspolizei ersparen.«

»HH TV 13... an die letzte Ziffer kann ich mich nicht mehr erinnern«, sagte Frau Friedel trocken.

Also, ein deutsches Kennzeichen, dachte Phaní. Das machte den Wagen noch auffälliger.

»Wäre Ihr Mann dazu fähig, einen Unfall zu verursachen und Fahrerflucht zu begehen?« fragte Phaní aus Neugierde, auch wenn sie ziemlich sicher war, dass Friedel nicht hinter dem Steuer gesessen hatte.

»Wissen Sie, mein Mann ist eine Ratte, und er ist zu vielem fähig. Aber ich habe meine Zweifel, dass er jemanden mit seinem eigenen Wagen anfahren würde. Es wäre zu einfach nachzuweisen und zu direkt.« Phaní war von den gehässigen Worten doch etwas überrascht.

»Jemandem in den Rücken fallen würde eher zu ihm passen. – Sonst noch was?« setzte Frau Friedel gelangweilt hinzu.

Phaní wusste keine Frage mehr und beendete das Gespräch. Das war wirklich eine nette Art, über seinen verschwundenen Mann zu sprechen. Phaní gab die unvollständige Autonummer an Panos weiter, mit der Bemerkung, dass es eine deutsche war. Es war eine Nummer aus Hamburg, wo Phaní vor ein paar Jahren gearbeitet hatte. Ihr nächster Gedanke war, dass sie Reinhardt anrufen könnte. Während ihres Aufenthaltes in Deutschland hatte sie sich mit ihm angefreundet. Er war Journalist und könnte ihr nützlich sein. Aber der Anruf musste bis morgen früh warten, denn plötzlich fühlte sie sich erschöpft, was sicher mit ihrer Fahrt von Athen hierher zu tun hatte.

»Mal sehen, ob die noch ein Zimmer frei haben in dem Hotel«, sagte Phaní, bevor sie das Büro verließ. Als sie den Korridor entlangging, fiel ihr ein, dass sie mit Mavridis sprechen sollte, aber auch das konnte bis morgen warten. Im Hotel bekam sie dasselbe Zimmer. Sie verbrachte den Abend vor dem Fernseher und zappte sich durch alle Kanäle. Gerade als sie am Eindösen war, läutete ihr *kinitó*. Ihr erster Gedanke war, das musste Dimitris sein. Als sie aber auf die Anzeige schaute, erkannte sie, dass es eine lokale Nummer war, und eine ihr bekannte noch dazu.

»Phaní, was ist mit Annemarie? Ist sie in Ordnung? Und warum ist der Fall um Philippe's Tod abgeschlossen? Es gab doch gar keine Pressekonferenz!«

Es war Bernard, und er war hörbar aufgebracht. Phaní hatte ihn völlig vergessen und ihm auch nicht von den Entwicklungen nach der Untersuchung an Philippe mitgeteilt. Er hatte allen Grund wütend zu sein.

»Kann ich jetzt bei dir vorbeikommen? Ich werde dir alles erklären«, fragte sie nur. Als Bernard einverstanden war, fuhr sie fünf Minuten später los.

Auf der Fahrt nach Verga versuchte Phaní herauszufinden, was von dem, was Bernard gerade gesagt hatte, bei ihr ein Gefühl der Unstimmigkeit ausgelöste. Und dann kam es ihr in den Sinn: von wem wusste Bernard, dass der Fall Philippe aufgeklärt war, dabei handelte es sich doch um polizeiinternes Wissen, und es hatte, wie er richtig sagte, noch keine Pressekonferenz gegeben? Es kam für sie nur einer in Frage.

Phaní erkannte zwar, dass Bernard immer noch etwas aufgebracht war, als sie zu ihm kam, doch er empfing sie freundlich. Sie konnte sich ohnehin nicht daran erinnern, dass er je unhöflich gewesen wäre. Das mussten diese französischen Gene sein.

Sie setzten sich und tranken ein Glas selbst gepressten Rotwein.

»Wie geht es Annemarie?« fragte Bernard.

»Sie hat Glück gehabt und wird dort im *Nosokomío* gut betreut. Der Schreck sitzt ihr wohl noch einige Zeit in den Knochen«, berichtete Phaní, dachte aber gleichzeitig darüber nach, wie sie Bernard fragen könnte, was sie tatsächlich von ihm wissen wollte. Es hatte keinen Sinn, um den heißen Brei herumzureden.

»Bernard, versteh mich nicht falsch, aber ich bin überzeugt, dass du mehr weißt, als du mir erzählt hast.«

»Wie kommst du darauf?« fragte Bernard überrascht.

»Woher wusstest du zum Beispiel, dass Philippe's Fall aufgeklärt war? Wie du gesagt hast, gab es keine Pressekonferenz.« Bernard antwortete nicht und begann mit seinem Glas zu spielen.

»Lass mich mal raten: dein Freund, der Journalist hat es dir erzählt.« Man sah, dass Bernard das Gespräch unangenehm war, und er sagte weiterhin nichts.

»Ich finde, als Freund schuldest du mir, alles zu sagen, was du weißt«, beharrte Phaní.

»Worüber denn?« fragte Bernard.

»*Áde!* Komm schon, du bist wie ein Verwandter für mich!« Phaní machte Miene und Gesten, die besagten, dass sie verletzt war, weil er kein Vertrauen zu ihr hatte.

»Über das, was Annemarie mir nicht sagen will, und von dem sie befürchtete, dass es der Auslöser für Philippe's Tod gewesen sei«, fuhr Phaní ungeduldig fort. Bernard zögerte noch, dann sagte er einsichtig:

»Du hast recht. Ich nehme an, als Freund schulde ich dir die Wahrheit.« Er schaute immer noch auf sein Weinglas. Phaní sagte nichts und ließ ihn reden.

»Am Tag, nachdem Philippe tot auf der Baustelle aufgefunden worden war, kam Annemarie zu mir. Sie war ein Nervenbündel«, fing Bernard an.

»Sie sagte immer wieder, irgendjemand will sich an uns rächen! Natürlich habe ich gefragt, wer und warum will sich jemand an euch rächen. Sie antwortete nicht gleich, aber dann erzählte sie, zu der Zeit, als Philippe für Andreas Friedel gearbeitet hatte, haben die beiden ein Archiv über ihre Kunden angelegt. Über deren *aphimi*-Nummer und den damit angegebenen persönlichen Daten konnten sie im jeweiligen Heimatland

Nachforschungen anstellen. Die meisten Ausländer, die in Griechenland ein Haus bauen, sind unbescholtene Bürger, aber ein paar von ihnen haben ein dunkles Geheimnis in ihrer Vergangenheit, hatten Betrügereien oder sogar Straftaten begangen.«

Phaní zählte eins und eins zusammen.

»Und die beiden, Friedel und Philippe, benutzten dieses Archiv, um ihre Kunden mit dem Wissen über ihre Vergangenheit zu erpressen«, war ihre Schlussfolgerung.

Bernard schaute wieder in sein Glas und nickte.

»Ich war sehr enttäuscht, das über Philippe zu hören. Ich hätte nie erwartet, dass er zu so etwas fähig wäre.«

»Aber du warst immer noch bereit, Annemarie zu helfen, weil sie sich bedroht glaubte.« Bernard nickte abermals, und Phaní folgerte weiter:

»Und Annemarie war und ist vielleicht immer noch davon überzeugt, dass einer dieser Kunden so verzweifelt sein Geheimnis wahren wollte, dass er bereit war, dafür einen Mord zu begehen.«

20

»Aber es gibt ja gar keinen Mord!« Phaní schlug sich auf die Schenkel und sprang auf.

»Was habe ich übersehen? Eigentlich sprechen wir doch hier über einen völlig neuen Fall. Diesmal handelt es sich nicht um Mord, sondern Erpressung und seine Folgen«, überlegte Phaní weiter. Sie hatte das Gefühl, dass Philippe's Unfall und die Tatsache, dass Annemarie angefahren wurde, irgendwie miteinander zu tun hatten. Sie wusste nur nicht in welcher Weise.

»Was hat dir Annemarie sonst noch erzählt?« Phaní drehte sich wieder zu Bernard.

»Nichts Bestimmtes. Sie hat mich angefleht, ihr zu helfen.« Bernard stand auf und holte noch mehr Wein.

»Ich dachte, ich schulde es Philippe. Er war mir eine große Hilfe, zu der Zeit, als Brigitte starb.« Phaní war zwar damals in Deutschland und weit weg gewesen, als Bernard diese schwierige Zeit nach dem Tod seiner Frau durchlebte, doch sie wusste wovon er sprach. Sie versuchte ihn von dem traurigen Thema abzulenken und folgerte, was er unternommen hatte, um Annemarie zu helfen.

»Also, dann hast du deinen Freund, den Journalisten angerufen, und ihn gebeten, die Polizei unter Druck zu setzten. Sie sollte dafür sorgen, dass Philippe's Tod genauestens untersucht würde.« Bernard nickte.

Und das war der Zeitpunkt, als ich hinzugezogen wurde, dachte Phaní. Wie einfach es doch war, öffentliche Dienste, wie die Polizei, zu manipulieren, wenn die Presse Druck machte. Jeder hatte Angst vor der Feder eines kritischen Journalisten.

»Und was ist dann geschehen? Warum hat Annemarie versucht das Land zu verlassen?« Bernard zuckte die Schultern.

»Sie muss völlig die Nerven verloren haben. Eines Morgens kam sie hierher und sagte, sie müsse weg. Sie wollte mein Auto haben, um zum Hafen von Patra zu fahren.« Phaní begriff nun, dass ihre Überlegung, Annemarie hätte Bernards Auto genommen, richtig gewesen war.

»Als ich ablehnte, bedrohte sie mich und stieß mich zur Seite. Sie wollte mich bestimmt nicht verletzen.«

Bernard war dieser Vorfall immer noch peinlich.

»Dann bist du gekommen und hast mich auf dem Boden gefunden«, sagte er abschließend. Phaní merkte, dass sie Bernard genug Fragen gestellt hatte. Er sah etwas angeschlagen aus, und manchmal musste sie sich vor Augen führen, dass er ja schon fast siebzig war.

»Komm, ich lade dich zum Essen ein«, versuchte Phaní das Thema zu wechseln. Bernard schüttelte den Kopf.

»Vielleicht ein anderes Mal, aber ich danke dir.«

»Geht es dir gut, kann ich dich einfach alleine lassen?« fragte Phaní mit echter Fürsorge.

Bernard lächelte schwach und nickte.

»Mach dir keine Sorgen, ich brauche nur etwas Zeit für mich.«

Phaní ging nur ungern, aber andererseits war sie auch nicht der Typ, der Händchen hielt.

Auf dem Weg zurück zum Hotel, ließ Phaní sich noch einmal durch den Kopf gehen, was Bernard ihr heute erzählt hatte. Auch wenn einiges klarer für sie geworden war, so hatte sie Schwierigkeiten zu glauben, dass jemand, der aus Europa kam – für die Griechen waren Griechenland und Europa zweierlei – und sich hier ein Haus baute, aus Angst, sein Geheimnis, das er mitgebracht hatte, könnte entdeckt werden, Annemarie mit einem gestohlenen Wagen überfuhr. Um was für ein Geheimnis könnte es sich denn handeln, dem ein so schwerwiegendes Vergehen zugrunde lag, welches solch drastische Maßnahmen rechtfertigte?

Es war schon spät, und Phaní merkte plötzlich, dass sie Hunger hatte. Obwohl es nach Mitternacht war, hatten die Restaurants und Tavernen dem Ufer entlang an der *odós* Navarinou immer noch geöffnet. Sie entschied sich dafür, zu einer Konditorei zu gehen, die auch Sandwiches anbot. Das Licht war schummrig und Phaní gefiel es so, im Gegensatz zu dem neonbeleuchteten Fastfood Laden die Straße weiter unten. Zum Schluss lud sie sich selbst zu einer *milópita* – einem Apfelkuchen mit Eiscreme ein. Pistazieneis hatte sie schon als Kind geliebt.

Am nächsten Morgen fühlte sich Phaní benommen. Sie hatte schlecht geschlafen. Das Gespräch mit Bernard und das späte Essen lagen schwer auf ihrem Magen. War sie schon eine so verhätschelte Stadtpflanze geworden, dass eine späte Mahlzeit ihren Magen zum Rebellieren brachte?

Panos war schon im Büro. Als er Phaní hereinkommen sah, sprang er aufgeregt auf und wedelte mit einem Zettel vor ihrem Gesicht herum.

»Man hat den Wagen gefunden! Ihr Vorschlag mit den Schrottplätzen war gut. Der Besitzer eines solchen Platzes in der Nähe von Messini fand auf seinem Gelände einen silbergrauen Mitsubishi mit deutschem Kennzeichen.« Phaní's Sinne waren plötzlich hellwach.

»Worauf warten wir, lass uns gehen!« reagierte Phaní und rannte den Korridor entlang. Bei der zentralen Treppe hielt sie abrupt an und drehte sich zu Panos.

»Ist der Mann von der Spurensicherung schon aus seinem Urlaub zurück?« fragte Phaní, aber sie wartete die Antwort nicht ab.

»Rufen Sie ihn an und sagen sie ihm, er soll uns am Schrottplatz treffen.«

Auf dem Weg dorthin, versuchte Panos den Beamten von der Spurensicherung zu erreichen und sich gleichzeitig wegen Phaní's Fahrstil irgendwo festzuhalten. Sie hatten keine Mühe den Wagen zu finden. Er war viel größer und sah viel neuer aus, als die anderen, die verschrottet werden sollten. Er stach heraus, wie der Wolf aus der Schafherde.

Die Front war gut sichtbar an der rechten Seite beschädigt. Ein Scheinwerfer war zerschlagen. Phaní bemerkte sogleich noch etwas anderes, die Fenster waren dunkel getönt, und daher konnte Annemarie unmöglich erkannt haben, wer am Steuer saß.

Vom Standpunkt der Spurensicherung aus war der Innenraum des Wagens sauber. Nachdem das Fahrzeug eineinhalb Stunden untersucht worden war, hatte der Mann der Spurensicherung, Giorgos Michalopoulos, als einzig Außergewöhnliches eine kleine weiße Pille gefunden.

»Bitte lassen Sie die Pille analysieren«, wies Phaní Michalopoulos an. Er nickte, sodass sein großer dunkler Schnauzbart wackelte, und ging. Er war kein Mann vieler Worte, dachte sie.

Wieder zurück im Büro, erzählte Phaní Panos, was sie von Bernard über Philippe's und Friedels Nebeneinkünfte erfahren hatte. Panos fasste sich an den Kopf und zog einen Ordner unter einem Stapel Papiere hervor.

»Ich wollte Ihnen das hier zeigen«, sagte er und wies auf eine Liste hin, die er Phaní reichte.

»Am Tag, als Sie weggefahren sind, hat mir jemand diese auf den Schreibtisch gelegt. In der Zwischenzeit habe ich sie übersetzt.« Phaní begann die Computerausdrucke zu lesen.

»Ich nehme an, das ist genau das, was wir suchen.«

Es waren die Dokumente, die Angeliki mit irgendeinem Kniff aus dem verschlüsselten Ordner in Philippe's

Computer herausgeholt hatte. Wie diese schon gesagt hatte, beinhalteten sie eine Auflistung seiner Kunden und den dazugehörigen Beschreibungen der jeweiligen Bauprojekte, mit Angaben von Haustyp, Lage der Baustelle, Bauphase, ausführenden Handwerkern, etc.

Eine besondere Sparte mit Informationen stand jeweils am Ende der Projektbeschreibung. Dort war haargenau aufgeführt, wo der Kunde herkam, sein Hintergrund, Beruf, Zivilstand und falls vorhanden, kleinere oder auch nicht so kleine Gesetzesverstöße, die dieser in seinem Heimatland begangen hatte.

Phaní musste sich erst einmal hinsetzen. Insgesamt waren sechs Kunden aufgeführt, von denen bei vieren am Ende der Vermerk NICHTS GEFUNDEN stand. Aber zwei von ihnen hatten ihr Heimatland nicht nur verlassen, um ein Haus in Griechenland zu bauen, sondern sich abgesetzt, um einer Untersuchung oder auch möglichen Strafverfolgung zu entgehen.

Der eine war ein ehemaliger Richter aus England, der seine Stellung missbraucht hatte, um sich selbst zu bereichern, und bevor ihm etwas nachgewiesen oder sogar Anklage gegen ihn erhoben werden konnte, hatte er sein Heimatland verlassen und sein Geld in Griechenland angelegt. Der andere war ein Besitzer eines mittelständischen Betriebes, der Bankrott erklärt hatte, und trotzdem reichten seine Mittel noch aus, um eine kleine Villa in diesem Teil des Landes zu bauen.

Phaní gab Panos die Namen des ehemaligen Richters und des bankrotten Villenbesitzers an. Er sollte unauffällig herausfinden, ob sie in ihrem Haus anzutreffen sind, damit sie sofort befragt werden konnten.

Während Panos am Telefon war, läutete der Apparat auf Phaní's Schreibtisch. Es war Michalopoulos, der

Mann von der Spurensicherung. Er sagte Phaní in sehr wenigen Worten, dass die weiße Pille, die er im Wagen gefunden hatte, ein sehr starkes Beruhigungsmittel war. Dieses Medikament war in Griechenland nicht erhältlich, hier gab es eine Pille mit gleicher Wirkung, aber eines anderen Herstellers. Er hatte von einem Apotheker erfahren, dass das Herkunftsland der weißen Pille Deutschland war.

Phaní legte auf. Alles deutete nach Deutschland und zum verschwundenen Friedel, denn in seinem Wagen wurde die Pille gefunden.

Sie fand es an der Zeit, jetzt ihren Freund Reinhardt in Hamburg anzurufen. Dieser nahm sofort ab.

»He, ich bin's!« sagte Phaní ohne ihren Namen zu nennen.

»Das muss Phaní sein, diese Stimme würde ich immer wiedererkennen«, antwortete er. Phaní lächelte.

»Reinhardt, es tut auch gut deine Stimme zu hören.« Sie sprachen ein wenig über alles Mögliche und tauschten gegenseitig Neuigkeiten aus.

»Reinhardt, ich brauche deine Hilfe. Kannst du soviel wie möglich über einen gewissen Andreas Friedel herausfinden? Er muss einen Wohnsitz in Hamburg haben, denn sein Wagen hat ein Hamburger Kennzeichen.« Sie nannte ihm Typ und Farbe des Fahrzeugs und die ersten Stellen der Autonummer.

»Ich weiß, das ist nicht viel, um nachzuhaken«, fügte sie noch hinzu.

»Ich tu' mein Bestes, Phaní. Wie kann ich dich erreichen?« Phaní gab ihm ihre Telefonnummern. Sie beendeten das Gespräch mit ein paar Bemerkungen zum sonnigen Wetter in Griechenland und dem nicht so sonnigen Wetter in Hamburg.

Phaní und Panos legten die Hörer gleichzeitig auf.

»*Lipón*. Laut Grundbuchamt hat der Richter vor etwa einem Jahr sein Haus verkauft und Griechenland verlassen. Sie wissen nicht, wohin er gezogen ist«, berichtete Panos darüber, was er herausgefunden hatte.

»Und der andere Kerl?« fragte Phaní etwas ungeduldig, denn all die schönen saftigen Gesetzesverstöße drohten sich in Luft aufzulösen.

»Der lebt immer noch hier, oberhalb vom kleinen Dorf Kalamaki bei Petalidi. Das sagte man mir im dortigen *kaphenío*.« Nach einer Pause fragte er:

»Soll ich ihn anrufen, ob er zu Hause ist, damit wir mit ihm reden können?«

Phaní hob ihren Kopf und schnalzte.

»Nein, er könnte abhauen, wenn wir ihn warnen. Ich nehme an, er ist nicht allzu froh darüber, dass die alte Geschichte wieder aufgewärmt wird«, folgerte sie.

»Also, gehen wir!« Sie stand auf und ging aus der Tür.

Auf dem Weg nach Petalidi war Panos wieder damit beschäftigt sich an den Griffen in Phaní's Wagen festzuhalten.

»Wie ist der Name des Herrn, den wir aufsuchen?«

Panos brauchte eine Weile mit seiner Antwort, denn er musste seine Augen von der Straße nehmen, um in seinen Notizen nachzusehen.

»Rudolph Koschnitz«, stammelte Panos, der Schwierigkeiten hatte, den Namen auszusprechen.

»Woher kommt er?« fragte Phaní.

»Salzburg, Österreich.« Es ist ja fast so, als ob die gesamte Europäische Union in dieser Ecke vertreten ist, dachte sich Phaní.

Sie mussten dreimal nach dem *xénos avstriakós* – dem Ausländer aus Österreich fragen und fanden endlich das Haus. Sie mussten durch ein großes Tor fahren, an dem ein Schild vor einem großen Wachhund warnte. Danach folgte eine lange Auffahrt, rechts und links standen Oleanderbüsche, bis sie schließlich zu einem Haus gelangten, das überraschend klein war. Gemessen an der großen Auffahrt erwarteten sie mindestens eine zweistöckige Villa.

Ein großer, braungebrannter Mann Ende fünfzig kam ihnen sofort entgegen, als Phaní und Panos aus dem Wagen stiegen. Er reichte ihnen freundlich die Hand, während neben ihm ein kleiner Hund, von der Größe einer Ratte, ununterbrochen bellte. Phaní hasste diese Sorte Hund, denn sie war schlicht nervtötend, weil das Bellen eher einem Kläffen in hohen, durchdringenden Tönen glich.

»Herr Koschnitz?« Phaní musste bei dem Namen auch stammeln und sie glaubte ein schwaches Grinsen auf Panos' Gesicht zu erkennen.

»Nennen Sie mich Rudolph«, sagte der Österreicher auf Griechisch mit starkem Akzent.

Phaní stellte sich und Panos vor und erklärte, dass sie von der Polizei seien. Zu ihrer Überraschung veränderte sich sein Gesichtsausdruck kein bisschen, er sagte nur:

»Wie kann ich Ihnen helfen?«

»Wir sind auf Informationen gestoßen, die uns zu der Annahme führen, dass Sie erpresst wurden«, begann Phaní und kam gleich zum Punkt. Sie war wieder von seiner Reaktion überrascht, denn er fing an zu lachen.

»Ja, das stimmt. Aber das ist jetzt vorbei.«

»Na ja, wahrscheinlich, weil der Mann, der sie erpresst hat, tot ist«, versuchte Phaní wenigstens einen Schlag zu landen. Diesmal war Koschnitz doch überrascht, und Phaní dachte: ›hab ich dich erwischt!‹

»Friedel ist tot?« fragte Koschnitz. Und nun war Phaní sprachlos. Aber sie erholte sich schnell.

»Sie meinen, Andreas Friedel hat Sie erpresst?« Koschnitz nickte.

»Und ich habe ihn auch bezahlt, diesen kleinen Wicht. Aber seit zwei oder drei Wochen ist er nicht mehr gekommen.«

»Dann ist er also jedes Mal zu Ihnen nach Hause gekommen, um das Geld einzusammeln?« Koschnitz nickte wieder.

»Immer an einem Montag.« Phaní glaubte sich daran zu erinnern, dass Friedel an einem Dienstag Anfang des Monats als vermisst gemeldet worden war. Sie wusste keine weiteren Fragen und sagte Koschnitz, er solle in den nächsten Tagen nicht verreisen und bedankte sich bei ihm. Koschnitz seinerseits schien nicht im Geringsten darüber besorgt zu sein, dass sein ›Geheimnis‹ jetzt der Polizei bekannt war, er wusste wahrscheinlich, wie schwierig die Kommunikation zwischen den verschiedenen Behörden der EU war.

Es war schon spät am Nachmittag, aber trotzdem noch heiß, nur ein leichter Wind sorgte für etwas Abkühlung. Phaní und Panos hielten am alten Bahnhof von Messini an, der in eine Cafébar umgebaut worden war. Sie bestellten beide einen *frappé* und ein Sandwich. Während sie auf ihre Bestellung warteten, ließ Phaní sich das Gespräch mit Koschnitz noch einmal durch den Kopf gehen. An einer Stelle war ihr ein Gedanke gekommen, der eher eine Erkenntnis war, und zwar, als Koschnitz gesagt hatte, Friedel sei der Erpresser gewesen und nicht Philippe, wie sie erwartet hatte.

»Jetzt weiß ich's!« sagte Phaní laut und Panos zuckte zusammen.

»Wir haben die ganze Zeit am falschen Fall gearbeitet!« fuhr sie fort.

»Und nur, weil Annemarie uns auf die falsche Fährte gebracht hatte.«

»Welche falsche Fährte?« fragte Panos.

»Ein Verbrechen ist begangen worden, das stimmt schon. Aber es war nicht der Tod von Philippe, sondern das Verschwinden und vielleicht sogar der Mord an Andreas Friedel.«

21

»Sie meinen, Friedel wurde von einem seiner Kunden umgebracht, weil er ihn erpresst hat?« fragte Panos als Schlussfolgerung aus Phaní's Bemerkung.

»Ich bin fast sicher. Ich kann es förmlich riechen, ich kann es spüren. Jetzt haben wir unseren Fall«, sagte Phaní triumphierend.

»Aber wie und wo sollen wir anfangen«, fragte Panos. Phaní seufzte, weil sie wusste, was jetzt getan werden musste. Und das war nicht einfach, so wie es vorher schon nicht einfach gewesen war.

»Wir müssen der lieben Annemarie nochmals einen Besuch abstatten. Vielleicht haben wir noch nicht die gesamte Liste der Kunden gefunden, die erpresst wurden.« Phaní und Panos aßen schnell ihre Sandwiches auf und fuhren dann in Richtung *Nosokomío*, wo Annemarie immer noch behandelt wurde.

Annemarie's Gesicht hatte inzwischen wieder etwas

Farbe bekommen, und ihr Haar war nicht mehr so matt. Trotzdem hatte sie immer noch diesen misstrauischen Ausdruck im Gesicht, als Phaní und Panos das Zimmer betraten.

Phaní nahm neben ihrem Bett Platz und setzte ein breites Lächeln auf. Annemarie sagte kein Wort. Phaní begann:

»Also, ich weiß, dass Philippe und Friedel ihre Kunden erpresst haben. Was ich nicht weiß ist, wieweit Sie mitbeteiligt waren. Ich könnte jetzt Ihre Lage so beurteilen, dass Ihr Wort gegen das von Philippe steht, und er kann nichts mehr dazu sagen.«

Annemarie wurde noch misstrauischer, wenn das überhaupt möglich war.

»Wenn Sie mir also helfen und mir alles sagen, was Sie wissen, werde ich kein Verfahren wegen Erpressung gegen Sie einleiten.« Phaní machte eine Pause, um zu sehen, welche Wirkung diese Worte auf Annemarie hatten.

»Aber wenn ich herausfinden sollte, dass Sie mir nicht alles erzählt haben, dann werde ich dafür sorgen, dass Sie für ein Verbrechen bestraft werden, welches andere begangen haben«, erklärte Phaní immer noch mit einem Lächeln in ihrem Gesicht.

Nach einer Weile fragte Annemarie:

»Was wollen Sie wissen?«

»Wie viele Kunden hat Friedel erpresst?«

»So viel ich weiß, nur zwei«, antwortete Annemarie.

»Sind Sie sicher?« beharrte Phaní.

Annemarie zögerte und dachte an die Drohungen, die Phaní ausgesprochen hatte.

»Annemarie, sagen Sie mir, was Sie wissen!« versuchte Phaní den Druck zu erhöhen.

»Ich weiß es nicht! Ich glaube Philippe hatte einmal erwähnt, dass noch ein anderer Kunde eine wirklich große Sache in seiner Vergangenheit angestellt hatte«, brachte Annemarie zögernd heraus.

»Welcher Kunde? Steht er auch auf der Liste?« drängte Phaní sie weiter.

»Welche Liste?«

»Die Kundenliste aus Philippe's Computer.«

Annemarie war sichtlich überrascht, dass diese Liste gefunden worden war. Dann nickte sie.

»Ich glaube schon. Bevor Philippe und Friedel ihre Zusammenarbeit beendet haben, erzählte Friedel ihm von einem Kunden, den er gerade zu erpressen begonnen hatte, und dass es sich ganz schön lohnte.«

Phaní überlegte einen Moment.

»Demnach waren alle Kunden auf der Liste Friedels Kunden, und Philippe kopierte die Liste mit den Informationen von Friedel. Ich vermute, das war eine Versicherung für Regentage.«

Annemarie nickte wieder.

»Vor etwa einem halben Jahr, als Philippe beschloss, nicht länger für Friedel zu arbeiten, kopierte er diese bewusste Liste von Friedels Computer auf eine Diskette, denn Philippe kannte das Passwort.«

Phaní erinnerte sich daran, dass Frau Friedel ihr noch sagen sollte, von welchen Kunden Unterlagen aus ihrem Büro gestohlen worden waren. Sie versuchte sich das zu merken.

Und dann geschah etwas, was Phaní niemals erwartet hätte: Annemarie begann von sich aus zu reden.

»Ich vermisse Philippe so sehr. Die Beziehung mit ihm war das Beste, was mir je geschehen ist.« Sie machte eine Pause.

»Während der schlimmsten Zeit meines Lebens erschien er wie ein Retter und zog mich aus dem Dreck, in dem ich in Lausanne steckte. Er nahm mich bei der Hand und brachte mich in diese wunderschöne Gegend.«

Phaní fühlte sich berührt, und sie war überrascht, dass Annemarie zu solchen Gedanken fähig war.

»Was wollen Sie mir damit sagen?« Phaní war sicher, dass da noch mehr kommen musste.

»Nach seinem Tod bin ich in Panik geraten. Ich wollte nur wegrennen, wie ich es schon oft in meinem Leben getan hatte. Aber dann, als Sie mich zurückgeholt haben, wollte ich nur noch wissen, wer Philippe umgebracht hat.«

Plötzlich erinnerte sich Phaní an diesen Abend, als sie mit Panos ein Glas trinken gegangen war, und wie sie damals per Zufall gesehen hatte, wie Annemarie sich mit den Beckmanns traf, und dass zwischen ihnen eine spürbare Spannung herrschte.

Dann fuhr Annemarie fort:

»Ich habe alle Kunden von Friedel angerufen und ihnen gesagt, ich wolle mich mit ihnen treffen. Ich musste alle anrufen, weil ich nicht wusste, welcher von ihnen so unbedingt sein Geheimnis schützen wollte, dass er dafür töten würde. Bei jedem Treffen ließ ich Bemerkungen und versteckte Drohungen fallen, weil ich im Grunde nichts Genaues wusste. Ich habe damit Köder ausgeworfen.«

»Und einer von ihnen biss an!« folgerte Phaní.

Annemarie sah plötzlich wieder ängstlich aus.

»Und Sie haben immer noch keine Ahnung, welcher von denen Sie überfahren wollte, als Sie mit dem Motorroller unterwegs waren?«

Annemarie schüttelte den Kopf.

Phaní wusste nicht mehr, was sie noch fragen sollte. Sie hatte nun fünf Verdächtige, den Englischen Richter ausgenommen, weil er Griechenland wieder verlassen hatte. Und als Verdächtiger kam der eine so gut wie der andere in Frage, auch diejenigen mit dem Vermerk: NICHTS GEFUNDEN. Sie mussten noch mehr Nachforschungen über die fünf Kunden anstellen.

Phaní und Panos verließen das Zimmer. Die Tatsache, dass Annemarie ihr Leben aufs Spiel gesetzt hatte, um Philippe's Mörder zu finden, berührte Phaní tief. Es war eine Ironie des Schicksals, dass alle Bemühungen von Annemarie umsonst gewesen waren, weil Philippe's Tod ein Unfall war. Hatte sie Annemarie bis jetzt etwa vorschnell verurteilt, und unter dem nichtssagenden Äußeren versteckte sich ein sensibler Mensch, der sich allein gelassen fühlte? Phaní fand, dass sie jetzt etwas zu rührselig wurde.

Doch sie fühlte sich durch Annemaries Bekenntnis entmutigt und hatte keine Lust, wieder ins Büro zurückzugehen. Der Fall würde nicht weglaufen, auch wenn sie heute früher Schluss machte.

Phaní setzte Panos vor seiner Wohnung ab. Er lebte in einer der vielen *polikatikíes* – den Wohnhäusern, die entlang des ausbetonierten Flussbettes standen.

Weil sie in der Nähe des großen Platzes war, stellte sie das Auto irgendwo ab und ging zu Fuß dorthin und dann die Straße nach Norden entlang, vorbei an den zahlreichen Läden. Bald kam sie in das Altstadtquartier um die kleine Kirche Agii Apostoli herum. Zum ersten Mal empfand sie das Gefühl in Kalamata zurück zu sein, da hörte sie eine Stimme hinter sich, die ihren Namen rief. Phaní drehte sich um und erblickte auf der anderen Seite des Platzes vor der Kirche *thíos* Andonis, ihren Onkel, den Bruder ihres Vaters.

Phaní dachte sich, jetzt hätte sie Einiges zu erklären.

Andonis war sehr glücklich darüber, sie zu sehen. Er war der einzige unter der großen Anzahl von Verwandten in dieser Gegend, der mit ihr in Verbindung geblieben war, auch nach dem Tod ihres Vaters. Andonis kam auf sie zu, umarmte sie und gab ihr einen dicken Kuss auf jede Wange. Es war schon seltsam, aber Phaní fühlte sich wieder wie ein kleines Mädchen.

Mit einem tadelnden Ton, aber in seiner liebenswerten Art fragte er, wann sie angekommen sei. Phaní suchte nach Worten und stammelte etwas.

»Erst kürzlich, vor ein paar Tagen.« Bevor sie sichs versah, griff er sie unter den Arm und schleppte sie in eine nahe *ouzerí* auf einen Schnaps. Der Besitzer, Babis genannt, kam sofort. Er kannte Andonis offensichtlich gut. Andonis stellte Phaní als seine Nichte aus Athen vor, und er fügte hinzu, dass sie eine wichtige Kommissarin bei der Polizei sei.

»*Brávo, brávo!*« sagte Babis beeindruckt. Dann verschwand er wieder, um die Gläser mit *tsípouro* zu holen. Phaní erinnerte sich, dass sie denselben Schnaps nicht einmal vor einer Woche mit Mavridis getrunken hatte. Das war ungewöhnlich für sie, denn bis jetzt hatte sie sehr selten mit Männern um die sechzig, vom Leben geprägt, Schnaps getrunken, und Andonis hatte auch einige Geschichten zu erzählen. Sie hatte in letzter Zeit öfters mit Studierten zu tun gehabt, das kam durch Dimitris. Doch sie war nicht sicher, ob sie sich in der Gesellschaft von Menschen wie Andonis nicht wohler fühlte. In ihren Augen waren diese authentischer und versuchten niemand anderer zu sein, als sie selbst.

Aber was sagte das darüber aus, auf welche Weise sie Dimitris sah?

Phaní wurde schnell aus ihren Gedanken gerissen, als der *tsípouro* gebracht wurde und sie mit Andonis anstieß.

Sie erinnerte sich, dass ihr schon als Kind aufgefallen war, welch ein interessantes Aussehen Andonis hatte, seine hellblauen Augen, sein gebräuntes Gesicht, in dem das Leben inzwischen seine Spuren in Form von vielen Falten hinterlassen hatte. Trotzdem war da immer noch dieses Leuchten in seinen Augen, und diese Ausstrahlung, wie bei einem jungen Mann.

Andonis fragte sie natürlich, warum sie in Kalamata war, als er hörte, dass sie einen Fall bearbeitete, sogar einen Mord, wurde er hellhörig. Phaní versuchte ihm nur so viel zu erzählen, wie sie verantworten konnte.

Es folgte ein Schweigen zwischen Onkel und Nichte. Phaní hätte Andonis die ganze Zeit über gern ein paar Fragen gestellt: warum hat Spiros, ihr Vater, Kalamata vor dreißig Jahren so plötzlich verlassen? Was wusste Andonis darüber? War ihr Vater vielleicht ein Befürworter der Junta, während der sieben Jahre Militärdiktatur, gewesen? Musste er Kalamata verlassen oder ging er, weil er es wollte?

Doch sie hatte zugleich Angst vor den Antworten, und keine dieser Fragen kam ihr über die Lippen. Die ganze Unterhaltung drehte sich um alltägliche Themen, und Andonis redete die meiste Zeit. Er beklagte sich über die Veränderungen in der griechischen Gesellschaft, von seiner Sicht aus. Niemand glaubte mehr an etwas, und die Jungen lebten so, als gäbe es kein Morgen. Keiner hatte mehr Ideale und Ziele, für die es sich einzusetzen lohnte.

»Ich kann mich noch gut an den Bürgerkrieg erinnern. Ich war etwa zwölf zu der Zeit, und es war furchtbar. Griechen kämpften gegen Griechen. Als er vorbei war, hatte man das Gefühl, jetzt könnte es aufwärtsgehen. Es herrschte eine Aufbruchstimmung, und ich bin mir sicher, wenn wir alle zusammengehalten hätten, ja, dann wären wir wieder geeint gewesen, so wie damals gegen die deutsche Besatzung.« Andonis nahm den letzten Schluck *tsípouro* und seufzte.

»Aber es wurde nur alles schlimmer.« Er machte eine Pause, als wenn er sich nicht sicher wäre, ob er den nächsten Satz aussprechen sollte oder nicht. Schließlich schaute er Phaní an und sagte:

»Besonders dein Vater hat unter diesem Zustand gelitten.« Dann fügte er noch hinzu, als ob er seine Bemerkung entkräften wolle:

»Die Kluft, die uns Griechen trennte, war noch sehr groß während der Militärdiktatur, und sogar heute ist sie manchmal noch spürbar. Es ist eine Schande.«

Das war das einzige Mal, dass er ihren Vater erwähnte, dann sagte er, er müsse gehen. Phaní hatte keine Gelegenheit mehr, zu fragen, was er damit meinte ›es ist eine Schande‹, auch wenn sie sich getraut hätte.

Zum Schluss musste sie ihm versprechen, dass sie zum Essen käme, bevor sie nach Athen zurückkehren würde, und er ließ nicht locker, bis sie es schließlich versprach. Andonis wusste allerdings sehr gut, dass Phaní seine Frau, *kiría* Anastasia, nicht mochte. Diese wiederum hatte auch nie einen Hehl daraus gemacht, dass sie Phaní's Vater und dessen Familie nicht besonders schätzte. Daher war Phaní ziemlich sicher, dass sie der Einladung nicht folgen würde, und Andonis wusste das auch.

Dieser gab ihr noch einen Kuss auf jede Wange und verschwand schnell in einer der kleinen Seitenstraßen vom alten Markt.

Phaní blieb mit einem unangenehmen Gefühl in ihrer Magengegend zurück. Sie fühlte sich plötzlich ihrer Vergangenheit sehr nahe und schon fast dazu verpflichtet herauszufinden, was vor dem Herbst 1974 geschehen war, als ihr Vater sich plötzlich entschieden hatte, nach Athen zu ziehen. Sie erinnerte sich an Mavridis' Worte, dass DIE es gar nicht mochten, dass Phaní in der Stadt war, und dass es etwas mit ihrem Vater zu tun hatte. Diese Ablehnung löste bei Phaní unweigerlich eine Trotzreaktion aus, und sie fühlte sich geradezu herausgefordert. Hatte sie nicht die Pflicht, herauszufinden, wer DIE waren?

Andererseits, reichten das Aufkommen von Trotz und ihr Pflichtgefühl dem verstorbenen Vater gegenüber aus, um ihr Leben umzustellen und von Athen in eine kleine Provinzstadt am Messenischen Golf zu ziehen? Was würde Dimitris wohl dazu sagen? Aber diese Fragen konnte sie im Moment nicht beantworten.

In einer solchen Situation fand Phaní es immer einfacher, ihre Gedanken auf den Fall zu konzentrieren, an dem sie gerade arbeitete. Jede noch so mühsame Untersuchung war ihr lieber, als über persönliche Angelegenheiten zu brüten.

Seit den letzten vierundzwanzig Stunden sah sie um einiges klarer. Wenigstens wusste sie jetzt, welches Verbrechen wirklich begangen worden war, und die Liste der Verdächtigen war nicht sehr lang. Hoffentlich war sie imstande, den Fall jetzt bald zu lösen.

Phaní ging in ihr Hotel zurück und war guter Dinge. Im Zimmer schaltete sie den Fernseher ein und schaute irgendeinen amerikanischen Actionfilm, der gerade um Mitternacht angefangen hatte. Aber sie war doch zu müde, und schlief bald ein.

Am nächsten Morgen wachte Phaní früh auf. Sie musste schlecht geträumt haben, denn ihr Körper war noch angespannt und dieses unangenehme Gefühl, wenn ein Traum einen heiklen Punkt berührt hatte, immer noch spürbar. Es hatte keinen Sinn, wieder ins Bett zu gehen, denn sie würde nur versuchen, sich an den Traum zu erinnern, und sie ahnte ohnehin, dass er von ihren Vater gehandelt hatte.

Da kam ihr in den Sinn, dass eine sehr nette ältere Frau ihr einmal erzählt hatte, sie ginge jeden Tag früh morgens schwimmen, und es täte ihrer Gesundheit gut.

Na ja, dachte Phaní, es war nie zu spät, etwas Neues auszuprobieren.

Sie sprang in ihr Auto und fuhr zum Strand. Kurz vor dem Philoxenia Hotel stellte sie es ab und lief ins Wasser. Es war angenehm und erfrischend.

Die Sonne erschien gerade hinter der Bergkette des Taïgetos, und die ersten Strahlen trafen auf die Oberfläche des ruhigen Meeres. Phaní schwamm ein paar hundert Meter hinaus und spürte, wie die Spannung von ihr abfiel.

Während des Schwimmens genoss Phaní den Moment und alle ihre sogenannten Probleme waren weit entfernt. Sie hielt ihren Kopf über die Wasseroberfläche und schaute um sich. Es bot sich ihr ein atemberaubender Anblick. Die Sonne war nun schon über die Berge gestiegen und tauchte die ganze Landschaft in orangegelbe Farben.

Nachdem sie etwas für ihre Gesundheit getan hatte, konnte sie sich zum Frühstück einen Kaffee und drei *krouasán* gönnen. Etwas Süßes würde ihrem Gehirn den nötigen Kick geben, um auf Trab zu kommen.

Phaní erschien früh in der *Diévthinsi*. Als sie das Büro betrat, war sie überrascht, dass Panos und Angeliki schon dort waren und plauderten.

»*Kaló mína!*« sagte Angeliki zum Ersten des Monats und setzte ein breites Lächeln auf. Sie kam auf Phaní zu.

»Ich stehe gerne zur Verfügung, falls ich etwas helfen kann.«

»Lassen Sie mich zuerst einen Anruf machen.« Phaní setzte sich und wählte eine Nummer.

»*Kiría* Friedel, hier ist *astinómos* Papadea – und nein, wir haben noch keine neuen Hinweise bezüglich des Verbleibens Ihres Mannes.«

»Ich habe auch nichts anderes erwartet«, antwortete Frau Friedel trocken. Für einen Moment wollte Phaní sie fragen, wie sie das denn meinte. Ob sie wohl ahnte, dass ihr Mann wahrscheinlich tot war? Doch bevor Phaní nicht hundertprozentig wusste, was mit Friedel geschehen war, wollte sie ihr die schlechte Nachricht nicht übermitteln. Dabei war sie nicht sicher, ob das überhaupt eine schlechte Nachricht für Frau Friedel wäre.

»Hatten Sie Zeit, die Liste der Kunden, deren Unterlagen gestohlen wurden, zusammenzustellen?«

»Diese Liste liegt seit Tagen bereit. Aber niemand hat sich einen Dreck darum geschert, sie abzuholen. Ich hoffe, Sie haben nicht erwartet, dass ich sie vorbeibringe«, wetterte Frau Friedel und zeigte damit unmissverständlich, dass sie nur Verachtung für die Polizei empfand. Phaní wollte sich nicht auf eine Diskussion einlassen.

»Kann ich jetzt gleich jemanden zu Ihnen schicken, um die Liste abzuholen? Sind Sie zu Hause?« fragte Phaní so freundlich, wie es ihr möglich war.

»Ja. Wohin soll ich auch gehen? Der Wagen meines Mannes wurde mir immer noch nicht zurückgegeben.«

Noch eine spitze Bemerkung, die Phaní absichtlich überging. Sie hatte keine Lust, dieser nörgelnden Person noch eine weitere Gelegenheit zu geben, sich Luft über alles zu machen, das nicht so lief, wie sie wollte.

»Gut. Ich schicke gleich jemanden vorbei. Und, *kiría* Friedel, halten Sie den Hund an einer kurzen Leine. Wenn mir zu Ohren kommt, dass einer meiner Beamten von Ihrem Hund angefallen wurde, muss ich das Tier einschläfern lassen!« Phaní war sicher, es würde irgendeine bissige Bemerkung folgen, aber am anderen Ende blieb es still. Dann kam Phaní ein anderer Gedanke, was sie Frau Friedel fragen konnte, wenn sie diese schon einmal am Telefon hatte.

»*Kiría* Friedel, hat Ihr Mann starke Beruhigungsmittel genommen, in der Form von kleinen weißen Pillen?«

Frau Friedel kam wieder in Fahrt.

»Nein. Aber er nahm große blaue Pillen, und soweit ich weiß, haben die den gegenteiligen Effekt«, bellte sie und hängte auf.

Phaní fing so laut an zu lachen, dass Panos und Angeliki sich verdutzt anschauten. Sie dachte, was man auch immer von dieser Frau halten mochte, auf den Mund gefallen war sie nicht.

Sie gab Angeliki Frau Friedels Adresse, sagte ihr, was sie abholen müsse und Angeliki sauste los.

Phaní schaute sich auf ihrem Schreibtisch um und überlegte, was als Nächstes getan werden müsse. Sie sah auf ihre Uhr.

»Ich sollte versuchen, Mavridis zu erwischen und einen kleinen Schwatz mit ihm halten«, bemerkte sie und stand auf. Als sie das Büro verlassen wollte, fiel ihr Panos' hilfloser Ausdruck im Gesicht auf.

»Was gibt es denn?«

»Na ja, Mavridis ist nicht mehr unser Polizeichef. Er ging in den Ruhestand, am vergangenen Freitag war sein letzter Tag.«

Das war der Tag, als Phaní mit Mavridis ein paar Gläser *tsípouro* zuviel getrunken hatte. Er hat also wahr gemacht, was er an dem Tag beschlossen hatte. Sie war in gewisser Hinsicht beeindruckt.

22

Phaní ging zurück zu ihrem Schreibtisch und setzte sich wieder.

»Wer ist sein Nachfolger?«

»Ich weiß es nicht. Er soll aber Montag anfangen. Ich kann mal nachfragen«, antwortete Panos und griff nach dem Hörer. Phaní winkte ab.

»Komm, lass, wir haben Wichtigeres zu tun. Wir müssen uns die Kundenliste genauer anschauen.« Sie suchte auf ihrem Schreibtisch nach einem Hefter, bis sie ihn unter einem Stapel Zeitungen fand.

»Hier, Sie nehmen drei und ich nehme drei.« Phaní reichte Panos die Blätter von drei Kunden mit deren Angaben.

Panos hob seine Schultern und fragte etwas verloren:

»Wonach suchen wir eigentlich?«

»Nach etwaigen Unstimmigkeiten. Zum Beispiel überhöht scheinende Preise für die einzelnen Arbeiten, oder stimmt die Anzahl der in Rechnung gestellten Fenster mit der Anzahl der eingebauten überein. Etwas in der Art, nehme ich an.« Panos sah immer noch etwas ratlos aus.

»Irgendetwas, das Ihnen verdächtig erscheint.« Dann sah Phaní auf ihre Uhr.

»Sagen wir, in einer Stunde vergleichen wir, was wir herausgefunden haben. Hoffentlich ist Angeliki dann schon wieder zurück.«

Phaní begann mit dem ersten Kunden auf ihrer Liste, den Beckmanns. Sie betrachtete eine Tabelle, in der Arbeitszeiten und Kosten für die jeweiligen Bauphasen aufgeführt waren, beginnend mit dem Erdaushub. Jeder Schritt vom Hausbau war penibel genau aufgeschrieben. Sie war froh, dass Friedel Deutscher war und somit sehr gewissenhaft alles festgehalten hatte. Die Aufzeichnungen waren so detailliert, dass sie schon langweilig wurden, und Phaní sich zusammenreißen musste, nicht ganze Passagen zu überspringen und somit etwas Wichtiges zu übersehen.

Abgesehen davon fand sie keine anderen Angaben, als diejenigen, die ihr schon bekannt waren: Friedel hatte die Pläne bei der *poleodomía* – der Baubehörde eingereicht, um eine Baugenehmigung zu erhalten. Er hatte Beton und Maurerarbeiten und das Dach beendet, danach hatte Philippe die Bauaufsicht übernommen. Dessen Aufzeichnungen waren viel weniger genau. Laut Bericht waren unter Philippe's Aufsicht das Verputzen und das Gießen einiger Betonplatten ausgeführt worden. Wenigstens Datum und Arbeitszeit waren jeweils vermerkt. Zum Beispiel wurde auf der Westseite des Hauses am 11. August ein Betonweg gegossen. Warum erregte dieses Datum Phaní's Aufmerksamkeit? Sie kam im Moment nicht darauf. Es gab keine Bemerkung und keinen Hinweis, woraus sie schließen konnte, dass Friedel die Beckmanns auch erpresst hätte.

Sie ging zum nächsten Kunden über. Es war ein anderes Ehepaar aus Deutschland, Herr und Frau Griesmeyer, sie kamen aus Bayern. Ihr kleines einstöckiges Haus stand auch in Phinikounda, und aus dem Lageplan ersah sie, dass es an derselben Straße, wie das Haus der Beckmanns, lag, nur etwa fünfhundert Meter weiter vom Ort entfernt. Das Haus war viel kleiner als das der Beckmanns, aber wenn Phaní die Preise verglich, fand sie heraus, dass das kleine Haus im Verhältnis viel teurer verrechnet worden war, als das größere. Entweder hatte Friedel den Beckmanns einen guten Preis gemacht, oder er hatte von den Griesmeyers zu viel verlangt, damit sich das kleine Projekt überhaupt für ihn lohnte. Phaní tippte auf die zweite Möglichkeit.

Das Haus der Griesmeyers wurde vor drei Jahren fetiggestellt. Phaní verstand nicht, warum Philippe deren Aufzeichnungen auch kopiert hatte, obwohl es an dem Haus nichts mehr zu tun gab. Vielleicht hatte er Grund anzunehmen, Friedel meinte die Griesmeyers, als er von einem seiner Kunden sprach, den er gerade begonnen hatte ordentlich auszunehmen. Aber nichts außer der Tatsache, dass Philippe deren Unterlagen auch in sein Archiv kopiert hatte, sprach für eine solche Annahme.

Am Ende der Aufzeichnungen stand nur noch mit dicken Buchstaben geschrieben, dass die Griesmeyers oft länger als sechs Monate mit ihrem Auto in Griechenland blieben, ohne für dieses eine Verlängerung zu beantragen. Phaní begriff, was er damit meinte. Sogar heute, in den Zeiten, in denen es Bürgern der EU erlaubt war, sich zeitlich unbegrenzt in Ländern der EU aufzuhalten, hatten die Autos nicht dieselben Privilegien. Autos mit ausländischem Nummernschild durften nur sechs Monate in Griechenland bleiben. Gleichzeitig wusste aber Phaní, auch wenn es so ein Gesetz gab, wurde es nicht streng eingehalten. Außerdem war das Kontrollieren sehr schwierig, und somit interessierte sich meistens niemand dafür, auch die Polizei nicht. Die einzigen, die sich darum kümmerten, wie Phaní gehört hatte, waren gelangweilte Ausländer, die mit anderen eine Fehde austrugen und deren Auto auf hinterhältige Weise als überfällig anzeigten.

Hatte Friedel die Griesmeyers vielleicht angezeigt und würden diese deshalb töten, aus Rache? Phaní grinste. Oder hatten die Griesmeyers herausgefunden, dass Friedel ihnen zu viel Geld abgeknöpft hatte, und sie wollten es ihm heimzahlen? Na ja, alles war möglich.

Sonst hatte Phaní nichts finden können, das auf sie einen verdächtigen Eindruck machte.

Der nächste Kunde war der Richter aus Großbritannien, der aller Wahrscheinlichkeit nach von Friedel erpresst worden war. Sein Name war Robert Holmes, was Phaní wie ein Pseudonym vorkam. Sie übersprang alle Aufzeichnungen über den Hausbau und ging gleich zu dem Teil über, der sich mit der Vergangenheit des Richters befasste. Wenn sie die sehr ausführliche Beschreibung durchlas, die über Richter Holmes' Leben Auskunft gab, bevor er nach Griechenland gekommen war, so waren seine Verstöße schwerwiegend genug, dass Holmes für Friedel ein ideales Opfer abgab. Der Richter hatte laut Anmerkungen unter der Hand von einem großen Industriellen Geld angenommen, und dafür wurden wiederholte Anklagen wegen Umweltverseuchung gegen diesen fallengelassen. Große Mengen Geld waren auf das Konto des Richters gewandert. Geschickterweise zog er sich von seinem Amt zurück, bevor die Gerüchte anfingen zu zirkulieren, oder schlimmer, bevor eine Untersuchung gegen ihn hätte angestrengt werden können. Das wäre endlich ein handfestes Motiv, aber der Richter hatte vor einem Jahr sein Haus verkauft und Griechenland ohne Angabe seines neuen Aufenthaltsortes verlassen.

Phaní's Gedanken machten sich selbstständig: Richter Holmes hätte jemanden hierher geschickt haben können, der für ihn diese leidige Erpressergeschichte beendete. Dann wäre es aber ein Spiel in einer anderen Liga. Phaní müsste auf internationalem Terrain ermitteln, und sie kannte niemanden bei der Polizei in London. Wäre das ein Fall für Scotland Yard? Phaní kehrte in die Realität zurück. Wie dem auch sei, sie entschied sich, diese Spur erst zu verfolgen, wenn sich die anderen als Sackgassen herausstellen würden. Richter Holmes! Sie schüttelte den Kopf, was für ein Name!

Phaní seufzte und schmiss ihren Stift auf die Papiere. Sie lehnte sich in ihrem Stuhl zurück. Nichts Handfestes hatte sie gefunden, und diese ganze Geschichte begann sie zu frustrieren. Warum war sie nur nach Kalamata zurückgekommen? Es war doch überhaupt nicht mehr ihre Angelegenheit. Sie war nahe daran, nicht nur den Stift hinzuschmeißen.

»Haben Sie einen verdächtigen Anhaltspunkt gefunden?« fragte Panos unschuldig.

Phaní funkelte ihn zornig an.

Gerade in diesem Moment ging die Tür auf und Angeliki betrat das Büro. Sie hatte ein Blatt Papier in ihrer Hand und brachte es gleich Phaní. Endlich hatte sie die Liste der Kunden, deren Unterlagen gestohlen worden waren.

Phaní schaute sich die Liste an, ohne etwas zu sagen. Diese enthielt fünfzehn Namen, und Phaní bemerkte sofort, dass die Namen alphabetisch aufgeführt waren, aber nur diejenigen mit den Buchstaben A bis K. Sie erkannte die Namen Beckmann, Griesmeyer, Holmes und Koschnitz wieder. Phaní überlegte sich, dass Philippe, als er die Namen von Friedels Computer kopiert hatte, schon eine Auswahl getroffen haben musste, da er Friedels Kundenliste auf die sechs Namen reduziert hatte, die Angeliki in seinem Computer fand. Und weil er dies getan hatte, musste er sicher gewesen sein, dass einer davon der dritte Kunde war, den Friedel erst seit kurzem erpresst hatte. Philippe wusste offensichtlich nicht, welcher Kunde es tatsächlich war, aber es musste einer der verbleibenden vier sein, Koschnitz und Richter Holmes ausgenommen, weil Friedel diese bereits erpresste. Nach welchen Gesichtspunkten hatte er die Liste reduzieren können, wenn er nicht genau wusste, wer es war?

»Wie lauten die Namen der drei Kunden, die Sie genauer unter die Lupe genommen haben?«

»Koschnitz, Herr und Frau Meininger aus Regensburg, und Herr und Frau Peterson aus Kiel«, antwortete Panos mit hörbaren Schwierigkeiten, die Namen auszusprechen. Phaní dachte kurz nach.

»Nehmen wir einmal an, der Einbruch in Friedels Büro und sein Verschwinden hängen zusammen, und nehmen wir weiter an, dass der Einbrecher derselbe ist, der Friedel verschwinden ließ, ihn vielleicht sogar tötete. Und sein Name befindet sich auf einer der geklauten Kundendateien, und diese Unterlagen gehen bis zum Buchstaben K, also bleibt von Ihren drei Kandidaten nur Koschnitz übrig.«

Phaní atmete tief durch, weil sie das alles in einem Atemzug gesagt hatte. Dann neigte sie sich vor, weil ihr etwas aufgefallen war.

»Das ist es!« Panos und Angeliki, die nur daneben standen und ihr zuhörten, schauten sie gespannt an.

»Sehen Sie, die Liste, die wir in Philippe's Computer gefunden haben, enthält nur sechs Namen, aber Friedels Kundenliste ist länger. Philippe wusste sicher von Koschnitz und Richter Holmes, dass sie von Friedel erpresst worden waren. Ich habe mich aber gefragt, wie hat er Friedels ganze Kundenliste auf die verbleibenden vier Namen reduzieren können? Na ja, diese Namen auf Philippe's Liste sind alles Ehepaare. Er musste also soviel gewusst haben, dass das dritte Erpressungsopfer von Andreas Friedel ein Ehepaar war, und zwar ein deutsches.«

Phaní lehnte sich in ihrem Stuhl zurück und seufzte.

»Zuerst müssen wir herausfinden, welches Ehepaar etwas in seiner Vergangenheit zu verbergen hat, von dem Friedel wusste, und es auch gegen sie benutzte. Und zweitens stellt sich die Frage, welcher der verbleibenden drei – Koschnitz, der Richter und eines der Ehepaare – sogar töten würde, um sein Geheimnis zu bewahren. – Was meinen Sie?«

Panos überlegte etwas, bevor er antwortete.

»Na ja, dieser Koschnitz hätte wirklich ein Motiv. Ich meine, wenn irgendjemand herausfinden würde, dass er sich, nachdem er fünfunddreißig Gläubiger um ihr Geld betrogen hatte, statt seine Schulden zu bezahlen hier ein Stück Land gekauft und ein Haus darauf gestellt hat, dann wäre er wegen Betrugs dran.«

»Sie glauben also, es war nur Theater, dass er diese Erpressergeschichte so auf die leichte Schulter genommen hat?« Panos nickte.

»Es wäre möglich«, gab er zu.

Phaní nahm den Telefonhörer und wählte eine mehrstellige Nummer. Nach kurzem Läuten antwortete jemand am anderen Ende.

»Reinhardt, ich bin's, Phaní.«

»Phaní! Ich hatte wirklich noch keine Zeit zu ...« fing er an.

»Macht nichts. Ich wollte noch einen weiteren Namen zu dem hinzufügen, den du bereits für mich überprüfst«, unterbrach ihn Phaní. Sie glaubte ihn am anderen Ende stöhnen zu hören.

»Es ist wirklich wichtig. Dafür kannst du von mir jeden Gefallen bekommen, den du willst.« Sie überlegte einen Moment und sagte schnell:

»Na ja, fast jeden Gefallen.«

Reinhardt fing an zu lachen, sodass sogar Panos und Angeliki ihn hören konnten.

»Sag schon, wer ist dein neuer Verdächtiger?«

»Er ist eigentlich Österreicher ...« begann Phaní.

»Macht nichts. Ich kenne ein paar Kollegen, die für eine Zeitung in Linz und Wien arbeiten. Wie heißt er?« fragte Reinhardt, und Phaní gab ihm Koschnitz' Namen an. Es ging ihr ein Gedanke durch den Kopf und sie hörte nicht, was Reinhardt antwortete.

»Ich weiß, dass ich viel von dir verlange, Reinhardt. Aber da wären noch zwei Namen, über die ich Informationen brauche. Es würde mir sehr helfen, wenn ...«, erklärte Phaní und Reinhardt lachte wieder.

»Na ja, wenn ich schon mal dabei bin, warum nicht! Wie heißen sie?« Phaní fügte noch schnell die Namen der Beckmanns und der Griesmeyers hinzu und dachte, es könnte nicht schaden.

»Ich werde mich heute Nachmittag darum kümmern. Morgen hab ich vielleicht schon etwas für dich herausgefunden«, erklärte Reinhardt.

»Oh, Reinhardt, du bist ein Schatz, ich schulde dir etwas! Hast du dieses Jahr schon deinen Urlaub genommen?« Reinhardt stockte und war etwas überrascht.

»Nein, ich ...«

»Komm und besuch mich in Griechenland. Du bist mein Gast! September ist der beste Monat, das Meer ist noch schön warm und die Tage nicht mehr so heiß ...«

»Aber ich habe meinen Urlaub schon gebucht. Ich werde zwei Wochen auf die Seychellen fliegen, zum Sporttauchen«, unterbrach Reinhardt sie.

»Aber vielleicht nächstes Jahr«, sagte er noch schnell.

Phaní verdrehte die Augen, meinte ›schon gut‹ und legte auf. Sie drehte sich zu Panos und Angeliki.

»Diese Deutschen! Sie reisen bis ans Ende der Welt ohne wirklich irgendwo gewesen zu sein!«

Panos grinste.

Phaní versuchte, den Faden wieder aufzunehmen.

»Panos, wissen Sie noch, was Koschnitz gesagt hat, an welchem Tag Friedel immer gekommen ist, um zu kassieren?«

Panos schaute in seinem Büchlein nach und Phaní dachte, Notizen sind doch hilfreich, das musste sie zugeben.

»Immer an einem Montag. Das letzte Mal war so vor ungefähr drei Wochen, hat er gesagt.«

»Welcher Tag wäre das gewesen«, fragte Phaní. Panos schaute auf einem Kalenderchen nach.

»Das wäre der 8. August.«

Alles schien sich um ein paar Tage im August zu drehen. Sie war doch vor kurzem irgendwo auf ein Datum auch aus diesem Zeitraum gestoßen. Aber wo?

»Wann wurde Friedel als vermisst gemeldet?« fragte sie. Panos suchte einige Papiere auf seinem Schreibtisch durch und grub die Vermisstenanzeige aus.

»Am 9. August.«

»Wir müssen also von Koschnitz das genaue Datum erfahren, wann er Friedel das letzte Mal bezahlt hat. Wir müssen den Herrn wohl noch einmal stören«, bemerkte sie trocken.

Einen Moment überlegte sie, ob es besser wäre, ihn zur Befragung hierherzuholen. Aber sie hatte nichts in der Hand, außer losen Hinweisen. Soll er sich ruhig sicher fühlen, und dann schütteln wir ihn wie ein Olivenbäumchen.

»Dann gehen wir mal«, sagte sie zu Panos und stand auf. Sie wendete sich zu Angeliki.

»Danke für Ihre Hilfe. Ich rufe Sie, wenn ich Sie benötige.« Sie schaute Angeliki noch nach, wie diese aus dem Büro ging und hätte ihr gerne etwas Freundlicheres gesagt, und dachte, das müsse sie nachholen.

Es war schon halb vier, die inoffizielle Siestazeit im Sommer, und Phaní hatte festgestellt, dass viele Ausländer noch lieber als die Griechen sich zu dieser Zeit ein Nickerchen gönnten. Tja, wenn Koschnitz jetzt schlief, müsste sie ihn eben wecken, oder besser noch, der kleine Kläffer würde das für sie besorgen.

Als sie wieder die Auffahrt zu Koschnitz' Haus hinauffuhren, fielen Phaní zwei Dinge auf: die Auffahrt schien jetzt noch länger und das Haus noch kleiner. Dieses war fast ganz weiß gestrichen, mit blauen Fensterläden. Phaní hatte nicht das geringste Verständnis für die Besessenheit mancher Ausländer von den Farben weiß und blau. Das passte vielleicht auf einige Inseln, wenn überhaupt, aber doch nicht nach Messenien. Phaní schüttelte den Kopf.

Der Kläffer machte seine Arbeit gut und verursachte viel Lärm für so ein kleines Tier. Wie das letzte Mal kam Koschnitz sofort aus dem Haus. Er war zwar überrascht, aber sogleich setzte er wieder sein breites Lächeln auf und streckte die Hand aus.

»Es tut mir leid, dass wir Sie schon wieder stören müssen, *kírie* Koschnitz«, fing Phaní sehr freundlich an, obwohl sie sich immer mehr genervt fühlte. Nicht wegen Koschnitz, sondern wegen des kleinen Köters, der völlig außer sich, nicht aufhörte um Phaní herumzuhüpften und an ihren Beinen zu schnüffeln und dabei immerzu kläffte. Sie konnte nur schwer der Versuchung widerstehen, ihn einfach wegzukicken.

»*Kírie* Koschnitz, Sie haben uns gesagt, dass sie Friedel das letzte Mal an einem Montag gesehen haben.« Koschnitz nickte.

»Können Sie sich noch an das genaue Datum erinnern?« fuhr Phaní fort. Koschnitz strich mit der Hand durch seinen Bart und überlegte.

»Warten Sie einen Moment, das muss ich in meiner Agenda nachschauen.« Er ging auf das Haus zu. Wieder kamen Phaní zwei Dinge in den Sinn: ist er wirklich so blöd, die Daten, an denen Friedel kam, um das Geld einzusammeln, in einer Agenda festzuhalten, und er kann uns doch nicht hier draußen in der Hitze stehen lassen! Koschnitz musste Phaní's zweiten Gedanken erraten haben, denn er drehte sich um.

»Wollen Sie mit hinein kommen?« Phaní lächelte immer noch.

»Natürlich!«

Sie war zu neugierig, wie das Haus im Innern aussah. Und als sie es betraten, wurde Phaní denn auch nicht enttäuscht. Im Wohnzimmer standen zwei schwere Ledersessel mit Fußstütze, aufgestellt vor einem riesigen Fernsehapparat, der eingeschaltet war. Eine Dose Bier stand auf einem kleinen Tischchen, daneben lagen fünf leere. Im Fernsehen lief eine Seifenoper, wahrscheinlich eine österreichische. Ansonsten standen überall im ganzen Raum Dutzende kleiner Nippsachen und anderer Kleinkram herum, und dadurch erschien der Raum enger, als er eigentlich war.

Bald kam Koschnitz mit einer großen ledergebundenen Agenda aus einem anderen Zimmer zurück.

»Das war am 8. – ja, und es war ein Montag.« Koschnitz lächelte.

»Um welche Zeit ist er gekommen?«

»So um halb acht abends, würde ich sagen.«

»Hat er viel Geld verlangt?« fuhr Phaní weiter. Koschnitz lächelte immer noch.

»Tja, es hat mein Budget beträchtlich eingeschränkt, sagen wir es mal so.«

»Und seit er nicht mehr kommt, haben Sie ein größeres Budget?« schlussfolgerte Phaní. Koschnitz musste gemerkt haben, worauf sie hinauswollte. Sein breites Lächeln verschwand, und sein Blick glich nun dem eines Tieres, das in die Enge getrieben worden war. Seine kleinen Augen wurden noch schmaler.

»Sie glauben doch nicht, dass ich …« begann er, aber er hatte offensichtlich Schwierigkeiten, die richtigen Worte zu finden.

»Der Abend, von dem Sie sprachen, ist auch der Abend, an dem Friedel verschwunden ist. Seitdem ist er nicht mehr gesehen worden«, erklärte Phaní immer noch lächelnd.

»Jetzt werden Sie gleich behaupten, dass ich der Letzte war, der ihn gesehen hat!« schnaubte Koschnitz und wurde immer nervöser und aufgebrachter.

»Ich versichere Ihnen, er ist von hier wieder weggefahren!«

»Wie wäre es mit einem Beweis?« fragte Phaní mit sichtlichem Vergnügen. Sie wusste genau, dass ihre Art der Befragung überhaupt nicht professionell war. Aber sie konnte den Kerl nicht ausstehen! Sie wusste nicht genau, warum, aber er gehörte zu den Menschen, die jeden übers Ohr hauten, um zu bekommen, was sie wollten. Und sie erwarteten immer, dass sie damit durchkamen. Aber das Schlimmste war, wie konnte er mit all dem gestohlenen Geld ein so hässliches Haus wie dieses hier bauen?

»Ich war natürlich alleine, als er kam. Wie kann ich da einen Beweis haben?« rief Koschnitz wütend aus, sodass Phaní seine Spucke ins Gesicht flog. Nun verschwand auch ihr Lächeln.

»*Kírie* Koschnitz, ich muss Sie bitten, mit uns zu kommen«, forderte Phaní ihn auf. Sie hatte plötzlich ihren Sinn für Humor gänzlich verloren. Koschnitz war wie vor den Kopf gestoßen. Das einzige, was ihm noch einfiel, war:

»Und wer kümmert sich dann um Susie?«

23

Phaní war sich noch nie in ihrem ganzen Leben so blöd vorgekommen. Da Panos sich um Koschnitz kümmerte und ihn zum Auto geleitete, musste sie sich Susie annehmen. Doch die machte es ihr nicht einfach, sie hopste die ganze Zeit herum und Phaní brauchte eine Weile, bis sie Susie schließlich schnappen und unter den Arm klemmen konnte. Mit dem zitternden Bündel ging sie zum Auto.

»Fahren Sie, ich muss das Biest hier in Zaum halten!«

Auf der Fahrt war die Versuchung für Phaní groß, das Fenster zu öffnen und Susie auf Nimmerwiedersehen zu sagen.

In der *Diévthinsi* angekommen, brachte Panos Koschnitz in eine der Arrestzellen im Keller. Doch vorher warf Koschnitz Phaní noch einen flehenden Blick zu und stammelte:

»Tun Sie ihr nicht weh!«

Sie ging mit dem Bündel unter dem Arm zur Polizistin am Empfang und fragte, ob für sie eine Nachricht hinterlassen wurde. Sie hoffte, dass Reinhardt vielleicht schon angerufen hätte, aber es war nicht der Fall. Phaní überlegte, dass sie Koschnitz wenigstens bis morgen hierbehalten konnte, aber bis dahin brauchte sie ein Wunder in Form von handfesten Beweisen, um ihn in Untersuchungshaft nehmen zu können.

Es war halb sechs und Phaní wurde immer ungeduldiger. Das Bündel unter ihrem Arm hatte sich beruhigt und sie nahm es mit in ihr Büro. Dort stellte sie das Hündchen auf ihrem Schreibtisch ab, setzte sich auf ihren Stuhl und legte die Beine auf den Tisch. Sie betrachtete das Tier, das in der fremden Umgebung eingeschüchtert wirkte. Es gab jetzt außer einem leisen Winseln keinen Laut mehr von sich und sah Phaní mit großen Augen an.

Im nächsten Moment ging die Tür auf und Panos trat ein, mit zwei Bechern Kaffee in der Hand. Der Hund drehte den Kopf, war mit einem Satz vom Tisch und flitzte durch die Tür.

»*Stamáta!* – bleib stehen!« schrie Phaní hinterher und rannte auch aus der Tür. Zielsicher sauste der Hund auf die Treppe zu und hinunter. Als Phaní zwei Stufen auf einmal nehmend hinterher hastete, läutete ihr *kinitó.*

»*Éla!*« Es war Reinhardt.

»Hi Phaní, ich dachte, ich gebe dir sofort Bescheid, wenn ich etwas erfahren habe.«

»Gut! Was hast du?« fragte Phaní und geriet immer mehr außer Atem. Der Kläffer, der seine Stimme wieder gefunden hatte, rannte tatsächlich in den Keller.

»Geht's dir gut?« erkundigte sich Reinhardt, der hörte, dass es bei Phaní turbulent zuging.

»Ja, ja. Red nur weiter, was hast du?« Sie rannte gerade durch die Eingangshalle zur Treppe in den Keller und erntete ein paar verdutzte Blicke von Kollegen.

»Also, bis jetzt habe ich nur etwas über Koschnitz herausgefunden«, begann Reinhardt. »Er hatte ein kleines Unternehmen, das er von seinem Vater erbte. Er hat es heruntergewirtschaftet und musste zuletzt Bankrott erklären.« So weit kannte Phaní die Geschichte.

»Seine Gläubiger hatten das Nachsehen. Nach einer Weile, so vor ungefähr drei Jahren, hat er sich dann anscheinend zu euch abgesetzt.«

Phaní war im Keller angekommen, schnaufte heftig

und sah nur noch, wie der Kläffer durch das Gitter sprang und in einer der Zellen verschwand.

»Ist das alles? Und es wurde niemals herausgefunden, dass er jetzt in Griechenland lebt und sich hier ein Haus gebaut hat?« fragte Phaní etwas ungeduldig.

»Nein. Aber mein Freund aus Linz sagte noch, dass seine Gläubiger keinen Grund mehr hätten, ihn zu suchen, denn er hatte eine Insolvenzversicherung abgeschlossen, und sie wurden entschädigt.«

»Was?« sagte sie überrascht und blieb stehen. »Das heißt, auch wenn jemand Koschnitz hier aufspürte, würde das eigentlich niemanden mehr interessieren?«

»Richtig. Die Versicherung hat kein Interesse daran, die Sache weiterzuverfolgen, da es sich nur um einzelne geringe Summen handelte, zusammen gerade genug um ein Haus in Griechenland zu bauen, nehme ich an.«

Phaní empfand die letzte Bemerkung nicht als Beleidigung. Wenn sie es sich überlegte, ergab es Sinn, denn Koschnitz' Haus war klein und konnte nicht teuer gewesen sein.

»Ich rufe noch mal an, wenn ich über die anderen Personen etwas in Erfahrung gebracht habe. Bist du auch noch an Friedel interessiert?« fragte Reinhardt. Phaní überlegte.

»Nein, nein. Friedel nicht mehr. Die anderen sind wichtiger. Danke Reinhardt, du bist ein Schatz.« Phaní legte auf und rannte zu Koschnitz' Zelle. Sie blieb davor stehen und beobachtete eine äußerst rührende Szene: Koschnitz spielte mit der kleinen Susie. Und der soll Friedel umgebracht haben? Phaní fühlte sich nicht mehr so wohl dabei, Koschnitz eingebuchtet zu haben.

Sie betrat die Zelle und setzte sich auf die Liege ihm gegenüber.

»Warum haben Sie uns nicht gesagt, dass die ganze Erpressungsgeschichte nicht mehr aktuell ist? Oder hat Friedel immer noch versucht, Sie zu erpressen?«

Koschnitz spielte weiter mit Susie, während er antwortete.

»Ich habe ihm an diesem bewussten Abend gesagt, dass er mich nicht mehr erpressen könne. Er wurde unheimlich wütend, glaubte mir kein Wort und drohte, dass ich weiter bezahlen müsse. Wir haben uns sogar geprügelt.«

Koschnitz machte eine Pause.

»Ich glaube, ich habe ihn ganz schön erwischt. Sein Kopf blutete und er wankte, als er endlich ging, und weil er nicht mehr kam, vermutete ich, dass er schließlich herausgefunden hatte, dass es bei mir kein Geld mehr zu holen gab.«

»Und Sie dachten, wenn Sie uns erzählten, dass Sie Friedel verletzt haben, würden wir gleich glauben, Sie hätten ihn auch umgebracht«, folgerte Phaní und Koschnitz nickte. Phaní seufzte.

»Wir müssen Sie trotzdem bis morgen hier behalten, Sie sind noch nicht vom Haken«, fügte Phaní hinzu. Sie stand auf und ging zur Zellentür.

»Denn woher soll ich wissen, dass sich alles so zugetragen hat, wie Sie gerade schilderten.« Koschnitz sah sie flehend an.

»Aber warum sollte ich ihn denn umgebracht haben, jetzt, wo alles vorbei war?«

»Das müssen Sie mir erzählen. Vielleicht aus Rache für die Demütigung, vielleicht fürchteten Sie ihn immer noch. Trotz allem haben Sie ein Verbrechen begangen, auch wenn die Gläubiger jetzt bezahlt worden sind. Der Bezirksstaatsanwalt in Österreich würde sich immer noch für Sie interessieren. Wenn er herausfinden würde, wo Sie sich aufhalten, hätten Sie Einiges zu erklären, meinen Sie nicht?« Dann schloss Phaní das Zellengitter hinter sich. Sie fragte sich, ob Koschnitz ihr glaubte, was sie gerade erzählt hatte, denn sie wusste nicht, ob sie es selber tat.

Auf dem Weg nach oben flehte Phaní noch stärker um ein Wunder als zuvor, obwohl sie bekanntermaßen nicht religiös war. Sie kannte alle orthodoxen Rituale und Feiertage sehr gut, weil ihre halbe Verwandtschaft regelmäßig zur Kirche ging, und sie als Kind mitgeschleppt worden war. Das bedeutete nicht, dass sie irrationalen Gefühlen, wie Vorahnungen und Eingebungen gänzlich abgeneigt war. Abergläubisch war sie nicht, doch sie glaubte auch nicht, dass alles nur Zufall war. Und mit Eingebungen hatte sie sich schon immer herumgeschlagen, wogegen ihre logische Gehirnhälfte ständig anzukämpfen versuchte.

Phaní wusste aber, dass Wunder sich nicht ohne weiteres einstellen würden, sie musste etwas nachhelfen. Daher beschloss sie, den zwei Ehepaaren, die auf Philippe's Liste übriggeblieben waren, einen Besuch abzustatten: den Griesmeyers und den Beckmanns. Sie hoffte immer noch, dass sie es vermeiden konnte, sich mit Richter Holmes beschäftigen zu müssen.

Sie schnappte sich Panos und nach etwa vierzig Minuten waren sie in Phinikounda. Während der Fahrt dorthin bemerkte sie, dass sie unruhig wurde. Irgendetwas brodelte in ihr.

Sie hatte einerseits dieses seltsame Gefühl, dass die Lösung des Falles zum Greifen nahe war, andererseits jedoch fehlte das Gefühl von Aufregung und Spannung, das sich normalerweise bei ihr am Ende einer Untersuchung einstellte. Rein logisch betrachtet, hatte sie überhaupt noch keinen Hinweis darauf, wer das Verbrechen begangen haben könnte.

Vielleicht war es auch nur die Hitze oder sie war einfach müde.

Sie hielten vor dem Haus des Ehepaars Griesmeyer, das sie als erstes aufsuchen wollten. Phaní schaute sich das Haus schon gar nicht mehr genau an, jedes sah doch irgendwie aus wie das andere.

Eine Frau in den Vierzigern öffnete ihnen die Tür. Sie trug zu viel Make-up und eine zu enge Jeans, was Phaní sofort auffiel. Seinem Gesicht nach zu urteilen hatte Panos denselben Eindruck, wenn auch nicht in der Reihenfolge. Das Innere des Hauses war nichtssagend, wie auch sein Äußeres, und gab keine Hinweise auf die Persönlichkeit der Besitzer. Frau Griesmeyer war sehr begeistert, als Phaní sich und Panos als Polizeibeamte vorstellte. Das war ein erster Hinweis für Phaní, dass Frau Griesmeyer keine gute Verdächtige abgab. Oder vielleicht war die Begeisterung gespielt und sollte nur ihre Nervosität überdecken.

Bald kam jemand aus einem Nebenzimmer zu ihnen, das musste Herr Griesmeyer sein. Er war sehr dünn und sah so aus, als ob er kein einfaches Leben hätte.

»Wir möchten Sie nicht lange stören«, begann Phaní. Sie wollte diese Befragung so schnell wie möglich hinter sich bringen, denn sobald sich der Mann neben seine Frau gesetzt hatte, hielten sie Händchen und tauschten andauernd Küsschen aus. Phaní hatte Mühe, den zwei Turteltauben zuzuschauen. Sie konnte es nicht ausstehen, wenn Paare ihre Zuneigung mit tausenden von Küssen und mit Schatzi hier und Schatzi da demonstrieren mussten. Für Phaní wäre das schon

Grund genug gewesen, die beiden zu verhaften, wegen schmalzigen Verhaltens. Aber das Leben funktionierte nicht immer so, wie sie sich das wünschte.

»Wo waren Sie am Abend des 8. August? Das war ein Montag«, fragte Phaní und brachte ihre Gedanken darauf zurück, weswegen sie gekommen war. Die Griesmeyers schauten sich an, dann fragte er:

»Warum wollen Sie das wissen?«

»Könnten Sie bitte einfach die Frage beantworten«, beharrte Phaní mit einem gequälten Lächeln im Gesicht.

Das Paar verlor plötzlich etwas von seiner guten Laune. Sie waren sichtlich verwirrt. Nach einer Weile antwortete Frau Griesmeyer vorsichtig:

»Wir waren hier.« Dann schien ihr etwas in den Sinn zu kommen.

»Ja! Jetzt erinnere ich mich. Es war der Tag nach der Party zu meinem Geburtstag. Ich hatte eigentlich am Freitag Geburtstag, aber am Sonntag haben wir dann für Freunde und Nachbarn eine kleine Party gegeben. Ich werde Ihnen nicht sagen, wie alt ich geworden bin ...« Phaní hörte nicht mehr hin, was die Frau sagte. Die Befragung wurde in Englisch geführt, da die Griesmeyers nicht gut Griechisch sprachen, doch ihr Englisch war sehr gut, sogar etwas zu gut für Phaní's momentanen, müden Zustand. Nach einer Weile schnitt sie den Fluss von Worten ab, der der Frau ununterbrochen aus dem Mund gesprudelt kam.

»Und am Montagabend kam noch Besuch, nicht wahr?«

Sie bluffte mit ihrer Frage, aber sie konnte ja nur gewinnen, einerseits, weil sie die Frau dazu gebracht hatte zu schweigen, und andererseits würden die beiden sich vielleicht verraten. Plötzlich war es sehr still, dann fragte der Mann:

»Woher wissen Sie, dass jemand gekommen ist?«

Phaní schaute zu Panos und konnte einen leicht triumphierenden Ausdruck nicht unterdrücken. Dann blickte sie wieder zu den Griesmeyers und fragte selbstsicher:

»Wann ist der Mann gekommen?« Die Griesmeyers schauten sich wiederum an. Jetzt waren sie völlig verwirrt, oder, wie Phaní glaubte, überrascht von ihren hellseherischen Fähigkeiten. Nach einer Weile erwiderte die Frau, doch diesmal sehr schüchtern:

»Welcher Mann? Es war ein Ehepaar, das kam.«

Phaní war zuerst etwas verblüfft, doch im Bruchteil einer Sekunde kam ihr der Gedanke, dass vielleicht Frau Friedel ihren Mann bei seinem Geldeintreiben begleitet hatte, das wäre eine Möglichkeit.

Die Frau fuhr fort und fand langsam zu ihrer Beredsamkeit zurück.

»Sie kamen, um sich ihre Schüssel abzuholen, die sie den Abend zuvor für die Party, mit Fruchtsalat gefüllt, mitgebracht hatten, verstehen Sie?«

Jetzt fragte Phaní:

»Welches Ehepaar?«

»Die Beckmanns. Sie bauen ein Haus etwa fünfhundert Meter die Straße weiter zum Ort hin.«

Phaní war sprachlos, überlegte sich aber schnell eine Frage.

»Wann sind sie gekommen?«

»Kurz vor acht«, antwortete die Frau.

»Nein, ich glaube es war eher halb acht, Schatz«, wandte er ein.

»Oh, nein Schatz. Erinnerst du dich, sie kamen gerade, als wir die Nachrichten auf RTL schauten, und die beginnen um viertel vor sieben in Deutschland, und dann ist es hier viertel vor acht.«

»Oh ja, du hast recht Schatz, wie immer«, antwortete er und gab ihr einen Kuss auf die Wange.

»War da nicht auch gerade Vollmond?« fragte Frau Griesmeyer ihren Mann, und dieser nickte enthusiastisch. Phaní befürchtete, dass die Frau nun ganz übergeschnappt war.

»Stimmt! Anschließend gingen wir ja alle noch zu Fuß zum Strand. Es war ein Mondscheinabend!«

»Mondscheinabend?« fragte Phaní verdutzt.

»Wissen Sie, wir, das heißt eine kleine Gruppe von Freunden aus der Gegend, nennen das so. Immer bei Vollmond treffen wir uns am Strand und trinken ein paar Bierchen – manchmal auch ein paar zuviel. Es war ein toller Abend. Die Beckmanns haben uns sogar noch nach Hause begleitet, weil sie Angst hatten, wir würden es nicht schaffen. Na ja, so blau waren wir auch wieder nicht. Das muss schon eins oder zwei gewesen sein, – nachts natürlich.« Frau Griesmeyer kicherte und Phaní wünschte sich nur eins, hier wegzukommen. Sie stand auf, und es war unmissverständlich, dass sie gehen wollte. Dann kam ihr aber noch eine Frage in den Sinn.

»Nimmt einer von Ihnen Beruhigungsmittel, vielleicht in der Form von kleinen weißen Pillen?«

Frau Griesmeyer schaute ihren Mann an und fing wieder an zu kichern.

»Wissen Sie, wir nehmen nichts in der Art, eher das Gegenteil.« Frau Griesmeyers Kichern wurde immer stärker und ihre Wangen wurden noch roter, als hätte sie viel zu viel Rouge aufgelegt. Sie musste auch von den großen blauen Pillen sprechen, dachte Phaní. Was war nur mit den Leuten los, dass jeder mit diesen blauen Pillen angeben musste und auch mit seinem Sexleben? Phaní quetschte ein ›auf Wiedersehen‹ heraus und ging, Panos folgte ihr. Sie hörte gerade noch, wie Frau Griesmeyer sagte:

»Ich kann es nicht abwarten, meinen Freunden zu erzählen, dass wir Besuch von der hiesigen Polizei hatten. Sie werden ja alle so neidisch sein.«

Phaní drehte sich um und sagte sehr ruhig und mit großem Vergnügen:

»Das würde ich an Ihrer Stelle nicht tun. Jede Polizeiuntersuchung ist vertraulich, und falls ich herausfinde, dass etwas von unserem Gespräch nach außen gedrungen ist, muss ich Sie verhaften. Schönen Abend noch.«

Phaní drehte sich wieder vom Ehepaar weg und lächelte. Sogar mit dem Rücken zu ihnen gewendet, konnte sie deren verdutzte Gesichter sehen. Sie hörte noch etwas, wie:

»Kann sie das überhaupt machen?«

Wieder im Auto schwang Phaní's Stimmung bald dorthin zurück, wo sie vor ihrer letzten Bemerkung gewesen war.

»Wissen Sie, was da soeben im Haus geschehen ist?« fragte sie Panos enttäuscht, und er sah so aus, als wüsste er es auch.

»Wir haben gerade unsere letzten Verdächtigen verloren. Jetzt bleibt nur noch der Richter aus England übrig«, stöhnte Phaní und ließ das Auto an. Sie machten sich auf den Weg zum nächsten Ehepaar und kamen an der Baustelle vorbei, auf der Philippe tot aufgefunden worden war. Phaní hielt an und betrachtete das halbfertige Haus. Sie hatte das untrügliche Gefühl, dass es hier noch etwas zu klären gab.

»Wo wohnen die Beckmanns, während ihr Haus gebaut wird?« fragte sie und Panos schaute in seinen Notizen nach.

»Hier im Dorf, es heißt: Angela's Bungalows.«

Sie hatten keine Mühe, die Bungalows zu finden, denn Angela hatte sieben Schilder aufgestellt, die in dicken Buchstaben und mit einem roten Pfeil anzeigten, wo ihre Ferienanlage zu finden war. Die Beckmanns mussten auf die gleiche Weise dort gelandet sein. Es war auch einfach herauszufinden, in welchem Bungalow sie wohnten. Ein dunkelblauer Jeep Cherokee mit deutschem Kennzeichen wies darauf hin.

Frau Beckmann öffnete die Tür. Phaní fiel gleich auf, dass diese sich viel geschmackvoller kleidete als das Modepüppchen Griesmeyer. Phaní spürte, dass sie sich etwas entspannte, als sie und Panos den Bungalow betraten.

Frau Beckmann fragte schließlich sehr freundlich:

»Was können wir für Sie tun?« Sie schaute Panos an.

»Haben Sie uns nicht gesagt der Fall Philippe sei aufgeklärt, und dass es ein Unfall gewesen ist?«

Panos nickte.

»Das stimmt«, antwortete Phaní.

»Wir untersuchen jetzt das Verschwinden von Andreas Friedel.« Frau Beckmanns Haltung straffte sich leicht.

»Oh, ich hatte keine Ahnung, dass er vermisst wird.«

Ihr Gesicht entspannte sich etwas.

Im Hintergrund fing Wasser an zu kochen, sie entschuldigte sich und lief in die Küche. Phaní lächelte Herrn Beckmann an, der wortlos auf dem Sofa saß.

»Friedel hat doch einmal für Sie gearbeitet. Wann haben Sie das letzte Mal mit ihm gesprochen oder ihn gesehen?«

Die Antwort kam aus der Küche.

»Wir hatten keinen Kontakt mehr mit Andreas seit wir ihn entlassen haben.« Frau Beckmann kam mit einem Tablett voller Getränke zurück.

»Ich glaube nicht, dass wir Ihnen noch irgendetwas sagen können.«

»Wann hatten Sie ihn denn entlassen?« fragte Phaní.

Sie hatte nicht das Gefühl, dass dieses Gespräch sie weiterbringen würde. Nur vollsändigkeitshalber hielt sie es für nötig, den Beckmanns weitere Fragen zu stellen.

»Letztes Jahr im September«, antwortete die Frau.

»Ich erinnere mich genau, wir hatten davor einen Riesenstreit. Ich sagte ihm, was wir von ihm hielten, dass er ein Betrüger wäre, dass er zu viel Geld von uns verlangt hätte, dass er die *IKA* – die Arbeiterversicherung nicht bezahlt hätte, sodass wir es tun mussten. Ich habe mich so aufgeregt und ihm alles an den Kopf geworfen.« Frau Beckmann setzte sich.

»Ich rege mich immer noch stark auf, wenn ich darüber sprechen muss. Aber wie dem auch sei, wir haben ihm gekündigt. Zum Glück hatten wir einen Vertrag mit ihm abgeschlossen, der nur die Arbeiten von Beton, Mauerwerk und Dach beinhaltete. Wir mussten ihm noch eine kleine Summe nachzahlen.«

Phaní kannte diese Sorte Mensch, wie Friedel einer sein musste. Sie nutzten alles und alle aus, nur um sich zu bereichern. Das einzige Ziel in ihrem Leben war, noch reicher zu werden und dafür so wenig, wie möglich zu tun. Sie betrogen, wo sie konnten, und wenn jemand schwächer war, oder in einer benachteiligten Situation, wie die Beckmanns, die aus Deutschland mit nichts als einem Traum kamen, aber die Tricks nicht kannten, wenn man hier ein Haus baute, dann ließen sie die bezahlen, und zwar zünftig. Friedel musste ein gutes Beispiel für diese Art Mensch sein.

Phaní wusste, dass die Beckmanns ihr nichts Neues erzählen konnten, da fast ein Jahr zwischen deren letztem Treffen mit Friedel und seinem Verschwinden lag. Sie wollte ihre Tasse austrinken und die Beckmanns weitermachen lassen, damit sie ihren Traum mit möglichst wenig Hindernissen vollenden konnten. Phaní hatte wieder dieses Gefühl Frau Beckmann gegenüber, wie das letzte Mal, als sie mit ihr gesprochen hatte: sie mochte sie und fand es bewundernswert, dass diese sich bedingungslos dafür einsetzte, was sie erreichen wollte.

Frau Beckmann schien immer noch aufgebracht. Sie stand auf, ging zu einer Kommode, öffnete eine Schublade und nahm eine kleine Blechdose heraus. Sie setzte sich wieder neben ihren Mann und lächelte Phaní an, die gerade mit dem letzten Schluck ihre Tasse leerte.

Frau Beckmann öffnete die Blechdose, nahm eine kleine weiße Pille heraus und schluckte sie mit etwas Wasser hinunter.

24

Phaní sah sofort, dass Panos die kleine weiße Pille auch bemerkt hatte. Sie dachte, das kann sich nur um einen Zufall handeln. Aber sie musste etwas unternehmen, um herauszufinden, ob es wirklich ein Zufall war oder nicht.

»Oh, sind das Halsbonbons? Könnten Sie mir auch eins geben, ich habe schon den ganzen Tag einen rauen Hals.«

Frau Beckmann war etwas überrascht und wusste zuerst nicht, wie sie reagieren sollte. Schließlich erklärte sie:

»Oh, nein! Das sind keine Halsbonbons, das ist ein Medikament. Es ist ein Beruhigungsmittel.« Sie machte eine Pause, dann lachte sie verlegen.

»Ich nehme an, der ganze Hausbau und Philippe's Tod haben mich mehr mitgenommen, als ich dachte.«

Phaní lächelte, sie hatte genug gehört.

»Also, wir müssen jetzt gehen«, sagte Phaní und stand auf. Panos zögerte zwar etwas, aber dann folgte er ihr. Sie sagten den Beckmanns ›auf Wiedersehen‹ und gingen hinaus zu ihrem Auto.

»Ich verstehe nicht. Sollten wir sie nicht ...« konnte Panos nicht widerstehen zu fragen.

»Pssst! Nicht hier. Steig ins Auto!« raunte Phaní mit Nachdruck.

Sie startete das Auto und fuhr weg.

»Wir haben nichts gegen sie in der Hand. Die Pille wäre nur ein Indiz. Es ist noch zu früh, wir können nichts beweisen«, erklärte Phaní auf dem Weg zurück nach Kalamata.

»Wenn sie misstrauisch werden, könnten sie das Land verlassen, und das würde nur alles unnötig komplizieren.« Panos schien zu begreifen.

Ihre Gedanken wanderten schnell zu den Beckmanns zurück. Warum mussten es ausgerechnet diese sein? Warum konnten es nicht die Griesmeyers sein, oder dieser Koschnitz? Sie dachte voreingenommen, das wusste sie, aber sie konnte nicht anders.

»Was hatte Friedel gegen die Beckmanns in der Hand, womit er sie erpresste?« überlegte Phaní laut. Panos schüttelte den Kopf.

»Vielleicht irgendetwas in Verbindung mit dem Haus. Vielleicht hatten sie sich einverstanden erklärt, bei der Baubewilligung falsche Angaben zu machen, und nachdem sie ihn gefeuert hatten, erpresste Friedel sie mit seinem Wissen«, versuchte Panos eine Erklärung zu finden.

Das wäre sicherlich eine Möglichkeit, und es war einfach nachzuprüfen. Aber Phaní hatte das Gefühl, dass es da noch etwas Schwerwiegenderes gab, das noch nie zur Sprache gekommen war. Nun konnte sie sich ihre Unruhe erklären, die sie den ganzen Abend gespürt hatte. Um nicht dem Unausweichlichen ins Gesicht sehen zu müssen, hatte sie sich einzureden versucht, der Besuch bei den Beckmanns wäre verlorene Zeit. Doch eigentlich hatte sie schon gewusst, dass nur noch die Beckmanns dafür in Frage kamen, Friedel aus dem Weg geräumt zu haben.

»Was ist denn mit ihrem Alibi?« fragte Panos plötzlich. Es sah so aus, als ob auch er Gründe dafür zu finden versuchte, dass die Beckmanns nicht schuldig sein konnten.

»Ich weiß es nicht. Aber zuerst müssen wir uns daran machen, was wir schon längst hätten tun sollen, nämlich Friedels Leiche aufzuspüren. Ich bin mittlerweile fest davon überzeugt, dass er tot ist. Und wir müssen das Motiv finden.« Nach einem Moment fügte sie hinzu:

»Es besteht immer noch die geringe Möglichkeit,

dass wir uns irren und die Sache mit der Beruhigungspille nur ein Zufall ist.« Sie sagte dies zwar, aber richtig daran glauben tat sie nicht.

Es war schon spät, aber Phaní hatte noch keine Lust in ihr Hotelzimmer zurückzukehren.

»Sollen wir noch einen trinken gehen, Pano?« fragte sie, da sie ihn schließlich das letzte Mal die meiste Zeit alleingelassen hatte.

Phaní stellte ihr Auto in der Nähe des kleinen Platzes beim *siderodromikó stathmó* – dem Bahnhof ab, genau vor ihrem Hotel. Beide setzten sich in ein kleines Café auf der anderen Seite, neben irgendeinem Denkmal, von dem Phaní beim besten Willen nicht herausfinden konnte, wofür es stand. Um das Denkmal war eine kleine Grünfläche angelegt mit einem einzelnen Baum. Aber leider war das Gras nicht mehr grün und übersät mit weggeworfenen Zigarettenschachteln und leeren Chipstüten. Nach einer Phase des Schweigens fing Panos schließlich an zu reden:

»*Kiría* Papadea ...« Er suchte nach Worten.

»Bitte, nennen Sie mich Phaní«, wandte sie etwas peinlich berührt ein. Ihr gefiel es schon, wenn die Leute ihr Respekt entgegenbrachten, aber von Panos wusste sie inzwischen ohnehin, dass er sie respektierte. Er musste eher noch lernen, sich bei den Kollegen durchzusetzen, sonst würde er bald einmal von ihnen nicht mehr ernst genommen.

»Danke, *kiría* Phaní. Ich möchte versuchen mich für eine Stelle bei der *Asphália* in Athen zu bewerben«, erklärte Panos weiter.

»Wissen Sie, an welcher Stelle ich am besten meine Papiere einreichen müsste, und ...« Er hielt inne.

»Sie meinen, ob ich Ihnen eine Empfehlung schreiben

würde?« fragte Phaní. Sie wusste, dass er sich schwertat, sie um einen Gefallen zu bitten, während andere sie geradeheraus gefragt hätten, ob Phaní sie gleich einstellen könnte. Sie war etwas überrascht, da sie sich an ein Gespräch mit ihm erinnerte, in dem er erwähnt hatte, er wolle in Kalamata bleiben.

Panos nickte, als Phaní seinen Gedanken ausgesprochen hatte.

»Natürlich werde ich Ihnen eine Empfehlung schreiben. Aber ich verstehe nicht ganz, Sie wollten doch Kalamata nicht verlassen.«

»Ich hatte gehofft, dass ich in der Hauptstadt bessere Möglichkeiten hätte, Erfahrungen zu sammeln, und dass ich mit Ihnen weiterhin zusammenarbeiten könnte«, sagte Panos ohne zu zögern.

Phaní war gerührt, was ihr nicht oft passierte und sie auch niemanden merken lassen wollte. Aber sie wusste, dass seine Worte ein aufrichtiges Kompliment waren. Sie war sprachlos, wenigstens für eine Weile, erholte sich aber bald von ihrem sentimentalen Anfall.

»Das weiß noch niemand, aber ich habe darüber nachgedacht, mich für die Stelle des Leiters der *Asphália* von Kalamata zu bewerben, da die Position im Moment nicht besetzt ist. Vielleicht nur für ein paar Jahre, wer weiß.«

Panos setzte ein zufriedenes Lächeln auf.

»Ich nehme an, wenn ich mich dazu entschließe, würden Sie ihren Plan überdenken, nach Athen zu gehen?« folgerte Phaní.

Bevor Panos antworten konnte, setzte sie bestimmt hinzu:

»Lass uns zuerst den Fall beenden, dann werde ich mich entscheiden. Und kein Wort zu irgendjemandem darüber! Sonst werde ich persönlich dafür sorgen, dass Sie auf einer kleinen Insel als Dorfpolizist verrotten werden.«

Panos machte ein erschrockenes Gesicht.

»Das war ein Witz! Sie sollten mich inzwischen besser kennen«, wandte sie ein, und Panos entspannte sich zaghaft lächelnd.

Am nächsten Morgen erwachte Phaní nach einer unruhigen Nacht. Sie hatte hin und her überlegt, wie sie ihre Untersuchung weiterführen könnte. Wo konnte sie noch hinterhaken? Wie konnte sie in Erfahrung bringen, wo Friedel seine letzte Ruhestätte gefunden hatte? Nur ein Name kam ihr in den Sinn, ein Name, der sich wie ein roter Faden durch die bisherige Untersuchung gezogen hatte: Annemarie.

Vielleicht hatte Philippe etwas Ungewöhnliches bei den Beckmanns bemerkt und ihr davon erzählt. Es war einen Versuch wert, und Phaní hatte nicht viel Auswahl.

Sie war schon um acht im *Nosokomío* und machte sich nicht die Mühe, eine Krankenschwester zu fragen, ob Annemarie wach und ansprechbar wäre. Phaní ging geradewegs zu Annemarie's Zimmer, klopfte und trat ein. Das war nicht sehr respektvoll der Kranken gegenüber, aber der Fall war im Moment wichtiger und Annemarie würde es überleben.

Diese war wach. Sie starrte aus dem Fenster und bemerkte zuerst gar nicht, dass Phaní das Zimmer betreten hatte. Als Annemarie sie erblickte, war ihr Verhalten viel ruhiger und nicht mehr feindselig. Wenn Phaní es nicht besser gewusst hätte, wäre sie auf den Gedanken gekommen, dass Annemarie froh war, sie zu sehen.

Phaní setzte sich neben ihr Bett.

»Ich brauche Ihre Hilfe, Annemarie.«

»Wie kann ich helfen?« fragte diese schlicht.

»Wir versuchen immer noch den einen Kunden herauszufiltern, den Friedel außerdem noch erpresst hatte«, fuhr Phaní fort. Sie wollte Annemarie nicht beeinflussen und erzählte ihr nicht, dass sie die Beckmanns in Verdacht hatte.

»Gab es irgendetwas, das Philippe über einen der Kunden gesagt hat, zum Beispiel die Griesmeyers?«

Annemarie seufzte.

»Die waren nur sehr nervtötend und knauserig. Philippe war so froh, als die Arbeiten abgeschlossen waren. Zum Glück hatte er nicht viel mit ihnen zu tun, das war Friedels Job.« Phaní überlegte, wie sie die nächste Frage stellen sollte.

»Von all den Kunden, mit denen Philippe zu tun hatte, welcher machte auf Sie einen verdächtigen Eindruck?«

Annemarie war von der Frage überrascht, denn das zeigte ihr, dass Phaní sich für ihre Meinung interessierte. Sie dachte einen Moment nach.

»Na ja, ich würde sagen, die Beckmanns«, war ihre kurze Antwort. Phaní wurde hellhörig.

»Warum denn die?«

»Das ist nur so ein Eindruck. Sie wirkten immer so angespannt. Und dann all die Geschichten, die mir Philippe erzählt hat. Ja, ich glaube, die könnten jemanden umbringen.« Phaní war von Annemarie's Offenheit überrascht.

»Was für Geschichten?« konnte Phaní nur fragen.

»Na, Frau Beckmann zum Beispiel, sie nimmt ein hochdosiertes Beruhigungsmittel. Philippe kannte das Medikament natürlich, er war ja Arzt. Er sagte, dass dieses bewusste Medikament nur Leuten verschrieben würde, die großem Stress ausgesetzt waren. Er nannte als Beispiele Opfer von Entführungen oder Geiselnahmen.«

Phaní erschien diese Information Sinn zu ergeben, sie wusste nur noch nicht warum. Sie hatte ein Gefühl, dass dadurch etwas in ihrer Erinnerung geweckt wurde. Wenn sie jedoch nüchtern darüber nachdachte, wusste sie nicht, wo sie diese Information einordnen konnte. Aber sie wollte Annemarie's Gedankengang nicht unterbrechen.

»Fahren Sie fort«, ermunterte Phaní sie.

»Das ist alles, was ich über das Medikament sagen kann. Außerdem weiß ich nicht viel mehr.«

»Alles kann mir weiterhelfen«, drängte Phaní Annemarie sich noch mehr anzustrengen.

»Das einzig andere, woran ich mich noch erinnere ist, dass Philippe sich einmal unheimlich über sie aufgeregt hat.«

»Sagte er Ihnen, aus welchem Grund?«

Annemarie dachte etwas nach, dann kam es ihr wieder in den Sinn.

»Ja, es war erst vor etwa drei Wochen. Philippe sagte mir, dass die Beckmanns plötzlich die Außentür zum Keller zumauern wollten.« Phaní erinnerte sich, dass ihr genau das beim letzten Besuch auf der Baustelle aufgefallen war. Sie hatte vermutet, dass der Keller aus Versehen aufgefüllt worden war.

»Sie meinen, es gab einen fertigen Keller, und sie ließen den Eingang schließen?« fragte Phaní, ob sie richtig verstanden hatte.

Annemarie nickte.

»Ich habe den Keller selbst gesehen, zu der Zeit, als

Philippe für sie zu arbeiten begann. Es war ein richtiger Raum, nicht sehr groß, aber gut geeignet, um ein paar Sachen zu verstauen, wie zum Beispiel Gartengeräte. Er erinnerte mich an eines dieser Kuppelgräber, die hier in der Gegend gefunden wurden, mit einer Rampe, die zum Eingang hinunterführte.«

Schöner Vergleich, dachte Phaní.

»Wie wurde der Keller verschlossen?«

»Der Zugang wurde mit Erde zugeschüttet und dann ein Betonweg darüber geführt.«

»Haben die Beckmanns Philippe je erklärt, warum sie das wollten?«

Annemarie schüttelte den Kopf.

»Wissen Sie, wann das genau war?«

»Nein, aber Philippe hat es im Baubericht aufgeschrieben. Wie schon gesagt, vor etwa drei bis vier Wochen, bestimmt nicht mehr.«

Auf dem Weg zur *Diévthinsi* ließ Phaní sich noch einmal durch den Kopf gehen, was Annemarie ihr alles erzählt hatte, und so langsam wurde ihr klarer, was geschehen sein musste. Stück für Stück fügte sich ein Bild zusammen. Aber wie sollte sie etwas beweisen, bevor sie nicht Friedels Leiche gefunden hatte? Sie brauchte sichere Informationen, die stichhaltig genug waren, um auch den *isangeléas* – den Staatsanwalt zu überzeugen.

In ihrem Büro setzte sie sich gleich an ihren Schreibtisch und wählte Reinhardts Nummer. Sie hob nur schnell ihre Hand, um Panos *kaliméra* zu sagen. Reinhardt kam nach kurzem Läuten ans Telefon. Phaní ließ ihn gar nicht erst zu Wort kommen, damit er ihr nicht wieder sagen konnte, er brauche noch mehr Zeit und sie müsse sich gedulden.

»Reinhardt, kannst du dich bei deinen Nachforschungen auf die Beckmanns konzentrieren und herausfinden, ob sie jemals in einen Fall von Entführung oder Geiselnahme verwickelt waren?«

Reinhardt sagte erstmal nichts, dann lachte er.

»Du bist unglaublich!« Das wusste Phaní schon.

»Es war eine Geiselnahme. Wie hast du das wieder herausgefunden?« fügte er noch hinzu.

»Aber ich brauche noch ein paar Stunden, um Genaueres in Erfahrung zu bringen. Ich rufe dich bestimmt heute noch an.«

Phaní legte zufrieden auf.

Panos konnte seine Neugierde nicht verbergen. Er musste Phaní's Begeisterung bemerkt haben, und dass sie eine Fährte hatte. Phaní hatte oft von ihren Athener Kollegen Klagen darüber gehört, dass Folgendes eintraf, wenn sie sicher war, nahe an der Lösung eines Falles zu sein: sie vergaß ihre Kollegen in ihre letzten Entdeckungen miteinzubeziehen, da sie sich in der Endphase der Untersuchungen in ihrer eigenen Welt befand. Lose Hinweise ergaben in ihrer Logik bereits Sinn, während niemand sonst die Verbindung sehen konnte. Und als Folge dessen war es schon ein paar Mal vorgekommen, dass sie voreilige Schlüsse gezogen und sich verrannt hatte.

Diesmal wollte sie es anders machen, wenigstens bis zu einem gewissen Grad. Sie wollte Panos alles erzählen, was sie wusste, aber nicht, was sie daraus schlussfolgerte, und abwarten, was er daraus machte.

»Ich muss zum *isangeléas*. Wollen Sie mitkommen? Unterwegs bringe ich Sie auf den neuesten Stand.« Phaní rannte aus dem Büro und Panos hinterher.

Sie mussten ins Stadtzentrum fahren und stellten

das Auto hinter dem riesigen Klotz ab, in dem sich die *Nomarchía* – die Bezirksverwaltung von Messenien befand. Daneben stand ein ebenso gewaltiges Gebäude, worin die Gerichte untergebracht waren. Phaní ging zum Empfang, nannte Rang und Namen, und dass sie dringend eine Unterredung mit dem *isangeléas* benötige. Dann mussten Phaní und Panos auf einem der unzähligen Stühle im langen Korridor Platz nehmen und warten. Das Warten gehörte einfach dazu. Phaní wusste, sie hätte Glück, wenn der Staatsanwalt sich kurzfristig Zeit für sie nehmen würde. Aber er musste sie heute noch anhören. Anderenfalls würde sie durchführen, was sie vorhatte, ohne ihn zu informieren, das war ihr egal.

Dann begann sie Panos zu erzählen, was sie am Morgen von Annemarie erfahren hatte: über die Pillen, die nur Leuten, die großem Stress ausgesetzt waren, verschrieben wurden, wie Opfern von Entführungen oder Geiselnahmen, und über den Keller, der mit Absicht zugeschüttet worden war. Sie fragte Panos, zu welchem Schluss er mit diesen Informationen käme. Panos dachte angestrengt darüber nach. Phaní vermutete, dass er vielleicht noch zu unerfahren war und nicht wagte, auch seiner Intuition zu folgen.

Gerade als Phaní beginnen wollte, ihm auf die Sprünge zu helfen, klingelte ihr *kinitó*. Sie entschuldigte sich und nahm ab. Wie immer, wenn sie ein anregendes Gespräch führte, fing sie an, auf und ab zu gehen, diesmal den Korridor entlang, und als das Gespräch vorbei war, wunderte sie sich, wie sie zum anderen Ende des Gebäudes gelangt war. Dann kam ihr in den Sinn, wo sie Panos zurückgelassen hatte und eilte zu ihm zurück.

»Das war mein Freund Reinhardt von der Hamburger Zeitung. Er hat ein paar sehr interessante Dinge über die Beckmanns herausgefunden«, begann Phaní zu erklären.

»Eine Frau Beckmann war vor etwa vier Jahren in einen Bankraub verwickelt. Es geschah in einem Vorort von Hamburg an einem heißen Sommertag. Er ist nicht sicher, ob es sich um ein und dieselbe Frau Beckmann handelt, aber diese Frau Beckmann hielt sich in der Filiale einer örtlichen Bank auf, als diese ausgeraubt wurde. Der Räuber nahm sie als Geisel und schleppte sie zu einem wartenden Auto vor der Bank, in dem ein Komplize am Steuer saß.« Phaní hielt plötzlich inne.

»Aber natürlich! Jetzt erinnere ich mich an den Fall. Es geschah während der Zeit, als ich bei der Hamburger Polizei war.« Phaní schlug sich mit der Handfläche gegen die Stirn.

»Daher kam mir Frau Beckmann so bekannt vor. Ich bin ihr kurz begegnet, bevor sie befragt wurde. Deswegen hatte ich immer das Gefühl, ich hätte die Frau schon vorher irgendwo gesehen.«

Phaní stand auf und fing wieder an, herumzulaufen. Sie sprach jetzt mehr zu sich selbst als zu Panos.

»Ich vergesse selten ein Gesicht. Aber ich habe mir selbst nicht genug vertraut. Verdammt, ich hätte mich auf mein Gefühl verlassen sollen.« Phaní erinnerte sich an Panos, der ja den Rest der Geschichte hören wollte.

»Also, die Geisel, Frau Beckmann, konnte den Räubern entkommen, als der Fluchtwagen einen Unfall hatte. Der Fahrer war von der Straße abgekommen und landete im Graben. Als die Polizei den Wagen fand, lag ein Räuber schwer verletzt darin, und vom anderen fehlte jegliche Spur.«

Phaní setzte sich wieder neben Panos.

»Der Fall stand in allen Zeitungen zu der Zeit. Frau Beckmann wurde eine Art Heldin, sie hatte alle Sympathien der Bevölkerung auf ihrer Seite.«

Panos überlegte einen Moment, da er noch nicht alles verstanden hatte.

»Warum sollte diese Frau Beckmann, falls es dieselbe ist, Friedel töten? Auch wenn er die Geschichte kannte, wie konnte er sie damit erpressen?« fragte Panos.

»Na ja, das Geld des Überfalls wurde nie gefunden, und es handelte sich immerhin um 700'000 D-Mark, das sind heute etwa 350'000 Euro.«

In dem Moment kam die Sekretärin des *isangeléas* auf Phaní und Panos zu.

»Es tut mir leid, aber *isangeléas* Dimopoulos kann Sie heute nicht empfangen. Aber er hätte Montag um 12 Uhr für Sie Zeit.«

Phaní stand auf und versuchte die Frau zu überzeugen.

»Ich muss ihn heute sprechen. Morgen kann es schon zu spät sein.« Das war übertrieben, und Phaní wusste das, aber die Frau ja nicht. Sie redete noch zehn Minuten auf die Sekretärin ein, aber es war zwecklos, diese schüttelte nur den Kopf.

»Es tut mir leid, ich kann nichts für Sie tun.« Sie lächelte gönnerhaft, drehte sich weg und ging.

Phaní glaubte ihr kein Wort, aber sie hatte nicht die Geduld, weiter zu beharren und die Frau zu überzeugen. Sie musste tun, was sie tun musste, auf eigene Verantwortung, ohne Rückendeckung des *isangeléas*. Sie musste nur hundertfünfzig Prozent selber davon überzeugt sein, dass sie das Richtige tat, und das dabei herauskam, was sie erhoffte.

Phaní setzte sich wieder auf den Stuhl.

»Wenn ich mich irre, werde ich für den Rest meines Lebens den Verkehr auf einer entlegenen kleinen Insel regeln müssen.«

Panos schaute sie hilflos und verwirrt an.

25

Es war ein klarer heller Morgen und die Sonne war schon über der eindrücklichen Silhouette des Taïgetos erschienen. Im Gegensatz zu anderen Morgen war die Sicht klar, weil keine Feuchtigkeit in der Luft lag. Ein weiterer Gegensatz zu anderen Morgen war, dass die Bewohner eines gewissen Quartiers von Phinikounda durch den anhaltenden, nervtötenden Lärm eines Presslufthammers aus dem Schlaf gerissen wurden.

Phaní hatte sich viel Mühe gegeben, damit ihr Coup diesen Morgen auch gelang. Gestern hatte sie Tsamboukis aufgetragen, er solle morgens um sieben auf der Baustelle sein, wo er Philippe gefunden hatte. Und er müsse seinen Presslufthammer und anderes Werkzeug mitbringen. Tsamboukis hatte zuerst gezögert, aber als Phaní ihm drohte, die verantwortlichen Behörden über das nicht gesicherte Balustradenteil zu informieren, war es ihm ein Vergnügen, ihr zu helfen, wo er konnte.

Zuerst wollte sie Panos nicht in ihren Plan einweihen, dann aber dachte sie, es wäre nur fair, ihm die Wahl zu überlassen. Denn wenn sich die gesamte Übung als Fehlschlag herausstellen sollte, und da sie nicht die notwendige Genehmigung des *isangeléas* hatte, so hätte sich Phaní nicht allzu viele Sorgen um ihren eigenen Kopf gemacht, denn sie wüsste schon, wie sie sich retten könnte. Aber sie wusste nicht, was mit Panos' Kopf geschehen würde.

So wie sie erwartet hatte, wollte er mit dabei sein. Panos' Aufgabe war, die neugierigen Nachbarn fernzuhalten, aber er musste auch dafür sorgen, dass die Beckmanns Wind davon bekamen, was auf ihrer Baustelle vor sich ging. Früher oder später hätte es sich sowieso herumgesprochen, das war so sicher, wie das *amín* in der Kirche, in einer kleinen Gemeinde wie Phinikounda, Panos sollte aber dafür sorgen, dass es schneller geschah.

Alles lief genauso, wie Phaní es geplant hatte. Kurz nach sieben war Tsamboukis zur Stelle, und er hatte noch zwei albanische Arbeiter mitgebracht. Nachdem er eine Zigarette geraucht hatte, begann er drauflos zu hämmern. Er setzte auf dem Betonweg an der Seite des Hauses an, im Schatten des alten Olivenbaums, genau dort, wo in den Plänen die Rampe eingezeichnet war, die in den Keller führte.

Die erste Überraschung, auf die sie stießen war, dass die Platte des Betonwegs nur sechs oder sieben Zentimeter dick war. Sie sollte aber wenigstens zwölf oder sogar fünfzehn Zentimeter messen. Phaní erinnerte sich daran, dass Dimitris ihr gesagt hatte, dass Bauaufseher meist viel Beton sparten, indem sie die Platten dünner ausführten, als verlangt, aber in der Rechnung wurde natürlich der Betrag für die volle Dicke aufgeführt. Die Beckmanns mussten Phaní eigentlich dankbar sein, dass sie den Betonweg entfernen ließ, er wäre doch früher oder später gebrochen.

Die Neuigkeiten machten schnell die Runde in der Nachbarschaft. Nach sieben hatte Tsamboukis begonnen den Beton aufzubrechen, fünfunddreißig Minuten später kamen die Beckmanns.

Frau Beckmann stürmte voraus. Sie stieß Panos zur Seite und kam direkt auf Phaní zugerannt. Sie war außer sich und ihr Griechisch voller Fehler, sie stotterte mehr, als dass sie ganze Sätze herausbrachte.

»Was, ich meine ... was machen Sie hier?« japste Frau Beckmann. In ihrer Wut klang noch Verzweiflung mit, und Phaní ahnte warum.

»Sie haben nicht das Recht ...«, setzte sie an. Und sie hatte recht, aber Phaní wollte sie das nicht wissen lassen.

»Bei Ihnen in Deutschland gibt es einen Ausdruck, ›Gefahr in Verzug‹ heißt er, glaube ich.« Phaní bluffte. Es gab einen solchen Begriff, aber er passte nicht genau zur momentanen Situation. Frau Beckmann war durch den Ausdruck verwirrt und führte ein hitziges Gespräch mit ihrem Mann. Sie sprach aber zu schnell und zu leise, als dass Phaní hätte folgen können.

Tsamboukis hatte ein großes Stück Beton entfernt, und die zwei Arbeiter begannen nun, die Erde herauszuschaufeln, bis ein Teil der verdeckten Rampe erschien.

»Was glauben Sie denn zu finden?« fragte Frau Beckmann wieder zu Phaní gewendet und versuchte ihre Anspannung zu unterdrücken. Sie nahm hastig eine kleine weiße Pille zur Beruhigung.

»Frau Beckmann, sagen Sie mir, warum haben Sie einen fertig gebauten Keller verschlossen und den Zugang zuschütten lassen? Wir wollen das herausfinden.«

Phaní's Erklärung hörte sich sehr glaubwürdig an, aber Frau Beckmanns Antwort ebenso.

»Wir dachten, wir brauchen keinen Keller«, erklärte sie. »Er war ohnehin zu klein.« Phaní sagte darauf in mehrdeutig zu verstehender Weise:

»Na ja, wir werden ja sehen. Wahrscheinlich war er gerade groß genug.«

»Groß genug für was?« fragte Frau Beckmann, und wenn Phaní nicht so starrköpfig gewesen wäre, hätten ihr Zweifel darüber kommen können, was sie hier tat. Zu allem Überfluss tönte Frau Beckmanns Frage auch noch völlig aufrichtig und ernst gemeint. Aber Phaní hatte keine Lust sich auf eine Diskussion einzulassen.

»Sie werden ja sehen.« Sie drehte sich wieder zu den grabenden Arbeitern und hoffte, diese könnten etwas schneller schaufeln, damit sie die Tür öffnen und sehen konnte, ob sie recht gehabt hatte.

Es war nach zehn Uhr, als die Tür endlich freigeschaufelt und zugänglich war. Phaní ging hinunter zu der Metalltür und versuchte sie zu öffnen, aber sie war verschlossen. Sie seufzte. Sie schaute zu den Beckmanns hoch, die abseits standen und miteinander stritten.

»Haben Sie einen Schlüssel zu der Tür?« fragte Phaní. Sie verlor langsam ihre Geduld und wollte nun endlich wissen, was sich hinter der Tür verbarg. Die Beckmanns waren eindeutig keine Griechen, denn sie hatten nicht gehört, dass Phaní ihnen eine Frage gestellt hatte. Griechen merken genau, wenn sie gemeint sind, auch wenn sie mit jemand anderem ein Gespräch führen oder auf der anderen Seite eines Platzes stehen. Panos machte sie auf Phaní's Frage aufmerksam und die Beckmanns kamen näher. Phaní wiederholte die Frage, aber Frau Beckmann zuckte die Schultern.

»Hol den Winkelschleifer und öffne die Tür, Taki!« sagte Phaní zu Tsamboukis. Er nahm sein Werkzeug und fing an, die Tür um das Schloss herum durchzutrennen.

Frau Beckmann begann sich zu beschweren.

»Sie beschädigen unser Eigentum schon wieder. Ich will einen Durchsuchungsbefehl sehen!« Phaní ignorierte sie einfach.

»Sie sind nicht befugt, das zu tun. Ich will den Durchsuchungsbeschluss sehen«, beharrte Frau Beckmann, während Tsamboukis weiterhin die Metalltür durchtrennte und die Funken sprühen ließ.

»Ich nehme an, auch in Griechenland haben die Leute ihre Rechte, und die Polizei kann nicht einfach tun, was ihr gefällt!« bellte sie weiter.

»Natürlich können wir!« erwiderte Phaní in lautem Tonfall.

»Ich werde bis zum Europäischen Gerichtshof in Straßburg gehen und Sie verklagen. Bei uns kommen Sie mit Ihren Mafiamethoden nicht durch. Wir sind Bürger der EU. Wir haben Rechte!« protestierte Frau Beckmann inzwischen auf Deutsch, aber Phaní verstand sie auch trotzdem.

Doch plötzlich verstummte Frau Beckmann, als sich die Tür zum Keller quietschend öffnete. Alle waren still und starrten auf das dunkle Kellerloch. Phaní machte einen Schritt zurück, weil ihr ein starker Verwesungsgeruch aus dem Innern entgegenschlug. Sie bedeckte Nase und Mund mit der Hand und ging hinein. Sie wusste jetzt, dass sie recht gehabt hatte, es sei denn, es handelte sich hier um einen toten Hund.

Panos reichte ihr eine Taschenlampe und folgte.

Der Raum erinnerte sie sofort an ein ägyptisches Grab. Auch der Gestank passte dazu. Die Schubkarre in der Ecke erschien ihr wie eine Grabbeigabe für den Toten, vergleichbar etwa mit dem goldenen Thron in Tutenchamuns Grab, ebenso die Axt, die danebenlag, passte ins Bild.

Aber Phaní kehrte bald in die Wirklichkeit zurück. Sie dachte, die Beckmanns mussten sehr in Eile gewesen sein, da sie nicht einmal die Arbeitsgeräte herausgenommen hatten. Aber als sie sich die Schubkarre und die Axt genauer betrachtete, begriff sie, warum diese auch verschwinden mussten. Das Blut war noch deutlich zu erkennen und konnte nicht mit Rostflecken verwechselt werden. Die Leiche musste mit der Karre transportiert worden sein und die Axt war sehr wahrscheinlich die Mordwaffe.

Dann erblickte sie das Bündel, das hinter der Schubkarre lag. Es war sorgfältig in Plastikfolie eingewickelt und mit einer roten Schnur zusammengebunden. Es handelte sich alles um Materialien, die im Überfluss auf der Baustelle zu finden waren.

Erst jetzt wurde Phaní bewusst, mit welch brutalem Verbrechen sie es hier zu tun hatte. Wer wünschte sich schon so zu enden? Sie musste sich zusammenreißen, um den Widerwillen zu überwinden und den nächsten Schritt zu machen: das Bündel zu öffnen. Warum musste sie immer die Drecksarbeit erledigen? Aber sie wollte Panos nicht darum bitten, aus Angst, er könnte ihr umkippen. Oder vielleicht Tsamboukis? Unmöglich! Andererseits wollte sie auch nicht auf den *iatrodikastís* – den Gerichtsmediziner warten, und wer könnte das überhaupt sein, der alte Knacker Photeas? Es würde Stunden, wenn nicht Tage dauern, bis er hier wäre. Nein, sie musste es selber machen, und sie musste es jetzt machen.

Phaní kniete nieder, während Panos die Taschenlampe nahm und ihr leuchtete. Sie löste vorsichtig die Schnur, und bald konnte sie eine Seite des Bündels öffnen, indem sie ein Stück der Plastikfolie zurückklappte. Sie erblickte was sie einerseits erwartet, aber wovor sie sich auch gegraust hatte: es war Friedels Gesicht, das sie ohne Zweifel von der Fotokopie der Vermisstenstelle wiedererkannte. Seine Hautfarbe war bläulich weiß, und seine weit offenen Augen strarrten sie an. Es war eine Szene wie aus einem Horrorfilm. Phaní und Panos erschauerten beide bei dem plötzlichen Anblick des Todes.

Nach einer Weile erholte sich Phaní von ihrem Schock. Sie stand auf und trat aus dem Keller. Die Beckmanns standen draussen neben der Tür.

»Können Sie mir bitte erklären, wie Andreas Friedels Leiche in Ihren Keller gelangt ist?« schnauzte Phaní sie an. Ihre ursprüngliche Sympathie für die Frau war verschwunden. Am Anfang hatte sie beide wirklich gemocht. Aber bei diesem Anblick, fragte sich Phaní jetzt und jedes Mal, während der ganzen Jahre, die sie bei der Mordkommission arbeitete, wie ein Mensch einem anderen so etwas antun konnte.

Frau Beckmann schaute etwas zögernd in den Keller hinein, und Phaní hoffte, dass der Anblick der Leiche sie zusammenbrechen ließ.

»Ich weiß es nicht«, antwortete diese gleichgültig.

Phaní dachte bei sich, na gut, wenn du Spielchen spielen willst, mache ich eben mit.

»Ich glaube, Sie wissen es nur zu gut!« fuhr Phaní sie an. Frau Beckmann zuckte zusammen,

»Warum sollte ich ... sollten wir Andreas umbringen?« Sie war etwas unsicherer geworden.

»Weil er herausgefunden hat, woher Sie das Geld hatten, um dieses Haus zu bauen!« Sie konnte klar erkennen, dass Frau Beckmann überrascht war.

»Er hat sich zusammengereimt, dass Sie das Geld vom Banküberfall an sich genommen hatten: Sie waren die Geisel der Räuber, aber während des Fluchtversuches bauten diese einen Unfall. Der Wagen landete im Graben, und Sie konnten den Räubern mit dem Geld entkommen«, fuhr Phaní fort zu erklären. Sie konnte beobachten, wie Frau Beckmanns gebräuntes Gesicht immer blasser wurde.

»Sie sind nicht sofort zur Polizei gegangen. Sie gingen erst einmal nach Hause zu Ihrem Mann. Natürlich hatten sie fest vor, das Geld zurückzugeben, aber als Sie gehört haben, dass nur einer der beiden Räuber verhaftet wurde, und dass der andere spurlos verschwunden war, änderten Sie Ihren Plan. Sie und Ihr Mann beschlossen, das Geld zu behalten.«

Frau Beckmann sagte kein Wort und hörte nur zu. Herr Beckmann, der hinter ihr stand, wurde zusehends nervöser. Er hätte vielleicht auch eine kleine weiße Pille nehmen sollen, dachte Phaní.

»Und wie hätten Sie das Geld unauffälliger anlegen können, als in einem Haus in der entlegendsten Gegend der EU, in Griechenland? Denn wer würde hier schon Fragen stellen? Und wer würde das Geld für den Hausbau schon mit dem Raub in Deutschland in Verbindung bringen?«

»Sie haben eine lebhafte Phantasie«, bemerkte Frau Beckmann trocken.

»So lebhaft, wie die von Friedel, nehme ich an. Als Sie ihn gefeuert hatten, und er dachte, er könnte aus Ihnen kein Geld mehr herausholen, kam er auf die Idee, in

Ihrer Vergangenheit nachzuforschen. Er fand heraus, dass Sie in einen Bankraub verwickelt gewesen waren, dass das geraubte Geld niemals gefunden wurde, und Sie bauten sich hier gerade ein Haus. Er zählte eins und eins zusammen.«

Frau Beckmann blieb immer noch erstaunlich ruhig, im Gegensatz zu ihrem Mann. Vielleicht hatte das Erlebnis, als sie den Räubern als Geisel hilflos ausgeliefert gewesen war, sie abgehärtet. Seitdem war sie vielleicht dazu entschlossen, ihr Leben selbst zu kontrollieren und dafür zu sorgen, dass es so verlief, wie sie wollte. Phaní dachte, dass der Ehemann in der ganzen Angelegenheit nichts zu sagen hatte, und dass er vielleicht aus diesem Grund nie etwas sagte.

Wenn Phaní auch Frauen, die sich dafür einsetzten, was sie erreichen wollten, bewunderte, so verabscheute sie solche, die im wahrsten Sinne des Wortes über Leichen gingen.

Aber das alles half Phaní im Moment nichts. Sie hatte immer noch keine richtigen Beweise gegen Frau Beckmann oder das Ehepaar in der Hand. Doch sie war nicht sicher, ob Frau Beckmann sich dessen bewusst war, und wenn nicht, so wollte sie auf keinen Fall, dass diese es herausfand. Und wieder flehte die weniger logische Seite von Phaní um ein Wunder. Wenn jemand es vollbringen konnte, so möchte er es doch tun, und zwar schnell.

»Ich glaube, Sie sollten sich einen Anwalt nehmen, Herr und Frau Beckmann, und zwar einen, der für griechisches und deutsches Recht akkreditiert ist.«

Herr Beckmann wurde nun noch nervöser, Schweißperlen traten auf seine Stirn, und auch Frau Beckmann verlor etwas von ihrer Selbstsicherheit.

»Warum sollten wir einen Anwalt brauchen? Wir

haben nichts verbrochen«, sagte Frau Beckmann und tönte nach wie vor überzeugend.

»Weil der *isangeléas* Anklage gegen Sie wegen mutmaßlichen Mordes an Andreas Friedel erheben wird. Oder finden Sie nicht, dass es ein starkes Motiv ist, die Quelle des Geldes für dieses Haus geheimhalten zu wollen, und ihn überzeugen würde?«

»Meinen Sie, dass wir die einzigen sind, die Friedel ausgenommen hat? Die Hälfte aller Ausländer hier in der Gegend sind von ihm um ihr Geld betrogen worden. Die haben dann auch ein Motiv«, versuchte Frau Beckmann abzulenken, und sie wurde zusehends erregter und hob ihre Stimme.

Phaní musste noch einmal bluffen.

»Wir haben mit seinen übrigen Kunden gesprochen, die haben alle Alibis.« Phaní tönte, als wäre sie von dem, was sie sagte, überzeugt, auch wenn es nicht der Wahrheit entsprach. Aber wussten die beiden das?

Und dann geschah es, das Wunder! Es kam ausgerechnet von der Seite, von der Phaní es nie erwartet hätte.

»Wir haben auch ein Alibi für den Montagabend«, beteuerte Herr Beckmann gut hörbar und hoffte damit, den letzten Beweis für ihre Unschuld zu liefern.

Er hatte genau das Gegenteil erreicht.

Dies hatte zur Folge, dass sich zwei Köpfe langsam in Herrn Beckmanns Richtung drehten, der von Phaní und der von Frau Beckmann. Beide hatten sofort begriffen, was eben gerade geschehen war. Nicht nur hatte Herr Beckmann zum erstenmal etwas gesagt, seit Phaní den Mann vor etwa zwei Wochen getroffen hatte, sondern nun, als er endlich sprach, sagte er genau das Falsche.

Frau Beckmann stand Panik ins ganze Gesicht geschrieben. Sie wusste nicht, ob sie weinen oder ihrem Mann eine runterhauen sollte. Phaní stellte nur noch eine letzte Frage:

»Woher wissen Sie, dass Friedel an einem Montag umgebracht wurde?« Jetzt begriff auch Herr Beckmann seinen Fehler.

Dann ging alles plötzlich sehr schnell, sogar für griechische Verhältnisse. Phaní war sich vielleicht etwas zu sicher, dass sie die Situation unter Kontrolle hatte, und Frau Beckmann nutzte das aus.

Als Phaní sich zu Panos drehte, um ihm zu sagen, er solle beide in die *Diévthinsi* mitnehmen, griff Frau Beckmann ihren Mann am Arm und bolzte durch die wenigen Leute, die die Szene beobachteten. Sie stieß sogar so heftig gegen Panos, dass er rücklings zu Boden fiel und dadurch den Weg für jeden blockierte, der die Beckmanns verfolgen wollte. Phaní konnte sich nicht so schnell ihren Weg um Panos herum und durch die Leute bahnen, sodass sie das Ehepaar noch eingeholt hätte. Als Nächstes sah sie nur noch, wie ein dunkelblauer Jeep Cherokee mit laut aufheulendem Motor davonbrauste.

Phaní riss Panos hoch, der immer noch von dem ganzen Trubel benommen war, rannte zu ihrem Wagen und schrie Panos zu, er solle sich beeilen. Und schon verfolgten sie den Jeep in ihrem kleinen Xsara, dessen Motor weniger aufheulte, aus Mangel an PS, aber doch fast so schnell fuhr.

Die Beckmanns hatten die Straße genommen, die aus Phinikounda führte, und fuhren nach Westen. Eine Staubwolke wies den Weg, und sobald Phaní und Panos die letzten Häuser von Phinikounda hinter sich gelassen hatten, sahen sie den blauen Jeep etwa vierhundert Meter vor sich. Phaní reichte Panos ihr *kinitó*.

»Ruf Verstärkung!« forderte sie ihn auf.

»Wo führt diese Straße hin?«

»Methoni und weiter nach Pilos«, antwortete Panos.

»Ist das die einzige Straße dorthin?« Panos nickte.

»Es gibt nur noch ein paar Schotterstraßen, die nördlich ins Landesinnere führen.«

»Ich hoffe, dass sie nicht eine dieser nehmen. Rufen Sie auch den *stathmós* – die Polizeistelle in Methoni an, und sagen Sie ihnen, sie sollen alle Wege abriegeln, damit sie nicht entkommen können.«

Für einen Moment hatte Phaní ganz vergessen, dass Panos sich mit beiden Händen festhalten musste, wenn sie fuhr. Und es war viel von ihm verlangt, diese dringenden Anrufe zu machen. Aber er schaffte es.

Der blaue Jeep war schneller, und der Abstand nahm langsam zu. Obwohl der kleine Motor des Xsara laut heulte, konnte er nicht mit einem Dreilitermotor mithalten. Zu ihrer Linken glitzerte das tiefblaue Wasser in der Mittagssonne, und in der Ferne tauchte die Venezianische Burg von Methoni auf, die sich ins Meer hinauserstreckte. Auch wenn Phaní mit fast neunzig fuhr, hatte sie einen Moment Zeit, die Landschaft zu betrachten, und sie wunderte sich darüber, wozu sie in einer so angespannten Situation fähig war.

Panos riss sie aus ihren Gedanken.

»Sie sind gerade rechts abgebogen und fahren in Richtung Hügel.«

»Das ist gar nicht gut«, war Phaní's trockener Kommentar. Ihr tat ihr kleiner Citroën leid. Sie wusste nicht, wie stark Dreck und Schotter des Weges seiner Aufhängung schaden würden, besonders wenn sie mit einer Geschwindigkeit wie bei der Rallye Paris-Dakar fuhr.

»Wir müssen die Kollegen in Methoni darüber informieren. Vielleicht gibt es noch eine andere Straße in die Hügel, auf der sie ihnen entgegenfahren könnten«, drängte Phaní, denn sie wusste, dass die griechische Landschaft normalerweise mit einem Netz von kleinen Naturstraßen durchzogen war.

Die Straße wurde schmaler und die Kurven enger. Schottersteine schlugen gegen den Wagenboden und verursachten jedes Mal einen dumpfen Ton. Die Büsche entlang der Straße waren staubbedeckt, die Vegetation war extrem trocken, und das Land links und rechts mit Steinen übersät. Phaní befürchtete, dass sie, falls sie von der Straße abkäme, gegen einen dieser riesigen Steine knallen und das Auto zu Schrott fahren würde. Das wäre an sich schon eine Tragödie, außerdem gäbe es für sie keine Möglichkeit mehr, die Beckmanns zu schnappen.

Dann lag ein gerades und übersichtliches Stück Straße vor ihnen, aber der Jeep war nirgends mehr zu sehen. Phaní trat auf die Bremse, sodass Panos beinahe den Kopf am Armaturenbrett anschlug. Phaní suchte die Umgebung ab. Diese Frau war nicht nur schlau, sie war auch noch eine ausgezeichnete Fahrerin. Das musste sie ihr zugestehen.

Vor ihnen erhoben sich in einiger Entfernung die Hügel zu einem Bergzug, dem Likodimos. Es war sehr ruhig und nur ein zarter Wind wehte über die steinige Landschaft.

»Wo sind sie hin?« fragte Phaní. Sie wusste, wenn sich die Beckmanns hier irgendwo verstecken würden, wäre es äußerst schwierig, die Gegend zu durchkämmen und sie zu finden. Phaní fuhr wieder los, und plötzlich erblickte sie den gesuchten Wagen. Er hatte mehr Vorsprung, als sie erwartet hatte. Der Jeep wand sich die Hügel hinauf und hinterließ eine große Staubwolke. Phaní trat das Gas durch und der Wagen schleuderte zuerst etwas. Als sie schließlich den Fuß der Hügel erreichten, und die Straße anzusteigen begann, sahen sie immer noch den Staub in der Luft, den der Jeep hinterlassen hatte. Sie verloren den Geländewagen vorübergehend aus den Augen, während sie in einem großen Bogen die Straße hinauffuhren.

Nachdem Phaní sich um den Hang gewunden hatte, stand sie erneut auf die Bremse. Der Jeep hatte etwa zweihundert Meter vor ihnen angehalten, aber Phaní konnte nicht sehen, warum. Sie sah nur das Wagendach, das sich nicht mehr bewegte. Sie fuhr weiter und näherte sich langsam dem Jeep, der fast ganz in eine Wolke aus Staub eingehüllt war. Plötzlich erkannten Phaní und Panos, warum der Jeep angehalten hatte: leiser Klang von kleinen Glöckchen und Blöken lag in der Luft, und sie konnten das Trampeln von hunderten von kleinen Hufen hören. Der Jeep war von einer großen Herde Schafe umringt und konnte sich weder vorwärts noch rückwärts bewegen. Die Schafe trampelten aufgeregt herum, und der Schäfer hatte die Kontrolle über seine Herde verloren. Er stand einfach an der Seite, rauchte eine Zigarette, während er die Szene beobachtete und wer weiß was über diese Städter dachte.

Phaní stieg aus und ging langsam auf den Jeep zu. Sie trat neben die Fahrertür und sah Frau Beckmann, die ihr Gesicht zwischen ihren Armen versteckte und schluchzte. Herr Beckmann saß neben ihr und versuchte sie zu beruhigen, indem er ihr Haar streichelte.

Ein seltsamer Gedanke ging Phaní durch den Kopf: diese Frau war bis zum Äußersten gegangen, um ihre

Vergangenheit geheim zu halten. Und bis jetzt hatte sie nichts aufhalten können, nicht einmal Mord, um zu bewahren, was sie sich erkämpft hatte. Aber andererseits war sie offensichtlich nicht dazu fähig, mit voller Kraft durch eine Schafherde zu preschen und einige von denen anzufahren, um ihren Verfolgern zu entkommen.

Epilog

Phaní betrat ihr Büro. Es war drei Tage später und offiziell ihr letzter Tag – wieder ein Mal. Der neue *dievthintís* war angekommen und wollte noch mit Phaní sprechen, bevor sie abreiste. Sie sollte ihn wahrscheinlich über die Einzelheiten des Falls unterrichten.

Panos saß an seinem Schreibtisch, wie erwartet, und arbeitete an seinem Bericht. Phaní setzt sich hinter ihren Tisch, nachdem sie das übliche *kaliméra* ausgetauscht hatten.

Danach herrschte ein verlegenes Schweigen zwischen den beiden. Die letzten Tage waren turbulent gewesen. Nachdem die Beckmanns verhaftet worden waren, hatte Phaní viel Papierkram für den *isangeléas* ausführen müssen, sodass er gleich Anklage gegen das deutsche Ehepaar erheben konnte. Das letzte, was Phaní diesen Morgen gehört hatte, war, dass die Beckmanns des Mordes angeklagt waren, und die Deutsche Polizei über den Verbleib des Geldes aus dem Bankraub vor vier Jahren informiert worden war.

Schließlich brach Panos das Schweigen.

»Meinen Sie, dass die Beckmanns wegen Mordes verurteilt werden?«

Phaní dachte einen Moment darüber nach.

»Es gibt bisher nur Indizienbeweise. Niemand hat gesehen, wie sie Friedel umgebracht haben. Aber ich wäre überrascht, wenn sie damit durchkommen würden.«

»Und was ist mit ihrem Alibi, wird es standhalten?« fragte Panos.

Phaní hob den Kopf und schnalzte.

»Das glaube ich nicht. Weitere Untersuchungen werden zeigen, dass die Beckmanns oder wenigstens einer von ihnen, nicht den ganzen Abend mit den Griesmeyers bei diesem Mondscheindingsbums verbrachten. Und allein die Tatsache, dass sie sich ein Alibi verschafft haben, deutet darauf hin, dass es sich nicht um ein Verbrechen im Affekt handelte, sondern geplant war.«

Sie setzte hinzu:

»Auf jeden Fall sieht es gar nicht gut für sie aus.«

Phaní begann die Sachen auf ihrem Schreibtisch aufzuräumen und Papiere zu ordnen. Panos schaute mehrere Male von seinem Bericht auf und schließlich fragte er:

»Haben Sie sich entschieden, ich meine, ob Sie …«

Phaní hob wieder den Kopf.

»Zuerst rede ich mal mit dem *dievthintís*, dann werde ich sehen.«

»Wissen Sie etwas über ihn?« fragte Panos.

»Nur dass er aus Thessaloniki ist und Dragoumis heißt. Ich kann Ihnen mehr sagen, wenn ich zurück bin.« Phaní lächelte, stand auf und verließ den Raum.

Im zweiten Stock ging sie zu Mavridis' altem Büro und klopfte an die Tür. Kurz danach ertönte ein bestimmtes *nä, peráste* und Phaní trat ein. Als erstes fiel ihr auf, dass der neue *dievthintís* von der Polizei Kalamata sehr jung war für seine Position. Er war bestimmt nicht viel älter als vierzig. Weiter fiel ihr auf, dass er modern, aber sehr korrekt gekleidet war und sich auch ebenso ausdrückte, doch in einer sehr angenehmen Art.

Und er kam bald zum Punkt.

»Dieser Fall war sehr ungewöhnlich. Ich bin froh, dass die hiesige Polizei Unterstützung von der Mordkommission aus Athen erhalten hat.« Er machte eine kurze Pause.

Phaní hatte verstanden, sie war die Unterstützung. Und sie vermutete, dass seine Bemerkung eben als Kompliment gemeint war, weil sie den Fall gelöst hatte. Dann fuhr Dragoumis fort und sprach den nächsten Punkt an.

»Die Position des Leiters der *Asphália* ist hier immer noch unbesetzt. Ich bin der Ansicht, Sie sollten sich darum bewerben.«

Phaní lächelte. Das war wieder ein Kompliment an sie, und es bedeutete, dass sie den Posten bekommen würde, wenn sie ihn wollte. Er sagte ihr nur mit anderen Worten, dass sie den offiziellen Weg einschlagen müsse.

»Bitte denken Sie darüber nach«, fügte der *dievthintís* hinzu, stand auf und reichte ihr die Hand.

»Und bitte, lassen Sie es mich wissen, sobald Sie sich entschieden haben.« Phaní schüttelte seine Hand und verließ das Büro.

Sie dachte, es war ein gutes Gefühl, wenn sich ihr mehrere Möglichkeiten darboten. Offiziell arbeitete sie noch für die *Asphália* in Athen, doch hier würde sie die Leiterin der örtlichen *Asphália* sein. Gut, das hieße, dass Vergehen wie Raub, Missbrauch und Drogendelikte auch auf ihrem Schreibtisch landen würden, aber sie wäre der Chef. Das wäre ein tolles Gefühl! Und es würde ihrem Ego schmeicheln. Sollte sie sich dazu entschließen, wäre es vielleicht nur für einige Jahre, doch nicht für immer. Sie könnte jederzeit wieder nach Athen zurückkehren, wenn sie hier nur mit weniger interessanten, mittelschweren Delikten zu tun hätte, oder wenn ihr die Sushi Restaurants allzu stark fehlen würden.

Sie wollte nichts überstürzen, und sie brauchte Zeit um nachzudenken. Sie könnte in die Berge oder ans Meer gehen, um zu überlegen. Letzteres war näher, also entschied sie sich dafür.

Eine sanfte Brise kam vom Wasser herübergeweht. Einige Wolken kündigten den nahenden Herbst an. Bald würde der erste Regen nach dem langen trockenen Sommer fallen, wie meistens Anfang September. Die Temperaturen begannen merklich angenehmer zu werden. Phaní liebte diese Jahreszeit, wenn der heiße Sommer zu Ende ging. Es war so, als ob eine lange harte Arbeit vollbracht war und nun die ersehnte Erholung und Ruhe folgten.

Ihr Blick schweifte zum massiven Bergzug des Taïgetos. Sie würde in den nächsten Tagen Bernard anrufen und mit ihm eine Wandertour durch ein Flussbett unterhalb der beeindruckenden Gipfel unternehmen.

Eine Erinnerung, die sie immer mit sich herumtrug, und die sie niemals vergessen würde, war so ein Ausflug mit ihrem Vater, kurz bevor die Familie nach Athen umgezogen war. Die Landschaft und diese Wanderung, allein mit ihrem Vater, wo sie Stunden damit verbracht hatten, sich an der Natur zu erfreuen und über alles zu reden, worüber ein Mädchen von sieben Jahren mit ihrem Vater reden wollte, hatten einen tiefen Eindruck hinterlassen und waren heute noch genauso bedeutend für sie, wie damals.

Phaní setzte sich auf ein Mäuerchen und zog ihr *kinitó* aus ihrer Tasche. Sie wählte Dimitris' Nummer in Athen.

Nach kurzem Läuten nahm er ab.

»*Korítsi moú,* wie geht es dir?« Phaní lächelte.

»*Kalá!* He, weißt du was, mir wurde ein Job bei der Polizei hier in Kalamata angeboten. Was denkst du darüber?«

Glossar:

(Astinomikí) Diévthinsi	Polizeihauptquartier
Asphália	Kriminalpolizei
dievthintís	Polizeidirektor
dievthintá	(Anrede)
astinómos	Kommissar(in)
astinóme	(Anrede)
ipastinómos	Unterinspektor
iatrós/iatré	Arzt/(Anrede)
iatrodikastís	Gerichtsmediziner
kírios/kiría	Herr/Frau
kírie/kiría	(Anrede)
isangeléas	Staatsanwalt
Trochéa	Verkehrspolizei
Símansi	Spurensicherung
kinitó	Mobiltelefon
odós	Straße
platía	Platz
leophóros	Avenue
stathmós	Station (Bahn/Polizei)
kaphenío	Café
pópopo!	O weh, o weh!
kaliméra	guten Tag
jiá	hallo/tschüss
ellinikó glikó	Griechischer Kaffee, süß
melitzanosaláta	Auberginensalat
bámies	Okra
arnáki kokkinistó	Lamm an Tomatensauce

Anmerkung:
Bei Anrede von Eigennamen entfällt das End-s, wie z.B.:
Dimitris - Dimitri,
Panos - Pano.

Phaní Papadea ermittelt weiter

Rafael Navarin
Sonne hinter Tränen
Phaní Papadea's zweiter Fall
Roman
346 Seiten
ISBN 978-3-033-02337-6

Das nasskalte Winterwetter in Südgriechenland macht Kommissarin Phaní Papadea zu schaffen. Eines Morgens wird sie zu einem Tatort in einer alten Villa gerufen.
Die Tote ist die in ganz Griechenland beliebte Sängerin und Umweltaktivistin Nana Nikolakea. Sie liegt zwar friedlich auf ihrem Bett – ist jedoch nicht eines natürlichen Todes gestorben.
Die Indizien sind spärlich, die Beteiligten wortkarg, allen voran Nana's Ehemann – ein betagter amerikanischer Theaterautor.
Spielen ein idyllischer Küstenstreifen und eine geplante Ferienanlage nahe Kalamata eventuell eine Rolle?
Phaní will die Ermittlungen vorantreiben, doch da riskiert sie zu viel – der Fall findet ein jähes Ende. Er wird ihr aus den Händen genommen und danach schnell abgeschlossen – allzu schnell für ihren Geschmack. Phaní sieht aber keinen Grund aufzugeben, und neue Erkenntnisse lassen den Fall bald in einem völlig neuen Licht erscheinen ...

Ab Sommer 2012 ermittelt Phaní Papadea in ihrem brandneuen Fall bereits zum dritten Mal.

ein Ullstein Buch

Ullstein Buch Nr. 3320
im Verlag Ullstein GmbH,
Frankfurt/M – Berlin – Wien
Titel der Originalausgabe:
Jaws
Aus dem Amerikanischen
von Egon Strohm

Ungekürzte Ausgabe

Printed in Germany 1977
Gesamtherstellung:
Ebner, Ulm
ISBN 3 548 03320 2

CIP-Kurztitelaufnahme der
Deutschen Bibliothek

Benchley, Peter

Der weiße Hai: Roman. –
Ungekürzte Ausg. –
Frankfurt/M, Berlin, Wien:
Ullstein, 1977.
([Ullstein-Bücher] Ullstein-Buch;
Nr. 3320)
Einheitssacht.: Jaws ‹dt.›
ISBN 3-548-03320-2